Lena Gorelik

DIE LISTENSAMMLERIN

Roman

Rowohlt
Taschenbuch Verlag

Dieser Roman wurde gefördert durch
das Literaturstipendium des Freistaates Bayern.

Veröffentlicht im Rowohlt Taschenbuch Verlag,
Reinbek bei Hamburg, März 2015
Copyright © 2013 by Rowohlt · Berlin Verlag GmbH, Berlin
Umschlaggestaltung any.way, Barbara Hanke/Cordula Schmidt,
nach einem Entwurf von Frank Ortmann
Umschlagabbildung Bettmann/Corbis
Satz aus der Dante PostScript bei
Pinkuin Satz und Datentechnik, Berlin
Druck und Bindung CPI books GmbH, Leck, Germany
ISBN 978 3 499 23844 4

Für Peter (nur!)

PROLOG

Man gewöhnt sich an alles, auch an die Angst. Großmutter hatte das einmal gesagt, als faktischen Nebensatz fallenlassen, nicht mit der Schulter gezuckt, keine Pause gemacht, einmal, als sie vom Krieg sprach. Großmutter sprach selten vom Krieg.

Onkel Grischa sprach gerne vom Krieg, er sprach überhaupt gerne. Er war es, der Großmutters Geschichten zu erzählen pflegte. Seinen Versionen hörte man mit Freude zu, sie uferten aus, eskalierten unerwartet, hatten Schnörkel, hüpften in die Zukunft, bauten Spannung auf, ließen einen zittern, ein bisschen weinen, häufig auflachen. Er erzählte leidenschaftlich, und die Menschen hörten ihm begeistert zu. Die Hauptfiguren seiner Geschichten kannte man danach so gut wie die eigenen Freunde, sie wuchsen ans Herz oder wurden einem verhasst. Zimmereinrichtungen konnte Onkel Grischa so schildern, dass man sie vor Augen sah. Seine Landschaftsbeschreibungen langweilten – anders als die Goethes – nie. Pointen gab es stets mehrere, die beste immer am Schluss. Das galt für alles, was Onkel Grischa erzählte, für die Kriegsgeschichten der Großmutter nicht mehr oder weniger als für andere.

Problematisch daran war nur: Tatsächlich konnte sich Onkel Grischa an den Krieg gar nicht erinnern. Er wurde 1945 geboren, als der Krieg schon vorbei war, zwei Tage nach der Potsdamer Konferenz. Als er einmal gefragt wurde, woher er so viele Kriegsgeschichten kannte, zuckte er nur geheimnisvoll mit den Schultern. Darauf zu antworten, sich für seine Quellen zu rechtfertigen, wäre unter seiner Erzählerwürde gewesen.

Alle wollten immer noch mehr von Onkel Grischas Geschichten hören. Wie Kinder abends beim Vorlesen, wenn sie nicht schlafen mögen, baten sie: «Bitte, bitte, noch eine!» Großmutter hingegen blieb still, sie sagte nie etwas dazu. Weder bat sie um eine, noch verbesserte sie die Erzählung, noch stellte sie Fragen, noch fragte sie nach einer Fortsetzung. Sie lächelte, halb besonnen, wie man Kinder belächelt, die einem etwas von befreundeten Feen berichten, halb missbilligend, und schwieg. Auch bei den Kriegsgeschichten sagte sie nichts, dabei waren es ja angeblich die ihren, und meistens spielte sie eine Hauptrolle darin.

Drei Kinder hatte Großmutter gehabt, aber Onkel Grischa war ihr Liebling und zugleich ihr Sorgenkind gewesen, und die anderen beiden, der Sohn wie die Tochter, machten ihr zeitlebens Vorwürfe, sie liebe sie nicht so sehr, wie sie Onkel Grischa liebte. Natürlich liebte sie sie. Liebte sie auch. Onkel Grischa war weder der Erstgeborene noch das Nesthäkchen, er war das in der Regel leicht übergangene mittlere Kind. Auf die Welt gekommen war er vier Jahre nach seinem Bruder, der den Krieg tatsächlich erlebt hatte, aber ehrlicherweise keine Geschichten darüber erzählte, weil er ja viel zu jung gewesen war, und der auch sonst nicht viel und nicht gerne redete. Die Schwester folgte Onkel Grischa zwei Jahre später, sie hatte zu ihm, dem größeren Bruder und phantasievollen Spielkameraden, immer aufgesehen, aber auch schon seit frühester Kindheit Eifersucht gehegt. Während der älteste Bruder wahrscheinlich unwillig die Rolle des Verantwortungsvollen übernahm, seine Schwester hingegen teils freiwillig und teils abgedrängt in Onkel Grischas Schatten stand, tat Onkel Grischa stets nur, was er wollte, meistens Blödsinn. Als er einige Wochen alt war, rollte er im Schlaf von dem Tisch, wo er gewickelt werden sollte, fiel mit einem Rums auf den Betonboden und schlief einfach weiter. Weil das Kind nicht einmal aufschrie, tat es Großmutter und durchlebte nach diesem unmenschlich spitzen Schrei, den auch die Nachbarn hörten, die schlimmsten Sekunden ihres Lebens, fest überzeugt, der Junge sei tot. Aber er atmete weiter, was Großmutter erst merkte, als sie ihre zitternde Hand unter seine Nase hielt und die leichten Atemzüge spürte. Er atmete, schlummerte und schmatzte nur einmal im Schlaf. Großmutter überfiel ein hysterisches Lachen, das die angerannte Nachbarin noch mehr erschreckte als der Schrei. Das war es, was Onkel Grischas Geschwister so wurmte: dass Großmutter ihm verfallen schien. Die anderen beiden liebte sie, von Herzen liebte ihre Mutter sie, aber Onkel Grischa war sie verfallen.

Nähme man Michel aus Lönneberga, Emil Tischbein und seine Detektive und Max und Moritz zusammen, hätte Onkel Grischa sie problemlos übertrumpft. Vier gebrochene Knochen, eine gebrochene Nase, mindestens siebenundvierzig dicke Beulen, eine Schramme auf der Stirn quer über der rechten Augenbraue, eine zehn Zentimeter lange am linken Schienbein, ein zickzackiges Brandmal auf der rechten Hand – und das alles schon vor dem ersten Schultag.

Als am 5. März 1953 Stalin starb, war Grischa sieben Jahre alt, er ging in die erste Klasse. Moskau stand unter

Schock, das Land stand unter Schock, wie sollte es weitergehen. Bis zur Beisetzung des großen Mannes vier Tage später fiel die Schule aus, Grischa empfand diesen Tod also als freudiges Ereignis. Am Tag nach der Beisetzung sollten die sowjetischen Schüler auf die Schulbank zurückkehren, vorher aber sollten sie noch einmal traurig sein. Dazu wurden sie in schnurgerade Reihen mit durchgedrückten Rücken aufgestellt. Die bravsten durften unter dem obligatorischen Stalin-Porträt im Klassenzimmer trauern, der weniger privilegierte Rest stand gegenüber und blickte dem großen Führer der Sowjetunion trauernd ins Gesicht. Es versteht sich von selbst, dass Onkel Grischa nicht zu den Auserwählten gehörte, brav war er noch nie gewesen. Dafür schnitt er umso besser Grimassen. Der 9. März schien ihm der ideale Tag zu sein, um einige seiner geduldig vor dem Spiegel einstudierten Grimassen und Pantomimesketche einem Publikumstest zu unterziehen. Wie oft hatte ein siebenjähriger Junge schon die Chance, seine Talente einem weiblichen Publikum mit ordentlichen Zöpfen und großen Haarschleifen vorzuführen? Die Mädchen trauerten ganz besonders, die Tränen strömten ihnen übers Gesicht, sie zogen den Rotz hoch, blickten schluchzend auf ihre Schuhe. Die beiden vorbildlichen Jungen, denen die Ehre zuteilgeworden war, ebenfalls unter dem Porträt zu trauern, bemühten sich angestrengt, sich würdig zu erweisen.

Vor ihren Augen spielte Onkel Grischa bis zu sechs Rollen gleichzeitig, unter anderem einen Clown, einen gebrechlichen, vor sich hin schimpfenden Mann sowie Stalin selbst. Zuerst bissen sich die beiden männlichen, im Grunde ihres Herzens unpolitischen und keineswegs wirklich traurigen Ehrenträger auf die Innenwangen, um nicht loszuprusten. Dann das Onkel Grischa direkt gegenüberstehende Mädchen, Katja mit den blonden Zöpfen, die von Onkel Grischa und seinen Verrücktheiten schon seit der ersten Klasse entzückt war, obwohl er nie ein Wort mit ihr gewechselt hatte. Ihre Freundinnen – hätten sie von dieser Liebe gewusst – hätten sie mit Sicherheit verurteilt: der Narr! Als Katjas schwindende Trauer offenkundig wurde, warfen ihr die anderen Mädchen böse, strafende Blicke zu, die denen der Lehrerin in nichts nachgestanden hätten, wäre diese nicht zu sehr mit ihrer sentimentalen Versenkung in Stalins Antlitz beschäftigt gewesen, als dass sie Onkel Grischas Theaterkünste bemerkt hätte. Onkel Grischa ließ derweil den Clown die Zunge herausstrecken und Stalin einer Frau hinterherschauen, deren Hüftwackeln jeden Anstand überschritt. Bald hatte er alle erobert, als Letzte brach Natascha ein, die Klassenbeste, die ihre Hausaufgaben immer erst zweimal auf Schmierpapier schrieb, bevor sie eine Reinschrift ins Heft wagte. Auch beim Trauern, hatte sie sich am Morgen vorgenommen, würde sie glänzen. Es misslang.

Am 9. März 1953 trauerte die ganze Sowjetunion um Stalin, etliche Menschen starben in dem Gedränge auf dem Roten Platz, wo sie ihm die letzte Ehre erwiesen. Bis zu diesem Tag hatte sich Großmutter über Onkel Grischa mehrmals täglich geärgert, noch nie jedoch hatte sie sich für ihn geschämt. «Ich habe keine Worte», sagte sie an jenem Abend, als sie vom bislang peinlichsten Gespräch mit einer Autoritätsperson über Onkel Grischas Benehmen zurückkam. Dieser Satz war schon häufiger gefallen, auch ihr ratloses Kopfschütteln kannten alle im Hause, aber als weder Geschrei noch Drohungen, noch Strafen folgten, nur scheinbar endlose Tränen, in denen sich die Trauer über den Tod des großen Mannes mit der endgültigen Enttäuschung über den herzlosen, ja eigentlich schon verlorenen Sohn vermischten, war sogar Onkel Grischa kurz erschrocken (sein Schrecken, wohlgemerkt, war nicht mit Reue zu verwechseln).

Als am 3. November 1957 die Hündin Laika als erstes Lebewesen in den Weltraum geschickt wurde, befand Onkel Grischa: Das ruhmreiche Los, die erste Katze im Weltall zu sein, sollte der Familienkatze Maschka zufallen. Nach offiziellen Angaben flog Laika ein paar Tage unbeschädigt um die Erde herum – in Wirklichkeit waren es nur Stunden, bis der Stress und der Druck sie ermatteten und sie eines Heldentodes für die sowjetische Heimat starb. Maschka flog mit Onkel Grischas nicht ganz durchdachter und aufgrund schlechter Baumaterialien fehlerhafter Raumflugkörperkonstruktion nur zwei Meter weit, verlor aber dabei einen Teil ihres Schwanzes. Onkel Grischa war danach zwar keineswegs der Ansicht, dass er genug zur Wissenschaft der Raumfahrt beigetragen hatte, sein Vater unterband jedoch jegliche weitere Forschung.

Als der zehnjährige Onkel Grischa zusammen mit seinen Schulkameraden zum Pionier gekürt werden sollte, schleppte er eine Gott weiß wo aufgetriebene Glatzenperücke an, die der Glatze des Schuldirektors, der ihnen die roten Halstücher feierlich überreichte, zum Verblüffen ähnlich sah, und zog sie sich genau in dem Moment auf den Kopf, als er an der Reihe war, der Pionierversammlung vor dem Angesicht seiner Lehrer, Eltern und Kameraden zu verkünden, dass er bereit sei, die Heimat – Heimat großgeschrieben, obwohl im Russischen eigentlich nur Eigennamen großgeschrieben werden – heiß zu lieben und fürderhin so zu leben, zu lernen und zu kämpfen, wie es der große Lenin angeordnet hat und die Kommunistische Partei es lehrt.

«Nu, zumindest hat er die Schule geschafft, dafür schon mal danke schön!», sagte Großmutter oft, auch nachdem er die fünfundzwanzig überschritten hatte, so frisch noch schien die Angst vor seinem Rausschmiss aus der Lehranstalt. Er beendete die Schule mit den besten Noten in fast jedem Fach bis auf Benehmen und Gesellschaftswissenschaften, da hatte er die schlechtesten. «Weißt du eigentlich, wie viele Kaviardosen mich deine Schulzeit gekostet hat?», fragte Großmutter in regelmäßigen Abständen. Kaviardosen, Pralinen, die heimliche Währung der blühenden UdSSR. Onkel Grischa lächelte, das schien ihr als Antwort zu reichen.

Onkel Grischa wurde von allen Onkel Grischa genannt, angeblich war der Name schon vor der Geburt seines ersten Neffen entstanden. Er war eben der allseits beliebte, etwas sonderbare und verrückte, niemals erwachsene Märchenonkel. Geheiratet hat Onkel Grischa nie, auch wenn die Frauen ihm scharenweise nachzulaufen schienen. Dabei sah er nicht etwa auffallend gut aus, er hatte schon mit Anfang zwanzig eine leichte Glatze, auch seinem Vater und seinem Bruder waren die Haare früh abhandengekommen, den verbliebenen Rest an Haaren trug er ungekämmt, sein Brillengestell wechselte er nie, für Mode interessierte er sich nicht. Aber sein Charme, seine Geschichten, seine unbekümmerte, auf eine kindische Weise egoistische Art ließen die Frauen für ihn schwärmen. «Nu, was gefällt dir an ihr schon wieder nicht? So wirst du nie heiraten!», sagte Großmutter bei jeder Verehrerin erneut. Auch seine Schwester drängte ihn, spätestens seit sie selbst verheiratet war und ein Kind hatte (nur eines, weil sie insgeheim befürchtete, ein zweites nicht genug lieben zu können): «Willst du für immer alleine leben? Willst du etwa keine Kinder haben?» Vielleicht wollte Onkel Grischa, aber er schwieg. Freunde hatte er viele.

Onkel Grischa war Maler, aus Berufung, aber ohne Talent, wie er selbst sagte, und parallel zu seinem Künstlerdasein hatte er alles Mögliche gearbeitet: In einer Fabrik, einer Bibliothek, als Kulissenbauer, in einer Imkerei, als Synchronsprecher, als Hilfswissenschaftler, als Kellner und Koch, er war bei der Marine gewesen, hatte beim Metzger Fleischberge geschnitten, eine Forschungsgruppe als Fotograf nach Sibirien begleitet, hatte dreimal nicht zu Ende studiert, obwohl er, wie Großmutter sagte, «ja schon einen Kopf hatte». Hatte ihm eine Arbeit vorerst genug Geld eingebracht, malte und zeichnete er wieder eine Weile. Er malte mit Aquarellfarbe und Öl auf Staffeleien und stapelte die Bilder hinter einem Raumteiler in seinem Zimmer; er malte mit Kohle auf Zeichenblöcken in der Natur, am liebsten ging er dazu an einen Fluss zu den Anglern. Still wie sie saß er tagelang da, sie angelten, er malte, manchmal fragte er, wie es lief, fachsimpelte kurz über Strömung und Wasser, über das Wetter oder den gestrigen Fang ... Sie beäugten ihn erst skeptisch, wussten nicht, ob sie sich auch nach seinen Fortschritten erkundigen sollten, akzeptierten ihn nach einer Weile als Sonderling und teilten ihren Proviant mit ihm.

Kindern zeichnete Onkel Grischa im Schnellverfahren Karikaturen ihrer Eltern, Großeltern und Lehrer, sie behängten stolz ihre Wände damit. «Wenn ich mal berühmt bin, könnt ihr das teuer verkaufen!», sagte Onkel Grischa, und sie schworen, die Bilder niemals aus der Hand geben zu wollen; er rechnete ihnen vor, wie viel Eiscreme und Spielzeug man dafür kaufen konnte, kurz, die Unterhaltungen mit Onkel Grischa waren so viel besser als mit jedem anderen Erwachsenen der Welt. Er zeichnete politische Karikaturen, die er seinen Freunden zeigte und nur selten in der Familie verschenkte, Großmutter schüttelte darüber den Kopf, ihr machten sie Angst. Karikaturen waren Onkel Grischas größtes Talent, vielleicht hätte er damit Geld verdienen können, aber ihr Inhalt war das Gegenteil dessen, was die Prawda auf ihrer Karikaturenseite abdruckte.

Politisch war Onkel Grischa schon immer gewesen. In der dritten Klasse wollte er gemäß den kommunistischen Prinzipien, mit denen er Tag für Tag gefüttert wurde, Gleichheit in der Klasse einführen und die Lehrerin duzen. Er hatte dafür einiges auf den Deckel bekommen, von der Lehrerin, von der Schuldirektorin, von Großmutter, sogar von seinem großen Bruder, der bereits Pionier war und seinen Pionierschwur im Schlaf aufsagen konnte. Onkel Grischa machte es sich zur Pflicht, die Lehrerin in Zukunft nicht mehr direkt anzusprechen.

Viel später, kurz vor seinem schon fast unverhofften Schulabschluss, hatte Onkel Grischa etwas sonderbare, aber ihm ebenbürtige Freunde gefunden, die sein Vater als «verdächtige Kerle» bezeichnete. Sie machten Quatsch, schwänzten die Schule, lasen verbotene, kopierte Bücher, hörten rauchend («Das hatte gerade noch gefehlt! Bist du jetzt völlig verrückt?», rief Großmutter und schüttelte wieder den Kopf, es war fast schon ein Tick, wenn sie Onkel Grischa in jener Zeit sah; er ging jetzt auch nicht mehr zum Friseur) verbotene Musik, sie schrieben grottenschlechte Gedichte und lasen sie einander vor, und damals begann Onkel Grischa, seine Karikaturen zu zeichnen. Das war Blödsinn, aber wirklich besorgniserregend war etwas anderes. Die Jungs hatten Kontakte zu einer antisowjetisch eingestellten Gruppierung, der sie grenzenlose Bewunderung entgegenbrachten. Richtig dazu gehörten sie noch nicht, sie waren zu jung, dafür jedoch leicht formbar: Begeistert führten sie Botengänge aus, vervielfältigten Bücher, Reden und Pamphlete.

Keiner in der Familie wusste richtig Bescheid, und deshalb sprach man es auch nicht laut aus. Aber nach einigen Jahren befürchteten sie, Onkel Grischa sei inzwischen einer der Anführer dieser Bande. Man schob das alles gern auf den schlechten Umgang – aber hätte es nicht Onkel Grischas ganzem Wesen zutiefst widersprochen, nicht selbst Anführer zu sein? Sie hörten viel, und manchmal hörten sie lieber nicht hin. Großmutter klagte, sie würde nie jemandem unbefangen begegnen, nicht den Nachbarn, nicht dem Hauswart, keinem Lehrer der Kinder, noch nicht einmal der Verkäuferin aus dem Supermarkt nebenan. Jeder hielte eine neue Geschichte oder ein Gerücht über ihren jüngeren Sohn bereit. Vom Älteren wussten sie oft noch nicht einmal den Namen.

Die Familie hörte zum Beispiel – da war Onkel Grischa im zweiten Studienjahr und im dritten Studienfach, weil er die beiden ersten doch nicht gemocht hatte –, dass Onkel Grischa und seine neuen Freunde in die Universitätsbibliothek eingebrochen waren. Abteilung Biologie. In jedes einzelne Biologielehrbuch, es waren mehrere hundert, hatten sie auf die erste Seite die wichtigsten genetischen Gesetze notiert und darunter die Namen von Biologen, die zu diesen Gesetzen geforscht hatten. Dieselben Namen fanden sich auch in den Registern diverser Straflager in den Weiten der sowjetischen Heimat wieder. Stalins Hausbiologe Trofim Denissowitsch Lyssenko hatte befunden, dass sich nur erworbene, dem Sozialismus dienende Eigenschaften vererben lassen sollten, Genetik passte ihm nicht ins Konzept. Wer dem widersprach, der ließ sich mit Hilfe des NKWD, des Innenministeriums, entfernen, und wer widersprochen hatte, so hörte nun Onkel Grischas Familie, war in jedem einzelnen Biologielehrbuch in der Universitätsbibliothek der Staatlichen Lomonossow-Universität auf der ersten Seite aufgelistet. Großmutter kannte sich weder mit Biologie noch mit Genetik aus, auch Onkel Grischas Vater hatte nur eine vage Vorstellung, worum es bei dieser hirnrissigen Aktion, wie er sie nannte, inhaltlich ging. Dass er seinem mittleren Kind zwar die gelockten Haare, die braunen Augen und die kurzen Beine vererbt hatte, aber nicht seinen Sinn für Autorität, Ordnung und Unterordnung, das begriff er jedoch schnell, gründlich und schmerzlich. Sie wussten, dass Konsequenzen folgen würden, wenn nicht sofort, dann bald, spätestens beim nächsten Mal. Denn ein nächstes Mal würde es geben.

Großmutter bangte und weinte und bettelte, Grischa möge sich mit «dieser Räuberbande» nicht mehr abgeben, sein Bruder pflichtete ihr bei, sein Bruder Andrej, der wenig redete und für den Onkel Grischa mehr Respekt hegte als für den Vater, welcher seine Meinung in Ohrfeigen äußerte. Seine Schwester bewunderte ihn wie immer schon und tat erst einmal alles, um auch an den geheimen Kreis heranzukommen. «Na, gut, dass du da selbst schon mitmachst», sagte der Vater, «ich will nicht mal wissen, was du mit diesen Leuten treibst, aber halte Anastasia zumindest raus!», aber da war es schon zu spät.

Einer seiner Freunde hieß Sascha, er war in Grischas Alter, ein schüchterner, intelligenter junger Mann mit Brille, auf dessen Meinung Onkel Grischa viel Wert legte. Als Einziger in der Gruppe trank er kaum, er teilte ihre Ideale, aber nicht die offenbar damit einhergehende Unvernunft. Er war der größte Realist unter ihnen, besonnen, das Gegenteil von Onkel Grischa. Für Onkel Grischas Schwester war er perfekt: Jemand, den ihr geliebter großer Bruder bewunderte, der ihr aber zugleich keine Angst machte. Denn Onkel Grischa machte, auch wenn es keiner zugab, allen in der Familie Angst. Großmutter hatte Angst nicht vor, sondern um ihn. Seinem Vater machte die Machtlosigkeit Angst, in die sein Sohn ihn schon seit seiner frühesten Kindheit versetzt hatte, dieser Sohn, der selbst gar keine Angst zu haben schien, auch vor Schlägen nicht. Sein Bruder hatte um sich selbst Angst, die kleine Schwester hatte schon immer die Angst gehegt, Onkel Grischa nicht zu gefallen, nicht gut genug für ihn zu sein. Sascha hingegen machte ihr keine Angst, und es kam, wie es kommen musste: Sascha und Onkel Grischas Schwester wurden ein Paar. Onkel Grischa war amüsiert, die Eltern froh, der große Bruder nahm es kaum zur Kenntnis. Er hatte inzwischen selbst ein Kind, um das sich besser zu kümmern er sich schwor – besser, als er sich um seinen Bruder hatte kümmern können. Onkel Grischa war Trauzeuge und Tamada, der Hochzeitszeremonienmeister. Auch dabei machte er natürlich Blödsinn, und diesmal war das erwünscht. Großmutter blickte glücklich, eine stolze Brautmutter, auf ihre Tochter und sah zwischendrin besorgt zu ihrem mittleren Sohn.

«Man gewöhnt sich an alles, auch an die Angst», hatte Großmutter einmal gesagt. Langsam, aber stetig hatte Onkel Grischa alle an die Angst gewöhnt.

ERSTES KAPITEL

Schon seit einer Weile wartete ich auf ihren Tod. Ich sehnte mich nicht danach, vielmehr wartete ich gespannt, ungeduldig und ein wenig ängstlich. Ich fürchtete, nach ihrem Tod könnte ich dieses Warten bereuen, mich dafür schämen. Sie aber starb nicht. Sie blieb, «lebte» konnte ich schon lange nicht mehr sagen. Sie wartete wohl auch, manchmal vielleicht ebenfalls auf den Tod, oft aber nur auf den Bus. Sie wartete an der Bushaltestelle mit all den anderen Alten, und wenn es nicht der Bus war, auf den sie warteten, dann war es das Frühstück, das Mittagessen, Kaffee und Kuchen, Bienenstich oder Käse-Kirsch, beides aufgetaut aus der Packung, dann aufs Abendbrot, und dazwischen immer wieder auf den Bus. Als Gruppe eilten sie nach dem Frühstück zur Haltestelle, wer nicht mehr gehen konnte, wurde im Rollstuhl geschoben, und dort standen und saßen sie dann. Frau Neitz, die noch vollständige, in sich stimmige, wenn auch manchmal rätselhafte Sätze bilden konnte – sie wollte zum Beispiel immer wieder von mir wissen, wann die Landung des Papageis zu erwarten sei –, fragte regelmäßig in die Runde: «Wann kommt denn der Bus?» Daraufhin blickten Herr Peitle sowie der türkische Mann, dessen Namen ich mir nicht merken konnte und der angeblich gar kein Deutsch verstand, auf ihre Armbanduhren, sie konnten die Uhren nicht lesen und trugen sie dennoch, aus Gewohnheit. Sie schauten aufs Zifferblatt, als würden sie die Zeiger genau studieren, antworteten jedoch nicht. Dafür nickte Lieschen/Lottchen mit dem Kopf. Sie nannte sich mal Lieschen, mal Lottchen, wahrscheinlich hieß sie weder so noch so. Die anderen starrten ins Nichts und waren still, teils, weil sie gar nicht richtig hier waren, teils, weil die Medikamente sie stillgestellt hatten. Gelegentlich brüllte Ralf mit seiner unmenschlich schmerzverzerrten Stimme, obwohl er laut den Pflegern – woher wussten sie das? – keine Schmerzen hatte, zumindest keine körperlichen: «Wie lange noch?» Oder: «Ich kann nicht mehr!» Das Gebrüll störte niemanden, sie zuckten noch nicht einmal zusammen, dass niemand antwortete, störte Ralf wiederum nicht. Die Idee an sich war genial, eine Bushaltestelle im Hof des Altenheimes, an der Alzheimerkranke den lieben langen Tag auf einen Bus warten konnten, auch bei Regen, sie war überdacht. Das Warten auf den Bus beruhigte sie, weil es ihnen die Unruhe nahm, nicht zu wissen, wohin, warum, wer, wie und was. Sie warteten auf den Bus, der sie zur Arbeit, nach Hause, zum Ehepartner, zum Supermarkt, zu den Kindern bringen würde. Da der Bus niemals kam, kamen sich auch die Fahrtziele in den Köpfen der Alten nicht in die Quere. Der Hof war umzäunt, das Tor abgesperrt, damit sie nicht entwischen konnten, das wussten sie alle nicht oder hatten es vergessen, ich aber wusste es. Weshalb ich immer versuchte, lieber später zu kommen, wenn sie aufs Essen warteten, das fand ich erträglicher, dasselbe Szenario, aber am Tisch. Frau Neitz fragte dann: «Wann kommt denn das Essen?» Herr Peitle und der Türke blickten auf ihre Armbanduhren, Lieschen/Lottchen schüttelte den Kopf, die anderen stierten vor sich hin, Ralf brüllte: «Wie lange noch?» Hatte der nette Pfleger Dienst, der einzige Mann, murmelte er: «Gleich, Ralf, gleich», und legte ihm beruhigend die Hand auf die Schulter, die Asiatin streichelte ihm sogar über die wenigen, stets fettigen grauen Haare. Jutta, die Stationsleiterin, konnte nicht darauf eingehen, weil sie mit ihrem rosafarbenen Handy telefonierte, wie sie es eigentlich ihre gesamten Schichten über tat, telefonierte, während sie mit der freien Hand Essen auf Teller verteilte, diese zum Tisch trug, ihren Schützlingen Lätzchen um den Hals band, was mich an Anna erinnerte, die Teller nach dem Essen ab- und die Spülmaschine einräumte. Sie telefonierte weiter, während sie denjenigen, die Hilfe beim Aufstehen brauchten, nacheinander ihren handyfreien Arm anbot, mit dem sie dann auch die Rollstühle nacheinander wieder zur Bushaltestelle schob. Sie sagte bei diesen endlosen Telefonaten nie viel. Manchmal hörte ich ein «Ja» oder «Das verstehe ich» und manchmal etwas lauter «Nee, oder?» oder «Ach geh!», und das waren immerhin mehr Worte, als sie für diejenigen übrighatte, um die sie sich gemäß ihrer Jobbeschreibung kümmern sollte. Die beschwerten sich aber auch nicht, sie hatten auch niemanden, der sich für sie hätte beschweren können, bis auf Frau Müller-Deutz sah ich kaum Besuch. Frau Müller-Deutz kam täglich, immer gegen elf Uhr, nachdem sie eingekauft hatte, Aufschnitt und Käse fürs Abendbrot, Milch fürs Morgenmüsli, zu Mittag aß sie immer im Heim. Herr Müller-Deutz hatte selbstverständlich keine Ahnung, wer die Frau war, die ihm jeden Tag die Hand zur Begrüßung gab. (Die Hand gab, weil die Beziehung in einer Zeit, in der Herr Müller-Deutz sich noch an seine Frau erinnerte, schon abgekühlt war? Die Hand gab, weil sie zu einer Generation gehörte, in der man den eigenen Mann nicht in Anwesenheit anderer küsste? Die Hand gab, weil der Handschlag für diese beiden etwas Intimes war, eine private Geste, über die sie früher immer gelacht hatten?) Frau Müller-Deutz machte die Tatsache, dass ihr Mann sie vollends ignorierte, nichts mehr aus, rührend kümmerte sie sich nicht nur um ihn, sondern auch um andere, half ihnen beim Essen, fütterte sie, wenn nötig, wischte zärtlich und vorsichtig ihre Münder ab. Sie wusste, dass die große, starrende Frau, deren Namen ich nicht kannte, weil niemand sie ansprach, zu wenig trank, weshalb sie ihr immer Wasser einzuflößen versuchte, Wasser aus einer Babyschnabeltasse von NUK, eine Marke, die ich dank meinen Besuchen hier schon vor Annas Geburt kannte. Auch Frau Müller-Deutz schwieg, während sie sich kümmerte, wenn wir uns begegneten, nickte sie mir nur zu. Wir begegneten uns selten, weil ich selten kam.

Ich besuchte sie nicht oft, und dann nicht lange. Wenn ich es tat, schaute ich immer auf die Uhr, hoffte, den Pflegern würde nicht auffallen, wie kurz ich blieb. Es war ihnen ziemlich sicher egal, weil alles andere, nämlich zum Beispiel zu bemerken, wie kurz ich blieb, dass Herr Müller-Deutz seine Frau nicht nur nicht erkannte, sondern gar nicht erst wahrnahm – die guten Tage waren die, an denen er mit einem skeptischen Blick zu ihr blickte, «Wer ist denn die da, bitte?» –, all das zu bemerken wäre vielleicht zu viel des Guten gewesen, einen Bonus für Gefühle gab es nicht. Warum beschäftigte mich, was die Pflegerinnen und der Pfleger über mich dachten? Ich sah zu, dass ich kurz vor dem Essen kam, wenn sie alle am Tisch warteten, ich fütterte sie, während ich mich fragte, wann sie denn endlich stirbt. Ich hätte ihr etwas kochen, liebevoll zubereitetes Essen für sie mitbringen sollen, anstatt ihr Löffel für Löffel den Fraß in den Mund zu schieben, den ich selbst nie angerührt hätte, auch wenn ich bei jedem Löffel murmelte: «Es schmeckt doch gut!» Ich hätte für sie kochen sollen, so wie sie früher für mich gekocht hat, meine Lieblingsgerichte oder Dinge, die sie für gesund hielt. Hühnersuppe zum Beispiel, immer auch Fleisch. In meiner vegetarischen Phase, die damit begann, dass ich ein Buch von Jane Goodall gelesen und beschlossen hatte, mein Leben dem Wohl der Tiere zu widmen, anstatt sie zu essen, redete sie nicht mit mir. Sie redete so lange nicht mit mir, bis ich wieder Fleisch aß und sie wieder ruhig schlafen konnte, weil das arme, heranwachsende Kind wieder sein Zink, Selen und B-Vitamine bekam. Meine vegetarische Phase endete, als ich Jane Goodall vergessen hatte und das Interesse an Mark aus der Parallelklasse das für die Tiere ablöste. Am ersten Tag, an dem ich wieder Fleisch aß, fragte sie mich das erste Mal wieder nach der Schule, wie immer insbesondere nach Mathematik, weil sie Zahlen liebte und die Hoffnung nicht aufgeben mochte, dass ich diese Liebe mit ihr teilen könnte: Was nahmen wir gerade durch, hatte es Tests gegeben, wie hatte ich abgeschnitten, wie die anderen, war ich besser als der Durchschnitt, mochte ich den Stoff, Dreisätze waren doch spannend, und dazu setzte sie mir ihre Fleischbällchen vor, sieben schöne, runde Fleischbällchen, die nach Petersilie und Knoblauch dufteten, sowie mein geliebtes Kartoffelpüree. Das bereitete sie frisch mit viel Milch und noch mehr Butter zu, Püreepulver verachtete sie, wie andere Kinderschänder verachten, daran musste ich denken, während ich ihr im Heim das Fertigzeug in den Mund schob, die Hälfte quoll wieder heraus, ich drückte es wieder hinein, schnitt die zähe, in der Mikrowelle aufgetaute und überhitzte Frikadelle in Stückchen, pustete auf die zähe, klebrige Masse, die nur entfernt an Kartoffelpüree erinnerte, ich wünschte ihr den Tod.

Ich konnte das so natürlich niemandem sagen. Aber ich sprach es manchmal vor dem Spiegel laut aus, für mich. Meistens, wenn ich aus dem Heim zurückkam und mir die Hände wusch, länger als sonst. Und während ich mir die Hände abtrocknete, gründlich und geduldig wie sonst nur im Krankenhaus beim Desinfizieren, blickte ich in den Spiegel und sagte so laut, dass zwar ich es, aber nicht Anna und Flox außerhalb des Badezimmers hören konnten: «Ich wünsche ihr den Tod.» Anschließend nahm ich meist meine Listen zur Hand und bearbeitete sie so lange, bis ich ihr verschrumpeltes Gesicht nicht mehr sah und mich meinem Alltag widmen konnte.

Achtundneunzig Jahre waren eine lange Zeit, sagte ich mir und verdrängte die Augenblicke, in denen ich sie lächeln sah, weil sie ja auch immer seltener wurden, ihr leicht strenges wie unwilliges Lächeln. Sie belächelte mich, immer seltener, aber manchmal doch, und das gab mir ein gutes Gefühl. Großmutter hatte schon immer eine nette, liebevolle Art, mich zu belächeln, als würde sie sagen: «Ach du ...» Seit zwei Jahren aber schon lächelte sie meistens nur in meinem Kopf – in der Heimrealität starrte sie an mir vorbei mit leerem, glasigem Blick. Ihre strahlenden blauen Augen waren inzwischen grau geworden, oder farblos, je nach Licht. Ich hatte nicht gewusst, dass sich die Augenfarbe im Alter noch einmal verändert. Ich hatte gehört, dass Nase und Ohren im Alter weiter wachsen würden, die einzigen Körperteile, die immer wachsen. Und es stimmte, ich sah es bei jedem Besuch: Während sie insgesamt schrumpfte, schienen ihre Ohren und die Nase tatsächlich immer größer zu werden, dazu die glasigen Augen, ekelig sah sie aus, diese Kombination aus eingefallenen, blassen Wangen und überdimensionierter Nase. (Auch das konnte ich nicht laut sagen, noch nicht einmal mir selbst.) Beim Kommen und Gehen tat ich so, als ob ich sie küssen würde. Ich mochte nicht, wie sich ihr Gesicht aufgeplustert hatte. Ich mochte die runzelige, rau-trockene Haut mit den Muttermalen nicht, die wie braune, rötliche Knetestückchen von ihren Wangen hingen, sie waren früher nicht da gewesen. Ich mochte sie nicht berühren. Sie saß da wie eine in sich zusammengesackte Schaumstoffpuppe und starrte leer an mir vorbei, mit einem Blick, der mich jedes Mal aufs Neue erschreckte. Wie sie in eine Welt schaute, zu der weder ich noch ein anderer Zugang hatte. Die Vorstellung, dass sie eine eigene Welt hatte, war schöner als der Gedanke, der mir einmal durch den Kopf schoss, nämlich dass sie aussah, als hätte sie ihr Gehirn und ihre Persönlichkeit ausgekotzt, als wäre ihr Kopf leer, ein leerer, aufgeblasener Luftballon, dem die Luft langsam entweicht, weshalb er runzlig wird. Manchmal dachte ich, ich mochte sie als Ganzes nicht mehr, als Mensch, aber dann schämte ich mich für diesen Gedanken, noch mehr, als ich mich dafür schämte, sie nicht küssen zu wollen. Ich beugte mich immer zu ihr, so, dass meine Wange möglichst kaum die ihre streifte, und küsste die Luft.

Ich wünschte mir so, dass sie mich erkennt. Manchmal dachte ich, nichts auf der Welt (bis auf ein gesundes, ganzes Kleinkindherz für Anna natürlich) würde ich mir mehr wünschen als diesen einen Augenblick, in dem sie mich wieder mit ihren gütigen, leicht strengen Augen anschauen würde. Ich dachte, wenn wir in einem Film wären, würde sie mich noch einmal erkennen, mich noch einmal belächeln, «Ach du ...», bevor sie starb. Ein Lächeln, ach, nur ein Fünkchen Erkennen und Wiedersehensfreude in ihren Augen hätten mir gereicht. Ich wollte kein «Ich liebe dich!», auch keinen letzten weisen Rat fürs Leben, ich wünschte mich ja nicht in einen Hollywoodfilm. Es musste aber auch kein Dogmastreifen sein, in dem ich lebte. Ein angedeutetes Lächeln hätte mir gereicht. Ich begann eine neue Liste «Wenn wir in einem Film wären». Als Erstes schrieb ich: «dann gäbe es am Ende, nach langem Zweifeln und Bangen, doch noch einen Wunderarzt, der aus dem halben ein ganzes Herz macht.» Dann dachte ich beim Schreiben, dass ein europäischer Film statt mit einem Wunderarzt doch eher mit dem Tod enden würde, und änderte vorsichtshalber den Listennamen: «Wenn wir in einem Hollywoodfilm wären.»

Am ehesten registrierte sie noch Anna, auch wenn sie sie selbstverständlich nicht kannte. Alle freuten sich über Anna, die Alten nicht weniger als die Pfleger. Alle außer Ralf, Ralf brüllte immer, wenn er Anna sah, etwas, das ich nicht näher verstand, zwei, drei Worte, die in einem «Aaaaah» endeten. Erst nahm Anna das gar nicht zur Kenntnis, dann fand sie es komisch, später hatte sie Angst. Am liebsten lief Anna durch den Flur, an dessen Wänden ein Geländer angebracht war für diejenigen, die schlecht laufen konnten (also alle bis auf Pflegepersonal und Besuch), und an diesem Geländer wiederum hingen Dinge, Seidentücher, Lametta, Krawatten, Lederriemen und andere Stofffetzen, Anna fasste sie gerne an, untersuchte sie, zog an ihnen und kicherte dabei. Als sie älter wurde, schwand das Interesse, sie zog nur noch daran in der Hoffnung, etwas herunterreißen zu können, bei Lametta klappte das, sie ließ es auf dem Boden liegen, ich hob es auf und warf es in den Müll. Diejenigen aber, für die dieses Spielzeug eigentlich angebracht worden war, freuten sich darüber, solange sie Kraft und Hirn genug hatten, diese knisternden und weichen und samtigen und rauen und pieksigen und raschelnden Stoffe anzufassen. Herr Blaumeier, erzählte die Polin, war in seinem Rollstuhl am Geländer gestorben, mit einer Krawatte in der Hand. Im Altenheim ging es zu wie in Annas Kita, erst gab es Frühstück, für die ganz Kleinen wie für die ganz Alten möglichst weiches Brot, das sie nicht kauen mussten, dann spielten und malten sie (etwa auf demselben Niveau, das Geländer mit den Stofffetzen hatte etwas von Montessori-Pädagogik), die Kleinen liefen ähnlich wackelig wie die Alten, hielten sich ab und zu fest. In der Kita wie im Heim gab es manchmal Musik, die Kleinen wie die Großen konnten noch nicht bzw. schon nicht mehr singen, sie machten «lalala», während jemand, der für Unterhaltungsmaßnahmen bezahlt wurde, Gitarre oder Klavier spielte und sang. Vor dem Mittagessen ging man Hände waschen, zum Mittagessen gab es Lätzchen, kleingeschnittenes Essen, gerne Püree oder Brei jeglicher Art. Nach dem Essen Windelwechseln (auch im Heim) und Schlaf. Ein tiefer Schlaf, wie ihn nur Kinder haben, dachte ich früher, Alte, Senile, Alzheimerkranke aber wohl auch, das hatte ich nun dazugelernt.

Später wollte sie nichts mehr essen, vielleicht konnte sie auch nicht. Erst hörte sie auf zu kauen, ich kam auf die glorreiche Idee, ihr Babybrei zu geben, kaufte Bio-Baby-Gläschen für beide: Pasta Bambini (Spaghetti mit Tomaten und Mozzarella, püriert), Kartoffel-Gemüse mit

Bio-Rind (püriert), Bio-Schinkennudeln mit Gemüse (püriert), alles ab dem achten Lebensmonat. Nach fleischhaltigen Gläschen stank der Windelinhalt schlimmer, und wenn ich Anna wickelte und dabei versuchte, nicht durch die Nase zu atmen, weil es entgegen Versprechungen anderer Eltern, beim eigenen Kind empfinde man das nicht so, doch ziemlich stank, fragte ich mich, ob die Pfleger wohl auch über die Folgen des Fleischessens nachdachten.

Dann schien sie von einem Tag auf den anderen den Schluckreflex verlernt zu haben. Ich hoffte augenblicklich, sie habe aufgegeben, es sei ihre Art, sich zu verabschieden. Sie blieb weiter, man legte ihr eine Infusion, später verabreichten sie ihr tatsächlich Astronautennahrung, kleine Päckchen à vierzehn oder neunundfünfzig Gramm. Wenn ich sie besuchte, fuhr ich nun vorher bei meiner Mutter vorbei und holte Hühnersuppe ab, sie setzte neuerdings all ihre Hoffnungen auf Hühnersuppe, ich wärmte sie im Heim in der Mikrowelle auf, versuchte, sie ihr einzuflößen, mit Löffel, Schnabeltasse, Strohhalm, sogar einer Babyflasche mit Sauger, die Anna schon lang nicht mehr brauchte. Das meiste landete auf dem Lätzchen, ich weiß nicht, wovon sich ihr Körper ernährte, ob er aus der Astronautennahrung genug Kraft nahm, die Lungen atmen, das Herz schlagen zu lassen, aber sie blieb. Meine Großmutter blieb.

ZWEITES KAPITEL

Ich stand im vierten Stock vom Ludwig Beck und fühlte mich nicht besonders gut. Unten starrten Touristen auf das Rathaus und fotografierten es. Warum fotografierten die alle das Rathaus? Für mich symbolisierte das Rathaus München, und München symbolisierte Bleiben, zu fotografieren gab es da nichts. Die Spielfiguren im Turm drehten sich im Schneckentempo, im Münchentempo. Die Touristen auf dem Marienplatz, die nach oben starrten, als würde gleich Gott persönlich im Turm erscheinen oder zumindest Barack Obama, die Kameras in den Händen, die Finger auf dem Auslöser, versperrten mir immer den Weg und machten mich aggressiv. Ich wollte auch Tourist sein, irgendwo anders als in München. Am besten so weit wie möglich von München weg. Stattdessen stand ich im vierten Stock eines Kaufhauses, fälschlicherweise war ich bei den Jungen Designern gelandet, zumindest war ich offenbar nicht mehr jung genug, und schaute nun auf die Touristen herab. Ich war wütend, am meisten wahrscheinlich auf mich selbst.

Die Person, die mir aus dem Spiegel der Umkleidekabine entgegenstarrte, kannte ich nicht und mochte ich nicht. Ein Bild, das Schriftsteller gerne verwendeten: jemand, der sein Spiegelbild nicht erkennt, den das eigene Spiegelbild erschreckt. Jedes Mal, wenn ich so etwas las, hatte ich hochnäsig geseufzt (als könnte ich besser schreiben): Man sieht sich doch jeden Tag im Spiegel, man weiß doch, wie man selbst aussieht, was soll denn dieses literarische Theater? Ein Vertuschungsversuch, dass man die Kunst nicht beherrscht, aus der Sicht des Ich-Erzählers zu schreiben und zugleich zu erzählen, dass sich das Ich verändert hat. Einen Spiegel-Satz hatte ich sogar als Beispiel auf meiner «Klischees, die ich nicht verwenden möchte»-Liste notiert. Nun war ich selbst ein Klischee. Die, die ich im Spiegel nicht kannte und nicht mochte, wahrscheinlich, weil ich in letzter Zeit den Ganzkörperblick in den Spiegel gemieden hatte, war nicht nur unförmig und dick, sondern auch irgendwie ein Niemand. Nicht, weil sie aussah, als hätte sie sich das Erstbeste übergezogen (hatte sie ja getan), es war die Art, wie sie blickte. Oder eben nicht blickte. Kein Charme und kein Schalk in ihren Augen, nichts, was mich begeistern oder interessieren konnte, nur Müdigkeit und Fassungslosigkeit angesichts des eigenen Anblicks. Sie sah aus wie eine Mutter, eine sehr übermüdete, mittelmäßig genervte und leicht überforderte Mutter. Sie sah so gar nicht aus wie ich.

Ich hatte das Shoppen in den vergangenen Monaten erfolgreich gemieden. Ich hatte die Zeit nicht gefunden (so ein Kind vereinnahmt ja komplett), ich trug meistens sowieso Schlabberklamotten, sogar die von Flox, weil sie noch größer waren, ich wartete darauf, dass meine Figur zurückkommen würde, freiwillig. Ich war geduldig. Ich aß gern, während ich wartete, obwohl ich nicht schwanger war und nicht stillte, wahrscheinlich aß ich aus Langeweile, Frust und Gewohnheit und dachte, irgendwann käme meine alte Figur oder die von Marilyn Monroe zurück bzw. vorbei, sie würde sagen: «Hi, schön, dich zu sehen!», und ich würde meine alten Klamotten hervorholen, von den obersten Schrankregalen, unterm Bett, aus der alten Kommode und aus dem Keller (während in meinem Schrank nur zwei zu große Kapuzenpullis und eine Bluse, die mehr Sack war denn Bluse, einsam und verloren hingen). Ich würde meiner alten bzw. neuen Figur meine alte Jeans in Größe achtundzwanzig anziehen und sie ein bisschen spazieren führen, alleine, ohne Kinderwagen, ich würde die Blicke der Männer und der Frauen suchen, ohne Hintergedanken, einfach so, ich würde mich gut fühlen oder einfach nur wie ich.

In meiner Vorstellung würde ich an jenem Tag nach diesem Spaziergang auch anfangen zu schreiben, richtig zu schreiben. Ich würde den Schreibtisch leer räumen, all die Notizen und Recherchen für Kolumnen und Essays, an denen ich seit zwei Jahren laborierte, um meinem schlechten Gewissen sagen zu können: Aber ich schreibe doch, ich schreibe doch etwas. Nicht am Roman, nicht am alten, nicht am neuen, aber wirklich, ich schreibe! Und ich hielt meinem Gewissen die vielen bunten Notizzettel und ausgedruckten Blätter als materiellen Beweis hin. Ich würde, wenn ich von jenem Spaziergang, an dem ich Blicke gesucht und Lächeln geerntet hatte, Kekse auf den Tisch bereitlegen und eine Flasche Bier aufmachen, obwohl Kekse nicht zum Bier passten, so wie früher. Ich würde mich erst am späten Abend hinsetzen, ohne einen Gedanken daran zu verschwenden, ob ich in der Nacht aufstehen müsse, um mich um ein Kind zu kümmern, oder an den nächsten Morgen, ich würde gar nicht nachdenken, sondern einfach die Vorstellung genießen, dass gute Sätze und Romanfiguren mich erst aufsuchten, wenn sie sich sicher seien, dass sie keiner sah, weil alle schon schliefen (außer mir, versteht sich). Ich würde mein Bier trinken, an meinen Spaziergang denken und dann die Sätze und Figuren freudig begrüßen und anfangen zu schreiben und zwischendurch einen Keks essen oder ein weiteres Bier holen, aber vor allem würde ich schreiben. Warum diese Vorstellung in mir mit Abnehmen einherging, was Schreiben mit Kilos zu tun hatte, wusste ich nicht, vielleicht hätte es mir ein Psychologe erklären können, aber die einzigen Psychologen, mit denen ich je gesprochen hatte, waren der aus meiner Kindheit, zu dem mich meine Mutter wegen der Listen schleppte, sowie der Krankenhauspsychologe, der nicht über das Schreiben sprach, sondern von möglichem Kindstod.

Jedenfalls schrieb ich außer in dieser Vorstellung nicht, und meine alte Figur schien meine Adresse vergessen zu haben. Wahrscheinlich hatte das eine wenig mit dem anderen zu tun, auf jeden Fall aber war ich gezwungen gewesen, mich auf die Suche nach einer Jeans in Größe dreiunddreißig zu machen, weil meine letzte in zweiunddreißig gestern gerissen war. An der Innennaht zwischen den Beinen, wegen zu dicker Oberschenkel, die gut zum schwabbeligen Bauch passten. Es war in der Kita passiert, auf der Rutsche mit Anna, es war niemandem aufgefallen und auch egal, weil die Menschen dort sich nur für Kinder interessierten und nicht für meine Jeans. Flox, dem ich es abends erzählt hatte, hatte gemeint, ich solle vielleicht einfach noch mal die Schwangerschaftsjeans anziehen, die waren doch so praktisch mit ihrem Gummibund. Dass er meinen Körper aufgegeben zu haben schien, ließ mich in Tränen ausbrechen, Tränen und Schluchzen, ich konnte neuerdings heulen wie Anna: ohne Vorwarnung, von null auf hundert, sofort.

Flox blickte erstaunt und fragte, was los sei, ich weinte doch nicht wirklich wegen einer Jeans, und ich schluchzte: «Doch», weil ich ihn und mich nicht daran erinnern wollte, dass ich immer noch nicht schrieb. Oder weil ich nicht über die anderen Kinder reden wollte, die beim Laufen und Klettern nicht so schnauften wie meins, weshalb ich manchmal einen Hass auf sie bekam, auch auf die anderen Eltern, heute war wieder so ein Tag gewesen. Ich weinte, Anna guckte erschrocken, Flox nahm sie auf den Arm.

«Doch, doch, doch!» Hin und wieder flossen die Verzweiflung, die Angst, die Wut und die Machtlosigkeit und all die anderen Gefühle, die der Krankenhauspsychologe erwähnt hatte, aus mir heraus, als hätte ich ein Leck. Als lebten sie versteckt in meinem Inneren und suchten nur nach der Gelegenheit, die sie zum Ausbruch nutzen konnten. Ein Riss in der Jeans, und dann strömten und drängten sie hinaus, in Form von Tränen und meistens auch Geschrei. Ich war ebenso unvorbereitet wie Flox.

«Du erschreckst ja die Kleine», sagte er. Anna hatte tatsächlich zu weinen angefangen, er ging mit ihr hinaus, machte die Tür leise, aber bestimmt hinter sich zu, murmelte vor sich hin: «Alles gut, Süße, alles gut! Mami ist ein bisschen traurig, so wie du manchmal. Wollen wir zwei vielleicht mal schauen, was dein Bär so macht? Vielleicht hat er ja Hunger. Wir könnten ihm was kochen, eine Suppe vielleicht, was meinst du?», und Anna antwortete deutlich: «Ja!», und sah wahrscheinlich auf dem Arm ihres großartigen, netten, ruhigen, liebevollen Papas sehr zufrieden und geborgen aus, während ihre hysterische, unfähige, geistesgestörte Mutter heulte, wegen einer Jeans.

Während ich dick blieb, verlor meine Großmutter Gewicht, sie schien es zu verlieren wie ich meinen Schlüsselbund vor drei Wochen oder mein Handy vor einem Jahr.

Jedes Mal, wenn ich sie besuchte, schien sie noch mehr in sich zusammengesackt als beim letzten Mal. Es fiel mir auf, wenn sie dann aufstand, um in ihr Zimmer zu gehen, das ich ihr würde zeigen müssen, weil sie nicht mehr wusste, dass sie ein eigenes Zimmer hatte, geschweige denn, wo. Wenn sie vor mir herlief, zwei, drei Schritte alleine, weil ich die Tür hinter uns schloss, schien es mir, als habe sie beim Aufstehen aus dem Sessel, in dem sie fast immer saß, um von dort in die Leere zu starren, als habe sie da wieder ein Kilo verloren, als seien sie aus ihr herausgefallen, während sie sich zum Aufstehen an den Lehnen oder an mir abstützte und dabei seufzte, als mache das Aufstehen keinen Sinn. Sie aß an den meisten Tagen nichts außer Astronautennahrung, manchmal noch zwei Schlucke Hühnersuppe dazu, Hühnersuppe, die meine Mutter ihr kochte, nicht ich, und immer, wenn ich sah, wie sie ihr Astronautennahrung verabreichten, ver-ab-reich-ten, ihr den Mund aufhielten, so wie ich manchmal der Katze, um ihr Medizin einzuflößen, und ich nur in ihrem Blick erkannte, dass sie sich wehrte, weil in ihrem Körper nicht mehr genug Kraft zum Wehren war, dann wusste ich nicht: Sollte ich mich freuen, weil ich in ihrem Blick einen Funken Geist erkannte, oder mich übergeben, weil es meine Großmutter war? Dann aß ich, statt mich zu übergeben, noch mehr als an anderen Tagen, wie ich an jenen Tagen auch mehr an den Listen schrieb.

Ich aß mehr und schrieb nur noch kurze Kolumnen, deren Länge sich in Zeilen anstatt in Seiten messen ließ, und das alles in München, immer war ich in München, nicht mehr in der Welt, die Welt schien sich erstaunlich weit weg von München zu befinden. Und nun brauchte ich eine neue Jeans, weshalb ich wie selbstverständlich in die Junge-Designer-Abteilung beim Ludwig Beck marschiert war und gerne einen Anstecker gehabt hätte: «Früher, als ich noch nicht so aussah, habe ich häufig hier eingekauft!» Ich überwand mich und bat den coolen Verkäufer mit der roten Hornbrille, den Designerhosen und den silbernen Sneakers, mir Jeans in Größe dreiunddreißig zu holen, ich sprach die Zahl «dreiunddreißig» betont laut aus, weil ich meinte, zu mir selbst stehen zu müssen, was ich in dem Moment bereute, in dem er erwiderte: «Ich muss erst mal schauen, ob wir überhaupt was in Größe dreiunddreißig haben.» Er sprach ebenfalls laut.

«Eine Hüftjeans eher nicht für dich, oder?», fragte er, als er mit zwei Hosen zurück war, die aussahen, als hätte sie auch unsere Nachbarin tragen können, eine Frau Ende vierzig, die ich im Einwohnermeldeamt arbeitend vermutet hatte, bis ich erfuhr, dass sie Latein an einem altsprachlichen Gymnasium unterrichtete, immerhin, auch eine Beamtin.

«Nee, jetzt gerade nicht», antwortete ich, als könnte sich das jeden Tag ändern. «Früher habe ich gerne hüftige Jeans getragen, aber seit der Geburt meiner Tochter ...» Er sah befremdet und angewidert aus, er wollte über Geburten und Kinder im Allgemeinen nichts hören. Ich hätte ihm gerne erklärt, dass ich das gut verstand, mir ging es genauso, aber ich sagte lieber nichts. Als ich die Jeans angezogen hatte und mich im Spiegel anstarrte, entfuhr mir unwillkürlich ein «Das bin doch nicht ich», und ich setzte mich auf die schmale Bank, die mehr zum Kleidungsstücke-Ablegen als zum Sitzen gedacht war, holte mein Notizbuch hervor, blätterte und fand die aktuelle Liste der Dinge, die ich nie habe sagen wollen, aber jetzt sage, und schrieb unter

«Ich komme ja kaum zum Duschen, geschweige denn dazu, mir Gedanken über mein Outfit zu machen.»
und «Früher habe ich auch gern gelesen.»
und «Ich muss nach Hause, der Babysitter wartet.»
und «Zum Schreiben kommt man auch nicht mehr.»
und «Dann treffen wir uns, nachdem Anna ihren Mittagsschlaf gemacht hat.»
und «Ach ja, früher sind wir auch so viel gereist.»
«Das bin doch nicht ich».

Vielleicht, dachte ich, ist man als Mutter ja auf solche Sätze abonniert, vielleicht werden sie von den gleichen Hormonen produziert, die auch für die Muttermilch verantwortlich sind oder für die immer noch erstaunliche Tatsache, dass man so ein Kind doch nicht irgendwann vom Balkon schmeißt, weil es einem nun wirklich reicht (das Geschrei, das Gequengel, das «Nein» aus Prinzip, die Wutanfälle, das Kaputtmachen, und dabei war Anna erst zwei). Ich zog die neue Jeans wieder aus und die Schwangerschaftsjeans, die ich aus der Kiste mit Umstandsklamotten im Keller geholt hatte, morgens, nachdem Flox verschwunden war, wieder an, beides mit dem Rücken zum Spiegel. Auf dem Weg zur Kasse blieb ich am Fenster stehen und erspähte in der Touristenmenge plötzlich einen großen, glatzköpfigen Mann, der vom Rathaus abgewandt stand und gebannt auf das graue Gebäude gegenüber des Rathauses starrte, wohin ich nun auch schaute, aber in den oberen Stockwerken dieses Gebäudes sah ich nichts außer Fenstern. Ich suchte den Glatzkopf, er blickte immer noch nach oben. Über den könnte ich eine Geschichte schreiben, dachte ich auf einmal und war bei diesem Gedanken plötzlich aufgeregt.

Mein Telefon klingelte, ich erkannte die Nummer, es

war Annas Kita. Ich zuckte zusammen, das Herz, dachte ich sofort und zwang mich, an Durchfall oder eine Platzwunde zu denken, während ich abnahm. Flox sagte, ich müsse lernen, an Anna als Kind, nicht an Anna, das Kind mit einem halben Herzen, zu denken. Ihre Erzieherin. Dreiundzwanzig Jahre jung, Jeansgröße achtundzwanzig, sie war vor zwei Tagen von einem Musikfestival zurückgekommen, als ich sie danach gefragt hatte, hatte sie keinerlei Interesse an einer Unterhaltung mit mir darüber gezeigt, ich war für sie eine Mutter, und dass ich früher kein Festival ausgelassen hatte, in Deutschland, in Europa, wegen einem nach Südamerika geflogen war, interessierte sie nicht oder glaubte sie mir nicht, diese Erzieherin sagte, Anna habe Durchfall, ich solle sie abholen kommen.

Ich beeilte mich an die Kasse, um meine zwei Jeans in Größe dreiunddreißig zu bezahlen, zweimal dasselbe Modell, weil sonst nichts gepasst hatte, ich hatte also nicht gewählt, sondern mitgenommen, was ging, wie ich das aus den Erzählungen meiner Mutter vom real existierenden Kommunismus kannte.

Es waren noch neun Tage bis zur OP.

DRITTES KAPITEL

Amerika

- *Wenn Menschen etwas falsch gemacht haben, werden sie grausam gefoltert und erhängt.*
- *Alles gehört ein paar wenigen sehr Reichen, und alle anderen schuften für sie.*
- *Wenn ein Reicher beschließt, dass er nicht mehr will, dass jemand für ihn arbeitet, muss dieser Arbeiter sofort gehen, und dann hat er kein Geld, um Essen für seine Kinder zu kaufen, und die Kinder sterben.*
- *Manchmal werden die Kinder ihm dann auch weggenommen und ins Kinderheim gesteckt. In den Kinderheimen ist man aber nicht so nett zu ihnen wie in den sowjetischen.*
- *Sie reiten auf Pferden durch ...*
- *Es gibt Roboter, die Wäsche waschen können (Mama).*
- *Es gibt Geschäfte, da gibt es IMMER ALLES zu kaufen.*
- *Neger werden gelyncht («Onkel Toms Hütte»).*
- *Der Ku-Klux-Klan ist überall.*
- *Es gibt so viel Pepsi, wie man will.*
- *... Milch ...*

Er wollte es gerne glauben, wirklich, aber was er sich nicht vorstellen konnte, fiel ihm umso schwerer, gutgläubig hinzunehmen. Wie sollte sie denn aussehen, so eine Maschine? Sie brauchte viel Platz, hatte Jurka gesagt. Wie viel war viel Platz? Mehr als ein Badezimmer? Und wenn sie nicht ins Badezimmer passte, wo stellte man sie dann hin? In den Flur ja wohl nicht, da würden die Nachbarn schimpfen. Wobei er sich nicht sicher war, ob die Menschen drüben auch in Kommunalkas lebten. Vielleicht hatten sie alle Einzelwohnungen? Aber wie schafften sie das? Waren die Häuser höher? Grischa hatte seinen Vater gefragt, warum man die Häuser hierzulande nicht einfach höher baute, dann gäbe es mehr Platz für alle. Sein Vater hatte keine Antwort geben können, und der arbeitete immerhin auf der Baustelle. Er wollte gerne genug Vorstellungskraft für so eine Maschine haben. Jurkas Onkel war Dolmetscher, in höheren Diensten, und er war drüben gewesen, vier Tage lang, er war im Flugzeug geflogen, und hätte Jurka nur einen Deut lauter gesprochen, dann hätte es nicht nur der ganze Umkleideraum, sondern die gesamte Schule gehört (und alle hatten sie zugehört, auch die älteren Jungen aus der siebten und der achten, die sich gerade umzogen). Es ärgerte ihn, dass Jurka nicht gut erzählen konnte. Er selbst hatte keinen Dolmetscher-Onkel (nur einen, der viel trank, und zwei andere, von denen er nicht wusste, was sie machten), er kannte auch niemanden, der drüben gewesen sein könnte, er kannte überhaupt niemanden, der jemals irgendwo war (na gut, Tante Mascha war schon einmal auf der Krim gewesen und hatte ihm eine Muschel mitgebracht, durch die er angeblich das Meeresrauschen hören konnte, aber er hörte nichts, und jetzt verstaubte die Muschel in seinem Bücherregal), er wusste also nichts von solchen Dingen und hätte dennoch bessere Geschichten von Jurkas Onkel und seinen Tagen drüben erzählen können.

Er hatte sich seine Jacke angezogen, seinen Turnbeutel nicht am Haken gefunden, die Aufregung seiner Mutter (er hörte sie schon: «Schon wieder? Schon wieder? Wie machst du das? Was denkst du, dass Turnsachen auf Bäumen wachsen?») in Kauf genommen und war nach Hause gegangen, um die schlecht vorgetragenen Geschichten von Jurka nicht mehr hören zu müssen. Hatte Jurka vielleicht gar keinen Onkel? Oder keinen, der Dolmetscher war? Aber woher hatte er sonst diesen Schlüsselanhänger, an dem dieser maskierte Mann hing, der einen blauen Gymnastikanzug und einen roten Umhang trug und ein rot-gelbes Emblem auf der Brust hatte? Jurka sagte, das sei ein englisches S. Er sagte auch, dieser Mann sei sehr wichtig, er komme aus einem amerikanischen Buch mit vielen Bildern. Ein Kinderbuch also? Er fragte nichts, um Jurka nicht mit zu viel Aufmerksamkeit zu glorifizieren. Er hätte zu gerne einen Onkel gehabt, der ihm solche Schlüsselanhänger mitbrachte. Jurka trug seinen am Reißverschluss der Jacke und kontrollierte auf dem Schulweg wie zwanghaft jede Minute, ob er noch da war. Während des Unterrichts steckte er ihn in die Hosentasche und versicherte sich auch da – selbst bei Klassenarbeiten – minütlich seines Vorhandenseins. Grischa hätte nicht übel Lust gehabt, Jurka den Anhänger abzunehmen, aber Jurka war einen Kopf größer, und eigentlich hatte er so etwas gar nicht nötig.

Der Gedanke an die Maschine ließ ihn den ganzen Nachhauseweg nicht los, während er die Delegatskaja überquerte, durch den Park lief und im Hof wie immer kurz auf den Spielplatz abbog, um einmal die Rutsche zu rutschen, als wäre er wieder sechs (es sah ihn ja keiner), die ganze Zeit dachte er daran, versuchte, sich diese Maschine vorzustellen, und ärgerte sich, weil es ihm nicht gelang. Zu Hause schrieb er die Maschine trotzdem in die Amerika-Liste, er wollte sie in Klammern setzen und ließ es dann, weil die Punkte alle aus unsicheren Quellen stammten. Seine Lehrer, so ahnte er inzwischen, lieferten auch keine zuverlässigeren Informationen als die älteren Jungs im Hof. Zwei der Jungen, mit denen er Fußball spielte, hatten einen Fernseher zu Hause, dort sahen sie wohl manchmal die USA. Er hätte alles für einen Fernseher gegeben, einen Fernseher wünschte er sich noch mehr als einen Fotoapparat. Er hatte nur einmal ferngesehen, als er krank war und nicht zur Schule konnte. Tante Mascha hatte auf ihn aufgepasst und ihn zu einer Freundin mitgenommen. Der Fernseher war groß, er hatte nicht den Knopf drücken dürfen, der machte, dass kurz ein Licht auf dem Bildschirm (Bildschirm, das Wort hatte er an jenem Tag gelernt) aufflammte und sofort wieder erlosch, dann rauschte es eine Weile, bevor sich also auf diesem Bildschirm Menschen bewegten. Erst nur als Schatten, aber nach ein paar Minuten konnte man sie deutlich sehen. Sein Vater hatte sich im Betrieb in die Warteschlange für so einen Fernseher einschreiben können, er, sein Bruder und seine Schwester hatten gebettelt, der Kommunalka-Mitbewohner Nikolaj Petrowitsch sich vehement dagegen ausgesprochen, obwohl er noch nie einen Fernseher gesehen hatte und ihn auch nicht zu sehen bekommen würde, denn der Fernseher, schätzte er, wäre in dem Zimmer platziert worden, in dem seine Eltern und seine Schwester schliefen, nicht in der Küche, und warum auch sollten Nikolaj Petrowitsch und seine Frau, die noch nicht einmal die von der Schwiegermutter aus dem Süden geschickten Orangen teilten, vom Fernseher profitieren? Dann hatte seine Mutter auf die Kosten verwiesen, also würden sie wahrscheinlich nie einen Fernseher bekommen, selbst wenn sein Vater jemals dran wäre.

Auch gut. Momentan hoffte er auf einen Fotoapparat zu Neujahr, und immerhin hatte Vater diese Hoffnung mit «Na, das ist mal ein sinnvoller Wunsch» kommentiert. Es waren noch drei Wochen bis zum Fest, und im Gegensatz zu einer Maschine – einer Maschine, die Wäsche waschen sollte! – konnte er sich eine «Ljubitel» unter dem Neujahrsbaum sehr gut vorstellen.

Zu Hause holte er seinen Zeichenblock hervor und versuchte, die Maschine zu zeichnen. Ein großer quadratischer Kasten mit einem Waschbecken und Wasserhahn vielleicht, aber wie lief das Waschen dann ab? Jurka hatte gesagt, die Maschine mache alles selbst, sogar das Auswringen. Zum Wringen brauchte man doch Arme und Hände! Er riss die Seite aus, zerknüllte sie, zielte auf den Mülleimer und traf. Begann, einen Roboter zu zeichnen, mit Armen und Händen, obwohl Jurka auch auf Nachfrage hin betont hatte, es handele sich um keinen Roboter im Sinne von Roboter. So ein Roboter wäre doch viel besser, der könnte auch Geschirr abspülen und Müll zum Müllschlucker bringen, dann müsste er das nicht ständig tun.

Seine Schwester kam herein. Anastasia kam fast jeden Tag später aus der Schule als er, obwohl sie jünger war und Geographie, Literatur und Naturkunde noch gar nicht hatte. Dafür war sie in fast jeder Arbeitsgemeinschaft aktiv, die für ihren Jahrgang angeboten wurde, und obendrein Kommandeurin in ihrem «Stern» der Jungpioniere. Jedes der fünf Mitglieder musste in seinem jeweiligen «Stern» eine Aufgabe übernehmen, er war in seinem der Bibliothekar, da musste man nicht viel tun. Er hatte es außerdem mit der Schach-AG probiert, aber der Lehrer hatte verlangt, dass sie schweigend über den nächsten Zug sinnierten, und Schweigen war nicht seine Stärke; er wollte gerne Theater spielen, aber die nahmen erst ab der sechsten Klasse auf. Nächstes Jahr!

«Malst du schon wieder?», fragte Anastasia ohne Begrüßung.

«Raus mit dir», gab er ebenfalls grußlos zurück.

«Ich meine ja nur … Ich hoffe, du achtest auf deine Perspektiven!», fügte sie aufmüpfig hinzu und schüttelte den Kopf, und das Kopfschütteln erinnerte ihn sehr an das Kopfschütteln von Ludmila Aleksandrovna, die gerade ihre Klassenlehrerin war und einmal die seine gewesen war, dieses Kopfschütteln hatte er drei Jahre lang beinahe täglich gesehen. Seine Schwester ahmte neuerdings die erwachsenen Frauen nach, seine Mutter, Tante Mascha, die Großmutter, die Lehrerin, einmal, so meinte er, sogar die Frau von Nikolaj Petrowitsch. Es nervte ihn immens. Anastasia war bis vor kurzem eine recht folgsame Kumpanin gewesen.

«Du weißt doch gar nicht, was Perspektiven sind! Raus jetzt», rief Grischa ihr zu und stand sogar auf, um sie hinauszuschmeißen. In zwei Stunden würde sein Bruder nach Hause kommen, dann seine Mutter und sein Vater, und so lange wollte er die Ruhe und das Zimmer für sich alleine genießen und nutzen.

«Ich weiß jetzt genug über Perspektiven», und das

Aussprechen des Begriffes machte ihr noch Schwierigkeiten, «um zu wissen, dass du deinen Umgang mit ihnen überdenken solltest!» Es gelang ihr, die Tür hinter sich zu schließen, bevor er sie zuknallen konnte, das ärgerte ihn ebenfalls.

Sie glaubte noch an Väterchen Frost und wagte es, mit ihm über Perspektiven zu sprechen! Was sie nur alle mit den Perspektiven hatten. Erst seine Kunstlehrerin, dann die Klassenleiterin, dann seine Eltern (und damit die Verwandtschaft, die Nachbarn, auch die aus der Wohnung unter ihnen), und die Schuldirektorin Walentina Iwanowna. Eingangs hatten ihm alle großes Talent zugesprochen, ihn für die Kunstolympiade im Palast der Pioniere aufgestellt, Mutter hatte seine Bilder von Großmutters Wänden (in ihrer eigenen Wohnung hingen keine) abgenommen und stolz in einer großen Pappmappe, die sein Vater irgendwo aufgetrieben hatte, eigenhändig in die Schule geschleppt. «Du wirst unserer Institution alle Ehre machen!», sagten sie, alternativ: «Dass du mal etwas Gutes für die Schule tun würdest!» (seine Lehrer), «Du?» (sein Bruder) und «Ja, er! Er kann nämlich auch was» (seine Mutter), sein Vater hatte ihm auf die Schulter geklopft, mehrmals mit seiner Riesenpranke, sodass es beinahe schmerzte. Er freute sich trotzdem. Seine Kunstlehrerin und die Direktorin hatten zu jedem der ausgeschriebenen Themen ein Bild aus seiner Sammlung ausgesucht, er hatte auf dem Sofa im Direktorium gesessen und zugehört, wie sie «Moskwa im Sommer von der Krymskij-Brücke aus» versus «Der Birkenwald im Herbst» für die Landschaftskategorie debattierten. Jedes Jahr stellten die Juroren im Palast der Pioniere auch ein

Schwerpunktthema für die Kunstolympiade, dem sich die Schüler insbesondere zu widmen hatten. Das diesjährige hatte ihn weder begeistert noch betrübt, es ähnelte den Themen seiner Schulaufsätze: «Meine Schule im Raum der sowjetischen Gesellschaft». Die Lehrerin hatte ihm Hilfe angeboten. Grischa wusste nicht, worin ihre Hilfe bestehen könnte – würde sie ihm ein Motiv vorgeben, würde sie seine Hand beim Malen führen, müsste er während des gesamten Malprozesses neben ihr sitzen (sie hatte Mundgeruch)? Er lehnte, so höflich es ihm möglich war, ab. Er hatte vor kurzem etwas über eine Muse gelesen und erklärte, die Muse besuche ihn nur, wenn er allein war, oft nachts. Die Kunstlehrerin war sichtlich beleidigt, aber seine Mutter sprang ihm zu Hilfe, erzählte, dass er oft nachts male (er hatte nicht gewusst, dass sie das wusste, er schluckte). Seine Kunstlehrerin riet ihm an, ehrlich zu malen, also in der Tiefe seiner sowjetischen Pionierseele nach einem Motiv zu suchen.

Das hatte er getan, vier Nächte lang, in der letzten hatte sich die Frau von Nikolaj Petrowitsch über das Licht in der Küche beschwert, was Unsinn war, wie alles, was von ihr kam, weil er die Tür zum Flur immer schloss, sodass sie das Licht in ihrem Zimmer gar nicht stören konnte, weil sie es nur dann sah, wenn sie (drei- bis viermal in der Nacht) zur Toilette ging, aber dann war sie ja eh schon wach. Als sie sich beschwerte, war sein Bild fast fertig, und am nächsten Morgen hatte er es als Erstes seiner Schwester gezeigt. Seinen Eltern noch nicht, weil es morgens immer schnell und hektisch bei ihnen zuging, alle mussten zur Arbeit und zur Schule, aber beide Eltern hatten bis zum Mittag schon davon gehört, weil seine Kunstlehrerin, der er das Bild vorführte, es ihm abgenommen und der Direktorin gezeigt hatte, und Walentina Iwanowna hatte sofort in den Betrieben der Eltern angerufen und ihnen davon berichtet. Seine Bilder wurden bei der Kunstolympiade nicht eingereicht, er würde seiner Schule also doch keine Ehre machen. Sein Vater hatte getan, was er immer tat, wenn er ihn nicht verstand, das, was er auch tat, wenn man nicht gehorchte. Seine Mutter hatte den Kopf geschüttelt, immer und immer wieder, auch wenn sie sich unbeobachtet wähnte. Sie hatte das Bild eigenhändig zerrissen, vor den Augen der Kunstlehrerin, vor den Augen seiner Mitschüler. Walentina Iwanowna hatte mehrere Gespräche in unterschiedlichen Konstellationen angeordnet: mit ihm alleine, mit ihm und seiner Mutter, mit ihm und beiden Eltern (zum ersten Mal in seinem Leben war sein Vater in der Schule gewesen), mit seinen Eltern ohne ihn. Grischa hatte nicht wirklich zugehört, weil er über diesen einen Satz nachdachte, der bei jedem der Gespräche und auch sonst häufig in jenen Tagen fiel: «Du hast falsch gemalt.»

Wie malt man falsch?

Hatte van Gogh richtiger gemalt als Gauguin?

Die Perspektive war falsch, sagten sie auch, und er war sich nicht sicher, welche sie meinten. Die Perspektiven, die er für das Bild verwendet hatte, zum Beispiel die großen und kleinen Lenin-Stalin-Chruschtschow-Köpfe, die wie Luftballons über Hunderten von Schülerköpfen tanzten, die Schüler trugen alle Uniformen, perspektivisch falsche, hatten übergroße rote Halstücher und keine Gesichter, eine ganze Nacht hatte er nur für diese Schüler gebraucht), oder die Perspektive, aus der er heraus gemalt hatte, seine innere Perspektive sozusagen.

Grischa hing nicht arg an dem Bild, er verstand es nur nicht. Seine Großmutter hatte sich, als sie davon hörte, mehrmals bekreuzigt. Früher hatte er immer lachen müssen, wenn seine Großmutter sich bekreuzigte, er hatte sie nachgeahmt – ausnahmsweise nicht, weil er sich lustig machen wollte, sondern weil er wissen wollte, wie es sich anfühlte, wozu das gut war. Ob dieser Gott, den seine Großmutter wohl hören konnte, auch mit ihm sprechen würde, wenn er sich bekreuzigte. Gott hatte natürlich nichts gesagt, weil es ihn ja auch gar nicht gab, im Nachhinein schämte er sich dafür, es überhaupt ausprobiert zu haben.

Er legte den Zeichenblock mit dem Waschroboter erst beiseite, besann sich, rückte das Bett ein paar Zentimeter von der Wand ab und klemmte den Block dann zwischen Bett und Wand fest. Solange seine Mutter die Bettwäsche nicht wechselte, und das würde sie in den nächsten Tagen nicht tun, weil sie nur am Wochenende wusch, würde niemand den Zeichenblock entdecken. Er war sich nicht sicher, ob Roboter nicht auch falsch waren, immerhin gab es die in den USA.

Beim Abendessen erzählte er von der Maschine, und sein Bruder lachte ihn aus.

«Wie soll sie denn aussehen, so eine Maschine, die Wäsche wäscht? Wie Mama etwa?», und außer ihm lachten alle.

«Unsere Mama, eine Maschine aus Amerika», meinte sein Vater, der sich sonst selten am Humor versuchte.

«Aber Jurkas Onkel hat sie gesehen. Er war drüben, vier Tage lang. Er hat sie doch selbst gesehen.»

«Dieser Jurka ist doch ein Jude!», warf sein Bruder ein. «Ich weiß, wen du meinst, das ist der mit den abstehenden Ohren.»

«Klingt für mich, als hätte dieser Jurka eine ähnlich blühende Phantasie wie du», warf seine Mutter ein und strich ihm liebevoll über den Kopf, bevor sie die Kartoffeln auf seinen Teller lud. Wie immer Kartoffeln. Und noch nicht einmal Schmand dazu.

Anastasia war wohl ähnlicher Ansicht und erkundigte sich, was sie an Neujahr essen würden. Er war für Torte, seine Mutter hatte gesagt, sie könnten Torte oder Käse kaufen. Wie sie auf die Idee kam, dass das gleichwertige Alternativen seien, war ihm ein Rätsel. Seine Schwester glaubte mit acht noch an Väterchen Frost, aber er würde ihr nichts sagen, weil es irgendwie nett war (und er es seiner Mutter hatte versprechen müssen), auch wenn er sich schon seit ein paar Jahren wunderte, warum sie Onkel Boris unter dem roten Mantel und dem weißen, meist schief angeklebten Bart nicht schon am Alkoholgeruch erkannte.

Anastasia wartete mit einem ähnlichen Stoizismus auf Väterchen Frost wie seine Großmutter auf den Kommunismus. Man habe, erzählte Großmutter oft, ausgerechnet, wie lange es noch bis zum Kommunismus dauern würde, zwanzig Jahre ungefähr, und sie zählte die Tage bis zum Kommunismus wie seine Schwester die bis Neujahr. Sie wünschte sich Schlittschuhe, «echte» Schlittschuhe, er selbst hatte wie alle anderen ein paar normale Schuhe, an die er Kufen festgemacht hatte. Echte Schlittschuhe gab es, da war er sicher, nur in den USA. Oder auf dem Mond. Oder bei Großmutters Gott. Er hatte das seiner Schwester erklärt, auch um ihr die Enttäuschung, die er selbst so gut kannte, zu ersparen, aber sie meinte trotzig:

«Solange du dir einen Fotoapparat wünschen darfst, darf ich mir Schlittschuhe wünschen.»

Wenn Anastasia keine Schlittschuhe bekommen sollte, würde er ihr seine «falschen» vielleicht ab und zu leihen. Wenn sie hinter den Kindergarten zur zugefrorenen Fläche zum Eislaufen gingen, stand sie eh mehr am Rand, als dass sie lief; die Eishockey spielenden Jungs machten ihr Angst. Er hatte auch ein Geschenk für seine Schwester, das Väterchen Frost, der alte Schlawiner, unter den Neujahrsbaum legen würde. Er hatte vor einigen Wochen ganz vorsichtig Spielkarten gezinkt und gegen ein paar Sechstklässler gewonnen, darunter gegen Pawel, dessen Schwester wie seine Etiketten von Streichholzschachteln sammelte. Eigentlich wurde um Kopeken gespielt, bei den Älteren um Zigaretten, deshalb hatte sich Pawel gewundert, als er ihn stattdessen um die Etiketten bat.

«Was, bist du ein Mädchen, dass du so was sammelst?», hatte er giftig hingeworfen, aber nicht darauf herumgeritten, weil er lieber die Streichholzetiketten seiner Schwester klaute, als sein Geld herzugeben. Grischa war froh, dass seine Schwester keine Federn mehr sammelte, um Federn hätte er nun wirklich nicht spielen können. Seiner Mutter hatte er ursprünglich ein Bild für Neujahr malen wollen, aber Bilder waren momentan kein gutes Thema in der Familie. Vielleicht würde er Nägel für sie auftreiben können. Er wollte die nächsten Tage, wenn es mal nicht schneite, durch die Abfalldeponien ziehen und in alten Brettern nach nicht zu verrosteten Nägeln suchen, die seine Mutter ins Mehl legen könnte, damit es nicht schlecht würde. Die Frau von Nikolaj Petrowitsch hatte ihr den Nageltrick beigebracht. Nägel seien angeblich das Einzige, was das Mehl am Leben erhalte. Was er seinem Vater und seinem Bruder schenken könnte, wusste er nicht und dachte auch nicht darüber nach.

Er wollte den Fotoapparat noch einmal ansprechen, aber er wusste nicht, wie. Seine Schwester redete wie oft vor sich hin, jetzt plapperte sie vom Neujahrsfest in der Schule, Väterchen Frost und seine Enkelin Snegurotschka, das Schneemädchen, würden kommen, es würde Lichter und Mandarinen und ein Theaterstück geben, und hatte ihre Mutter ihr nicht letztes Jahr ein neues Kleid für diesen Winter, die diesjährigen Feiertage versprochen? Auf die Mandarinen freute er sich im Übrigen auch, deshalb musste er auch zu diesem Fest gehen, sonst würde er dieses Jahr keine bekommen. Überhaupt konnte er Neujahr als Fest gut leiden: Es gab keine roten Flaggen und keine Hymne wie bei den anderen Festen.

Grischa wollte den Fotoapparat, um das festzuhalten, was er nicht malen oder zeichnen konnte. Gesichter wollte er fotografieren, aber keine Porträts, wie man sie in der Schule machte: Jedes Kind wurde auf einen Stuhl gesetzt, den Kopf musste man leicht nach rechts neigen, lächeln musste man auch, lachen durfte man nicht. Die Zähne, erklärte ihnen die Klassenlehrerin, dürften auf dem Foto nicht zu sehen sein. Seine Großmutter hatte je ein Porträt ihrer Enkel in der Vitrine stehen, und er fand, dass das von ihm dem seines Bruders zum Verwechseln ähnlich sah, obwohl sonst alle sagten, dass sie nicht wie Brüder wirkten (er sah der Mutter ähnlich, sein Bruder dem Vater). Grischa wollte vielmehr die «üblichen» Gesichter festhalten, seine Mutter kopfschüttelnd, mit diesen Falten über den Augenbrauen, die nur beim Kopfschütteln auftauchten; seine Schwester lachend, seinen Bruder gesichtslos (und ein besseres Wort fiel ihm nicht ein), seinen Vater mit der eisernen Miene, obwohl die Augen manchmal auch Zärtlichkeit verrieten. Ja, in einem solchen Moment wollte er seinen Vater festhalten.

Er stocherte in den Kartoffeln herum, da sprach sein Vater die Sache an.

«Und du wünschst dir also einen Fotoapparat? Was willst du denn aufnehmen damit?»

Er blickte freudig überrascht von seinem Teller auf und überlegte kurz. Bevor er etwas Falsches sagte, legte er sich die Antwort lieber zurecht, dass sie so klang, wie sie es hören wollten, und er trotzdem nah an der Wahrheit blieb: «Ich will mich mit Porträtfotografie beschäftigen. Ich würde gerne euch alle, aber auch Oma fotografieren. Und im Sommer auch draußen Bilder machen. Am Fluss vielleicht. Oder in einen Birkenwald fahren. Und natürlich die Sehenswürdigkeiten unserer großartigen Hauptstadt.» Und ja, er hatte keine Ironie in die Worte gelegt. (Er wusste schon, was Ironie war! Er studierte derzeit die Große Sowjetische Enzyklopädie und war beim Buchstaben K angekommen.)

«Aber weißt du denn etwas über das Entwickeln? Was machst du mit den Negativen?», fragte sein Vater. Die Antwort hatte ihm also gefallen.

«Ich weiß, dass man eine Dunkelkammer braucht. Ich habe natürlich keine. Aber ich könnte abends, wenn alle schon schlafen, an den Wochenenden natürlich, im

Badezimmer entwickeln, da ist ja kein Fenster. Ich muss die Bilder zum Trocknen aufhängen, aber die dürften am Morgen trocken sein, bis alle aufstehen.»

«Er weiß alles! Er liest doch jetzt die Enzyklopädie!», unterbrach sein Bruder, weil er doch der Sohn seines Vaters war und diese Rolle ungern auch nur für ein paar Minuten aufgab. Grischa dagegen wollte ja gar nicht der Sohn seines Vaters sein, er wollte nur den Fotoapparat, eine «Ljubitel» oder besser noch eine «Zorkij».

«Na, mal sehen, ob Väterchen Frost deinen Wunsch überhaupt gehört hat. Oder meinen», seufzte seine Schwester. Er gabelte doch ein Stück Kartoffel auf und steckte es in den Mund.

VIERTES KAPITEL

Die Listen gaben mir Kraft und Ruhe wie anderen das Gebet, Alkohol, Drogen, ein Therapeut, die Zigaretten und das Shoppen. Ich wusste, dass sowohl Drogen wie auch Psychotherapeuten gesellschaftlich weit anerkannter sind als Listen. Aber Listen, zumal solche Listen, sind rar, außer mir schreibt meines Wissens niemand so viele Listen, niemand ordnet, niemand pflegt sie. Es ist also in Ordnung, seinem Körper in gewissem Maße Alkohol und Nikotin zuzuführen, um abzuschalten oder auf andere Gedanken zu kommen. Aber jemand, der zu seiner Beruhigung und inneren Ausgeglichenheit nichts weiter als ein Blatt Papier und einen Stift braucht, gilt als sonderbar. Als Neurotiker, der ich übrigens gerne bin, wenn Woody Allen auch einer ist. Eine Neurotikerin, aus Überzeugung sozusagen. Ich glaube, Woody Allen würde meine Listen mögen.

Wann das, also meine Listensammelei, meine Listensammlung, meine Listenleidenschaft ihren Anfang nahm, daran erinnere ich mich nicht, auch wenn ich das sollte, denn schreiben konnte ich damals ja. Die Idee zu meiner ersten Liste, wo kam sie her? Wo, womit, worauf, warum aber vor allem schrieb ich sie auf? Ich sollte das mit einem Therapeuten besprechen, hat Flox zweimal gesagt, einmal ernsthaft, bittend, und einmal im Streit. Nach dem ersten Mal habe ich nicht mehr mit ihm geredet, eine Woche lang. Es fiel mir schwerer als ihm, ich arbeitete von acht bis neun, dreizehn Stunden mit Kaffee und Sandwiches am Schreibtisch, dann ging ich in eine Spätvorstellung ins Kino, ich sah in der Woche dreimal denselben Film von David Lynch, dessen Logik ich verzweifelt zu verstehen versuchte, es lenkte ab. Wenn ich nach Hause kam, nahm ich meine Listen zur Hand, weil ich ja nicht mit Flox sprach, überarbeitete sie, strich durch, fügte hinzu, schrieb neu ab, sortierte, ordnete und recherchierte, bis ich über den Listen einschlief, die ich am nächsten Morgen zu glätten versuchen würde und wieder neu ordnen müsste. Dass er meine Listen ablehnte, fühlte sich an, als würde er mich ablehnen, und dass er diese für mich logische Konsequenz wiederum nicht nachvollziehen konnte, verunsicherte meine Überzeugung, er sei der Mann, mit dem ich weiter leben und reisen und sein wollte. Flox sagte dann eine ganze Weile nichts mehr über meine Listen, nachdem wir das zwar nicht geklärt hatten, aber doch wieder miteinander sprachen, zaghaft erst und dann so, als hätte es die sprachlosen Tage nicht gegeben. Später begann er erst vorsichtig und dann immer öfter, weil es uns beide entspannte, sich ein wenig lustig darüber zu machen, auf eine neckende Weise, und nur einmal sagte er im Streit: «Du bist ja nicht ganz dicht! Du mit deinen Listen! Du müsstest echt mal in Therapie!»

Einmal war ich deshalb sogar beim Therapeuten gewesen, mit zwölf oder dreizehn, meine Mutter hatte mich hingeschleppt. Daran erinnere ich mich. Und an Schulhefte, die ich vollkritzelte mit Listen und im Tresor einsperrte, ein abschließbares Fach in meinem Schreibtisch, auf den ich stolz war, weil ich mich dabei wie eine Schriftstellerin fühlte, eine Schriftstellerin mit Geheimfach und Listen. Den Schlüssel trug ich um den Hals an einer schwarzen Lederkette. An solche Ketten hängten die anderen Mädchen bunte Steinchen oder Mickey-Mouse-Anhänger. Auch nachts behielt ich die Kette um. Abends, vor dem Schlafengehen, nach dem Zähneputzen, setzte ich mich an die dafür komplett freigeräumte Schreibtischplatte, schloss das Fach auf und ergänzte die Listen, stellte neue auf, überarbeitete die alten. Wenn ich fertig war, sperrte ich sie ein und hängte mir den Schlüssel wieder um den Hals. Das war das, was meiner Mutter Sorgen gemacht zu haben schien, dass ich diese Listen nicht nur schreiben, sondern auch einsperren, geheim halten musste. Frank nicht, dem machte selten etwas Sorgen, er winkte ab, im wörtlichen Sinne: Er winkte die Bedenken meiner Mutter mit einer für ihn typischen, wie ich später dachte, etwas schwulen Geste, mit einer schlackernden Hand, ab: «Lass sie doch.» Frank wollte gelassen werden und ließ im Gegenzug. Meine Mutter hatte sich anfangs noch über die Listen gefreut, auch daran erinnere ich mich – wie ich aus meinem Zimmer die Treppe hinab in die Küche rannte, um ihr eine neue Liste zu zeigen, wie sie mich auf ihren Schoß setzte (also muss ich noch klein gewesen sein), ihren Tee beiseiteschob und jeden Punkt auf der Liste mit mir durchging, sogar Vorschläge für neue machte. Manche nahm ich auf, andere Listen gehörten mir und waren nicht ergänzbar, sie lachte darüber. Wann begann sie, sich Sorgen zu machen? Als die Listen nicht aufhörten? Als ich in die Pubertät kam? Hatte sie gehofft, es sei eine Phase, aus der ich herauswachsen würde, wie aus meiner Angst vorm Dunkeln? Sie hatte mir nicht gesagt, wohin wir fahren würden, hatte mich von der Schule abgeholt und gemeint, ich müsse zum Arzt. Habe ich sie gefragt, warum? Vertraute ich so blind meiner Mutter, dass ich ihre Entscheidungen, ihre Richtungsvorgaben noch mit zwölf oder dreizehn einfach hinnahm? Wir stiegen an der Kapuzinerstraße aus dem Bus, und ich folgte ihr, ohne zu fragen, am Buchladen, am Italiener, am Kiosk und an der Zoohandlung, in der wir Nataschas Futter kauften, vorbei, während ich ihr von der neuen Biologielehrerin erzählte, die so dick war, so dick wie ein Wal. Und dann erinnere ich mich an das graue Metallschild am Hauseingang:

Stephan Spitzing
Diplom-Psychologe
Kinder- und Jugendpsychotherapie
(Kassenzulassung)

Ich begriff es nicht sofort, erst im Hausflur. Während es in mir arbeitete, ich mir das Schild einprägte, fragte ich: «Warum gehen wir denn dorthin?», obwohl ich es ahnte.

Meine Mutter blieb im halbdunklen Flur stehen, drehte sich abrupt, als hätte sie auf diese Frage gewartet und sich die Antwort zurechtgelegt, zu mir um und legte mir ihre beiden Hände auf die Wangen, eine Geste, die ich ihr bis heute nicht abgewöhnen konnte. Ob ich das damals auch schon unangenehm fand, aber mich herauszuwinden nicht traute? Genau, wie ich jahrelang zugelassen hatte, dass sie auf ein Taschentuch spuckte, um mir Eis- oder Schokoladenreste aus den Mundwinkeln zu wischen, und später, schlimmer noch, um meine viel zu dichten Augenbrauen mit ihren ebenfalls spuckebefeuchteten Fingern zu richten, damit sie ordentlich aussahen, damit ich, wie sie sagte, nicht aussehe wie Tolstoj? Jedenfalls legte sie ihre Hände auf meine Wangen und sagte:

«Das ist nur ein Mann, er spricht nur mit dir. Es ist nicht schlimm, es tut nicht weh», und ich dachte, bescheuert bin ich nicht, ich kann einen Psychologen von einem Zahnarzt unterscheiden, und fragte: «Aber worüber soll ich mit ihm sprechen?»

«Worüber du willst.»

«Aber ich will doch gar nicht!»

«Jetzt lass uns doch erst mal hineingehen. Lern ihn doch erst einmal einfach kennen.»

«Aber ich will nicht!», meine Mutter hatte sich wieder dem Aufzug zugewandt und auf den Knopf gedrückt, ich wurde panisch und tat zwei Schritte zurück, wahrscheinlich klang auch meine Stimme energischer und zu laut. Wenn ich nervös werde, werde ich laut, das ist bis heute so, zuletzt war es bei Dr. Steinmann, was ich deshalb genau weiß, weil Flox mich ermahnte wie meine Mutter damals: «Psst. Das ganze Haus kann dich hören! Wir fahren jetzt hinauf, dann lernst du den Mann kennen. Alles wird gut.»

Warum sagen Menschen immer: «Alles wird gut»? Ob ein Kind nun hinfällt und weinen muss, ob man Angst um sein todkrankes Kind haben muss, ob man ohne Vorwarnung zum Psychologen geschleppt wird, immer heißt es: «Alles wird gut!»

Im Aufzug, in den ich ihr widerwillig gefolgt war, ich wundere mich noch heute, dass ich nicht umdrehte und einfach ging, bohrte ich noch einmal nach: «Aber worüber soll ich mit ihm reden?»

«Worüber du willst. Du kannst über die Schule oder über deine Freundinnen reden, worüber du willst. Oder über diese Zettel, die du da immer schreibst und in deinem Schreibtisch einschließt.» Sie schaute mich nicht an, starrte auf die Aufzugstür, hielt sich an ihrer Handtasche fest.

«Meine Listen?»

«Ja, deine Listen.»

«Hast du mich wegen der Listen hierhergeschleppt?»

Nun drehte sie sich wieder zu mir, legte ihre Hände noch mal auf mein Gesicht, sprach wie auswendig gelernt die Sätze, die sie sich wahrscheinlich in den Nächten zuvor zurechtgelegt, vielleicht sogar notiert und laut gelesen hatte, bis sie die Worte gefunden hatte, die dazu taugten, ihrer zwölfjährigen Tochter zu erklären, dass diese verrückt sei:

«Mir ist aufgefallen, dass du immer diese Zettel schreibst. Jeden Abend. Und du sperrst sie ein und liest sie noch mal und noch mal und schreibst irgendwas dazu, und du trägst diesen Schlüssel immer bei dir, auch nachts, das ist mir einfach aufgefallen. Und wenn du daran schreibst und Frank oder ich kommen herein und sagen etwas zu dir, dann reagierst du gar nicht, als wärest du in einer anderen Welt. Und weißt du, es gibt da eine Krankheit, sie heißt Neurose, und das könnte die Erklärung für deine Zettel sein. Und dieser Mann hier, der kann dir helfen. Du sollst doch nur mit ihm reden.» Das war also ihre sorgfältig vorbereitete Begründung.

Im Sprechzimmer des Mannes hingen ein Plakat von Madonna, eines von den Pet Shop Boys und eines von Dirty Dancing; das Vertrauen, das die Plakate in mir wahrscheinlich hätten wecken sollen, weckten sie nicht. Stephan Spitzing hatte einen Schnauzbart und sprach extrem langsam, er blickte immer etwas zu weit nach rechts und an mir vorbei, als würde er schielen. Meine Mutter musste im Wartezimmer bleiben und wahlweise «Bravo»- oder «Donald-Duck»-Hefte lesen, die einzig vorhandene Lektüre. Dass sie warten musste, hatte ihr nicht gefallen, aber der Diplom-Psychologe, Kinder- und Jugendpsychotherapeut hatte sehr bestimmt erklärt, es sei ja nicht sie, um die es hier gehe, und die Tür hinter mir und ihm geschlossen. Das war das Einzige, was mir an ihm gefiel.

Er begann vorsichtig, indem er nach der Schule, nach meinen Freundinnen, Lieblingsfächern und meiner Lieblingsmusik fragte, es fehlte nur noch die Lieblingsfarbe, er fragte auch nach meiner Mutter und auch nach Frank. Dass Frank nicht mein richtiger Vater war, dass er mich adoptiert hatte, erwähnte ich selbst, nicht, weil es Redebedarf gegeben hätte, Frank und ich verstanden uns damals wie heute gut, sondern weil ich dachte, dass ihn, den Psychologen, diese Tatsache interessieren könnte. Das tat es auch. Ob ich Frank «Papa» nennen würde, warum nicht, ob ich «Papa» vermissen würde, warum nicht, ob ich mir Geschwister wünschte, warum nicht. Jeder meiner Antworten folgte ein «Warum?» oder ein «Warum nicht?». Nach einer halben Stunde wurde es langweilig, ich starrte das Madonna-Poster an, ich konnte mir so gar nicht vorstellen, dass Stephan Spitzing mit dem Schnauzbart, dem leicht verrückten, seitlichen Blick, der hageren Figur (konnten Erwachsene Magersucht bekommen? Gerade hatte ich ein Buch darüber gelesen) Madonna hörte oder sich im Kino Dirty Dancing ansah. Oder auch nur mal lächelte.

«Deine Mama hat mir erzählt, dass du gerne Dinge aufschreibst», sagte er und schaute rechts an mir vorbei. Ich schwieg, ich fühlte mich ihm längst überlegen.

«Was schreibst du denn da so auf?»

«Verschiedenes. Ich führe Listen.» Ich war bereit, darüber zu sprechen, schämte mich nicht und hielt mich selbst nicht für verrückt. Ich war stolz auf meine Listen, in manchen steckte jahrelange Arbeit. Jahrelange.

«Was für Listen sind denn das?»

«Oh, sehr verschiedene. Also, ich habe zum Beispiel eine Liste schöner Menschen. Ich habe eine Liste mit Büchern, die mich zum Weinen gebracht haben, eine mit Büchern, die mich zum Lachen gebracht haben, eine Liste mit Büchern, die ich besser nicht gelesen hätte, eine mit Büchern, die ich noch einmal lesen will. Eine mit Büchern, die noch geschrieben werden müssen, eine mit Büchern, die ich gerne schreiben würde. Ich habe auch eine Liste mit möglichen Allergien, eine mit Tomatengerichten, weil ich Tomaten hasse, eine mit Gerichten, die Zwiebeln enthalten, weil Frank keine Zwiebeln verträgt. Ich habe eine Liste mit tollen Hundenamen, eine mit peinlichen Kosenamen, eine Liste mit Lehrern, die besser etwas anderes hätten werden sollen, eine mit Ideen, was für andere Jobs diese Lehrer sich hätten suchen sollen, eine Liste mit Begriffen, die ich mal nachschlagen muss, weil ich mir nicht sicher bin, was sie bedeuten, eine Liste mit meinen Aufstehzeiten seit dem 23. Dezember letzten Jahres, eine Liste mit Schimpfwörtern, die die Jungs aus meiner Klasse benutzen, eine mit meinen Noten in allen Fächern. Eine Liste mit Dingen, die ich niemals geschenkt haben möchte, eine mit Stars, die ich gerne treffen würde, eine mit Stars, die ich gerne wäre, eine mit Sätzen, die meine Mutter wiederholt, eine mit den Noten von Christina, das ist meine beste Freundin, eine mit den Anrufzeiten von Christina seit diesem Schuljahr, eine mit den Kuchen, die meine Großmutter backt, sie probiert gerne neue Rezepte aus. Soll ich weitermachen?»

Ich musste nie wieder zum Psychologen. Ich weiß nicht, ob es daran lag, was Stephan Spitzing zu meiner Mutter im anschließenden Gespräch gesagt hatte, ich wartete geduldig im Wartezimmer und blätterte in der «Bravo», wobei ich mich als Erstes dem Dr.-Sommer-Team widmete, während meine Mutter nun unterhalb des Dirty-Dancing-Posters saß und er vermutlich zwei «Bravo»-Lektüren lang an ihr vorbeischaute, oder ob es an dem strengen «Ich gehe da nie wieder hin!» lag, das ich meiner Mutter entgegenschleuderte, sobald wir das Haus verlassen hatten und bevor ich demonstrativ alleine Richtung Bushaltestelle stampfte. Jedenfalls musste ich nie wieder hin. Wir sprachen auch nie über diesen Besuch beim Therapeuten, nicht am selben Tag und niemals wieder, im Nicht-Sprechen war meine Mutter schon immer ein Talent.

Als Kind schrieb ich Schulhefte voll, später Collegeblöcke, dann, als diese in Mode kamen, Moleskine-Bücher jeder Größe. Liniert, kariert, leer. Elektronische Geräte benutzte ich für meine Listen aus Prinzip nicht. Ich schrieb, wenn ich Zeit hatte oder Stress mich übermannte und immer dann, wenn ich nervös war oder unsicher, ich schrieb, nachdem ich etwas besonders Schlimmes erlebt hatte (oder etwas besonders Schönes), ich schrieb, wann immer wir im Krankenhaus waren, nach jedem Besuch bei meiner Großmutter, nach jedem Streit mit Flox, ich arbeitete an meinen Listen bevorzugt in Momenten, in denen niemand anders an Listen auch nur gedacht hätte, und störte mich an den verwunderten Blicken schon lange nicht mehr. Immer trug ich ein Notizbuch bei mir, und wenn mir unterwegs etwas zu einer Liste einfiel, die ich nicht dabeihatte, kritzelte ich es auf einen Zettel, ein Taschentuch, eine alte Eintritts- oder Fahrkarte und übertrug es zu Hause in die richtige Liste. Ich sperrte meine Listen nicht mehr ein. Flox hätte sie lesen können, aber er wollte nicht. Ich war mir nicht sicher, ob er sich nicht traute, sie ihn schlichtweg nicht interessierten, oder ob er meinen Spleen lieber verdrängte. Manchmal dachte ich, er läse sie heimlich. Neben meinem Schreibtisch stand eine große, alte Holzkiste, wie andere sie im Keller haben. Ich sammelte darin meine Listen, die aktuellen jedenfalls. Jedes Notizheft beschriftete ich, Wunschlisten, Was-wäre-wenn-Listen, Namenslisten, Katzenlisten, Bücherlisten, neuerdings diverse Anna-Listen, Krankenhauslisten, Essenslisten, Menschenlisten, Sonderdinge, Alles andere, Fremdes und so fort. Ich hatte keine Anhaltspunkte für eine mögliche Listen-Spionage vonseiten Flox', erwischte ihn nie auch nur in der Nähe der Listen-Kiste mit schuldigem Blick, nie sahen die Hefte und Notizblöcke durchwühlt oder in der Reihenfolge verschoben aus, sie waren alle zuerst nach Themen und dann entweder chronologisch oder alphabetisch sortiert. Ich stellte mir einfach gerne vor, dass er hinter die Geheimnisse seiner Freundin kommen wollte, mich also heimlich zu verstehen versuchte. Er tat es nicht. Manchmal erwähnte ich eine konkrete Liste, wenn wir zum Beispiel besonders schlecht essen waren: «Oh, der Laden muss auf meine Liste der schlechtesten Restaurants der Welt!» War Flox gut gelaunt, stimmte er mir zu oder widersprach, wobei wir uns beim Thema Essen meist einig waren, er machte dann vielleicht sogar Vorschläge: «Hast du da auch diesen furchtbaren Italiener in Frankfurt stehen? Weißt du noch, wo die behauptet haben, der Fisch gehöre so, also verbrannt?» Ich freute mich über Feedback und Ideen, gerne hätte ich auch mal mit Flox an meinen Listen gearbeitet, er äußerte nie den Wunsch, ich bat ihn nie.

Nicht dass ich mich selbst für verrückt hielt. Dass ich normal war, zeigte ja gerade die Tatsache, dass mir durchaus aufgefallen war, auch schon als Kind, dass außer mir niemand Listen führte, sammelte, verbesserte und pflegte. Andere schreiben manchmal To-do-Listen, am häufigsten noch Einkaufslisten, die sie dann beim Warten an der Kasse unauffällig fallen lassen, als wären sie etwas Peinliches, Unangenehmes, das man besser nicht zurück nach Hause bringt. To-do-Listen wirft man hingegen mit Stolz und Zufriedenheit in den Mülleimer wie einen Basketball in den Korb: Ich habe es geschafft! Nie bin ich jemandem begegnet, der Listen aus Überzeugung führte. Das ist in Ordnung so. Manchmal, in der Schule – wo mein bester Freund Patrick jede freie Minute damit verbrachte auszurechnen, um wie viel höher die Wahrscheinlichkeit für einen Autounfall an einer normalen Kreuzung im Vergleich zu einem Kreisverkehr ist und um wie viel Prozent diese Wahrscheinlichkeit wuchs, wenn sich an der Kreuzung nicht nur zwei, sondern drei oder vier Straßen treffen –, dachte ich, vielleicht machen die Listen mich zu dem besonderen Menschen, der jeder laut unserer Ethiklehrerin war. Patrick und Kreisverkehre, Sofia und Listen, wir waren etwas Besonderes, auch wenn die anderen in der Klasse das nicht so sahen, sie uns meist, wenn ich ehrlich bin, übersahen. Unsere Ethiklehrerin war dick, schüchtern und alleinstehend, außer mir respektierte sie keiner, es hörte ihr auch kaum einer zu. Ich mochte sie, weil sie mit uns über Philosophie und

Psychologie redete und ich mich gerade durch Freud und Nietzsche quälte und klüger sein wollte, als ich war, und weil sie mich mochte und, noch wichtiger, mich tatsächlich ernst nahm. Patrick war nicht nur mein bester, sondern auch mein einziger Freund. Noch später, nachdem er weggezogen war und ich mich erst mit zwei Mädchen aus der Parallelklasse anfreundete, mit ihnen mein erstes Schminkzeug kaufte, die erste Disco besuchte, im Wohnzimmer der einen den ersten Jungen küsste, dachte ich, ich müsse mit dem Listenschreiben aufhören, um nicht mehr ganz so ausgefallen besonders zu sein. Ich hörte für zwei, drei, vier Wochen auf, aber als der Junge, den ich geküsst hatte – ich ihn, er hatte es mehr so hingenommen –, dann doch lieber mit der einen Freundin ging, war das Listenschreiben das Einzige, was half. Nicht das Weinen, nicht die laute Musik, nicht das Eis, das mir meine Mutter brachte, nicht der Zehnmarkschein, den mir Frank in seiner üblichen unsicheren, von einem Grunzen begleiteten Geste zuschob. Nicht die andere Freundin, die neben mir auf dem Bett saß, ihre Fußnägel lackierte und neuerdings auch schon lange gewusst haben wollte, dass Lisa «eine Schlampe» war, und mir begeistert von Paul erzählte, den sie mir vorstellen würde und mit dem sie eine Woche später selbst ging. Auch nicht der Apfel-Schoko-Kuchen meiner Großmutter, den sie sich für mich ausdachte, Apfel und Schoko, meine zwei Lieblingskuchen in einem, nichts davon half. Aber als ich ein paar Abende später eines der Listenhefte hervorkramte, ich hatte sie unters Bett zwischen die Plastikhüllen geschoben, in die meine Mutter im Winter meine Sommerklamotten und im Sommer meine Winterklamotten stopfte, eine neue Liste begann und ein paar alte mit Gedanken ergänzte, die ich mir in den vergangenen Wochen gemacht und sofort wieder verdrängt hatte, ging es mir besser. Das erste Mal seit Tagen ging ich wieder ohne Tränen ins Bett und schlief sofort ein. Ich war die mit den Listen, die Einzige auf der Welt, das war schon in Ordnung so.

Hatte ich gedacht.

Plötzlich saß ich nun auf dem Boden mit dem Rücken an den Schrank gelehnt über einer alten, unspektakulären Holzschatulle, zwanzig Zentimeter lang, halb so breit, schlicht, dunkelbraun, ohne Verzierungen, ohne Schloss, als hätte sie jemand zusammengezimmert, der kein Kunstwerk, sondern nur etwas Praktisches schaffen will, und blickte auf: Listen. Ich hatte die Schatulle zufällig im Schrank meiner Großmutter entdeckt, den ich gerade ausmistete, weil meine Mutter sich endlich mit dem Gedanken abgefunden hatte, dass sie aus dem Heim nicht mehr in ihre Wohnung zurückkehren würde. Die Schatulle hatte auf dem Schrankboden gestanden, links hinten, und ich hatte sie erst gesehen, nachdem ich alle Blusen und Röcke (Hosen hatte meine Großmutter nie getragen) an ihren Bügeln herausgenommen und in Kleidersäcke gepackt hatte (und mir bei jedem einzelnen Kleidungsstück die Frage stellte, in welches Land das Rote Kreuz es wohl schicken würde, welches Schicksal die Frau vor sich haben würde, die zum Beispiel diese knallgelbe Bluse tragen würde, die meine Großmutter gern an Geburtstagen anzog, weil sie feierlich wirkte). Ich nahm die Schatulle heraus, machte sie auf, blätterte die sorgfältig gefalteten Blätter vorsichtig auf. Erst war ich überrascht, dann schockiert, dann glücklich, ich traute mich kaum, die Listen anzufassen. Sie waren teils vergilbt und teils verblasst, auf manchen war die Schrift verschwommen, einige waren so oft gefaltet worden, dass sie an den Knickstellen auseinanderfielen, sobald ich sie aufzublättern versuchte, ein paar unten abgerissen. Die Schrift war schwer zu entziffern, es war kyrillisch, das Papier roch morsch, und bis auf ein leider fast leeres Heft handelte es sich um lose Zettel verschiedener Größe. Zwei Bleistiftzeichnungen waren auch dabei und ein längerer Text auf einer Rückseite, aber ein Listenprofi wie ich, der sich auskannte und Listen mit Herz und Seele liebte, wusste auf Anhieb, worum es sich hierbei handelte.

Ich hielt die geöffnete Schatulle in den Händen und wusste nicht mehr weiter. Was jetzt, was sollte ich damit tun, wen ansprechen, wem es erzählen? Ich war aufgeregt, kurz hatte ich Angst, ich sei nun tatsächlich verrückt geworden, ich dachte an Horror- und Serienmörderfilme, in denen der Mörder solche schrägen Dinge für das Opfer vorbereitet, ich dachte außerdem an einen Streich, den mir wer? Flox? spielen würde, und dann starrte ich einfach eine Weile die Schatulle an.

FÜNFTES KAPITEL

Zu lesen

- *Solzhenizyn*
- *Daniil Charms (Zyklus der Notizen)*
- *Ernest Hemingway, «Wem die Stunde schlägt»*
- *Bulgakov, «Die verhängnisvollen Eier»*
- *Marina Zwetajewa (alles, was sich auftreiben lässt)*
- *Gedichte von Ossip Mandelstam*
- *Warlam Schalamow, Lagerlieder*
- *S. P. Melgunow, «Der rote Terror in Russland»*
- *Pasternaks Lyrik*
- *Nobelpreisrede «Der Künstler und seine Zeit» (von wem?)*
- *Gedichte von Bulat Okudzhava*
- *Anna Ahmatowa*
- *Josef Brodskij*

Von der Straße hört man widerliches Jungengeschrei. Ich liege da und denke mir Strafen für sie aus. Am meisten gefällt mir die Idee, Starrkrampf über sie zu bringen, damit sie plötzlich aufhören, sich zu bewegen. Die jeweiligen Eltern schleppen sie nach Hause. Sie liegen in ihren Bettchen und können nicht einmal essen, weil ihre Münder nicht aufgehen. Sie werden künstlich ernährt. Nach einer Woche vergeht der Starrkrampf, aber die Kinder sind so schwach, dass sie noch einen Monat lang im Bett bleiben müssen. Dann beginnen sie langsam, gesund zu werden, aber ich schicke den zweiten Starrkrampf über sie, und sie krepieren alle.

Grischa kämmte sich die schwer zu bändigenden Haare, so gut es ging, nach hinten und gab sich Mühe, die Locken irgendwie hinter die Ohren zu klemmen. Er wollte eigentlich Pomade besorgen, konnte aber auf die Schnelle, er hatte ja nur diesen einen Tag, keine auftreiben. Er meinte, mit nach hinten gekämmten und erst recht mit von Pomade glänzenden Haaren älter auszusehen, mindestens wie sechzehn, vielleicht siebzehn. Er hatte sogar seinen Bruder nach dessen Meinung gefragt, der gelegentlich Pomade benutzte (und wo aufbewahrte?), und die Antwort war erwartungsgemäß so herzlich ausgefallen, wie er es von seinem Bruder eben kannte. Er hatte einen Rippenstoß verpasst bekommen.

«Nicht nur erwachsen, sondern auch noch wunderhübsch siehst du aus, du Dummbatz.»

Nun fühlte er sich erst recht befugt, Andrejs Jackett auszuleihen. Es war ihm definitiv zu lang, aber es war auch schwarz, und die Kombination zu lang und schwarz würde ihn ebenfalls älter wirken lassen. Er musste einfach älter aussehen, er drückte die Schultern nach hinten durch und hob den Kopf, Giraffenhals dachte er, breitschultrig dachte er, und bei breitschultrig dachte er sofort an seinen Vater und versuchte dessen Gang. Sein Vater betrat den Raum wie ein Bär, leicht tollpatschig zwar, aber auch mit großen, lauten Schritten, sein breiter Körper schien zu schreiten, nicht nur die Beine, und jeder wusste sofort: Er ist jetzt da. Er tat ein paar Schritte nach hinten und ging wieder auf den

Spiegel zu, probierte den Bärengang, für den er nicht die geeignete Figur hatte. Er würde heute Abend, wenn der Vater von der Baustelle käme, auf dessen Körperhaltung achten (und er hoffte, es sei die Körperhaltung, nicht nur der Körperbau). Sein Vater hatte Muskeln, der stärkste Mann der Welt, in seinen eigenen Armen musste man die Muskeln mit der Lupe suchen. Grischa hatte keine Ahnung, warum er so wenig wuchs – er war doch ständig am Essen (essen, schlafen, wichsen, mehr machte er doch nicht), und trotzdem blieb er klein. Ihm fiel ein, dass er sich noch Einlagen für die Schuhe besorgen wollte, zwei Zentimeter machten schon einen Unterschied, hoffentlich.

Seine Mutter putzte gerade Schuhe im Flur. Jetzt war sie in der Diele, ausgerechnet jetzt, dachte er eine Sekunde lang und schämte sich sofort, dass er sich von so einer Kleinigkeit durcheinanderbringen ließ, und er lachte sich aus (etwas zu laut, weil seine Mutter hatte aufblickte), ja, so würde er ganz sicher weit kommen, wenn er Angst vor seiner schuheputzenden Mutter hatte. So würde er ganz sicher nach Peredelkino kommen, aber ja.

«Was ist so lustig?», fragte sie.

«Das Theaterstück.» Grischa freute sich sehr, dass ihm schnell etwas eingefallen war. Er wurde immer besser.

«Welches Theaterstück?»

«‹Der Revisor›. Lese ich gerade.»

«Gogol.»

«Ja, Gogol.»

«Und es gefällt dir?» Sie schaute auf, hoffnungsvoll. Sie hatte vor ein paar Wochen sein erstes (und nun nicht mehr in seinem Besitz befindliches) Samisdat-Werk entdeckt, verbotene Gedichte von Anna Ahmatowa, die jemand abgeschrieben, hektographiert und dann heimlich an die richtigen Leute verteilt hatte, er war stolz, zu den richtigen zu gehören. Zehn engbedruckte, zusammengeklammerte Seiten, und er hätte sich in den Hintern beißen können, weil er es nicht besser versteckt hatte. Als hätte er aus der Erfahrung mit den Bildern der nackten Mädchen nicht gelernt oder aus der mit seinem Quartalszeugnis vom letzten Herbst. Wobei ihn das Auffinden der Gedichte weitaus mehr berührte und ärgerte. Die Bilder der Mädchen hatten ihn so sehr nicht begeistert, er hatte sie als Tauschmittel für Zigaretten geplant, und die Noten hätten seine Eltern spätestens am Jahresende eh erfahren.

«Ja. Es ist sehr lustig. Ich mag alles, was lustig ist, weißt du doch.» Es war wichtig, glaubwürdig zu bleiben, niemals zu sehr von der Wahrheit abzuweichen.

«Gogol hat nicht nur lustige Sachen geschrieben. Du könntest auch ‹Die Aufzeichnungen eines Wahnsinnigen› lesen.»

«Mache ich vielleicht, wenn ich mit dem ‹Revisor› fertig bin. Aber ich dachte, dass ich etwas daraus im Dramaklub rezitieren könnte. Was hältst du davon?»

«Gute Idee. Du musst es auswendig lernen.» Grischa war sich nicht ganz sicher, ob sie ihn für minderbemittelt oder doch nur für faul hielt, beschloss aber der Taktik willen, nicht nachzufragen.

«Ja. Das mache ich. Ich lerne es auswendig. Ich will einen Dialog auswählen und beide Rollen spielen. Die des Stadthauptmanns und auch die von Tschlestakow.»

«Ist das nicht zu viel?»

«Nein. Ich muss die beiden nur unterschiedlich darstellen. Ich dachte, ich bastele einen Schnurrbart und nehme eine Kappe mit, und einer ist dann mit Schnurrbart, Kappe und Jackett und der andere ohne.»

Sie schaute ihn nicht an, während sie den schwarzen Stiefel des Vaters fleißig weiter wienerte, aber er sah Verwunderung und Anerkennung in ihren Augen blitzen. Es war ja so unglaublich einfach.

«Ich dachte, der eine müsste auch größer sein als der andere.»

«Warum?»

«Damit man sie besser unterscheiden kann.»

«Übertreib es nicht. Konzentrier dich auf den Text. Schauspielern hat wenig mit Aussehen zu tun. Viel mit der Sprache, mit dem Ausdruck. Du könntest Gedichte rezitieren, das hilft. Außerdem, wie würdest du das machen wollen, willst du nach jedem Satz wachsen und dann wieder schrumpfen?» Sie lachte über diesen Witz. Er hatte mehr Humor als seine gesamte Familie zusammen. Ein wenig schämte er sich für diese Feststellung.

«Nein, ich dachte an deine Schuheinlagen. Die, die du mit den beigefarbenen Stiefeln trägst, die etwas dickeren. Ich dachte, ich könnte sie in meine Schuhe stecken. Und wenn ich den anderen spiele, die Schuhe schnell ausziehen.»

Nun sah sie auf. Misstrauisch. Grischa lächelte ihr Lieblingslächeln. Das ihres kleinen Engels. Engel-Bengel-Schlingel. Neigte den Kopf ein wenig zur Seite, verzog die Lippen, legte die Stirn in Falten, als würde er nachdenken, Pause. «Ich hatte nur überlegt, ob das ... was denkst du? Wenn ich das so machen würde, also wenn alle zusehen können, wie ich den Schnurrbart abreiße, die Schuhe ausziehe, wie ich das Jackett und die Kappe abwerfe, ob das nicht noch mehr Komik gibt. Also ob das nicht zu Gogol und dem Stück passt ... Was meinst du?» Und noch ein Lächeln, zaudernd. Er war wirklich an ihrer Meinung interessiert.

«Ich glaube nicht, dass Gogol deine Kostüme braucht. Es gibt doch Regieanweisungen. Da steht alles. Du musst nichts erfinden.» Kopf zum Boden, Haarsträhnen fallen ins Gesicht. Traurig.

«Ich würde es aber gerne ausprobieren, meine Idee. Nur hier. Darf ich? Ich probiere das so, probe, und dann zeige ich es dir, und dann sehen wir weiter.»

Wir, das war gut. Sie mochte das «wir», sie mochte Gemeinschaft, insbesondere Familiengemeinschaft, und an ihm mochte sie nicht, dass er diese Familiengemeinschaft in der Regel nicht respektierte. Er wagte den nächsten Schritt.

«Ich mache das vielleicht abends. So eine Art Generalprobe, wenn alle da sind. Auch wenn Andrjuscha», er sagte Andrjuscha und konnte sich nicht entsinnen, wann er seinen Bruder das letzte Mal so genannt hatte, wie sie ihn nannte, Andrjuscha, Liebe schwang in dem «scha» mit, diese Liebe empfand sie, er aber schon eine Weile nicht mehr. Sie freute sich und schöpfte keinen Verdacht.

«Ja, das ist doch eine gute Idee. Alle werden sich freuen.»

Was er sehr bezweifelte.

«Aber sei vorsichtig damit. Nicht dass die Einlagen kaputtgehen.»

«Wie sollte ich sie denn kaputt machen?»

«Von dir kann man alles erwarten.»

Sie holte ihre beigefarbenen Stiefel aus dem Regal, fummelte die Einlagen heraus. Sie waren noch dicker, als er sie in Erinnerung hatte. Sehr schön.

«Und füttere die Katze! Sie scharwenzelt schon seit einer Stunde um mich herum. Hast du ihr gestern was gegeben?»

«Ja, die Kartoffelschalen. Und Milch.» Grischa hoffte, es war gestern gewesen. Gestern war Dienstag, und am Dienstag ... Er musste Maschka tatsächlich dringend mal füttern. «Kis, kis ...», machte er, um sie anzulocken, auf dem Weg in die Küche, die Einlagen in der rechten Hand. Mindestens wie sechzehn aussehen, das sollte er mit den Einlagen hinbekommen.

Grischa war schon um neun, eine halbe Stunde zu früh am Kiewer Bahnhof. Die Schultasche hatte er nach der ersten Stunde einfach unter seiner Schulbank liegen lassen, damit niemand auf die Idee kam, er sei ein Schüler. Er hoffte außerdem, die dort liegende Tasche hätte möglicherweise den angenehmen Nebeneffekt, dass den Lehrern seine Abwesenheit nicht sofort auffiel. Der Hoffnungsschimmer war klein, weil seine Anwesenheit in der Schule sich durch Lautstärke, Kommentare und Streiche kundtat und seine Abwesenheit folglich durch das Fehlen dieser bemerkbar machte, aber er hielt sich an der Hoffnung fest, Dantès und Faria hatten schließlich auch immer weiter am Tunnel gegraben, auch wenn die Hoffnung winzig war. Das Jackett seiner Schuluniform hatte er in die Schultasche gestopft, das schwarze seines Bruders hervorgeholt und angezogen, es war leicht zerknittert, aber nicht so, dass er es nicht hätte tragen können.

Am Fahrkartenschalter hing ein einfacher Zettel, die

Beerdigung des großen russischen Dichters und Zeitgenossen Boris Leonidowitsch Pasternak finde heute, am 2. Juni, auf dem Friedhof in Peredelkino statt. Grischa stellte sich an die Seite, beobachtete die Menschen, fragte sich, wer wohl ebenfalls – nein, der mit dem Aktenkoffer sicherlich nicht, die beiden jungen Frauen vielleicht –, er erinnerte sich daran, die Schultern nach hinten zu drücken, kontrollierte, ob seine Haare noch hinter den Ohren steckten. Es war jetzt schon zu heiß für das Jackett, aber er fühlte sich trotzdem wohl darin, erwachsen. Er war gespannt auf Peredelkino, über das er nur gehört hatte, dass dort viele bekannte Schriftsteller lebten. Das Haus der Künste, eine Art Ferienheim für schöpferische Menschen, war auch dort. Er fragte sich, ob er die Schriftsteller als solche erkennen würde, und versuchte, die Bilder von Puschkin, Tolstoj und Gogol vor seinem inneren Auge zu verscheuchen. Schule. Wozu Schule? Er verstand es einfach nicht. Angst hatte Grischa keine, erstaunlicherweise. Obwohl er Angst nicht kannte, hatte er doch erwartet, ihr heute eventuell begegnen zu dürfen; nicht, dass er sich nach einem derartigen Treffen sehnte; er wunderte sich nur manchmal selbst über sich, weil ihm Angst einfach fehlte, wie ihm der ausgeschlagene Zahn rechts oben fehlte, und alle anderen, alle in der Schule und auch alle Erwachsenen, doch hin und wieder von ihr heimgesucht wurden. Angst hatte er keine, obwohl Kostja deutlich gewesen war: «Wer diesem großen Dichter, dieser genialen Seele, die ‹Doktor Schiwago› geschrieben hat, die letzte Ehre erweisen will, braucht Mut. Niemand wird das gerne sehen. Ist dir aufgefallen, dass keine einzige Zeitung seinen Tod auch nur mit einem Wort erwähnt hat?» Es war ihm nicht aufgefallen, weil er die Zeitungen nicht daraufhin studiert hatte und überhaupt viel zu selten Zeitung las, aber er freute sich, einer der Mutigen sein zu dürfen. Er war stolz, nicht verängstigt.

Kostja tauchte um neun Uhr achtundzwanzig auf, mit einer jungen Frau. Siebzehn, achtzehn, schätzte er, sie war hübsch, nicht schön wie Julia aus seiner Klasse, die alle schön fanden, auch er, aber doch hübsch. Kurze braune Haare, lebendige grüne Augen, viele bunte Ringe an den Händen. Kostja sah auch hübsch aus in seinem gebügelten Hemd, dachte er. Gut, dass er das Jackett angezogen hatte. Beide hatten einen Blumenstrauß dabei, und er ärgerte sich, weil er nicht daran gedacht hatte, einen zu kaufen. Dabei hatten die Gäste beim Begräbnis seiner Großmutter vor einem Jahr auch Blumen mitgebracht. Dumm, dumm von ihm.

Sie hieß Tanja und begrüßte ihn mit einem festen Handschlag, sie machten sich auf den Weg zum Gleis, wo schon bestimmt hundert Menschen auf die Eisenbahn warteten. Es waren vierzig Minuten Fahrt, hatte Kostja gesagt, ein Moskauer Vorort. Seine Füße schmerzten schon jetzt, die Einlagen machten den Schuh zu klein und krümmten seine Zehen, besonders den großen. Die Idee, sich drei Zentimeter größer zu machen, kam ihm jetzt bescheuert vor, aber plötzlich schrumpfen konnte er nun auch nicht mehr. Er hatte noch einen ganzen Tag in diesen Folterschuhen vor sich, und er freute sich sogar ein wenig über den Schmerz an seinen Füßen, der Schmerz als Preis für seinen Mut, den er gerne und mit stolzgeschwellter Brust zahlte.

Tanja redete über «Doktor Schiwago», die ganze Fahrt lang. Sie mussten stehen, und direkt neben ihm war ein langbärtiger und langhaariger Mann (er konnte die ersten fünf Minuten nicht die Augen von den langen Haaren abwenden), der sich sofort ins Gespräch einklinkte, obwohl Tanja mit Kostja gesprochen hatte, vielleicht auch ein wenig mit ihm, wenigstens hatte sie einmal zu ihm geblickt und «Oder meinst du nicht?» gesagt, ohne eine Antwort abzuwarten. Den Langbärtigen, Langhaarigen hatte sie nicht direkt angesprochen. Sie ließ sich eine Viertelstunde lang darüber aus, wie traurig es war, dass Pasternak den verdienten Nobelpreis nie hatte annehmen dürfen, annehmen können, dass er seine Heimat trotz allem geliebt hatte. Sie hielt eine literarisch-politische Rede, als würden sie nicht von allen Seiten von fremden Menschen bedrängt, fast erdrückt, als wackle nicht der Ellenbogen eines riesigen Kerls zwei Zentimeter vor ihrem Auge, als hielte sich die Frau hinter ihr nicht an ihrem Rucksack fest, weil es sonst nichts zum Festhalten gab. Grischa schwitzte furchtbar in Andrejs Jackett, es hatte im Zug bestimmt dreißig Grad. Er hätte gern jemanden gebeten, ein Fenster zu öffnen, wollte aber keine Aufmerksamkeit auf sich ziehen. Ihm fiel auf, dass er der Jüngste im Zug war. Also die Schultern zurück, den Hals gerade, den Kopf nach oben. Der Langhaarige warf ein, man vergesse so häufig Pasternaks Lyrik, und er machte sich eine Notiz im Kopf, die er später auf seine Liste übertragen wollte: Pasternaks Gedichte. Es gab noch so viel zu lesen, so viel. Obwohl, und bei dem Gedanken musste er schmunzeln und zu Kostja blicken, es ihm inzwischen – nein, eigentlich schon immer – erstaunlich gut gelungen war, über Bücher oder andere Dinge, von denen er noch nie gehört hatte, so zu sprechen, als sei er ein großer Kenner. Ein Liebhaber oder Verächter dieses oder jenes Autors, Werkes, Stils. Er machte sich dennoch im Nachhinein oft die Mühe, das jeweilige Buch, Werk oder Gedicht zu lesen, nach dem Gespräch, bei dem er gestritten, widersprochen, argumentiert, gewitzelt, aus dem er an besonders guten Tagen sogar erfunden zitiert hatte. Die meisten, zuletzt gestern früh Kostja, konnte er so überzeugen. Er wäre heute nicht hier, hätte er gestern früh nicht so glänzend Kostjas Lieblingsautor Ernest Hemingway auseinandergenommen, mit dem Argument, dass niemand ohne eine russische Seele schreiben, also wirklich schreiben könne. Am Ende seines leidenschaftlichen Vortrags hatte Kostja gelacht, ihm eine Zigarette angeboten (zum ersten Mal) und ihn gefragt, ob er Lust hätte, dem Begräbnis des großen Dichters und Zeitgenossen Boris Pasternak beizuwohnen und dafür mit ihm nach Peredelkino zu fahren. Er würde diesen Hemingway schon noch lesen, sobald er herausgefunden hatte, wie man ihn schrieb. Tanja sprach über den Einfluss Rainer Maria Rilkes auf Pasternak, und er fügte auch diesen Namen der Liste an. In seiner Jacketttasche steckten ein Kugelschreiber und der Notizblock, in dem sich die Liste «zu lesen» befinden müsste, aber er konnte noch nicht einmal seinen linken Arm zwischen den ihn einquetschenden Mitreisenden, geschweige denn seinen Notizblock herausholen, um etwas zu notieren. Vielleicht am Gleis, wenn sie angekommen waren. Sein Vater hatte mal kommentiert, er sähe immer so wichtig aus, wenn er seine Notizen machte. «Was notierst du denn da?», hatte er ihn gefragt, und seine Schwester, die neugierige Göre, hatte sofort eingestimmt: «Oder zeichnest du schon wieder? Er zeichnet auch immer Menschen, alle, auch seine Klassenlehrerin, Papa!» Grischa hatte wortlos das Zimmer verlassen. Er redete schon seit Monaten nur noch das Nötigste mit seinem Vater.

Tausend, schätzte er, mindestens. Eher mehr. Sein Bruder konnte so etwas gut, schätzen. Wie viele Menschen irgendwo anwesend waren, wie viele Meter bis zum nächsten Haus, wie spät es gerade war, was das Stück Wurst wog. Das war im Übrigen Andrejs einziges Talent, fand er, aber ein gutes, zugegeben. Aber tausend waren es sicher. Viele junge Menschen, Studenten. Viele junge Männer trugen ebenfalls Jackett, manche auch Krawatte, andere nicht. An eine Krawatte hatte er gar nicht gedacht, so ein Mist, sein Vater hatte sogar zwei, noch so viel zu lernen, so viel. Er versuchte, Kostja nicht aus den Augen zu verlieren, der war zum Glück groß, sicher eins achtzig, er drückte seinen Tulpenstrauß an die Brust und schlängelte sich gekonnt durch die Menschen. Mit der rechten Hand hielt er den Strauß, der schon im Zug gelitten hatte, mit der linken umfasste er Tanja, die er hinter sich zog, obwohl sie nicht wirkte, als müsste sie gezogen werden. Er folgte den beiden, durch die anderen hindurch.

Die Menschen drängten alle in dieselbe Richtung, manche schweigend mit ernsten, konzentrierten Mienen, als wäre jeder Schritt ein zu lösendes Problem, andere lachten – auf dem Weg zu einem Begräbnis! Aber böse, missbilligende Blicke konnte Grischa nicht entdecken. Er wollte hier bleiben, für immer. Er wollte in Peredelkino sein, unter diesen Leuten, nirgendwo sonst. Er grinste und wurde sich dessen erst mitten im Grinsen bewusst. Zwei Milizionäre hatte er gesehen, einer trug die Schulterklappen eines Majors. Sein Herz hatte kurz etwas lauter geklopft, und er hatte seinen Kopf noch höher gestreckt und war mehrere Schritte auf Zehenspitzen gegangen, ja, genau, er war auch da. (Die Blicke der Milizionäre hatten ihn noch nicht einmal gestreift.)

«Da hinten stand ein Botschafterauto», sagte eine junge Frau zu ihm, lange schwarze Haare, große Sonnenbrille, Buttons auf der Jacke (Grischa erkannte die Gesichter darauf leider nicht und konnte die Schrift nicht auf die Schnelle entziffern). Hatte sie seinen Blick zu den Milizionären bemerkt? Ihn beobachtet? Hatte sie gedacht, er hätte Angst? Hatte er nicht!

Er lächelte, lächelte so, wie es den Mädchen aus seiner Klasse gefiel, auch wenn er nicht wusste, warum das so war, er hoffte, bei den Mädchen aus den Hochschulen wirke es genauso.

«Ja, habe ich gesehen. Viel Aufmarsch.» Er hatte keine Ahnung, wie ein Botschafterauto aussah.

«War ja klar», antwortete sie und lächelte zurück. Dann war sie weg. Sie bogen in die Pawlenko-Straße ein, Datschas um sie herum, vor einer tummelten sich die Leute. Pasternaks Datscha, ein Holzhaus wie die anderen, zwei Stockwerke, große weiße Fenster unten wie oben, ein Erker. Dahinter begann der Nadelwald. Grischa schloss kurz die Augen, vergegenwärtigte sich, was er da sah, und machte sie wieder auf, um zu überprüfen, ob er sich alles gemerkt hatte. Das übte er jetzt seit ein paar Monaten, ein guter Trick. Er würde Farben nehmen müssen, obwohl er derzeit eigentlich nur noch Kohle verwendete, begeistert schwarzweiße Welten darstellte und nur aus Konturen bestehende Menschen, er würde diesmal Farben brauchen wegen des weißen und lilafarbenen Flieders, der übermütig blühte, ohne jede Ahnung davon, dass heute und hier, vor seinen Ästen, ein großer und viel zu junger Dichter, der als einer der wenigen erkannt hatte, was an dem sozialistischen System, in dem auch dieser Flieder wuchs, nicht stimmte, zu Grabe getragen wurde. Die Stämme der Apfelbäume waren krankhaft dünn, auch das merkte er sich.

«Da ist Bulat Okudzhawa», flüsterte jemand, die anderen nahmen das Flüstern auf, und er hörte es von mehreren Seiten, Bulat, Bulat, Bulat, Okudzhawa, er sah sich um nach der dunklen Mähne des Sängers und seiner Gitarre und machte sich dann klar, dass Bulat Okudzhawa seine Gitarre nicht zu einem Begräbnis mitbringen würde (oder hätte das Boris Pasternak gefallen?).

Er wollte hier bleiben. Er fragte sich, ob Pasternak und Okudzhawa einander gekannt hatten, bevor sie berühmt geworden waren. Ob große Talente aufgrund ihrer Talente zusammenkamen, sich früh erkannten, und nicht erst später aufgrund ihrer Berühmtheit. Ob es sein könne, dass in ein paar Jahren (und das klang noch sehr weit weg) er und Kostja und Tanja vielleicht berühmt sein würden, nicht weil sie sich jetzt schon kannten, sondern weil talentierte Menschen eben immer zusammenfanden. Er zeichnete und malte, er konnte sich aber auch vorstellen zu schreiben (etwas anderes außer Listen), und er hatte eine schöne Stimme (sagte die Musiklehrerin). Gitarre spielte er nicht, auch sonst kein Instrument. Kostja schrieb, Lyrik vor allem, und Tanja, Tanja kannte er noch nicht gut genug, bestimmt hatte sie auch Talente.

Grischa hatte sich das Begräbnis im Vorfeld bewusst nicht ausgemalt. Von dem seiner Großmutter würde es sich sicherlich unterscheiden, es traf ihn also überraschend und verursachte noch größeres Herzklopfen (aber auch noch mehr Stolz, mehr Freude, auch wenn Freude heute wohl nicht angebracht war), dass sie Pasternaks Haus nun tatsächlich betreten würden. Dass sie vor seinem Sarg stehen und kurz, kurz einen Blick auf den großen Dichter erhaschen könnten. Kostja und Tanja, deren Hände sich nicht mehr berührten, betraten das Haus mit einer Selbstverständlichkeit, als wären sie hier schon häufiger Gäste gewesen. Er musste nur noch ein paar Schritte gehen. Pianomusik von nebenan, fiel ihm auf, bei dem Begräbnis seiner Großmutter war es so still gewesen, absolut still. Boris Pasternak trug einen schwarzen Anzug, eine weiße Chemisette und hatte ein eingefallenes, weiß-gelbliches Gesicht und graue Haare, was ihn überraschte, weil er so viele Menschen darüber hatte sprechen hören, wie jung Pasternak gestorben war. Schön sah der Dichter aus, dachte er, und eine angemessenere oder wortreichere Beschreibung fiel ihm nicht ein. Er musste weinen, nicht heulen, er spürte wenige Tränen auf seinen Wangen und hätte nicht sagen können, ob sie der Trauer, der Ehrfurcht, der Rührung oder einfach der Solidarität zu den weinenden Menschen um ihm geschuldet waren. Drei Kränze standen am von Blumensträußen überdeckten Sarg, er konnte «Poet» und «Freund» lesen. Abends, im Zug, würde Tanja ihm erzählen, dass einer davon Kornej Tschukowski war. Kornej Tschukowski war der Held seiner Kindheit gewesen (geliebt hatte er seine Kinderbücher, er konnte sie bis heute auswendig; er hatte nicht verstanden, warum Stalin den Mann, der den netten Tierdoktor erfunden hatte, nicht gemocht hatte. Aber welches sowjetische Kind hatte Tschukowski und seinen Tierdoktor nicht geliebt? Dann fiel ihm ein, dass er früher schon nicht sein wollte wie andere sowjetische Kinder, jetzt nicht wie andere sowjetische Menschen, er wollte wie Tanja sein oder die anderen hier auf dem Begräbnis, die anderen mit Mut.)

Aus den Augenwinkeln sah er, wie Kostja seinen inzwischen leicht welken und auch sonst in Mitleidenschaft gezogenen Blumenstrauß fast zärtlich auf die anderen legte; auch ihm strömten Tränen über das harte, knochige Gesicht. Grischa warf einen unauffälligen Blick um sich, fast allen anwesenden Männern, den jüngeren wie den älteren, war die eine oder andere Träne gekommen, einige schluchzten gar, das imponierte ihm und war ihm neu: dass Männer weinten. Er hatte noch nie einen Mann weinen sehen, sein Vater hatte nie geweint, nicht einmal, als dessen Mutter beerdigt wurde, geschweige denn bei anderen Gelegenheiten, wann denn auch, auch bei Stalins Tod im Übrigen nicht. «Männer weinen nicht», hatte man ihn gelehrt, was er nicht verstanden hatte, waren Männer denn nie traurig? Darüber hatte er nachgedacht, damals, beim Begräbnis seiner Großmutter. Ob er es wohl hinbekommen würde, nicht zu weinen, sollte seine Mama sterben? Hier jedenfalls weinten die Männer, auch Kostja, und sie wischten sich die Tränen nicht schnell verschämt weg.

Draußen im Garten traf Kostja eine Gruppe von Menschen, offensichtlich Studenten, die er kannte, und er folgte ihm und konzentrierte sich dabei auf seine aufrechte Haltung, die Füße schmerzten inzwischen beträchtlich. Kostja stellte ihn vor, ihm aber nicht die anderen, obwohl sie ihm freundlich zunickten. Tanja war nicht mehr zu sehen, da aber Kostja dies nicht kümmerte, sollte es auch ihn nicht quälen. Sie sprachen über Pasternak und über Bella Ahmadulina, die angeblich auch irgendwo hier war, und er nickte, als wüsste er, wie sie aussah, als kenne er sie, und nach ein paar Minuten warf er in das Gespräch ein, man vergesse so häufig Pasternaks Lyrik (und hoffte, dass Kostja nicht gehört hatte, wie der Langhaarige im Zug genau dies zu Tanja gesagt hatte, aber Kostja blickte ihn genauso beeindruckt an wie die anderen). Sie unterhielten sich noch eine ganze Weile, bis sich plötzlich eine Stille über den Garten legte. Der Sarg des großen Dichters wurde gleich hinausgetragen, aber bis es so weit war, stand er nicht mehr einen Schritt hinter Kostja, sondern mitten im Kreis, hatte sein viel zu warmes Jackett ausgezogen und es locker über die Schulter gehängt. Inzwischen wusste er, dass der Rothaarige mit den vielen Sommersprossen Hasenkopf genannt wurde und dass Galja, die ihn immer wieder anlächelte, jemanden kannte, der jemanden kannte, der jederzeit an westliche Rockmusik herankam. Es tat ihm fast leid, dass das Gespräch erst vom Schweigen, dann vom Sarg unterbrochen wurde, er zog sein Jackett wieder an und rief sich in den Sinn, warum er hier war, welcher Zwischenfall ihn auf diese Datscha geführt hatte. Begräbnis, Pasternak, so jung gestorben. Er fühlte sich so wohl wie noch nie.

Später schlug Hasenkopf – es gefiel Grischa, dass sie ihn Hasenkopf nannten – vor, sie sollten noch ein bisschen in den Wald gehen. Spazieren. Vielleicht ein Lagerfeuer machen. Er hatte kurz an seine Eltern gedacht und noch mitten in dem sehr kurzen Gedanken gewusst, dass er Eltern hier lieber nicht erwähnen sollte. Es war inzwischen Nachmittag, die Sonne brannte, und in ein paar Stunden würde seine Mutter von der Arbeit nach Hause kommen und sich dann irgendwann Sorgen machen. Aber vielleicht wäre er bis dahin auch schon zurück. Vielleicht.

Später saß er an einem Lagerfeuer, das sie auf einer Lichtung im Wald gemacht hatten. Er hatte Andrejs Jackett unter sich ausgebreitet, die Schuhe mit den dicken Einlagen ausgezogen (und fünf große und zwei kleinere Blasen gezählt), die oberen drei Knöpfe seines Hemdes aufgeknöpft (wie Kostja und der blonde Typ neben ihm) und hielt einen Stock mit einer aufgespießten Kartoffel in die Asche (wo und wie Hasenkopf Kartoffeln aufgetrieben hatte, die er mit einer Selbstverständlichkeit hervorzauberte, als hätten sie sich von vorneherein zu diesem Picknick verabredet, hatte Grischa nicht verstanden, aber bewundert). Noch später und ein Bier zu viel (woher war das Bier gekommen?) sprach er gerade über Gott beziehungsweise die allumfassende Nicht-Existenz von Gott und wunderte sich über sich selbst, weil, was er sprach, in seinen Ohren gar nicht klang, als habe er ein Bier zu viel getrunken und in Wahrheit keine Ahnung, was er da redete. Zwischendurch hatte er sich jeden Gedanken an seine Mutter verboten, die sich wahrscheinlich Sorgen machte, auch an seinen Vater, der schon wissen würde, wie er ihn für jede einzelne dieser Sorgen bestrafen würde. Kurz darauf hatte Galja sich an ihn gelehnt und nach ein paar Minuten, in denen er nicht gewusst hatte, was er tun oder wie er weiteratmen sollte, hatte er seine Arme um sie gelegt, wie er es bei Kostja und Tanja beobachtete, und sie rutschte noch ein wenig, sodass ihr Rücken an seiner Brust lehnte und er theoretisch ihre Haare hätte riechen können, röche nicht gerade alles nach Feuer und Glut und Asche und Kartoffeln und Bier und überhaupt nach Sommer, irgendwie.

Flammengezüngel spiegelte sich in Kostjas dunklen Augen, das sah schön aus.

Es war nach elf, als sie sich auf den Weg zum Zug machten, weil jemand meinte, dass der letzte Zug demnächst abfahren würde. Ein anderer hatte vorgeschlagen, doch einfach auf der Lichtung beim Lagerfeuer zu übernachten, und er hatte kurz Angst bekommen wegen seiner Eltern. Auch wenn Grischa sich nichts mehr wünschte, als die Nacht, ach sein Leben auf dieser Lichtung mit diesen Menschen zu verbringen. Aber nun waren sie auf dem Weg zum Zug, was ihn traurig stimmte, wie auch seine schmerzenden Füße, die er kaum in die Schuhe bekommen hatte. Das Jackett war nicht nur dreckig und zerknittert, sondern unter einem Ärmel gerissen. Wie das passiert war, konnte er nicht sagen, war aber auch egal, weil er zu Hause ohnehin eine andere Geschichte als diese brauchen würde. Er konzentrierte sich auf den Weg und Kostjas Nacken vor sich, immer schön geradeaus schauen und an nichts denken, erst recht nicht an die Füße und das Jackett und die Bierfahne, die seine Eltern riechen würden, sobald er die Wohnung betrat. Der Blonde holte ihn ein, ging nun neben ihm. Er hatte neben ihm gesessen, nicht viel gesprochen, aber viel zugehört, seinen Namen hatte er sich nicht gemerkt. Der Blonde begann mit ihm zu reden, er schien davon auszugehen, dass er schon länger dazugehörte, netterweise sagte Kostja nichts, der sich umgedreht hatte, als er hörte, worum es in dem Gespräch ging. Ob Grischa nicht bei der Zeitschrift, die sie im Samisdat herausgeben wollten, die erste Ausgabe war so gut wie fertig, mitmachen wollte? Ob er nicht dafür schreiben wollte? Er hatte im Laufe des Nachmittags gehofft, dass er vielleicht den einen oder anderen Auftrag anbahnen konnte, dies oder jenes zu hektographieren, jenes irgendwo abzuholen, ein paar Broschüren unter die richtigen Leute zu bringen. Ob er nicht schreiben wollte, fragte der Blonde nun fast unterwürfig, eine eigene Rubrik, ein Thema seiner Wahl, jeden Monat einen Text? Kostja grinste ihn an, drehte sich wieder nach vorne, und er hörte nicht mehr zu, welches Thema, wie viel Text, welche Richtung, weil er alle Konzentration aufbringen musste, ganz ruhig und unaufgeregt (anstatt jauchzend, kreischend, sich dem Blonden um den Hals werfend) und auch nicht zu laut zu antworten:

«Ja, könnte ich schon machen. Ich denke mal darüber nach.»

«Was meinst du? Worüber denkst du nach? Ob du es machst oder über das Thema?»

Und er schaffte es zu sagen: «Über beides.»

Das Begräbnis des großen Dichters Pasternak war mit großem Abstand und unangefochten der bislang beste Tag seines Lebens, ganz klar.

SECHSTES KAPITEL

An der letzten Tankstelle auf dem Weg zum Haus meiner Eltern hielt ich nach langem soll ich? oder soll ich nicht? und kaufte zehn Päckchen Panini-Fußballbilder: drei für Flox, sieben für meine Mutter. Ich tat es widerwillig, aber berechnend. Widerwillig, weil ich diese sinnlose Sammelei eigentlich weder finanziell noch ideell zu unterstützen gedachte, berechnend, weil ich hoffte, meine Mutter damit in die kindliche und in ihrem Alter deshalb lächerliche Aufregung versetzen zu können, in die sie immer verfiel, wenn sie Fußballergesichter, die sie nicht auseinanderhalten konnte (immerhin kannte sie Lahm vom Sehen und Neuer vom Namen, wobei sie überzeugt war, dass dessen Name Neunter war; vielleicht dachte sie auch, neun sei seine Trikotnummer; wusste sie überhaupt, dass Trikots Nummern hatten?), in ein Heft kleben konnte, schön Kante auf Kante, wie ein Kind, das sich beim Basteln konzentriert. Wenn es mit dem Auf-Kante-Kleben mal nicht klappte, verzog sie verärgert das Gesicht. Ich hoffte, in dieser kindlichen Stimmung würde sie vielleicht meine Fragen beantworten oder ihnen zumindest nicht sofort ausweichen.

Die Tütchen für Flox waren im Grunde ebenfalls für meine Mutter, da Flox die Panini-Bilder auch nur für sie sammelte, damit sie jemanden zum Tauschen hatte. Lieb, dass er meiner Mutter und damit auch irgendwie mir zuliebe, obwohl ich diese Sammelleidenschaft ja verachtete, sammelte. Ein Akt der Liebe sozusagen, dennoch ärgerte es mich, als würden sich die zwei gegen mich verschwören, als wäre das Sammeln und Tauschen («Hast du Xabi Alonso?», fragte Flox meine Mutter und fügte auf ihren fragenden Blick hinzu: «Ein Spanier». «Sind die Spanier die Roten oder die mit den kurzen Namen?», fragte sie nach) ein Akt, der sich gegen mich alleine richtete, ein Versuch, gegen mich eine Koalition zu schließen, die mich in die Opposition zwingen würde. Übermannte mich der Ärger, war ich jedes Mal versucht, meiner Mutter die Wahrheit zu sagen, nämlich dass Flox sich für sein Panini-Album schämte, es nie Freunden gegenüber erwähnte, wenn sie zusammen die zu den Alben gehörigen Europa- und Weltmeisterschaften tatsächlich schauten, bei uns auf der Couch, sie mitfieberten, fachmännisch kommentierten. Er ließ das Album sogar immer im Auto liegen. Dort lag es unter dem Sitz, und bevor wir uns auf den Weg zu meinen Eltern machten, kaufte er ein paar Tütchen und klebte die Bilder ein, während ich fuhr, nicht unbedingt genau auf Kante, und ich bremste an den Ampeln scharf und beim Abbiegen möglichst wenig, ein kleiner Racheakt. Er verklebte sich oft. Rache? Ich wollte ihr so gerne in meiner Wut entgegenschleudern, Flox sammelt ja nur aus Mitleid mit dir, ich wollte sie verletzen und riss mich im letzten Augenblick zusammen. Ich hätte ihr gerne gegeigt, dass es weit unter ihrem, Franks und erst recht unter Tolstojs Niveau war, diese Bildchen zu sammeln. Ich tat es nicht, denn sie hätte es nie verstanden, wahrscheinlich auch ein Akt der Liebe, meinerseits.

Meine Mutter sammelte Panini-Bildchen ohne das geringste Fußballwissen oder auch nur Interesse am Spiel. «Weißt du, ob der Bundespräsident auch da war?», fragte sie, wenn Flox und Frank und ich uns nach einem wichtigen Spiel unterhielten. Meine Mutter sammelte Panini-Bildchen aus einem einzigen Grund: weil sie es konnte. Sie hatte als Kind schon gesammelt, Briefmarken und Münzen und Anstecknadeln und irgendwelche Bilder, die wohl auf sowjetischen Streichholzschachteln klebten. Nichts davon besaß sie noch heute. Von den Dingen, die sie als Kind gesammelt hatte, erzählte sie wenig, wie sie auch sonst wenig von sich als Kind erzählte, als Kind in einem anderen, großen, fernen und für mich wundersamen Land, von dem Kind, über das ich so gerne mehr gewusst hätte. Lieber sprach sie über Fußballbildchen. Sie hatte mit dem Sammeln angefangen, als ich noch ein Mädchen war und Pferde- und Internatsgeschichten las. Sie arbeitete damals in einem Schulhort, nicht in meiner Schule, eine Erzieherin ohne Ausbildung, aber mit viel Erfahrung, die Kinder mochten sie, was mich stolz machte. Meine Mutter beobachtete, wie die Kinder im Hort Tag für Tag ihre Alben mitbrachten, Bildchen tauschten, Sammelstände verglichen. Sie fragte und ließ sich von ihren Idolen erzählen – endlich ein Erwachsener, der Interesse und Begeisterung für Karl-Heinz Rummenigge im Sammelalbum zeigte. Ihr erstes Album bekam sie von den Viertklässlern zum Abschied am Schuljahresende geschenkt, zwei Jahre später war sie eine der beliebtesten Tauschpartnerinnen im Hort. Seit sie nicht mehr dort arbeitete, hatte sie für sich gesammelt und regelmäßig geklagt, dass sie nun nicht mehr tauschen konnte.

«Geh doch auf den Schulhof!», hatte Frank einmal vorgeschlagen, der Versuch eines Witzes, was selten vorkam bei ihm. Frank nahm ihre Sammelleidenschaft hin, wie er auch sonst sie und auch mich hinnahm, ganz so, als sei das Leben an sich etwas Hinzunehmendes. Meine Mutter hatte sich sofort hoffnungsvoll an Flox geworfen, als sie bei einem der ersten Male, da sie ihn traf, von seiner Fußballbegeisterung hörte: «Sammeln Sie dann auch Panini-Bilder?», und sein Lachen als erste Reaktion auf diese Frage nicht verstanden. Weil nicht verstanden, hatte sie ihm stolz ihre Sammlung gezeigt, einen Zeitungsständer voller Panini-Alben. Flox warf mir einen verwirrten Blick zu, auf den ich nicht reagierte, weil ich schon damit ausgelastet war, mich für meine Mutter zu schämen, und meinte: «Ja, früher habe ich auch gesammelt. Mehr so als Kind.» Erst ein halbes Jahr später, kurz vor der nächsten Fußballweltmeisterschaft, hatte er mich nach diesem ihrem Hobby gefragt, vorsichtig, auf die sensible Flox-Art, in die ich mich auch verliebt hatte, neben seinen verwuschelten Haaren. Ich hatte es ihm zu erklären versucht – Sowjetunion, Mangelwirtschaft, Sammelleidenschaft, Kindheit nachholen –, er hatte trotzdem gefragt: «Aber sie hat Tolstoj gelesen! Alles von ihm! Und all die anderen Russen auch!» Ich hatte es nicht besser erklären können.

Das erste Album hatte er sich gekauft, ohne es mit mir abzusprechen oder mir auch nur davon zu erzählen. Als wir meine Eltern dann besuchten, sagte er aus heiterem Himmel beim Kaffee zu meiner Mutter: «Anastasia, ich habe jetzt auch ein Album. Hast du schon Bilder doppelt, zum Tauschen?», und meine Mutter hatte gestrahlt. Ein perfekter Schwiegersohn. Sie sammelten von da an gemeinsam, es war nun ihre dritte gemeinsame Panini-Sammel-EM.

Wie immer begrüßte mich Lev als Erster. Ich schloss die Tür selbst auf, weil ich hoffte, dass Anna noch schlafen würde, meine Mutter hatte sie aus der Kita geholt. Lev blickte mich freundlich an, ich hatte schon immer gedacht, dass Lev gütig wirkte, gütig, ein Wort, das ich nicht aktiv verwendete, und eigentlich passte es auch hier nicht; ich wusste zu viel über Lev. Wahrscheinlich blickte er nur auf diesem Foto gütig, dem berühmtesten Bild von ihm, vielleicht hatte es seine Frau deshalb ausgesucht. Wer das Haus meiner Eltern betrat, erblickte als Erstes Lev Nikolajewitsch Tolstoj, dessen überdimensionales, gerahmtes Porträt direkt gegenüber der Tür hing. Dass dieser erste Anblick Besucher verwirren konnte, überraschte mich, als ich es irgendwann bemerkte. Ich war unter diversen Porträts von Leo Tolstoj aufgewachsen, selbst über dem Bett hatte eines gehangen, bis ich es mit acht Jahren gegen ein Pferdeposter eintauschte, was meine Mutter und Frank übrigens wortlos akzeptierten. Ich war es gewohnt, dass der gütige Mann auf mich herabschaute, fand seine Anwesenheit beruhigend, wie die eines persönlichen Schutzpatrons. Bei uns zu Hause überkam einen schon mal das Gefühl, er sei Gott persönlich. Ich nannte ihn «Onkel Lev», auch als mich die Mutter meiner Schulfreundin Luisa einmal fragte, wer denn «der Herr mit dem Bart» am Eingang sei. «Onkel Lev», sagte ich nachdrucksvoll und fügte wie eine großmäulige Museumsführerin hinzu: «Lev Nikolajewitsch Tolstoj. Ein großer russischer Dichter. Einer der größten Dichter überhaupt, die es je auf der Welt gab. ‹Krieg und Frieden›, ‹Anna Karenina›, ‹Die Kreutzersonate›. Lebte 1828 bis 1910. Verstarb in einem Bahnhofshäuschen.» Letzteres Detail faszinierte mich damals besonders. Die Mutter der Freundin jedoch, von der Biographie des großen russischen Dichters in keiner Weise beeindruckt, hakte irritiert nach: «Und warum hängt er bei euch im Flur?» Ich meinte herauszuhören, dass sie diese Tatsache sonderbar fand, meinte zu sehen, dass sie Luisa rasch an die Hand nahm und ging. Seitdem beobachtete ich, wie Besucher auf Onkel Lev reagierten. Die Freunde meiner Eltern aus der Tolstoj-Gesellschaft begrüßten ihn freundschaftlich, Hermann, der jahrelange Vorsitzende, machte sich jedes Mal ein Späßchen daraus, sich vor dem großen Lev zu verbeugen. Großmutter ignorierte ihn, nicht weil sie ihn nicht mochte, sondern weil sie ihn nicht mehr wahrnahm; ähnlich auch andere Besucher, die häufig zu Gast waren. Neuer Besuch fragte meist interessiert bis irritiert nach und wusste keine Erwiderung, wenn meine Mutter erklärte, dass es der große Lev Nikolajewitsch Tolstoj war, der da hinge, immer benutzte sie seinen vollen Namen, als würde sie ihn vorstellen, als würde Lev Nikolajewitsch Tolstoj sogleich aus dem Bild treten und dem Besucher die Hand schütteln. Wuchs man unterhalb des Porträts von Tolstoj auf, bekam man mehrmals täglich Tolstoj zitiert (redete ich als Kind schlecht über andere, sagte Frank immer: «Eine schlechte Handlungsweise kann man sein lassen, man kann sie bereuen, aber böse Gedanken gebären fortgesetzt böse Taten», zitiert aus «Auferstehung», wie ich später herausfand), kam man nicht umhin, Lev Nikolajewitsch als Mitbewohner anzusehen, eine Art fünftes Familienmitglied neben Natascha. Natascha war die Katze, Natascha wie Natascha aus «Krieg und Frieden», Frank meinte, die Katze hätte einen ähnlichen Intellekt. Mama, Frank, Natascha, Lev und ich, das war meine Familie. Und Großmutter, aber Großmutter war extra. Bei Großmutter roch es nach

Apfelkuchen, es gab keine Bilder von Tolstoj, noch nicht einmal Bücher von Tolstoj, es gab immer Kuchen, der nicht immer Apfelkuchen war, obwohl es immer nach Apfelkuchen roch.

Neuer Besuch also, dem Lev Nikolajewitsch Tolstoj von meiner Mutter vorgestellt wurde, wusste in der Regel nichts zu entgegnen. Mit einer solchen Überzeugung und Selbstverständlichkeit stellten meine Mutter und Frank Tolstoj vor, dass der Besuch meine Eltern für verrückt halten musste.

Nach Lev begrüßte mich Anna. Sie rannte mir entgegen, die tapsenden Schritte hörte ich, bevor ich sie sah und in die Arme nehmen und in die Luft werfen konnte, dann das aufgeregte Erzählen ohne Unterbrechung, und ich musste mal wieder denken, ist es nicht das süßeste Kind der Welt, und wunderte mich darüber, wie und warum und wann genau ich eine so klischeehafte Mutter habe werden können.

«Da ist ja die Mami!», sagte Frank, der Anna aus dem Wohnzimmer gefolgt war, mit seiner Anna-Stimme. Ich staunte jedes Mal, vor Anna hatte ich ihm weder die Tonlage noch den Tonfall zugetraut, die er anstimmte, sobald sie in der Nähe war. Nie habe ich als Kind Franks Zuneigung zu mir in Frage stellen müssen, Zuneigung, weil Liebe ein zu großes Wort gewesen wäre, nicht weil er mich nicht liebte, sondern weil er große Worte nicht gern aussprach und auch nicht gern hörte. Er spielte mit mir, er las mir vor und las später als Erster meine Geschichten. Wenn ich krank war, brachte mir Frank täglich Süßigkeiten, die er in unzähligen Schichten Zeitungs- und Geschenkpapier geschnürt hatte, damit die Freude des Auspackens länger dauerte, er ging viermal mit mir und meinen Freundinnen in «Dirty Dancing», und wenn sich meine Mutter und Großmutter über meine schlechten Noten und mein Desinteresse an Weltliteratur, insbesondere der russischen, beschwerten, verteidigte er mich mit seiner tiefen, aber immer leisen Stimme. Frank war ein toller Vater, wenn er auch nicht der meine war. Ich habe nie etwas vermisst, aber an etwas wie eine Sofia-Stimme erinnerte ich mich nicht.

«Er ist jetzt Opa», sagte meine Mutter, wenn sie ihn so sprechen hörte, auch sie nahm den Unterschied wahr, sie klopfte ihm anerkennend auf die Schulter, als hätte er persönlich mit Annas Dasein in der Welt etwas zu tun. Manchmal rief sie ihn sogar neuerdings so, Opa, wollen wir der Anna was zu essen machen, Opa, weißt du, wo der Bär von der Anna denn hin ist. Die ersten Male war ich unangenehm berührt gewesen, bis ich sah, dass es Frank nicht störte, vielleicht sogar freute.

Ich behielt Anna und Bär, der nur Bär hieß, auf dem Arm und klopfte Frank auf die Schulter, er erwiderte die Geste, streifte mich aber nur mit den Fingerspitzen. Seit ich ausgezogen war, suchten Frank und ich stillschweigend nach einem Begrüßungs- und Abschiedsritual. Umarmungen und Küsse, wie meine Mutter sie verteilte, waren uns beiden unangenehm, Luftküsschen, dachte ich, fände Frank bestimmt affektiert, ein knappes «Hallo» wurde unserer Zuneigung aber auch nicht gerecht. Wir probierten immer noch herum.

Anna nahm Frank hingegen sofort wieder in die Arme, warf sie in die Luft, hielt sie waagerecht nach oben gestreckt, nannte sie sein Lieblingsflugzeug, lief mit der fliegenden Anna ins Wohnzimmer und ließ sie auf der Couch landen. Sie schnaufte.

Flox war überraschenderweise schon vor mir da. «Bist du früher losgekommen?», fragte ich.

«Ja. War nicht viel los heute. Und die Mädels vollständig versammelt.» Flox schrieb als einziger Mann für eine Frauenzeitschrift, über die er sich täglich lustig machte, zu Hause und auch in der Redaktion. Er war da hineingerutscht, über seine Reisereportagen, für die wir beide gereist waren, bevor ... Vor Anna reisten wir gern und viel und möglichst weit. Flox recherchierte und sprach mit Menschen, ließ mich in einem Café, wo ich stundenlang schreiben würde. Am frühen Abend holte er mich wieder ab, wir setzten uns in ein Restaurant, wo er mir von seinem Tag erzählte. Ich erzählte ihm nicht, was ich geschrieben hatte, weil es noch zu neu war, weshalb Flox höchstens fragte: «Kommst du voran?», wofür ich dankbar war. Wir bestellten immer die Gerichte, deren Namen uns am wenigsten sagten, begannen Gespräche mit Kellnern, und Flox kritzelte immer ein bisschen mit. Flox hatte eine Weile gesagt, unsere Beziehung basiere auf unserer Liebe zum Essen, wir bereiteten es nicht gerne zu, aber aßen gerne. Wir testeten Restaurants, Gaststätten, Kneipen, Cafés und Bars, gefiel uns eines, so gingen wir immer wieder hin, bestellten wir die Speisekarte einmal rauf und runter, bis wir uns auf das beste Menü – Vorspeise, Hauptgericht, Dessert – einigen konnten. Dann probierten wir das nächste Restaurant. Nun reisten wir nicht mehr, Flox zog nicht mehr durch fremde Länder und Städte, sondern saß in einem Büro, in dem außer ihm nur Mädels saßen, ich schrieb nicht mehr tagelang in exotischen Cafés und auch sonst nirgendwo. Wir machten nun Urlaub auf einem Biobauernhof, einen Mittagsschlaf mit dem Auto von zu Hause entfernt, wir kochten

Nudeln mit Tomatensoße und aßen auswärts höchstens mal ein Eis.

Aus der Küche duftete es nach Großmutters Apfelkuchen, und dass der Duft das Haus erfüllte, obwohl Großmutter nicht da war, störte mich heute ausnahmsweise nicht. Dann fielen mir die Panini-Bilder ein, und ich holte die Päckchen aus der Tasche.

Meine Mutter freute sich überschwenglich, umarmte mich und rief «Schau mal, Sofia hat mir Panini-Bilder mitgebracht» zu Frank in die Küche und riss ein Päckchen auf, aber sobald Anna diese haben wollte und auf den erstbesten der Fußballspieler zeigte und «Mann mit Ball» dazu sagte, vergaß sie die Bilder und freute sich über die Bildbeschreibung, wie nur sie (und ich und Flox und Frank) sich über solche Bildbeschreibungen freuen konnten (oder all die anderen Eltern und Großeltern auf der Welt), und legte die anderen Päckchen achtlos, als seien sie nicht weiter wichtig, für Anna unerreichbar ins Bücherregal.

«Ja, danke», sagte Flox übertrieben begeistert und grinste mich verschwörerisch an.

Beim Kuchenessen dachte ich: Ich frage sie jetzt, jetzt, wann denn sonst, ich wollte, musste sie fragen. Anna war fröhlich und atmete gut und mochte Omas Kuchen, was die Oma noch mehr freute als das Kind, und somit waren alle gut gelaunt und entspannt.

«Ich war gestern in der Maistraße. Den ganzen Nachmittag. Ich habe Großmutters großen Schrank leergeräumt und die komplette Kommode. Die Küche wollten Flox und ich dann in zwei Wochen oder so machen», begann ich. Bei «in zwei Wochen oder so» blickten alle unwillkürlich zu Anna, aber keiner sagte was. Wie immer hielt meine Mutter die Stille nicht aus, Stille hielt sie für etwas, das gefüllt werden musste.

«Schön. Sehr schön. Hast du die Sachen zur Altkleidersammlung gebracht? Hast du geschaut, ob da nichts mehr dabei ist, was ihr noch passen könnte?»

«Ja. Ich habe zwei Schals aussortiert und warme Wollsocken und eine Bluse, die ihr noch passen könnte. Der Rest ist eindeutig zu groß. Die Sachen habe ich im Auto. Ich nehme sie mit, wenn ich wieder zu ihr fahre.»

Ich war nicht gerade begeistert gewesen, als mir die Aufgabe zugefallen war. Zugefallen. Sie wurde mir vielmehr aufgedrückt, auferlegt, eine Ablehnung stand zu keinem Zeitpunkt zur Disposition, aber das formulierte man in unserer Familie nicht so. «Kannst du es nicht vielleicht auch als Ehre sehen? Als eine Möglichkeit, Abschied zu nehmen, langsam, um dich in Ruhe an deine Großmutter zu erinnern, wenn du allein in ihrer Wohnung bist?», hatte Flox gefragt, als ich ihm abends wutschnaubend davon erzählt hatte. Meine Mutter taufte es «die Aufgabe», als wäre das ein passender Name, zu viel Gefühl konnten wir jetzt nicht gebrauchen, das stellte sie bereits mit ihrem Tonfall klar. «Ich verabschiede mich schon seit einer ganzen Weile», hatte ich Flox geantwortet und mir das «Was weißt du schon davon?» verkniffen, weil ihn die Wut nicht treffen sollte, die eigentlich meiner Mutter galt. Ein bisschen vielleicht sogar Großmutter, deren Wohnung ich nun ausräumen und putzen musste, statt dass sie mich dort mit einem ihrer Kuchen empfing. Ich wollte mich an ihren Küchentisch mit der obligatorischen gepunkteten oder geblümten Plastiktischdecke setzen und Kuchen probieren und schlechten löslichen Kaffee dazu trinken oder schwarzen

Tee, den sie mir in einer ihrer Werbetassen, alle Parteien, «Die Zeit», «Der Spiegel», die Universität, die Apotheke um die Ecke, servierte, während sie ihren Tee aus einer extragroßen Tasse trank.

Als meine Mutter mich anrief, um mir die Aufgabe aufs Auge zu drücken, war ich gerade beim Wickeln, zum zweiten Mal hintereinander übrigens, geschnauft hatte Anna heute auch mehr als üblich, und dementsprechend war meine Laune. «Ich habe eine Aufgabe für dich», hatte meine Mutter verkündet und die Aufgabe vorgetragen, wie sie wohl früher Schülern im Hort das Aufräumen angewiesen hatte: «Die Wohnung deiner Großmutter», sagte sie, als spräche sie von einer ihr völlig fremden Person statt von ihrer eigenen Mutter, «die Wohnung deiner Großmutter muss aufgelöst werden. Sie wird dorthin nicht mehr zurückkehren. Es geht also darum, auszumisten, Kleider zum Container zu bringen, die Möbel zu verkaufen oder zum Sperrmüll zu bringen, durchzuputzen. Der Telefonanschluss muss abgemeldet werden. Die Bücher kannst du zu uns bringen. Diese Aufgabe fällt dir zu», schloss sie. Sie redete, als wäre sie die gleichgültige Botin einer Nachricht, die sie persönlich nicht weiter betrifft. Als berühre sie auch die dieser Nachricht vorangegangene Einsicht nicht, die Einsicht, dass ihre Mutter nie wieder in ihre Wohnung zurückkehren würde, sie nichts mehr brauchte, weder Kleider noch Möbel, noch Bücher, noch nicht einmal ein Telefon, weil sie schon lange nicht mehr telefonierte, vermutlich wusste Anna bereits besser mit einem Telefon umzugehen als sie. Meine Mutter wollte mit dieser Einsicht, nun, da sie sie angenommen hatte, wahrscheinlich in einem langwierigen, tränenreichen, vor mir geheim gehaltenen Prozess, nun nichts mehr zu tun haben, und deshalb übertrug sie mir «diese Aufgabe». Über das Wort hatte sie sich sicherlich lange Gedanken gemacht und sich bewusst dafür entschieden. «Diese Aufgabe fällt dir zu», hatte sie sachlich gesagt und noch nicht einmal nach Anna gefragt, obwohl sie sie bestimmt durchs Telefon hörte. Nun ja.

«Könntest du das nicht machen?», erwiderte ich sofort, sie schwieg.

«Kannst du das nicht machen?», fragte ich noch einmal und versuchte diesmal nicht, meinen Ärger zu verbergen. Ich wusste um den Streit, der gleich ausbrechen würde, er war mir egal. Manchmal schien sich meine Mutter für Streit anzubieten. Dafür, meine schlechte Laune, die häufig wenig oder nichts mit ihr zu tun hatte, an ihr auszulassen. Flox schimpfte regelmäßig: «Du bist unfair ihr gegenüber», und weil ich wusste, dass er recht hatte, hielt ich ihm entgegen, es ginge ihn nichts an, ich mische mich in seine Familienangelegenheiten auch nicht ein. Ich mochte diesen meinen Wesenszug nicht. Fast verachtete ich mich, schwor mir regelmäßig, damit aufzuhören, ließ, um mich zu bessern, nun meine Laune an Flox aus. Woher all diese schlechte Laune kam, die rausgelassen werden musste, verstand ich nicht.

«Kannst du das nicht machen?», wiederholte ich also in leicht provozierendem Ton, und sie antwortete: «Doch. Ich könnte auch. Aber du weißt doch, dass ich jeden Tag zu Großmutter gehe, ich kümmere mich um so vieles, und Großmutter wird immer kränker, und ich dachte, vielleicht könntest du mir dieses eine Mal helfen, weil du sonst nichts für deine Großmutter tust. Für eine Großmutter, die dich geliebt und dir ihr Leben geopfert hat, könntest du mal diese eine Aufgabe übernehmen! Diese Aufgabe fällt eindeutig dir zu.»

Nichts brachte mich bei meiner Mutter mehr auf die Palme als das Theatralische, Pathetische, Salbungsvolle, Drama-Queen nannte sie Flox. Das Theatralische hasste ich noch mehr als ihr Schweigen, noch mehr als die unendliche, liebevolle Geduld, mit der sie meine Ausbrüche und Vorwürfe hinnahm, wie ein williges Opfer (im Gegensatz zu Flox, der sich wehrte), weil sie meinte, unausgesprochen und dennoch hallend deutlich, eine Mutter sei nun mal auch immer das Opfer ihrer Kinder und müsse ihren Kindern Opfer bringen. Eine Mutter habe für ihre Kinder immer da zu sein, auch in Zeiten, in denen es den Kindern so schlecht ging, dass das Einzige, was Besserung versprach, war, die Mutter anzuschreien um des Schreiens willen. Ich schrie sie an, weil ich genervt war von Anna, die ich nicht anschreien durfte, von meinem Leben, von ständigen Arztbesuchen, vom Schreiben, vom Nicht-Schreiben, von Flox, von mir selbst. Sie blieb geduldig und liebevoll in ihrer Rolle, was meine Aggression noch steigerte, dann tatsächlich gegen sie, und auch meinen Ehrgeiz, die Grenze der Geduld zu ertasten. An manchen Tagen wurde ich gemein.

Im Falle meiner Großmutter sowie der Aufgabe wirkte das Pathos aber: Ich war meiner Großmutter tatsächlich vieles schuldig.

Ich versuchte es: «Ich habe auch keine Zeit», was meine Mutter annahm: «Ja, das stimmt, du hast auch keine Zeit!» Und dann schwieg sie kurz, bevor sie mich nach Anna fragte, sie schwieg, weil sie wohl schon vor dem Telefonat gewusst hatte, dass ich ja sagen würde, spätestens wenn ich mich beruhigt und mit Flox gesprochen hatte, allerspätestens nach dem nächsten Besuch im Heim. Die Aufgabe fiel mir zu. Ich war ihr schon seit Wochen nachgegangen, war mit Bad und Flur schon fertig und hatte das Schlafzimmer fast durch.

«Jedenfalls», sagte ich nun beim Kaffeetrinken und Kuchenessen zu meiner Mutter und den anderen, die als Puffer (Anna) oder Publikum (Flox und Frank) dienen sollten, «jedenfalls», wiederholte ich nach einer Pause und räusperte mich kurz, weil der Satz immer noch nicht so flüssig herauswollte, wie er sollte, «habe ich ein paar interessante Sachen bei Großmutter im Schrank gefunden.»

«Du kannst mitnehmen, was du willst!», antwortete sie ohne jegliches Interesse. Oder gabelte sie etwas zu demonstrativ das nächste Stück vom Kuchen ab? Ich interpretierte schon wieder zu viel.

«Ja, danke.» Wofür bedankte ich mich? Wovor hatte ich Angst, vor dem Schweigen, vor einer Erklärung, die meiner Entdeckung jedes Abenteuer nehmen könnte, aber wie könnte die aussehen? Die Listen waren immerhin Listen! Ich interpretierte und analysierte schon wieder zu viel.

Deshalb schnell, deutlich und laut: «Ich habe in ihrem Kleiderschrank ein kleines Holzkästchen gefunden, eine Schatulle. Darin waren Papiere, alte Papiere, zum Teil eingerissen. Und darauf standen Listen, Listen, wie ich sie schreibe, mit kyrillischen Buchstaben.»

«Lissen!», rief Anna, «Lissen!», und ich verbesserte automatisch: «Listen, genau, Anna, sehr gut!», und weil sonst niemand etwas sagte, fügte ich hinzu, ohne meine Mutter anzusehen: «Weißt du etwas darüber?»

«Listen?», fragte sie.

«Listen. Verschiedene Listen. Ich habe fast alles entziffern können. Listen zu verschiedenen Themen. Zum Beispiel eine Liste von Männern, die schöne Hände haben. Hat Großmutter sie geschrieben?»

«Ich habe keine Ahnung. Ich kenne diese Schatulle nicht. Ich weiß nichts von Listen. Wer schreibt denn Listen außer dir? Und wozu sollte Großmutter aufschreiben, welche Männer schöne Hände haben?» Sie sprach ruhig und sah mir in die Augen. Zu interpretieren hatte ich nichts. Frank beobachtete sie, hörte uns zu, wie er immer zuhörte, zur Analyse und Interpretation eignete sich seine Mimik grundsätzlich nicht.

Ich war vorbereitet. Ich stand auf, holte meine Tasche, zog die Schatulle heraus und stellte sie vor meine Mutter auf den Tisch.

«Habe ich noch nie gesehen!», kommentierte sie.

«Mach sie auf!», ich schob sie ihr zu, bevor Anna danach greifen konnte, die beinahe schon auf den Tisch geklettert war. Sie protestierte laut.

Ich war in Gedanken kurz bei ihr und den «Lissen», bei der Schnelligkeit, mit der sie auf den Tisch geklettert und gleich geschnauft hatte. Das lenkte mich nun ab und entspannte mich, ich beobachtete meine Mutter, wie sie die Schatulle öffnete, behutsam die Papiere herausnahm, blätterte, überflog, nicht las, Frank, wie er sich zu ihr neigte, mitzulesen versuchte, Flox, der Anna vom Tisch hob, sie fragte, ob sie ein Flugzeug sein wolle, um sie von der Schatulle abzulenken, Anna, wie sie kicherte, «noch mal Lugzug», plötzlich war die Aufregung weg. Ich hatte zwei Tage lang über die Listen sinniert, sie angestarrt, studiert, übersetzt, nach Zusammenhängen recherchiert, gedreht und gewendet, interpretiert, analysiert, sie sogar mit der Hand abgeschrieben, das Papier untersucht, war nachts einmal aufgestanden, um sie mir noch mal anzusehen. Ich hatte mir das Gespräch mit meiner Mutter bis ins kleinste Detail ausgemalt, eventuelle Erwiderungen zurechtgelegt, Flox mit Fragen geplagt, auf die er keine Antwort wissen konnte. Jetzt war ich plötzlich nur noch müde.

«Interessant», schloss meine Mutter ihre Betrachtungen und die Schatulle, in die sie die wieder sorgfältig zusammengefalteten Listen zurücklegte. «Woher Großmutter sie hat. Ich weiß es nicht. Fragen können wir sie nicht mehr. Wir hätten sie vieles fragen sollen, früher. Am Grab sind Blumen zu spät.» Sie blickte zu Frank, der nichts sagte, was denn auch?

«Weißt du denn, ob es ihre Schrift ist?», fragte ich.

«Schwer zu sagen. Großmutter hat nicht viel geschrieben in ihrem Leben, sie hatte keine regelmäßige Handschrift. Vier Klassen, mehr gab es in ihrem Dorf nicht», erklärte sie Flox, der nickte und mir über die Hand streichelte, was hatte ich denn erwartet? Meine Mutter ging mit Anna ins Wohnzimmer, ich hörte sie mit dem Bär reden, und ein paar Minuten später, Frank studierte die Listen, Flox und ich schauten ihm schweigend zu, rief sie, sie würden in den Garten gehen, Ball spielen; Annas hallende Rennschritte, «Baaaall!», was hatte ich denn erwartet? Ich packte die Schatulle wieder ein, Frank räumte ab, Flox blätterte in der Zeitung, später sprachen die beiden über den neuen Finanzminister, ich sagte nichts, nach dem Essen fuhren wir drei heim. Mutter und Frank boten an, am Samstag auf das Kind aufzupassen, damit wir ausgehen konnten, Flox nahm dankbar an.

Zu Hause entdeckte ich im Badezimmer neben der Toilette, wo Flox alte Comics und neue Zeitschriften stapelte, eine Ausgabe von «Psychologie heute». Ich wunderte mich darüber und dachte, ich müsse ihn gleich danach fragen, blätterte sie kurz durch, und die Überschrift fiel mir sofort ins Auge: «Eltern sollten den Tod ihrer Kinder nicht erleben müssen». Es war ein Zitat.

Ich verstaute die Schatulle im Schlafzimmer in der Kommode, in der ich meine Socken sowie Unterwäsche aufbewahrte. Es waren noch sieben Tage bis zur OP, und der Zeitschrift im Bad nach zu urteilen, war ich nicht die Einzige hier, die sich davor fürchtete. Immerhin.

SIEBTES KAPITEL

Liste von Männern mit schönen Händen

- *Jura*
- *Jan*
- *Mischa D.*
- *Mischa A.*
- *Aljoscha vom Fußball*
- *Sascha*
- *Timofej*
- *der blonde Kerl, der immer vor dem Theater steht und raucht*
- *Nikolaj Petrowitsch*
- *Jurij Alexejewitsch Gagarin*
- *Onkel Wasja von der Datscha*
- *Andrej von Papas Arbeit*
- *Kostja*
- *La*
- *N*

Die langen, schmalen Finger fielen ihm sofort auf. Die Fingernägel waren kurz und formschön geschnitten, vielleicht sogar gefeilt. Einen Millimeter lang, schätzte er, eine schöne Länge, darunter kein Dreck, kein Fett, die Nagelhaut glatt und an den Rändern keine abstehenden Hautteilchen, wie er sie immer hatte und die seine Mutter «Schwänzchen» nannte. Er mochte die

Sauberkeit, die Reinlichkeit. Er mochte schöne Hände. Der Arm hingegen, an der Innenseite des Arms, direkt unter der Armbeuge, waren Kratzer, die von der Begegnung mit einer Katze hätten stammen können, aber auch von einem spitzen Gegenstand, er dachte an Metall, an Stricknadeln oder Glasscherben, dann dachte er an Schmerz und verzog unwillkürlich das Gesicht. Die Schnittwunden waren bereits verschorft, seit längerem wahrscheinlich, der Schorf schien sich in die Haut eingefressen zu haben, als hielte er daran mit aller Kraft fest, weil er auf keinen Fall abblättern wollte. Die Hände lagen entspannt auf dem Tisch, sie kneteten nicht nervös oder gelangweilt an irgendetwas herum wie seine meistens, er war selten nervös, aber oft gelangweilt. Die Hände lagen bewegungslos da, wie schlafend, als würden sie sich, losgelöst vom Körper, etwas Ruhe gönnen. Er zwang sich, von den Händen aufzusehen, in die Runde zu blicken, seine Augen trafen Alissas, sie lächelte, er lächelte automatisch zurück. Dann führte er seinen Blick zur rauen grauen Wand, grau die abblätternde Farbe, grau auch das Darunter, der Wandgrund, oder wie man das nannte, er konzentrierte sich darauf, nach dem richtigen Wort zu suchen, dachte an seinen Vater, genau, der Kalksandstein. Das Haus stand kurz vor dem Abriss und leer, solange es aber noch stand, konnten sie sich hier treffen, reden, diskutieren und planen und auch trinken, Hasenkopf hatte es ausfindig gemacht. Er zählte langsam bis zehn … acht, Pause, neun, Pause, zehn, erst dann erlaubte er seinem Blick wieder, nach links und herunter, Richtung Tischplatte, zu wandern, weiter die ruhenden Hände zu betrachten. Schön. Schlicht schön.

Ihm war bewusst, dass andere – seine Freunde, sein Bruder, sein Vater – diese Hände, diese Männerhände nicht betrachteten, nicht auf diese Weise. Dass ihnen diese Hände noch nicht einmal auffallen würden, jeder hatte Hände, Hände und Arme und Füße, solange keiner dieser Körperteile fehlte … Kriegsveteranen fehlten manchmal Hände, manchmal halbe oder ganze Beine, die schaute man an, wenn auch unauffällig. Darum bemühte er sich auch gerade, weshalb er den Blick immer wieder abwendete, zum Redner blickte, zur grauen Wand, bis zehn, bis zwanzig zählte oder das Alphabet im Kopf aufsagte, vorwärts oder rückwärts, bevor sein Blick sich wieder in den Händen verlor. Schmale, schöne, gerade Finger (seine eigenen kleinen Finger standen zur Seite ab, und auch der mittlere Finger der linken Hand war nach oben hin leicht schief), gerade Finger mit gefeilten Fingernägeln, die dennoch kräftig wirkten, die Hände eines Mannes. Er hätte gerne über diese Hände gestreichelt, auch über den Schorf am Arm. Er hätte gerne nach den Kratzern gefragt, vielleicht könnte er das später machen, in der Pause, wenn Penkin vielleicht aufgehört hätte zu reden, Penkin, der viel redete, aber nie etwas Neues sagte, ohne Humor, aber mit großem Geltungsbedürfnis, er mochte Penkin nicht, weder mochte er ihn, noch fand er seine Hände schön. Er hätte genauso gut in die Vorlesung gehen können, hatte er gedacht, als er sah, dass Penkin heute reden würde, er sollte sich ohnehin gelegentlich an der Universität blicken lassen, das hatte er sich fürs Studium fest vorgenommen, es sollte nicht wie an der Schule sein. Wenn Penkin mit dem Reden aufgehört hätte, würde er den Jungen neben sich vielleicht um eine Zigarette bitten, vor ihm auf dem Tisch lag ein angebrochenes Zigarettenpäckchen, er würde sich draußen neben ihn stellen, direkt neben ihn, weil es regnete und der andere einen Regenschirm dabeihatte, während er seinen vergessen hatte, genau genommen hatte er nie einen dabei. Und dann würde er nach den Kratzern fragen, beiläufig, als würde er sie erst in jenem Moment bemerken, wenn sie im Regen zusammen eine rauchen würden. Er blickte wieder nach oben, in die Runde, Alissa starrte nun Penkin an, sichtlich genervt, dafür lächelte Regina ihn an. Er lächelte zurück, sie fuhr sich durch ihre dunklen Locken, die sie heute offen trug. Er nickte in Richtung Penkin, verdrehte die Augen und seufzte theatralisch, sie zog die Mundwinkel noch weiter nach oben, mehr lächeln ging aus dehnungstechnischen Gründen des Mundes nicht.

Sein Bruder hatte jetzt eine feste Freundin, sie hieß Antonia, alle nannten sie Toscha, und alle warteten auf die Hochzeit oder zumindest deren Ankündigung. Der Vater sparte schon Geld, das sagte er offen und laut: «Das lege ich beiseite für die Hochzeit», für wessen Hochzeit, brauchte er nicht zu erwähnen, auch seine Mutter legte nach Möglichkeit ein Extraglas Gurken und Marmelade und Tomaten ein für das große Fest. Der Bruder sagte nichts von einer Hochzeit, aber als die Mutter ihm die vielen eingelegten Gurkengläser gezeigt hatte – Gurken gab es en masse in diesem Jahr –, da hatte er ihr dankbar über die Schulter gestrichen und gesagt: «Na, dann können die Gäste kommen, zu essen haben wir genug!» Die Mutter hatte gestrahlt. Antonia war ein nettes Mädchen. Keine Schönheit, aber auch nicht unangenehm anzusehen, blondes Haar, blaue

Augen, ein etwas pummeliges Gesicht, auch wenn sie ansonsten eine normale, keine schlanke, aber auch keine vollschlanke Figur hatte, und immer ein ehrliches, freundliches Lächeln im Gesicht. Sie sprach nicht viel, aber mehr als sein Bruder, weniger wäre auch nicht möglich gewesen. Wenn die beiden zu zweit waren, redeten sie dann miteinander? Wer sprach? Und worüber? Sie sah sich gerne Filme an, sie mochte Liebesfilme, und sein Bruder führte sie ins Kino aus, sprach er mit ihr anschließend über die Filme? Er hatte sie schon zweimal beim ausgiebigen Küssen erwischt; erwischt, ohne dass sie ihn erwischten, sie standen im Innenhof an den Apfelbaum gelehnt, auf der Seite des Apfelbaums, die nur von der Wohnung des Hauswarts aus zu sehen war. Das Licht in der Wohnung des Hauswarts brannte nicht, er hatte sein tägliches Soll schon getrunken und lag wahrscheinlich bewegungslos auf dem Diwan, sie küssten sich lange. Küssten sich richtig, nicht nur ein bisschen. Kostja und Tanja küssten sich auch so, selbst wenn er und andere dabei waren, aber Kostja und Tanja waren Kostja und Tanja, und Tanja redete sogar über Sex, woraufhin Hasenkopf immer nervös zu lachen begann, aber sie waren auch die Einzigen, die er kannte, die laut darüber sprachen. Toscha hatte mit ihren Händen (gewöhnliche Hände, nicht besonders schön) in seinen Haaren gewühlt, ihm über den Nacken gestreichelt, er drückte sie an den Baum, seine Hände waren irgendwo hinter ihr verschwunden, an ihrem Rücken, an ihrem Hintern, unter ihrem Rock vielleicht. Grischa hatte sich heruntergeschlichen, weil er sie vom Fenster aus hatte kommen, aber nicht ins Haus gehen sehen, er hatte am hinteren Ausgang gestanden und die schmatzenden Geräusche gehört und so viel gesehen, wie im Mondschein eben zu sehen war – der Hauswart hatte die Glühbirne in der Laterne immer noch nicht ausgewechselt, was den beiden unter dem Apfelbaum gerade recht kam –, und nach ein paar Minuten war er wieder hinaufgegangen, damit sie ihn beim Erwischen nicht erwischten. Später, im Bett, hatte er seinen Bruder gefragt: «Wo wart ihr so lange, Toscha und du?» Sein Bruder lag mit dem Rücken zu ihm, drehte sich auch nicht um, sagte nur: «Im Kino», und mehr nicht.

«Und danach? Was habt ihr danach gemacht?»

«Spazieren.»

«Und danach?»

«Nichts.»

Nach einer kurzen Pause hatte er sich doch getraut und gefragt: «Küsst ihr viel?», ohne wirklich eine Antwort zu erwarten. Es kam auch keine. Der Bruder schlief, vermeintlich.

Er hatte die nächsten Tage gelauert, abends am Fenster gelesen, was er sonst nie tat. «Warum liest du am Fenster?», hatte die Schwester gefragt, er wusste, was nun kam.

«Einfach so. Eigentlich ist es ziemlich unbequem, hier zu sitzen», hatte er geantwortet, aber es war zu spät.

«Ich möchte auch am Fenster lesen!», hatte Anastasia verkündet, einen Stuhl zum Fenstersims geschoben und war heraufgeklettert, er zog die Beine an, damit sie Platz hatte, sie setzte sich gegenüber, strahlte ihn an und machte ihr Buch da auf, wo ordentlich das Lesezeichen steckte, Grischa las noch zwei Seiten pro forma und sprang dann herunter, so hatte das keinen Sinn. Einmal hatte er sie noch ertappt, zwei Abende später, als seine

Schwester seiner Mutter in der Küche half, er entdeckte sie bereits an der Straßenecke, sie gingen schnell und schweigend, sein Bruder blickte einmal nach oben, sah ihn aber nicht, er hatte sich klugerweise hinter den Vorhang gestellt. Sie verschwanden im Haus, er wartete genau fünf Minuten, ob sie heraufkommen würden, bevor er ihnen folgte. Sie kamen nicht.

«Wo gehst du hin?», rief ihm der Vater hinterher.

«Luft schnappen. Bin gleich zurück.»

«Gehst du etwa rauchen?» Seine Mutter trat in den Flur.

«Nein. Will nur an die frische Luft.»

«Nimm den Müll mit», rief der Vater, da war er mit einem Fuß schon vor der Tür.

«Später. Wenn ich zurück bin. Versprochen!» Er schloss die Tür hinter sich, bevor er noch mehr hören konnte. Manchmal erdrückten sie ihn, obwohl er sie wirklich, von ganzem Herzen, mochte. Meistens erdrückten sie ihn. Er fragte sich, ob es den Geschwistern und Freunden ähnlich ging, er fragte sie das nicht direkt, er wollte nicht schon wieder auffallen, immer war er anders, das war nicht immer schön. Nicht immer gut.

Sie standen wieder am Apfelbaum, die Glühbirne war noch nicht ausgewechselt worden, was nicht überraschte und auch nichts machte, sein Bruder und Toscha waren froh über den Schutz der Dunkelheit, sonst stünden sie nicht dort. Komisch, dass ihnen kein anderer Ort einfiel, er wüsste so viele. Nur hatte er niemanden zum Küssen. Toscha zu küssen stellte er sich allerdings abartig vor. Dann lieber gar nicht. Ihm reichte das Mondlicht. Der Bruder drückte Toscha wieder an den Apfelbaum, ob das nicht wehtat, fragte er sich, die

Rinde muss doch kratzen, sie trug ein leichtes Sommerkleid, sein Bruder war fast zwei Köpfe größer als sie und hatte breite Schultern, aber es schien sie nicht zu stören, sie fuhr mit ihren Händen über seinen Nacken und durch die Haare. Sie schmatzten beim Küssen. Das klang witzig, die Stille der Nacht und das vom Hochhaus abgeschwächte Brummen der Autos auf der Straße, und dazwischen Schmatz-Schmatz, Schmatz-Schmatz. Sie hörten kurz auf, ohne sich loszulassen, sein Bruder flüsterte etwas, «Ich liebe dich» vielleicht, sie lachte auf und streckte ihm ihr Gesicht entgegen, das hätte er ihr gar nicht zugetraut, so forsch. Grischa war beeindruckt. Er wartete noch ein paar Minuten, bevor er hinaufging, den Müll nahm und ihn zum Müllschlucker brachte. «Braver Junge», kommentierte sein Vater, als wäre er fünf Jahre alt. Die beiden würden bald heiraten, ganz klar.

Er selbst wollte nicht heiraten, niemals. Er wollte auch keine Freundin. Julia aus seiner Klasse hatte er einmal geküsst, noch zu Schulzeiten, einfach so, weil alle das wollten, Mädchen küssen, alle seine Freunde sprachen davon, und deshalb tat er es, ihnen und der eigenen Gemütsberuhigung zuliebe, es war nicht amüsant. Er hatte noch mitten im Kuss gedacht, nein vielmehr gewusst, dass er keine Freundin wollte, Julia war verletzt und wütend gewesen, weil er sie nie wieder küsste, sie nicht ins Kino einlud und auch nicht zu einem Spaziergang. Die gesamte Klasse fühlte mit, niemand konnte es verstehen. Julia war schön, eine richtige Schönheit, vielleicht das schönste Mädchen, das er kannte. Er sah sie gerne an, er lachte gerne mit ihr und brachte sie gerne zum Lachen, nur küssen mochte er sie nicht. Erklären wollte er das nicht, Julia nicht, die ihn nicht mehr grüßte, woraufhin ihn keines der Mädchen mehr grüßte, auch nicht seinen Freunden, auch nicht seiner Schwester, die Gerüchte hörte. Er wollte es noch nicht einmal sich selbst erklären. Wenn sie fragten, zuckte er geheimnisvoll mit den Schultern, später hörte er, wie jemand erzählte, Julia habe ihn erwischt, wie er eine andere, viel ältere Frau küsste, eine, die er vor allen geheim hielt. Er zuckte noch einmal mit den Schultern und grinste – dass ihn Geheimnisse und Gerüchte wie Mücken umschwärmten, war nicht neu und machte ihm größte Freude.

In der Pause, Penkin war nach einem fast anderthalbstündigen Vortrag tatsächlich mit seinen Ausführungen über die Vorteile eines demokratischen, freiheitlichen Regierungssystems, die sie alle kannten, fertig gewesen, woraufhin alle, ohne eine Frage zu stellen, nach draußen stürmten, stand der Junge mit den schönen Händen allein im Hof und rauchte. Er hatte sich etwas abseits von den anderen hingestellt und blickte auch in die entgegengesetzte Richtung, als würde er Ausschau nach etwas halten, wie ein Jäger im Wald, er blickte dabei auf graue Betonbauten, das einzige Tier, auf das er hoffen konnte, war ein Straßenköter. Um die anderen kümmerte er sich nicht, als bräuchte er keine Gespräche, keine neuen Freunde. Das imponierte Grischa.

«Wie heißt denn der da?», fragte er in die Runde und zeigte mit dem Kinn in dessen Richtung.

«Sergej. Der ist neu. War letzte Woche auch schon da, du hast ihn verpasst. Er ist schüchtern, schweigsam», antwortete Alissa, die direkt neben ihm stand. Er hatte ihr seine Jacke angeboten, augenfällig, alle hatten es registriert. Regina hatte den Mund verzogen. Jetzt fröstelte es ihn.

«Ich gehe mal zu ihm. Stell mich vor.»

Er schlenderte hinüber, er wusste, er hatte einen lässigen Gang, «unabhängig» hatte seine Schwester ihn einmal genannt. Die Beschreibung gefiel ihm.

«Hallo, Sergej!» Er hatte sich neben ihn gestellt, und der andere hatte leicht überrascht zu ihm heruntergeblickt, er war groß, einen Meter fünfundachtzig vielleicht. Er lächelte leicht, eigentlich nur mit einem Mundwinkel.

«Hallo!»

«Ich bin ...»

«Du bist der, den sie hier den Riesenkombinator nennen. Habe ich mir gleich gedacht, als ich dich gesehen habe. Dir gehen viele Geschichten voraus.»

«Ach, du hast schon von mir gehört. Ich von dir noch nicht.» Er fühlte sich gleich besser, die Geschichten, die über ihn im Umlauf waren, waren meistens spannender als sein tatsächliches Leben. Sein Spitzname, «der Riesenkombinator», angelehnt an Ostap Bender, den charmantesten und schlagfertigsten Abenteurer der russischen Literaturgeschichte, der sich selbst «der große Kombinator» nannte, war für ihn ein Kompliment. Wie oder warum sich die Geschichten verbreiteten, wusste er selbst nicht. Danach gefragt, blieb er stets vage, weder bestätigte er sie, noch widersprach er ihnen, manche brachten ihn erst auf neue Ideen, andere waren bildreiche Übertreibungen tatsächlicher Vorfälle. Letztes Semester, als er noch Pädagogik studierte, hatte er seinem Professor eine Notiz geschrieben, als Antwort auf eine schlechtbenotete Arbeit. Darin hatte er dem Professor widersprochen, nicht der Benotung, sondern der Begründung, es ging um die Folgen des staatlichen Außenhandelsmonopols auf den Aufbau der Neuen Ökonomischen Politik in den zwanziger Jahren, und der Professor hatte mit einer seiner üblichen Standpauken reagiert. Selbst zum Bestrafen war der Professor also zu faul gewesen, das hatte ihn ein wenig enttäuscht. In seinen Kreisen wurde bald aus der unwichtigen Notiz eine glühende Protestrede, die er auf die Rückseite eines Flugblattes geschrieben und dem Professor mit einer Verbeugung überreicht haben soll, woraufhin dieser mit dem Institutsdirektor eine Kommission gebildet hätte, eigens zu dem Zweck, über seinen Ausschluss aus dem Institut zu diskutieren, dem er dann doch knapp entkommen sei. Wie – auch darüber waren verschiedene Geschichten im Umlauf. Dass es eine solche Kommission nie gegeben hatte, bedauerte er sehr.

«Ich hoffe, du hast nur Gutes gehört», sagte er nun zu Sergej.

«Aber ja. Ausgesprochen Gutes, Ostap.» Sergej grinste ihn an, dann richtete er den Blick wieder zur Wand.

«Gefällt es dir bei uns?», fragte er, während er seine Zigaretten aus der Tasche zog. Da sie nun schon miteinander ins Gespräch gekommen waren, musste er ihn nicht um eine bitten. Stattdessen hielt er Sergej die Packung hin, der den Kopf schüttelte, ohne «Danke» zu sagen, also zündete er sich selbst auch erst einmal keine an, steckte sie in die Tasche. Es hatte inzwischen zu regnen aufgehört, Sergej hatte seinen Schirm drinnen gelassen. Tiefe dunkelgraue Wolken hingen noch immer über ihnen, es konnte jederzeit wieder losgehen. Seit einer Woche regnete es fast ununterbrochen.

«Grundsätzlich ist es sehr interessant, was ihr macht. Ich denke schon lange über all das nach. Man muss nicht besonders klug sein, damit einem die Fehler im System auffallen. Die Menschen werden nicht gleich behandelt, die Partei entscheidet, was man denken, wie man handeln soll. Aber was der Kerl mit den dunklen Haaren und der Brille da erzählt hat, das ist alles Theorie. Ich würde was tun wollen, versuchen, etwas zu ändern. Denken kann ich alleine. Ich bin zu euch gekommen, weil ich etwas tun wollte.» Er sprach in klaren, kantigen Worten. Die schönen Hände passten irgendwie nicht zu dieser geradlinigen Art.

«Penkin brabbelt viel. Er hört sich selbst gerne reden», antwortete Grischa und hob dabei seine Stimme, um sicherzugehen, dass es das Grüppchen nebenan auch hörte. Dass Penkin es hörte.

Sergej musterte ihn kurz, überrascht, und blickte zu den anderen hinüber. Penkin reagierte nicht, er war in sein Gespräch vertieft oder tat so. Das war egal. Sich mit ihm anzulegen machte nicht genug Spaß.

«Wir reden hier nicht nur. Wir planen konkrete Unternehmungen. Wir werden was verändern. Manche von uns», fügte er hinzu, leiser, der Wirkung wegen.

«Wer plant? Planst du?»

«Unter anderem ich. Hättest du Feuer?» Er holte nun doch seine vorletzte Zigarette aus der Packung, er teilte seine Zigaretten zu häufig, das wusste er, deshalb hatte er nie genügend. Sergej fummelte in seiner Tasche und holte eine Streichholzschachtel hervor, schob sie auf, angelte ein Streichholz heraus und zündete es beim ersten Streich an. Elegant, dachte er, diese grazilen Finger. Grazil, das Wort kam ihm sonst nie in den Sinn. Er streckte seinen Kopf mit der Zigarette im Mund dem Streichholz entgegen, zog einmal kräftig und ließ seinen Blick wie zufällig über Sergejs Unterarm schweifen.

«Bist du im Dunkeln einer Katze begegnet, oder was ist da passiert?», fragte er und zeigte auf den Kratzer, beinahe hätte er ihn berührt.

«So in der Art», antwortete Sergej ausweichend, ohne seine Arme anzuschauen, er wusste, wovon die Rede war, vielleicht hatte er die Frage zu den Kratzern schon häufiger gehört. Er zündete sich ebenfalls eine Zigarette an und kehrte zum Thema zurück. «Ich will mitmachen. Man muss etwas tun. Zum Reden ist keine Zeit.»

Die Forschheit überraschte und freute ihn, er war sie nicht gewohnt. Niemand war forsch, die meisten redeten nur gern. Sie langweilten ihn, in letzter Zeit langweilte ihn einfach alles. Er schwieg. Zappeln lassen. Noch einmal an der Zigarette ziehen. Ausatmen. Man sah den Rauch in der Kälte. Er wartete, bis er nicht mehr zu sehen war.

«Ja, zum Reden ist keine Zeit!», wiederholte er langsam. Zog noch einmal an der Zigarette. Blickte zum Himmel. Es würde bestimmt bald wieder regnen. Er kostete die Erwartung aus, die in der Luft hing.

«Wir gehen wieder rein!», rief Alissa zu ihnen herüber.

«Wir kommen gleich. Rauchen nur auf und kommen dann», sagte er, obwohl Sergejs Kippe bereits auf dem Boden lag, und schenkte ihr sein breitestes Lächeln. Das «Wir» gefiel ihm. Sergej blieb neben ihm stehen.

Er wartete, bis alle wieder hineingegangen waren, und dann noch einen ganzen Zug lang. «Meisterdarsteller» schimpfte ihn seine Mutter, wenn er jeden noch so unwichtigen, kleinen Moment inszenierte. «Wenn er ein Meisterdarsteller ist, warum arbeitet er dann nicht im Theater?», entgegnete sein Vater jedes Mal, bis heute war er sich nicht sicher, ob es ein Witz war, ob Verachtung oder Hoffnung in diesem Satz steckte. Als er vor ein paar Monaten erzählt hatte, er würde beim Kulissenbauen im Theater helfen, hatte sich niemand darüber gefreut, nicht einmal seine Schwester.

Er spuckte nun auf den Boden, drehte sich ruckartig zu Sergej, blickte ihm in die Augen und fragte leise: «Willst du dabei sein?»

«Ja. Will ich sehr.»

«Ich muss das noch besprechen. Aber wir brauchen überzeugte Aktivisten in unserem Kreis. Ich muss das noch mit den anderen klären, aber wir sollten uns schon mal in Ruhe unterhalten», erklärte er und hoffte, sein Ton stünde dem des neuen Mathematikprofessors in nichts nach, der hatte so eine Art, auf einen einzureden, dass die Formeln nur so aus einem heraussprudelten.

«Ja, gerne. Sag einfach, wann und wo!», antwortete Sergej wie ein eifriger Pionier. Pioniere!

«Am besten, du kommst mal zu mir, wenn keiner da ist. Vormittags, wenn Unterricht ist. Es macht dir doch nichts aus, den Unterricht zu verpassen, oder?»

«Nein. Gar nicht, Genosse Bender.» Sergej grinste.

Er fand, es lief gut.

ACHTES KAPITEL

Es gab sechs Erinnerungen, vielleicht auch nur fünfeinhalb. Hing davon ab, wie ich rechnete. Ich zählte sie zusammen und spulte sie ab, immer wieder. Wenn ich nicht schlafen konnte oder wenn ich in der Badewanne lag oder in der U-Bahn saß und es sich nicht lohnte, ein Buch herauszuholen, weil ich nur ein paar Haltestellen fuhr. Ich nahm sie durch, wie man in der Schule Lernstoff durchnimmt: chronologisch, analytisch, rational. Als wäre ich nicht Teil der Erinnerungen, als schaute ich mir einen Film an, der von einer handelt, die aussieht wie ich.

Erinnerung eins: Ich bin zwölf, fast dreizehn, in meinem Kopf hängt Erinnerung eins mit meiner ersten Periode zusammen, die wiederum die Erinnerung an meine Mutter ist, wie sie neben mir in unserem kanarienkäfiggroßen Badezimmer steht, mir die Hände auf die Schultern legt und sagt: «Du bist jetzt eine Frau», andächtig, was in mir einen Fluchtreflex auslöst, fliehen kann ich aber nicht. Es ist kurz davor, vielleicht nicht wenige Tage, aber wenige Wochen, vielleicht aber auch danach, jedenfalls um diesen Zeitpunkt herum, und deshalb weiß ich, dass ich fast dreizehn gewesen sein muss. Ich liege abends im Bett und lese und höre meine Eltern miteinander sprechen, ohne darauf zu achten, also eigentlich höre ich die Stimme meiner Mutter und dazwischen Franks Gemurmel, der wie immer leise spricht. Unser Haus ist klein, alt und hellhörig, ständig hört man irgendwas: Der Wasserhahn läuft, im Fernsehen deklamieren Nachrichtensprecher, jemand steigt die Treppe hinauf oder herunter, und wenn sonst alles still ist, dann pfeift der Boiler leise vor sich hin, dann knattert die uralte Heizung oder knarzt ein offenes Fenster. Stille, vollkommene Stille machte mir Angst, als ich ein Kind war. Die Stimmen meiner Eltern beruhigten mich, lullten mich, seit ich denken konnte, in den Schlaf wie ein Gute-Nacht-Lied, und nachdem ich zum Studieren nach Hamburg gezogen war, schaltete ich abends, wann immer meine WG-Mitbewohner nicht zu Hause waren, das Radio ein, auch wenn ich las, Musik, Stimmen, Jingles, Nachrichten, denen ich nicht bewusst lauschte, sondern sie als ein einziges Geräusch wahrnahm, eine Unstille, die mich vor Heimweh bewahren sollte. Manchmal half es. Ich lese also an jenem Abend im Bett, ich habe meine Listen schon gemacht und werde langsam müde, den einen oder anderen Satz lese ich bereits zweimal, weil ich ihn beim ersten Lesen nicht verstanden habe, bis Frank plötzlich laut sagt: «Nicht schon wieder, bitte nicht schon wieder», so laut, dass ich ihn klar und deutlich höre, obwohl sie sich, dem vorangegangenen Gespräch nach zu urteilen, nicht im Schlafzimmer nebenan, sondern unten in der Küche befinden. «Laut» und «Frank» sind schwer im selben Satz unterzubringen, ich horche automatisch auf. Nicht sorgenvoll, weil meine Eltern sich streiten, sondern neugierig. Das hellhörige Haus macht es meiner Neugierde leicht.

«Es ist doch nur, weil es der Jahrestag ist», sagt meine Mutter. «Da musste ich dran denken.»

«Ich will das nicht hören. Lass uns das Fass nicht noch mal aufmachen. Nicht schon wieder. Nicht nach all den

Jahren. Ich mach das nicht mit.» Frank spricht laut und deutlich und vor allem bestimmt, aber auch ein bisschen verzweifelt. Ich höre ihn noch etwas murmeln und Sekunden später seine Schritte auf der Treppe: Eins, zwei, drei, vier, fünf, sechs, sieben, acht – fünfzehn Stufen, Frank nahm immer zwei auf einmal. Er geht ins Bad, und weitere Schritte auf der Treppe höre ich nicht.

Ich lege mein Buch beiseite, schalte das große Licht aus und meine Fischlampe ein, Fische, die auf einem blauen papiernen Lampenschirm im Kreis schwimmen, immer nur im Kreis, immer dieselben elf bunten Fische, Frank hatte mir die Lampe gekauft, als ich sechs war und überzeugt davon, Blaubart könne mich jede Nacht holen kommen (Frank hatte mir zuliebe seinen Bart abrasiert, da mir Männer mit Bärten im allgemeinen damals Angst machten). Ich liege da und phantasiere, erfinde eine Geschichte zu dem rätselhaften Dialog. Das Leben meiner Eltern erschien mir damals – ich war in einer Phase, in der ich entweder Abenteuerbücher oder Berichte von spektakulären Expeditionen las – stinklangweilig: Frank mit seiner Uni, meine Mutter mit ihren Schülern, sie beide und der olle Tolstoj, ihre Freunde Klara und Wilfried, die jeden Freitagabend kamen, Wilfried zum Schachspielen und Klara «zum Ratschen», wie sie sagte, ein Wort, das meiner Mutter gefiel, «Die Männer spielen Schach, und wir ratschen», wiederholte sie und rollte das «r» dabei, Theater, Kino, Essen beim Griechen und seltener beim Italiener, und ganz viel ich. Wenn ich groß wäre, wollte ich kein Kind, um das ich mich kümmern müsste, ich wollte frei sein und die Welt erkunden wie Roald Amundsen oder wichtige Dinge ausgraben wie Heinrich Schliemann. Mein damaliges zwölfjähriges Ich ist also von dem Dialog weder verstört noch beunruhigt, sondern vielmehr fasziniert. Hatte einer der beiden eine heiße Affäre gehabt? (Ich weiß zwar nicht, was genau eine heiße Affäre sein soll und was sie von einer normalen Affäre unterscheidet, aber es klingt vielversprechend.) Ein Jahrestag, was war an dem Tag passiert? Ich denke über das Datum nach, mir fällt nichts Besonderes ein. Ich bin so vertieft in die Ausschmückung meiner Geschichte, in der meine Mutter sich unsterblich in einen Griechen verliebt hat (Grieche, weil sie Frank immer damit aufzog: Wenn er dies oder jenes nicht macht, dann verlässt sie ihn für Manolis, den Wirt) und Frank vor Eifersucht tobt, dass ich gar nicht wahrnehme, wie meine Mutter inzwischen heraufgekommen ist und sich beide inzwischen im Schlafzimmer befinden. Umso mehr überrascht mich ihre klare, wenn auch leicht verheulte Stimme durch die Wand: «Du sagst, ich soll das Fass nicht wieder aufmachen, aber ich habe es nie geschlossen. Die Schuld frisst mich auf, Frank, jeden Tag ein Stückchen mehr von mir.» Meine Mutter hatte schon immer ein Faible für eine blumige Sprache, die nicht immer passte und manchmal ihre Wirkung verfehlte, weil sie die Zuhörer zum Lachen brachte (weshalb ich schon damals die «Liste der lustigen Deutschfehler meiner Mutter» führte). Jetzt aber lacht Frank nicht, er sagt auch nichts, zumindest nichts, das ich hören kann, weil ich nur noch das Schluchzen meiner Mutter höre, die weint, wie ich sie noch nie hatte weinen hören: wie ein Kind, das verlorengegangen ist und nach seiner Mutter sucht, verzweifelt, verängstigt irgendwie. Sie heult eine ganze Weile, das Schluchzen wird zu einem Stakkato, das mir nun Angst macht, ich setze mich auf und schalte das Licht wieder ein. Meine Mutter ist ein emotionaler Mensch, der selbst bei rührseligen Werbespots ein paar Tränen vergießt, aber schluchzen habe ich sie noch nie gehört. Ich will gerne zu ihr gehen, traue mich jedoch nicht, und irgendwann wird sie etwas leiser, und ich höre wieder Franks beruhigendes Gemurmel, und ein paar Minuten später höre ich, wie meine Mutter ins Bad geht und das Wasser läuft, und irgendwann schlafe ich ein.

Die Erinnerung geht am nächsten Morgen weiter: Beim Frühstück, Frank liest Zeitung, meine Mutter brät uns gerade unsere Eier, es war ihr schon immer ein essenzielles Bedürfnis, uns ein substanzielles Frühstück auf den Tisch zu stellen (Franks Wortlaut, nicht meiner), weshalb wir die Eier oder den Grießbrei unwillig, aber unwidersprochen jeden Morgen aßen (dieses Bedürfnis sei ihr sowjetisches Erbe, sagte Frank), beim Frühstück also frage ich. Ich habe darüber nachgedacht, wie ich es am besten formulieren soll, und bin zu keinem befriedigenden Ergebnis gekommen, deshalb frage ich einfach: «Mama, warum hast du gestern geweint?» Ich beobachte sie genau, damals also schon mein Drang, das Unausgesprochene hinter dem Gesagten zu erkennen – war ich als Kind schon neurotisch, oder zwang mich meine Familie dazu? Sie steht mit dem Rücken zu mir am Herd und rührt gerade die Eier, sie bleibt so stehen und rührt weiter, aber ihr Rücken spannt sich sichtlich an.

«Ich? Geweint? Wann?»

«Gestern Abend. Als ich schon im Bett lag.» Dass ich das Gespräch mit angehört habe, unterschlage ich, ich habe es zwar nicht belauscht, zumindest nicht mit einem Glas, das ich an die Wand gehalten hätte, nicht durchs Schlüsselloch oder durch den Türspalt, fühle mich aber dennoch schuldig. Das Schluchzen war aber wirklich nicht zu überhören gewesen.

«Gestern Abend habe ich nicht geweint», antwortet meine Mutter und betont das «Gestern», als hätte ich mich im Tag geirrt. Ich blicke zu Frank, der in die Zeitung blickt. Es hat nichts zu heißen, wenn Frank Zeitung liest, das ist jeden Morgen so.

«Aber ich habe es doch gehört», fahre ich fort.

«Vielleicht hast du den Fernseher gehört. Wir haben gestern einen Film geschaut, war es dir zu laut?», sagt meine Mutter und richtet sich an Frank. «Wir müssen den Fernseher leiser stellen, wenn wir abends noch was schauen, Frank. Sofia kann sonst nicht schlafen.»

«Ja», erwidert Frank, ohne aufzusehen.

Sie lehrten mich, besser nicht zu fragen.

Erinnerung zwei: Ich bin vielleicht fünfzehn, sechzehn, auf jeden Fall schon fast erwachsen. Ich bin krank, nur eine fiese Erkältung, gerade so schlimm, dass ich nicht zur Schule gehen kann, aber nicht so schlimm, dass ich im Bett liegen müsste. Um genau zu sein, liege ich auf dem Bett und vervollständige und aktualisiere in Ruhe alte Listen, endlich habe ich Zeit dazu.

Liste der Dinge, die ich über meinen Vater weiß
1. Name: Alexander (genannt: Sascha) Grigorjewitsch (Patronym) Ljubimow (heißt etwas mit Liebe).
2. Geboren: 1947 in Moskau, UdSSR (jetzt Russland und andere Staaten).
3. Beruf: Ingenieur im Maschinenbau.
4. Lernte meine Mutter über Freunde bei einer Geburtstagsfeier kennen.

5. Heirat mit meiner Mutter: 1969. Bei der Hochzeit anwesend: Familie und Freunde, insgesamt ca. 35 Gäste. Gefeiert wurde bei Großmutter zu Hause.

6. Er wollte, dass ich Anna heiße, meine Mutter setzte sich durch. Wäre ich ein Junge gewesen, hätte ich Andrej geheißen (beide einverstanden).

7. Er hat sich sehr über meine Geburt gefreut, da meine Eltern schon lange Kinder wollten. Er wollte aber nur mich (kein weiteres Kind, fand mich toll).

8. Tod: 1973, ich war sieben Monate alt. Starb bei einem Autounfall auf dem Heimweg von der Arbeit. Betrunkener Autofahrer im Lada Zhiguli. Starb noch am Unfallort. Wurde in Moskau begraben.

9. Lieblingsessen: Borschtsch, Frikadellen, russische Torte «Napoleon» (Blätterteigtorte, mit Buttercreme gefüllt).

10. Lieblingsbeschäftigung: lesen (auch Tolstoj, aber nicht so sehr wie Mama), denken (über Gesellschaft und Politik), spazieren gehen.

11. Lieblingstier: Katze (hatte mit Mama eine, sie hieß Marta, war grau mit braunen und schwarzen Sprenkeln, vor allem am Bauch, und einem sehr dünnen Schwanz, sie war ungefähr vier Jahre alt, als ich zur Welt kam).

12. Familie: Vater: 1947 an Kriegsverletzungen verstorben. Mutter: verstorben 1972. Keine Geschwister.

13. Aussehen: dunkles Haar (so wie meins, nur krauser), braune Augen (so wie meine), Stupsnase, enganliegende Ohren (enger als meine), groß, ca. 1,78 cm, schlank, Narbe an rechter Hand (Sturz in Kindheit, Mama erinnert sich nicht mehr, in welchem Zusammenhang).

14. Eigenschaften: sehr ruhig, nett («im russischen Sinne», «dobryj», sagt Mama, bedeutet gütig, großzügig), sehr schüchtern, sprach nicht gerne vor Menschen, treuer Freund, nachdenklich, ausdauernd, konsequent.
15. Großmutter sagt: «Einen intelligenteren Menschen habe ich nicht gekannt.» (Mama sagt dazu: russische Bedeutung von intelligent, bedeutet: höflich, ein guter Mensch, interessiert, interessant.)

Ich blättere gerade in meinem Listenordner weiter, weil ich den fünfzehn Punkten, die ich im Schlaf aufsagen könnte, nichts hinzuzufügen habe, jahrelang hatte ich meine Mutter und Großmutter gelöchert und nichts weiter herausbekommen, ich blättere also mit meinem obligatorischen Seufzer beim Anblick dieser armseligen Liste, der einzigen nummerierten, als meine Mutter mein Zimmer betritt, ohne anzuklopfen. Dass sie meine Privatsphäre nicht respektiert, auch nicht das riesige «Bitte anklopfen», das ich gegen ihren Willen mit schwarzem Lack an die Tür gesprüht habe –

«Bitte Anklop-

fen»

steht in schiefen Buchstaben da, weil «anklopfen» nicht in eine Zeile gepasst hatte –, ärgert mich wie sonst nichts in jener Zeit. In diesem hellhörigen Haus, in diesem Gefängnis aus Fragen, ist mein Zimmer meins. Sollte mein Zimmer meins sein.

«Wie geht es dir, mein Sonnenschein?», fragt meine Mutter mit dieser Besorgnis in der Stimme, als stünde es wirklich schlimm um mich, als stünde ich kurz vor dem Tod.

«Kannst du nicht anklopfen?»

«Ich vergesse es einfach immer.» Keine Reue in der Stimme.

«Ich erinnere dich jeden Tag mehrmals dran.»

«Was machst du? Hast du deinen Tee getrunken? Soll ich dir noch einen bringen?»

«Nein.» Ich versuche, so kurzangebunden zu sein, wie Teenager es angeblich sind.

«Mittagessen ist bald fertig. Ich habe eine Hühnersuppe gekocht, die wird mit deinen Viren bald fertig werden.»

Wenn die wechselnden homöopathischen Mittelchen, die meine Mutter als das absolute und einzige Heilmittel ihrer Wahl entdeckte, weder Frank noch mir halfen, griff sie auf die Hühnersuppe meiner Großmutter zurück, die auch nicht half.

«Kein Hunger.»

«Ein bisschen Hühnersuppe wird dir guttun. Das ist kein Essen, das ist Medizin.»

Kürzer als Einsilbigkeit ist nur Schweigen.

Sie spricht für uns beide genug. «Das wird dir sicher guttun, wenn du ein bisschen aufstehst und runterkommst und etwas isst. Aber ich könnte dir die Suppe auch bringen, wenn du magst. Wenn du dich nicht danach fühlst, runterzugehen.»

Ich schweige weiter.

«Dann nehme ich deine Teetasse schon mal mit. Bist du sicher, dass ich dir nicht noch einen machen soll? Ich kann ihn dir ja hinstellen, und du trinkst ihn, wann du magst.»

Meiner Mutter setzt es zu, dass ich nichts sage, dass ich nichts erzähle, es geht nicht nur ums Jetzt, es geht ums Immer. Manchmal spricht sie mit Frank darüber, ich höre sie nebenan, jedes Mal sagt Frank, es ist das Alter, ich gebe ihm in meinem Bett liegend recht, ich nicke jedes Mal eifrig, sie aber wohl nicht. «Wir standen uns immer so nahe», sagt sie klagend zu Frank, seltener zu mir, und dieser klagende Ton, dieser verzweifelte Wunsch nach einer ach so freundschaftlichen Mutter-Tochter-Beziehung macht mich regelrecht aggressiv. Deshalb schweige ich so häufig, deshalb schweige ich auch jetzt.

«Was machst du da eigentlich? Du sitzt über deinen Listen, ja? Kommst du gut voran? Woran arbeitest du gerade?»

Ich frage nun doch – vielleicht, um mich für diesen kläglichen, verlogenen Versuch, mir näherzukommen, über meine Listen, die sie weder versteht noch gutheißt, zu rächen, vielleicht auch in der Hoffnung, ihre Verzweiflung ausnutzen zu können, frage ich nun doch: «Hast du vielleicht noch einen Punkt für meine Liste über meinen Vater? Das ist die, an der ich gerade sitze.»

Sie zögert kurz und kann dann doch nicht widerstehen und setzt sich an meinen Bettrand. Auch das macht mich wütend, aber ich sage nichts.

«Lass mal sehen!», meint sie, und ich halte ihr die Liste hin. Auch sie kennt die fünfzehn Punkte sicher auswendig.

«Du hast eigentlich alles aufgeschrieben», sagt sie. Wie immer.

«Aber gibt es nicht eine Geschichte, nicht irgendeine Eigenschaft, die ihn ausgemacht hat?»

«Er war ein sehr ruhiger Mann. Sehr ruhig und wahnsinnig nett. Sehr großzügig, hilfsbereit. War immer für seine Freunde da, bis in den Tod.»

Ich seufze innerlich, weil ich all das schon weiß, nicht nur als Tatsache, sondern auswendig, wie ein Gedicht, als

Nächstes wird sie sagen: «Und er hat viel nachgedacht. Sich große Gedanken über die Welt gemacht, das Wesen des Menschen, vor allem aber über die Gesellschaft und das politische System. Und mit dem politischen System der Sowjetunion stimmte ja eine Menge nicht, wie du weißt. Das haben nur damals nicht viele erkannt.» Ja, weiß ich, von Frank. Aber das alles sagt sie heute nicht, was mir erst später auffällt, weil ich mich eigentlich schon von dem Gespräch verabschiedet habe und überlege, wie ich diesen kurzen Verschwesterungsmoment auf meinem Bett (auf meinem! Bett!) beenden könnte, ohne sie vollends vor den Kopf zu stoßen. Ich bemerke das Zögern, mit dem sie die folgenden Worte spricht, als würde sie nach ihnen suchen, weshalb ich im letzten Moment dann doch aufhorche: «Also natürlich nicht wörtlich, nicht wörtlich ‹bis in den Tod›, meine ich. Er ist nicht deshalb gestorben, meine ich. Ich meine natürlich einfach immer, also immer, bis er eben gestorben ist. Er ist ja bei einem Autounfall ums Leben gekommen.»

Letzteres fügt sie hinzu, als wüsste ich das nicht.

Sogleich wird sie von Frank sprechen, ihrem «Glück im Unglück», von Frank, der in Moskau für seine Dissertation geforscht hatte, aus Interesse und Überzeugung, Interesse an der russischen Kultur und Literatur und da insbesondere an Lev Nikolajewitsch Tolstoj, und aus der Überzeugung, das kommunistische System sei besser als das kapitalistische, einer der wenigen westlichen Wissenschaftler in der Sowjetunion. Gleich wird sie erzählen, wie sie Frank bei einem Vortrag über Tolstoj, wo auch sonst, kennenlernte, Frank, der voller Ideale war, die sie nicht teilte, weil die Ideale mit ihrer Realität so gar nichts gemein hatten, auch wenn sie die Ideen dahinter im Schulunterricht gelernt und im Studium wiederholt und im Alltag nach ihnen Ausschau gehalten hatte. Aber wenn Frank nicht von diesen Idealen sprach, dann sprach er von Tolstoj, was ihr imponierte, er sprach Russisch und über Tolstoj, und noch mehr imponierte ihr, dass er mit ihrer Tochter, also mit mir, in einem Ton sprach, der die Tochter immer zum Grinsen brachte, und dass er sie bäuchlings auf seinen langen, kräftigen Unterarm zu legen wusste, dass sie sich dann beruhigte, selbst wenn sie zahnte und eigentlich tagelang nur schrie. Sogleich wird sie sagen, dass Frank sie der Sowjetunion «errettete», wie sie es nennt, dass er damals, in den Siebzigern, als niemand die Sowjetunion verlassen konnte, sie und ihre Mutter «errettete», denn ihr Vater, mein Großvater, war an Krebs gestorben, noch bevor ich das Licht dieser Welt erblickte, und zwei Frauen und ein kleines Mädchen allein in der Sowjetunion ... Jedenfalls «errettete» Frank sie, und wie jedes Mal werde ich mich von ihrer Wortwahl unangenehm berührt fühlen. Vielleicht war es auch der Zeitpunkt dieser Erzählung, der mich störte, die sie immer zum Besten gab, sobald sie eine der wenigen Äußerungen über meinen Vater machte. Als täte sie Frank damit ein Unrecht, meinen Vater überhaupt zu erwähnen, auch wenn Frank nie dabei war. Aber von dieser routinemäßigen Reihenfolge weicht sie nun ab, indem sie abrupt aufsteht – «Ich muss mal nach der Hühnersuppe schauen, sie kocht auf drei» – und hinauseilt, ohne die Teetasse mitzunehmen, und ich bin erst mal erleichtert, lehne mich in die Kissen zurück, blättere weiter, und erst später, als ich wegdöse, fällt es mir wieder ein, das «bis in den Tod» und «natürlich nicht wörtlich bis in den Tod».

Die dritte Erinnerung ist kurz: Meine Mutter wurde an der Brust operiert, ein Knoten, der sich als gutartig herausstellte, die Aufregung war umsonst gewesen, die Brust hat ihr nie wieder Beschwerden bereitet. Frank ist auf einer Konferenz, und ich bin in meinen allerersten Semesterferien zum ersten Mal zu Hause zu Besuch, ein Widerspruch in sich, und sitze nun im langen Krankenhausflur, während sie operiert wird. Es dauert eine halbe Stunde länger, als der Anästhesiearzt vorausgesagt hat, doch meine Sorge hält sich in Grenzen, weshalb ich die halbe Stunde dazu nutze, um mich zu fragen, ob ich eine schlechte Tochter bin, ob ich nicht mehr empfinden sollte. Ich gehe den Flur auf und ab, weil ich meine, dass Menschen, die sich um ihre Angehörigen, gar um ihre Mütter Sorgen machen, immer den Krankenhausflur auf und ab gehen. Die freundliche, aber hässliche Schwester – sie hat eine bemerkenswert krumme Nase, als sei diese mehrmals gebrochen worden – teilt mir mit, meine Mutter liege im Aufwachraum, die Operation sei gut verlaufen, ich brauche mir keine Sorgen mehr zu machen, es sei alles in Ordnung, und wieder meldet sich das schlechte Gewissen, denn Sorgen hatte ich mir nicht gemacht. Ich hole mir unten in der Cafeteria einen Kaffee und ein aufgebackenes, trockenes Croissant, und als ich wieder nach oben komme, befindet sich meine Mutter bereits auf ihrem Zimmer, «noch ziemlich benebelt, aber eigentlich wach», wie mir die Schwester versichert. «Noch ziemlich benebelt, aber eigentlich wach» stellt sich erst einmal als schlafend heraus, wie ich sehe, als ich das Zimmer betrete. Meine Mutter schläft, und auch ihre Zimmernachbarin schläft, also hole ich das Buch, das ich für eine Seminararbeit lesen will, heraus und setze mich auf den abgewetzten Stuhl neben ihrem Bett.

«Grischa, Grischa», murmelt meine Mutter. Ich bin in den schwerverständlichen Text vertieft – die meisten Texte im Studium verstand ich kaum und liebte es dennoch, sie zu lesen, weil ich mir dann wichtig vorkam, schon als Kind hatte ich Franks wissenschaftliche Bücher gewälzt und «arbeiten» gespielt – und höre sie nicht sofort. Ich reagiere erst, als ihre Rufe lauter werden, sie klingt, wie meine Großmutter früher geklungen hat, wenn ich komplett verdreckt und nass nach Hause kam und meine Großmutter schon die nächste Grippe mit zur Tür hereinspazieren sah: «Sofia, Sofia, nicht schon wieder.»

«Grischa, Grischa, Grischa, Grischa, Grischa», murmelt meine Mutter, ihre Augen bleiben geschlossen, sie liegt ganz ruhig auf dem Rücken und bewegt sich nicht, nur der Tonfall wird immer kläglicher, fast verzweifelt, «Grischa, Grischa, Grischa», wie eine Litanei. Und zwischendrin einmal: «Grischa, was machst du denn?», so viel Russisch verstehe ich.

«Mama?», frage ich und ziehe vorsichtig an ihrem Arm.

Sie reagiert eine Sekunde lang gar nicht, bevor sie zusammenzuckt, so wie man manchmal beim Einschlafen zusammenzuckt, schlägt die Augen auf, blinzelt, erkennt mich augenblicklich, lächelt schwach, aber gegenwärtig, sagt: «Hallo.»

«Hallo!», sage auch ich.

Erinnerung vier: Paris, Centre Pompidou, vielmehr ein Café gegenüber, wir sitzen im zweiten Stock, es mutet französisch an und ist natürlich trotzdem touristisch: Blümchenvorhänge, einfache Gläser mit ein, zwei Feldblümchen in der Mitte der Tische, Stühle mit Plastikbezug, manche im Orange der Siebziger, andere mit Blumen bedruckt, meiner mit Teddybären. Echte Bücher in den Regalen an den Wänden. Charmant wie «Die fabelhafte Welt der Amélie». Meine Mutter, meine Großmutter und ich sitzen zusammen um einen Tisch. Meine Mutter, meine Großmutter und ich sind in Paris, das haben wir mir und meinem spontanen Sinn für Familienromantik zu verdanken, der wenig mit der Familienrealität zu tun hat. Nun sitzen wir in diesem Café, wo alles leicht und französisch wirkt, es aber nicht ist. Es ist deutsch-unentspannt und ein wenig russisch-verkorkst. Die Reise habe ich ihnen zu Weihnachten geschenkt, nachdem Flox und ich von einem sehr schönen und entspannten Wochenende in London mit seiner Familie zurückgekommen waren, es war lustig und angenehm gewesen, und ich hatte mich gefragt, warum wir das nie machten, und dann hatte ich noch gedacht, eine Drei-Generationen-Reise, wie nett, und was für ein einfaches, schnell erledigtes Weihnachtsgeschenk, richtig nachgedacht hatte ich aber nicht, sonst säßen wir jetzt nicht hier in diesem charmanten französischen Café und fühlten uns alle drei fehl am Platz. (Es wurde unsere erste und unsere letzte Reise zu dritt, denn auch wenn meine Mutter auf dem Rückweg mehrmals den Wunsch äußerte, diese Reise zu wiederholen, und meine Großmutter eifrig nickte und ich einfach schwieg, so war meine Großmutter bereits wenige Monate später zum Reisen nicht mehr fähig, nicht einmal die U-Bahn-Fahrt zu meinen Eltern konnte sie allein unternehmen.) Noch sitzen wir aber in diesem Café in Paris und fühlen uns alle drei fehl am Platz. Meine Großmutter, weil sie ungern Cafés besucht. Sie trinkt keinen Kaffee, sie trinkt

Tee, nach dem Essen, um den Mund zu spülen, wie sie sagt, sie muss dazu nicht in ein Café. Meine Mutter fühlt sich fehl am Platz, weil sich meine Großmutter fehl am Platz fühlt und weil das Kaffeetrinken ihren ehrgeizigen Plan, den sie mit Hilfe von fünf Reiseführern für uns zusammengestellt und fein säuberlich aufgeschrieben hat (in Klammern die ungefähren Aufenthaltszeiten an jeder Sehenswürdigkeit, in jedem Museum daneben gesetzt – und meine Listen hält sie für verrückt!), zu unterlaufen droht. Ich fühle mich fehl am Platz, weil ich mit zwei Frauen in einem wunderschönen kleinen, leichten, französischen Café in Paris sitze, meinen Kaffee genüsslich zu schlürfen und, nachdem er ausgetrunken ist, noch sitzen zu bleiben und einfach nichts zu tun gedenke, und die zwei Frauen das so gar nicht verstehen und mir, ehrlich gesagt, bereits seit vorgestern auf den Senkel gehen. Der Streit ist vorprogrammiert, wir haben ihn bislang nur erfolgreich hinausgeschoben.

«Also, wir schaffen nicht mehr beides heute», erklärt meine Mutter, die ihren Plan studiert und dabei verzweifelt den Kopf schüttelt, als läse sie ihr eigenes Todesurteil. «Wir können nicht zum Friedhof Montmartre und zur Sacré-Cœur und danach in den Louvre. Wir können entweder das eine oder das andere machen. Vielleicht, wenn wir uns nur die Basilika Sacré-Cœur anschauen und den Friedhof weglassen ...»

«Mama, genieß doch jetzt erst mal den Kaffee und die Pause und konzentrier dich nicht schon wieder auf den nächsten Programmpunkt.»

«Ich genieße ja. Ich trinke und genieße meinen Kaffee, der mir übrigens sehr gut schmeckt, und überlege gleichzeitig, was wir als Nächstes machen.»

«Ich will zum Friedhof!», sagt meine Großmutter grimmig, die sich sonst nicht zum Programm äußert, sondern von allem begeistert ist.

«Warum?»

«Montmartre ist doch da, wo Dumas begraben liegt, oder? Da will ich hin.» Sie wechselt ins Russische, blickt bestimmt zu meiner Mutter, schließt mich aus. Ich verstehe viel, aber nicht alles, und wenn Großmutter so spricht, dann tut sie es, um mit meiner Mutter zu sprechen, «nicht vor dem Kind».

Ich frage, auf Deutsch, versteht sich: «Warum interessiert dich das Grab von Alexandre Dumas?»

«Warum, darum», kommt auf Russisch zurück. Und dann wieder zu meiner Mutter: «Wir fahren zu diesem Friedhof. Den lassen wir nicht weg.»

Russisch, holte Frank gerne aus, so eine schöne, bildreiche Sprache, es folgte meist ein langer, ebenfalls bildreicher Monolog über russische Metaphern, Stilmittel, Wortspiele und Symbolik. Meine Großmutter und meine Mutter benutzten diese bildreiche Sprache, ohne Bilder zu verwenden, um mich zum Schweigen zu bringen.

«Warum musst du unbedingt zu diesem Friedhof?»

«Er hat Dumas vergöttert.»

Meine Mutter wirft mir einen hastigen Blick zu, den «Nicht vor dem Kind»-Blick, der zu der bildreichen russischen Sprache passt, in die sie immer dann mit Großmutter verfiel, wenn sie meinte, mir ebendiesen Blick zuwerfen zu müssen, danke, ich habe kapiert. Sie studiert noch einmal den Stadtplan, den sie mit ihrer Tabelle abgleicht. «Wir können natürlich auch sagen, dass wir heute zum Friedhof gehen und zur Basilika und uns dann noch die Gegend um das Moulin Rouge anschauen, das ist ohnehin in der Nähe. Dann hätten wir vielleicht morgen Zeit für den Louvre, direkt nach dem Picasso-Museum. Ja, so kriegen wir es hin!»

«Wer hat Dumas vergöttert?»

Und bevor meine Großmutter auch nur Luft holen kann, sagt meine Mutter: «Sie. Großmutter vergöttert Dumas. Bis heute. ‹Die drei Musketiere›. ‹Der Graf von Monte Christo›. Weißt du doch.»

Nein, weiß ich nicht.

«Sie sagte doch ‹er›. Großmutter, du sagtest doch: ‹Er hat Dumas vergöttert.›»

«Nein», sagt Großmutter auf Deutsch.

«Nein», echot meine Mutter. Zensur bedarf nicht vieler Worte.

«Aber ich habe es doch gehört.»

«Du hast dich verhört. Sie sagte ‹ich›. Was hast du nur!»

Später spazierten wir über den Cimetière de Montmartre, etwas besser gelaunt als im Café, aber noch immer angespannt, und meine Großmutter ließ sich vor dem Grab von Alexandre Dumas fotografieren, den sie ach so sehr verehrte, so wie sie sich vor dem Grab von Stendhal, Heinrich Heine und La Goulue, einer Cancan-Tänzerin, die ihr erstaunlicherweise etwas sagte und mir nicht, hatte fotografieren lassen. Ich versuchte, dem keine Bedeutung beizumessen, nicht dem Nein, nicht dem «er», nicht Alexandre Dumas.

Erinnerung fünf: «Nur kein Grischenka soll es werden, um Gottes willen kein Grischenka», sagt Großmutter immer wieder kopfschüttelnd, um nach einem verlorenen Blick in die Ferne plötzlich ihre Meinung zu ändern: «Wenn du Glück hast, dann wird es ein Grischenka!» Diesen Satz sagte sie jedes Mal, wenn sie mich sah, manchmal mehrmals. Es war der einzige Satz, der erahnen ließ, dass sie wahrnimmt, was um sie herum geschieht, nämlich dass mein Bauch wächst, zu einer Größe, die mich mit jedem Tag mehr ängstigt. Wer oder was ein Grischenka sein soll, ist mir ein Rätsel. Wenn ich sie frage, antwortet sie selbstverständlich nicht, sondern starrt mich an, als spräche ich eine Fremdsprache, was ich aus ihrer Sicht vielleicht sogar tue, mit als Erstes hatte die Krankheit sich der deutschen Sprachzellen in ihrem Kopf angenommen. Manchmal antwortet sie, wenn ich wissen will, wer denn Grischenka sei, mit einer Gegenfrage: «Habe ich schon gegessen?» Sie sprach damals noch in vollständigen Sätzen und lallte minimal. Das Thema Essen beschäftigte sie trotz Alzheimer sehr.

Einmal sagt sie nur: «Nu, weißt du nicht, wer Grischenka war? Weißt du das wirklich nicht?», und als ich schnell entgegne: «Nein, ich habe keine Ahnung!», um den klaren Moment auszunutzen, aber vielleicht hat es diesen Moment auch gar nicht gegeben, da sagt sie: «Ich habe keinen Hunger mehr.»

Erinnerung sechs hängt mit Erinnerung fünf zusammen und ist vielleicht fünfeinhalb: Ich beschließe, meine Mutter zu fragen. Sie gießt gerade Hühnersuppe in eine Tupperschüssel, damit ich sie Großmutter mitbringen kann bei meinem nächsten Besuch im Altenheim, daneben wartet eine zweite Schüssel, die Suppe für Flox. Er isst sie gern. Großmutter isst schon lange nichts mehr gern.

«Als ich letzte Woche bei Großmutter war, da hat sie, glaube ich, realisiert, dass ich schwanger bin.»

Es fiel mir nicht leicht, das zu sagen, weil ich nicht gern

über meine Schwangerschaft sprach. Ich fühlte mich unwohl, permanent. Nicht im Sinne von Übelkeit, unter der ich ebenfalls litt, sondern im Sinne von: Kann mich bitte jemand aus diesem Körper befreien? Es war mir ein Rätsel, wie andere Frauen Schwangerschaften schön finden konnten, wie man Schwangere schön finden konnte, ich schämte mich fast ein wenig, schwanger zu sein. Flox lachte mich aus, er fand mich schön, sagte er, während ich mit jedem Monat immer seltener in den Spiegel sah, bis ich ihn am Schluss gar nicht mehr bemerkte und einfach gegen ihn lief und mir einmal den kleinen Zeh brach.

Besonders ungern sprach ich mit meiner Mutter über die Schwangerschaft, ich steckte, obwohl ich ja dabei war, selbst Mutter zu werden, was die Beziehung zu meiner Mutter betrifft, noch immer in der Pubertät: Je mehr sie etwas interessierte, desto mehr verweigerte ich mich, desto mehr zog ich mich zurück. Die Schwangerschaft interessierte meine Mutter sehr. Sie wollte meinen Bauch streicheln, das wollten im Übrigen auch Fremde auf der Straße, einmal sprach mich eine Frau im Park an, dabei mochte ich es noch nicht einmal, wenn Flox das tat. Meine Mutter wollte wissen, wie oft sich das Kind bewegte und wann, ob mir das Treppenansteigen schwerfiel oder das Schuhebinden und ob mir immer noch manchmal übel war, aber übel wurde mir erst, wenn sie mich das fragte.

Ich frage trotzdem.

«Ach ja? Woran hast du gemerkt, dass sie weiß, dass du schwanger bist?» Ihre Begeisterung hält sich in Grenzen, womit ich hätte rechnen können. Meiner Großmutter gegenüber verhielt sich meine Mutter fifty-fifty: An manchen Tagen klammerte sie sich an jedes Blinzeln, sah darin Anzeichen für eine Geistesgegenwärtigkeit, die schon vor Jahren verloren gegangen war, sie jammerte, wenn sie kein Blinzeln zu sehen bekam, an dem sie sich festklammern konnte, sie nahm Großmutters geistige Abwesenheit persönlich. «Sie hat mich noch nicht einmal angeschaut. Sie hat nicht gelächelt, sie hat nicht einmal in meine Richtung geschaut. Ich habe ihr trotzdem Suppe gegeben!», sagte sie dann, und ich ärgerte mich leise, am meisten über mich selbst, weil ich Großmutter keine Suppe kochte.

An anderen Tagen war sie kühl und distanziert wie ein Arzt und fällte Urteile mechanischer als diese. «Kein Fieber mehr, sie ist aus ihrem Rollstuhl aufgestanden und zum Tisch gelaufen, recht stabil. Ich gehe davon aus, dass sie trotz des Sturzes wieder laufen können wird – als Hauptfortbewegungsmittel. Vielleicht wird sie eine Gehhilfe brauchen. Gegessen hat sie nicht viel, aber zum Weiterleben genug. Auf die Trinkmenge muss man dieser Tage achten, dazu hatten die Schwestern heute kaum Zeit, denn heute war Maltag. Was soll sie malen, sie vegetiert nur vor sich hin. Mit Alzheimer malt man nicht, da starrt man die Bilder an den Wänden an und sieht sie noch nicht einmal.» Sie hatte mit jedem Wort recht, und dennoch tat mir jedes Wort weh. Frank wohl auch, er zuckte zusammen, wenn sie wie eine Ärztin sprach, eine ohne Herz. (Aber auf meine Liste der herzlosen Ärzte konnte ich sie nicht setzen, weil sie de facto keine Ärztin war.)

«Ich habe es ihr erzählt, und sie hat meinen Bauch angeschaut und was dazu gesagt. Sie hat erkannt, dass es ein Schwangerenbauch ist.» Das habe ich tatsächlich gesagt. Zu meiner Mutter. Flox wäre stolz auf mich.

«Sie kann das nicht erkannt haben. Ihr Alzheimer ist zu weit fortgeschritten. In ihrem Gehirn befinden sich zu viele senile Plaques und fibrilläre Ablagerungen, die eine adäquate Reaktion verhindern.» Meine Mutter schmiss gerne mit solchen Begriffen um sich, wenn sie wie eine Ärztin sprach. «Ihr Gehirn ist gar nicht fähig dazu», diagnostiziert sie für mich in Laiensprache. Und fügt dann, etwas mütterlicher, hinzu, indem sie auf meinen Bauch zeigt und zum Glück dem Drang widersteht, ihn zu streicheln: «Ich weiß, wie sehr du dir wünschst, dass sie von ihrem Urenkelkind erfährt, Dotschenka. Das wünschen wir uns alle. Aber dazu ist es leider zu spät. Sie hätte sich sehr gefreut.»

Ich hasse es, wenn meine Mutter mich so nannte. Dotschenka. Töchterchen. Sosehr ich mich über jedes russische Wort freute, das meiner Mutter herausrutschte und das nichts mit Lev Tolstoj zu tun hatte, so sehr hasste ich diesen Kosenamen. Töchterchen, als sei ich allein dazu auf der Welt, ihren Lebenszweck zu erfüllen, damit sie eine Tochter hatte. Es war nur ein Gefühl, eine Mutmaßung, eine Unterstellung, die mich dennoch erdrückte.

«Es geht nicht darum, was ich mir wünsche. Sie hat auf meinen Bauch geschaut und gesagt, dass es bloß kein Grischenka werden soll. Und eine Sekunde später, dass es hoffentlich ein Grischenka wird.»

Ich beobachte das Gesicht meiner Mutter, die mir gegenübersitzt, sie hat die Tupperschüssel mit der Hühnersuppe abgestellt und trinkt nun ihren abgekühlten Tee, sie hat einen Keks in der Hand, über ihr hängt Tolstoj, ein schwarzweißes Poster von Tolstoj in seinem Esszimmer, Frank hatte es vergrößern lassen und ihr zum Geburtstag geschenkt, sie lehnt sich nach vorne, ich sauge jede ihrer

Bewegungen auf, um keine Veränderung in den Gesichtszügen, in ihrer Sitzhaltung, in den Schwingungen ihrer Stimme zu verpassen, und schaut zu mir auf. Sie versteckt ihre Hände unter dem Tisch und sagt: «Was genau hat sie über Grischa gesagt?»

«Dass das Baby kein Grischenka werden soll. Oder eben doch.»

«Also was jetzt?» Die Hände unter dem Tisch, das Kinn mir entgegengestreckt, die Augen aufmerksam, wie ein Fuchs auf der Pirsch.

«Erst das eine, dann das andere.»

«Und hat sie noch was gesagt?»

«Nein.»

«Sonst nichts? Nichts über Grischa? Nichts über dein Baby?» Die letzte Frage fügt sie wie einen Nachgedanken hinzu, wie um mir zu zeigen, dass es um mein Baby ging, um nichts sonst. Oder interpretiere ich wieder zu viel?

«Sonst nichts. Wer ist denn Grischa? Was hat sie gemeint?»

Noch während ich diese Frage stelle, nimmt meine Mutter ihre Hände unter der Tischdecke hervor, führt den Keks zum Mund, nimmt den Teelöffel auf, sobald der Keks in ihrem Mund verschwunden ist, und rührt unnötig im Tee, in den sie niemals Zucker oder Milch tut.

«Ich weiß es nicht. Jemand, den sie kannte, wahrscheinlich. Wenn man Alzheimer hat, dann sterben Neuronen ab, und die Hirnmasse wird kleiner. Sie lebt nicht im Hier und Jetzt. Sie erinnert sich an Dinge und Menschen von früher, bringt alles durcheinander. Es ergibt keinen Sinn.»

«Das weiß ich. Aber weißt du, ob sie einen Grischa kannte? Kennst du einen?»

«Nein.» Sie steht auf und geht zum Kühlschrank, macht

ihn auf und wieder zu, bleibt mit dem Rücken zu mir stehen. «Ich sollte vielleicht schon mal Nudelwasser aufsetzen, Frank kommt gleich und hat sicher Hunger.» Ein anderer Ausdruck für: «Das Gespräch ist hiermit beendet.» Die Muttersprache meiner Mutter ist nicht Russisch, es ist die Sprache der Augenwischerei. Wie der Begriff schon sagt, die hat sie von ihrer Mutter gelernt.

NEUNTES KAPITEL

Der Sommer war ganz plötzlich und unbemerkt in den Herbst übergegangen, oder ich hatte es nur nicht bemerkt. Mir war, als seien die Bäume von einem Tag auf den anderen, eines Morgens, als ich aufgewacht und aus dem Fenster geschaut hatte, bunt gewesen, als hätten sich das Gelb und das Rot und das Orange nicht langsam herangeschlichen, sondern schlagartig das Territorium übernommen, als hätte das Grün widerstandslos seinen Platz geräumt, als hätte es eingesehen, was ich an jenem Morgen, an dem ich aufgewacht war und aus dem Fenster geschaut hatte, sagte: «Es ist ja Herbst!» – «Hebst», sagte Anna seitdem immer und zeigte aus dem Fenster, und auch wenn ich ihr dann die bunten Blätter zeigte, erst die auf den Bäumen und dann, nur wenige Tage später, auf dem Boden, war ich mir nicht sicher, ob sie tatsächlich verstand, was «Hebst» denn war. Wie erklärt man einem Kind die Jahreszeit, einem Kind, das nicht in Zeiträumen denkt, das keinen Unterschied kennt zwischen «morgen, wenn du aufstehst» und «wenn du groß bist»? Wie erklärt man so etwas, fragte ich mich, seit Annas Lieblingswort «Warum?» war, und staunte über die Selbstverständlichkeit, mit der ich und alle anderen, die größer sind als Anna, unsere Welt hinnahmen. Wie erklärt man eine Farbe, fragte ich mich, während wir die Straße entlangliefen und ich sie mit dem Benennen von Farben davon abzuhalten versuchte, alle paar Schritte stehen zu bleiben, einen Stock aufzuheben, einen Zigarettenstummel aufheben zu wollen, an einem Gartentor zu rütteln, Menschen hinterherzuschauen, sich auf die Zehenspitzen zu stellen, um in jedes Schaufenster zu blicken und dann jedes der dort ausgestellten Dinge einzeln zu benennen: «Brille, Brille, Brille, viele Brillen, Ball.» Auch solche Aufzählungen warfen Fragen auf, bei ihr das «Warum?» und bei mir die großen Fragen über unser Leben, unsere Welt, unsere Zivilisation, die Konsumgesellschaft: Warum schmückte der Optiker sein Schaufenster mit Bällen, Medizinbällen, Basketbällen, Fußbällen, Volleybällen, Tennisbällen, was hatten Bälle mit Brillen zu tun? Warum meinte ein Optiker, wir würden eher eine Brille, einen Gebrauchsgegenstand kaufen, wenn er sie neben einem Ball platzierte? Ich staunte über die Welt nicht weniger als Anna, ich führte nun eine «Wie erklärt man einem Kind, dass …?»-Liste.

«Grünes Auto, rotes Auto, schwarzes Auto, noch ein schwarzes Auto, oh, und schau mal da, ein blaues Auto wie unseres», kommentierte ich vor mich hin, damit es voranging, «Plau», wiederholte Anna und zeigte darauf und übersah den Hund, den wir passierten, ich atmete auf, zwei Minuten gespart, wir mussten uns schließlich beeilen. Immer mussten wir uns beeilen, schon seit Tagen schafften wir es nicht mehr, die bunten Blätter zu sammeln oder Kastanien, die ich ihr auch noch zeigen wollte. Nie war Zeit. Und immer hatte ich Angst, es bleibe uns auch keine Zeit.

Flox sagte, er denke nicht so, aber einmal sagte er auch, er denke nicht daran, und ich biss mich an diesem Wort fest. Ich machte ihn auf den feinen Unterschied zwischen «so» und «daran» aufmerksam, und als er verständnislos tat und mir Wortklaubereien vorwarf, wenn ich so gerne mit Worten spiele, warum schreibe ich da nicht, da sagte ich tatsächlich: «Daran wie an ihren Tod?» Er schwieg. «Warum reden wir überhaupt drum herum?», fragte ich, als mir das Schweigen zu laut wurde, da nahm er das «daran» zurück und ersetzte es wieder durch ein «so» und wollte über meine Wortklaubereien nicht diskutieren. Dann sagte er noch, dass ich, wenn ich tatsächlich Angst hätte, es bleibe keine Zeit, ebendiese nicht mit ewig wiederkehrenden Gesprächen über jene Angst vertun solle, und das nahm ich ihm übel, und wir sprachen ein paar Stunden nicht miteinander und gingen wortlos ins Bett. Am nächsten Tag machten wir weiter wie zuvor, weil auch zum Streiten nie Zeit blieb, zwei Tage später aber quälte es mich wieder, und alleine hielt ich das nicht aus, also begann ich erneut damit, es bleibe uns keine Zeit. Flox sagte, er denke nicht so.

Im Übrigen mache er sich auch Sorgen, sagte er und betonte das «auch», als mache er sich die Sorgen für mich, damit ich mich mit dieser Tortur in meinem Kopf nicht alleine fühlte. Das warf ich ihm nun vor, dass er sich die Sorgen nur für mich, nur pro forma mache, was ihn zu verletzen schien, was mich wiederum freute, nicht, weil ich mich freute, wenn Flox verletzt war oder wenn ich die Macht hatte, ihn zu verletzen, sondern weil ich sonst nicht sehen konnte, wann oder wie er sich Sorgen machte. Regelmäßig warf ich ihm seine Nonchalance vor, jedes Mal schien er verletzt, und jedes Mal freute ich mich und schämte mich der Freude ein wenig, und dieses Gespräch wiederholten wir ein-, zweimal die Woche, bis Flox irgendwann auf den Tisch haute: Können wir nicht einen Abend bitte über etwas anderes sprechen, ich kann das nicht mehr hören, ich kann, kann, kann nicht mehr (jedes «kann» ein Schlag, bei dem die Katze wie ich zusammenzuckten), was ich sehr gut verstand. Wir schwiegen uns an jenen Abenden ein wenig an, nicht beleidigt, sondern einfach jeder für sich, ich las, und er schaute fern, er las, und ich nahm ein Bad, oder ich schaute fern, und er ging ins Kino. Wenn wir dann später im Bett lagen, sagte Flox nichts, aber er brachte mir meist mein Wasserglas und stellte es auf den Nachttisch, weil ich nachts oft durstig aufwachte, oder er nahm einfach nur meine Hand oder rutschte unter meine Decke, sodass wir ganz nah nebeneinander schliefen, Waffenstillstand. Nebeneinander lagen wir, bis pünktlich wie ein Wecker um zwei Uhr Anna, die keine Zeiten kannte und den Sinn einer Uhr nicht erfasste, hereintapsen würde, taps, taps, hörte man sie, wortlos, ihren Bären im Arm, um genau in der Mitte auf unser Bett zu klettern und hochzukrabbeln, wo sie den Kopf zwischen die Kissen steckte wie ein Vogel den Schnabel unter seinen Flügel und sofort wieder einschlief. Ab zwei Uhr schlief ich schlechter, weil sie sich im Schlaf bewegte und drehte und um sich schlug und meine Decke wegzog, und wir schliefen beide besser, weil sie bei uns lag und laut atmete, lauter als Flox, lauter als ich, lauter als wir zusammen, aber sie atmete. Ihr Herz schlug.

Einmal hatte Flox sich Sorgen gemacht, im Urlaub in Griechenland, Anna war dreizehn, vierzehn Monate alt und krabbelte begeistert im Sand herum, meist Richtung Meer, einer von uns lief immer hinter ihr her, sie war schnell und liebte das Wasser und hatte keine Angst vor den Wellen. Wenn sie nicht Richtung Meer krabbelte, aß sie den Sand, nach zwei Tagen war es uns zu anstrengend geworden, sie davon abzuhalten, wir sagten nur noch ironisch: «Guten Appetit.» Es ging uns gut. Wir waren bereits seit zehn Tagen da und hatten eine Art Routine entwickelt, frühmorgens ein schnelles Frühstück und an den Strand, später, wenn es zu heiß wurde, ins Hotel, wo Anna und Flox Mittagsschlaf machten und ich eine Runde im Pool schwamm oder las oder an meiner Liste «Warum Pauschalurlaub schlimm ist» arbeitete und mir vornahm, am nächsten Tag etwas anderes als Listen zu schreiben, dann wieder an den Strand, zum Abendessen verließen wir das Hotel und liefen ins Dorf, Anna in einer Trage auf Flox' Rücken, die anderen Hotelgäste ertrugen wir nicht und wollten zumindest kurz das Gefühl haben, wir reisten wie früher, doch auch im Dorf sahen wir nur Touristen, und wenn Anna schlief, saßen wir auf dem Balkon und tranken Wein und lasen und redeten und lachten, es ging uns gut in dieser Routine, bis zu dem einen Morgen, an dem Anna verschwand und Flox suchte, suchte und suchte, nach Anna suchte, so wie ich seit Monaten im Internet nach einem medizinischen Wundermittel suchte oder nach etwas, das die Ärzte tun könnten, während Flox also genau das tat, was ich mir wünschte, war ich, als sei ich nicht anwesend, obwohl ich doch genau da war, wo er auch war, am Strand, an dem Anna verschwand (und wiedergefunden wurde). Den Rest des Urlaubes stritten wir darüber, wer schuld war, wer von uns kurz nicht hingeschaut oder nicht aufgepasst hatte oder in seinem Buch oder in seiner Zeitschrift versunken war, wir stritten uns, während wir nun zu zweit auf sie aufpassten, obwohl wir eigentlich verabredet hatten, uns abzuwechseln, eine Stunde du, eine Stunde ich, wir passten nun auf, ob der andere auch gut auf sie aufpasste. Es passierte immer wieder, nachdem wir eine Sandburg für sie gebaut oder gebadet oder gerade gegessen hatten, dass es mich bei dem Gedanken noch einmal schüttelte und Flox sofort wusste, warum es mich schüttelte, dass er sein Buch auf der Brust ablegte und einfach in den Himmel starrte, an dem die Sonne eigentlich zu hell schien, und ich daran erkannte, woran er gerade dachte, und schon begannen die Vorwürfe und die Schuldzuweisungen. Wir hörten erst im Flugzeug auf zu streiten, als das Meer und der Strand, den wir inzwischen fürchteten und hassten, weit genug weg schienen, als wir nur noch Himmel und Wolken sahen, da schob Flox vorsichtig seine Hand unter Annas Rücken hervor, die auf seinem Schoß tief und fest schlief und im Schlaf laut schnaufte (wir würden den Herzspezialisten aufsuchen, sobald wir zurück waren, hatten wir beschlossen), er nahm meine Hand und sagte: «Mich schüttelt's immer noch, wenn ich daran denke», und ich wusste sofort, wovon er sprach, aber diesmal warf ich ihm nichts vor und fühlte mich nicht angegriffen, sondern streichelte mit meinem Daumen über seinen Handrücken und sagte: «Jetzt geht's ja nach Hause, da gibt es keinen Strand!», als hätten wir alle anderen Gefahren dieser Welt und auch die eigentliche Gefahr, die uns quälte, damit hinter uns gelassen, am Strand liegen gelassen wie ein Handtuch oder eine Schaufel.

Ich hatte als Erste bemerkt, dass Anna nicht da war. Ich legte mein Buch beiseite, setzte mich auf und sah sie – nicht. Ich sah Flox neben mir auf dem Bauch liegen, so liegen, dass ich dachte, er hätte sie im Blick, was ich ihm später vorwerfen würde, und als ich sie nicht sah, drehte ich mich um und erwartete, sie dort unter ihrem weißen Sonnenhut mit der breiten Krempe zu entdecken, den sie den ganzen Urlaub über trug. «Ut», sagte sie, eines ihrer ersten Wörter überhaupt, wir lachten jedes Mal, wenn einer von uns ihr den Hut zuband und sie begeistert nach oben blickte, sich auf das Lob freute, «Ut». Ich sah keinen Krempenhut, ich sah keine Anna, auch nicht links und rechts von mir, und sprang auf, drehte mich im Kreis und rief: «Wo ist Anna?», so laut und aufgeregt, dass nicht nur Flox aufsprang, sondern auch die Frau auf dem Handtuch links von uns, ich suchte und suchte und sah sie nicht. Und weil ich sie nicht sah und nicht wusste, was es zu bedeuten hatte, aber wusste, wie schnell Anna, mit dem weißen Sonnenhut und sonst nur noch einer Windel, krabbeln konnte, wenn sie wollte, auch wenn sie dabei schnaufte, als sei das Krabbeln harte Arbeit, weil ich wusste, wie schnell sie war, wenn sie zum Meer wollte, ließ ich mich wieder fallen, ließ mich plumpsen, wie sie sich plumpsen ließ, wenn sie die ersten Schritte übte und nicht mehr konnte, rückwärts auf das Handtuch, wo ich sitzen blieb, als sei ich gar nicht da.

«Wo ist Anna?», sagte ich noch einmal, diesmal kaum vernehmlich, zu niemandem eigentlich, denn Flox war schon davongeeilt, rannte zum Meer und schrie: «Anna», er kreischte fast, die Tonlage zu schrill und zu hoch für die Stimme, die ich als Flox' Stimme kannte, während ich sitzen blieb und ihm zusah, als wären wir einander fremd, als wüsste ich nicht, wer die Anna ist, die er sucht, und sah ihm zu. Flox rannte umher in seiner blauen Badehose mit seinem nassen Haar, mehrmals auch an mir vorbei, wobei er mich nicht wahrnahm, weil er den Sand absuchte, nach einem weißen Sonnenhut mit breiter Krempe und einem kleinen Mädchen darunter, einem Mädchen, das nur mit einem halben Herzen auf die Welt gekommen war und deshalb bereits jetzt zwei schwere Operationen hatte ertragen müssen, aber so lächeln konnte, dass man laut lachen wollte. «Anna», es war mehr ein Brüllen als die Stimme von Flox, der stets mit einem Hauch Ironie sprach, der, selbst wenn er wütend wurde, selten laut wurde, zumindest nie so laut wie ich.

«Anna», riefen nun auch Menschen um uns herum, die wir nicht kannten, sie suchten nun auch den hellen Sand ab, und manche von ihnen sprachen Flox an, wollten etwas von ihm wissen, wahrscheinlich, wie sie aussehe, diese Anna, ob sie seine Tochter sei oder seine Frau, seine Freundin, seine Schwester, aber er blieb nicht stehen, um ihnen von dem weißen Sonnenhut mit der breiten Krempe zu erzählen, von der Schwimmwindel mit dem Delphin darauf, von den blonden Locken, die verklebt waren von Sand und Wasser. Ich bekam ganz plötzlich und wie immer in kritischen Momenten das Bedürfnis, eine Liste zu schreiben. Mein Notizblock lag neben mir, ich legte ihn mir auf die Knie und wusste, das würde verwunderte, vielleicht abgestoßene Blicke nach sich ziehen, aber Flox würde das hinnehmen, und schrieb auf eine leere Seite

«Liste von Menschen, die Flox beim Suchen helfen»
und darunter:
- dicker Mann, kaum Haare, blaue Speedo-Badehose
- junge Frau, mollig, langer Pferdeschwanz, weißer Bikini mit blauen Blümchen
- Pärchen, das vorher wild geknutscht hat, Mitte zwanzig, beide sehr braungebrannt, sehr hübsch
- ein weißhaariger Mann, 40–50 Jahre, der mit seinem jugendlichen Sohn da ist (Sohn sucht nicht mit)

und machte so weiter und achtete auf Rechtschreibung und Zeichensetzung und darauf, niemanden zu vergessen, bis nur noch die Liste zählte und sonst nichts.

Als ich aufblickte, sah ich, wie Flox durchs Wasser lief, es reichte ihm bis zum Knie, und er blickte abwechselnd von links nach rechts, vom schmalen Wasserstreifen rechts von sich auf den endlosen links neben sich. Seine Stimme wurde immer schriller, ich hörte sie zwischen all jenen anderen, die auch umherrannten und «Anna» riefen. Dazwischen hörte ich nun andere Namen, und ich sah Eltern und Großeltern, die ihre Kinder zu sich riefen und an sich drückten, und jeder von ihnen war zweifellos froh, nicht Flox zu sein. Ich zwang mich, wieder an die Liste zu denken, weiterzuarbeiten, bis mich jemand ansprach: «What does she look like?», und ich sah auf zu der Frau, die ich gerade beschrieben hatte («Frau im schwarzen Sportbadeanzug, große schicke Sonnenbrille, rote Locken; Locken und Brille passen nicht zum Badeanzug»), und als ich deshalb auflachte, wich sie einen Schritt zurück. «Do you want something to drink?», fragte sie, warum bieten die einem in schwierigen Situationen immer was zu trinken an, im Krankenhaus hatten die mir auch immer Wasser angeboten, als helfe Wasser nicht nur gegen Durst und Dehydrieren, sondern auch gegen Trauer, Schmerz, Schock oder den möglichen Verlust eines Kindes, «No, thanks». Und dann erzählte ich ihr von dem Hut, der Schwimmwindel und den blonden Haaren, und sie nickte und eilte los, als wüsste sie nun, wo sie hinmüsse.

Wie lange dauerte die Suche, wie oft musste Flox «Anna» rufen, was mich mit der Zeit – wie viel Zeit? – ärgerlich machte, das bringt doch nichts, dein Geschrei, wollte ich ihm sagen, aber dazu hätte ich aufstehen müssen, wie oft echoten die anderen «Anna», ein Name, den Menschen aus aller Herren Länder sofort wiederholen konnten, wie praktisch. Wie lang dachte ich so, als schaute ich den anderen zu wie in einem Film? Wie oft kontrollierte ich, ob ich auch alle aufgenommen hatte, die ich rennen und rufen sah, immerhin schrieb ich drei Seiten voll? Wie lange, bevor jemand laut «Look» rief und Flox in die Richtung des «Look» sprintete, so schnell, als hätte er sein Leben lang dafür trainiert. Ich warf mein Notizbuch beiseite, rannte hinterher, und bevor ich Flox und den Mann erreichte, der «Look» gerufen hatte, und die blau-orange Strandmuschel, an der er stand, sah ich, wie Flox sich auf die Knie warf und ein Kind mit einem weißen Sonnenhut mit breiter Krempe hochhob und an sich drückte. Den ganzen Urlaub schon hatte Anna Strandmuscheln spannend gefunden, sie hielt sie für kleine Spielhäuser, in denen man sich verstecken konnte. Wir hatten keine Strandmuschel dabei, weil wir uns für zu cool hielten, also untersuchte sie die Heringe der fremden Strandmuscheln oder krabbelte hinein, wovon wir sie abzuhalten versuchten, damit sie die uncoolen Besitzer nicht störte, auch wenn diese meist sagten, es mache nichts, sie sei ja so süß. Plötzlich hörte ich ein hemmungsloses Schluchzen, das die Sorge hinausspülte wie Wellen die Quallen und Algen ans Ufer spülten. Flox schluchzte, während er Anna an sich drückte, und so wie die Menschen vorher in seine «Anna»-Rufe eingestimmt hatten, schluchzten sie nun mit (später würde ich diese Szene auf meine Liste «Filmreife Szenen aus meinem Leben» schreiben). Ich weinte jetzt auch, ich stürzte mich auf Flox und Anna, die ich küsste, und sie wand sich um und schaute mich fragend an, als wären ihre Eltern nicht ganz dicht. Ich lachte und weinte, ich war nun wieder zurück, von wo auch immer ich gewesen war, und Flox weinte nur, ohne zu lachen.

Nun warf ich Flox vor, er mache sich keine Sorgen, zumindest nicht wie damals am Strand. Der Sommer war ganz plötzlich in den Herbst übergegangen, den ich gefürchtet hatte, vielleicht hatte ich seine Ankunft deshalb nicht bemerkt. Ich hatte gehofft, der Sommer würde noch lange währen, weil ich wusste, dass ewig nicht ging, denn der Herbst würde einen Tag näherbringen, den ich mir weit wegwünschte. Es waren noch fünf Tage bis zur OP, und Flox schien sorglos, was mich ärgerte, weil ich mich so allein fühlte mit meinen Sorgen, obwohl ich wusste, dass ich es nicht war. Alle hatten sich freigenommen, nicht nur Flox und ich, auch meine Eltern, Flox' Eltern würden aus Hamburg kommen, sogar seine Schwester aus Amsterdam, meine Freundin Katha, die Annas Patentante war. Ich fühlte mich mit meinen Sorgen dennoch furchtbar allein. «Es wird alles gutgehen», sagten Flox und seine Eltern und seine Schwester am Telefon, sagten Katha und all unsere Freunde, Frank, der nie viel sagte, meine Mutter konnte nichts sagen, weil ich großen Wert darauf legte, in dieser Zeit kaum mit ihr zu sprechen, nicht über die OP, weil ich fürchtete, ich würde anfangen zu weinen, wenn sie anfangen würde zu weinen, und um selbst nicht anfangen zu weinen, würde ich sie anschreien müssen, was viel mit meiner Wut auf das Schicksal und das Leben und Flox, der sich keine Sorgen zu machen schien, während ich mir so viele machte, zu tun hatte und mit ihr eigentlich nichts. Um das zu vermeiden, schwiegen wir darüber hinweg, und dafür war ich ihr dankbar wie selten zuvor.

Mir kam es vor, als beherrschten die Sorgen meinen Kopf. Ich stellte sie mir als eine Armee kleiner Männchen vor, die jeder einen Seemannssack voller Sorgen über der Schulter trugen, in meinem Kopf einmarschiert und nun dort stationiert waren, bis der Befehl käme, sie dürften zurück zu ihren Familien, wo auch immer die Familien der Männchen mit den Sorgensäcken lebten, vielleicht im Sorgenland. Den Befehl konnte ich ihnen nicht erteilen, und man hatte mir erklärt, und ich hatte es im Internet und in medizinischen Fachbüchern, die ich nicht verstand, auf dem Bildschirm und auf Papier, schwarz auf weiß sozusagen, nachgelesen, dass der Befehl nicht kommen würde, sie sagten, ich könne warten und hoffen und beten, und während ich wartete und hoffte und in den besonders verzweifelten Nächten sogar betete, machten es sich die Männchen in meinem Kopf gemütlich.

Ich hatte den Herbst so lange ignoriert, wie ich konnte, nicht bewusst, vielmehr hatte mein Selbstschutzmechanismus ihn ignoriert, nun war er da, wir hatten den 17. September, ich saß am Küchentisch und versuchte, Informationsbögen zu verstehen, auf denen Fachbegriffe wie Ventrikelseptum, Koronararterien, Mitralklappe, Perfusion und Aorta ascendens vor mir tanzten, und dazwischen immer wieder Risiko und Einwilligung, dann wieder Aorta ascendens, Pulmonalarterie, Palliation, ich verstand nichts und fragte mich, welchen Grund es hatte, dass einer der Bögen grün war, einer rosa und einer weiß, und fragte das auch Flox, der sich gerade ein Käsebrot schmierte.

«Weißt du, warum die Bögen verschiedene Farben haben?»

Er schaute auf. «Nein. Keine Ahnung. Hat vielleicht

etwas mit der Krankenhausbürokratie zu tun.» Er wechselte das Thema. «Ich dachte, ich nehme Anna mit, wenn ich meine Eltern vom Flughafen abhole, das macht ihr sicher Spaß, die Flugzeuge zu sehen.»

«Ja, klar. Da freut sie sich bestimmt.»

Seine Eltern würden übermorgen kommen, um noch ein bisschen Zeit mit Anna zu verbringen, bis zur OP.

Flox stellte den Käse in den Kühlschrank und schloss das Fenster, bevor er sich an den Tisch setzte, draußen war es Herbst und kalt. Ich blickte noch einmal auf den grünen Bogen vor mir und sah ein, dass ich ihn nicht verstehen und es mich auch nicht weiterbringen würde, ihn zu verstehen, also nahm ich den Kugelschreiber, unterschrieb und willigte damit ein, dass meinem Kind das Herz aufgeschnitten werden würde, eine lebensgefährliche, aber hoffentlich lebensverlängernde Operation.

ZEHNTES KAPITEL

Orte, an denen ich Sergej treffen könnte

- *unter der Brücke*
- *lichtes Stück im Wald*
- *am Fluss (abends?)*
- *bei mir (tagsüber, wenn auch Nikolaj Petrowitsch schon gegangen ist)*
- *bei ihm, wenn seine Großmutter nicht da ist*
- *abends auf dem Spielplatz hinter der Schule*
- *in der Parkanlage am Schipkowskij Pereulok*
- *nachts im Pomologichejskij Rassadnik (über den Zaun klettern)*
- *Universitätsbibliothek (einbrechen)*
- *Tante Maschas Datscha (Mama fragen, ob sie gerade dort ist)*
- *unser Treffpunkt*
- *irgendwo in Zhabkino*

Oberziel: Sergej erobern (???)
Unterziel 1: Sergej zeigen, dass man keine Angst zu haben braucht
Schritt 1: Kein Kontakt zu Sergej (er)
Schritt 2: Mit anderen reden, Mädchen
Schritt 3: Nicht abweisend! Alles in Ordnung, alles wie früher
Schritt 4, möglicherweise: Mädchen (Alissa oder Ira)

Schritt 5: Sich wieder zwanglos mit Sergej unterhalten, immer wieder, immer mehr.
Unterziel 2: interessant für Sergej, gefallen
Schritt 1: Einen großen Plan aushecken, ihn aber in der Gruppe nur andeuten.
Schritt 2: Ein, zwei Vertraute (Sascha, Rudin)
Schritt 3: Gerüchte
Schritt 4: Sergej einladen; langsam
wer ist Kopf des Ganzen
- *Schritte zum Oberziel (nach Unterziel 1 und Unterziel 2):*
  Schritt 1:

Seit ein paar Tagen lebte Grischa in zwei verschiedenen, parallel bestehenden Welten. Es fiel ihm erst auf, wenn er aus der einen hervortauchte, um sich sogleich zurückzuwünschen, ein bisschen wie wenn er morgens kurz wach wurde, um sich gleich wieder umzudrehen, sich tiefer in die Decken zu wickeln, das Gesicht im Kissen zu vergraben, und noch einmal die Augen zu schließen, obwohl er seinen Bruder bereits mit Kleiderbügeln hantieren hörte oder seine Schwester ins Zimmer geplatzt war. Die andere Welt sog ihn ein, dort war es unerwartet gemütlich und aufregend zugleich. Die andere Welt war die in seinem Kopf, aber wenn er unfreiwillig hervortauchte, weil irgendetwas oder irgendjemand an ihm zog, seine Anwesenheit in der tatsächlichen Welt verlangte, Bewegungen, Gefühlsregungen, Handlungen, Antworten, fühlte sich das falsch an, als verließe er sein wahres Leben, um in einem Theaterstück mitzuspielen, dabei war es genau genommen eigentlich andersherum.

«Wo schwebst du nur?», fragte seine Mutter, besorgter als sonst, weil sie es gewohnt war, Schalk und Pläne in seinen Augen zu erkennen, aber nicht diese Abwesenheit. Sie hoffte wohl, er habe sich vielleicht verliebt, was ja auch irgendwie stimmte, und das Mädchen, in das er sich verliebt habe, würde ihn von dem Blödsinn abhalten, der ihm wie angenäht war oder, wenn sie ehrlich war, den er vielmehr selbst am laufenden Band verzapfte und veranstaltete. Sie hoffte, und dennoch machte ihr seine Abwesenheit Angst.

Wenn sie ihn so fragte, wurde ihm bewusst, dass er tatsächlich schwebte, dass er in der Realität seiner Mutter und aller anderen nur noch mechanisch aß und trank, gerade genug, damit sein Körper die lebenserhaltenden Aufgaben erfüllte. Er schob Kopfschmerzen vor, warf Anastasia aus dem Zimmer, legte sich ins Bett und zog die Decke über den Kopf. Im Theatersaal wartete man schon auf ihn.

In seinem Kopf sah er Sergej, der ihm gegenübersaß und lächelte, dieses stets Höflichkeit wahrende Lächeln, in dem er jedoch – manchmal – eine schelmische Andeutung erkannte, er freute sich jedes Mal. Es machte ihn stolz und auch aufgeregt. Sein Herz klopfte, während er mit geschlossenen Augen unter der Bettdecke lag. Sergej und er saßen sich in seinem Kopf fast immer gegenüber, weil sein Kopf nicht viele Wege fand, wie es gekommen sein könnte, dass sie nebeneinandersitzen, dass ihre Knie und Oberschenkel sich berühren, erst zufällig, später nicht mehr. Er versuchte immer wieder, einen Weg zu diesem Bild zu finden. Sein liebster war ein Dialog, in dem er etwas sagte und Sergej antwortete und er wieder etwas sagte und Sergej leicht schelmisch lächelte, er lächelte zurück, und sie schauten sich an, und Sergej sagte noch etwas, und so ging es hin und her, bis Sergej aufstand und sich wortlos neben ihn setzte. Die Kulisse dieser Szene änderte sich je nach Tag und Uhrzeit, immer stand aber das Treffen, das Gegenüber- und später das Nebeneinandersitzen kurz bevor, in ein, zwei Stunden wäre es so weit. Wenn Grischa morgens wach wurde, weil sein Bruder aufstand, sobald der Wecker klingelte, als habe er sehnsüchtig auf das Klingeln gewartet, und ohne auch nur zu versuchen, leise zu sein, sich eine Hose und ein Hemd zusammensuchte und dabei mit den Kleiderbügeln im Schrank klapperte, drehte er sich zur Wand, nicht, um weiterzuschlummern, sondern um sich von seinem Nachttraum, auch da hatte er Sergej gesehen, direkt in den Tagtraum zu begeben. Er würde Sergej also in zwei Stunden treffen, wenn seine Eltern und sein Bruder zur Arbeit, seine Schwester zur Schule entschwunden wären, er würde noch ein bisschen trödeln und lügen, die Vorlesung fange heute später an, wenn all seine Kommilitonen ihre Plätze eingenommen hätten, wenn auch Sergejs Kommilitonen ihre Plätze gefunden hätten, dann würde es an der Tür klingeln, er würde zur Tür gehen und kurz davor stehen bleiben, damit es nicht wirkte, als hätte er auf ihn gewartet, sie würden sich anlächeln, einander die Hand geben, sich vielleicht sogar kurz umarmen, vielleicht aber auch ein wenig zu lang. Später, wenn er im Vorlesungssaal saß oder auch nicht – nicht weil Sergej tatsächlich an seiner Tür geklingelt hatte, sondern weil er ihn in seinem Kopf besuchte –, wenn er ziellos durch die Straßen streifte, im Theater aushalf, zu zeichnen versuchte, zu Hause oder auf einer Parkbank saß, wenn er mit der elektrischen Eisenbahn ein paar Stationen aus der Stadt herausgefahren war und auf dem lichten Stück im Wald lag, einem seiner Lieblingsplätze, und die Augen schloss, wenn er sich an den Fluss am Wald setzte und Steinchen ins Wasser springen ließ, dann stellte er sich den Nachmittag vor. Sergej und er würden, so die Szene in seinem Kopf, mit der Eisenbahn zusammen zum Wald herausfahren, sich ins Gras setzen und sich eine Zigarette teilen und sich dann nach hinten fallen lassen und in den Himmel schauen, in den strahlenden, blauen Himmel, er würde die Wolken zählen und Sergej erzählen, dass er schon immer Wolken zählte, «Eins, zwei, drei Wolken», hatte er als Vierjähriger schon gezählt, und vielleicht würde Sergej dann lächeln, und vielleicht würde er seine Hand nehmen. Streifen würde er sie auf jeden Fall (und später, stellte er sich vor, würde er über Sergejs Narben streicheln, und er stellte sich vor, dass Sergej ihm endlich erzählt, wie es zu diesen Narben gekommen war. Was Sergej ihm genau über diese Narben erzählt, malte er sich nicht aus, das sollte Sergejs Geschichte sein). Manchmal dachte Grischa nachmittags auch an den Fluss, wie Sergej sich das Hemd aufknöpft und die Hose auszieht und ins Wasser stampft, er stellte sich das vor, obwohl er noch nie mit Sergej schwimmen gewesen war, wie er später Sergej sein Handtuch ausleiht, weil dieser seins vergessen hat oder der Ausflug für ihn überraschend kam. Er mochte die Szene am Fluss, sie dauerte bis in den Abend und manchmal sogar bis in die Nacht, aber er hatte auch Schwierigkeiten mit dem Fluss, dort waren immer so viele Menschen, die er kannte und auch nicht kannte, zu viele jedenfalls, und die Logik der Realität, die seine Gedanken auch im Tagtraum steuerte, ließ nicht zu, dass er sie sich wegdachte.

Ab dem Nachmittag stellte er sich dann Abende vor oder Abende, die zu Nächten wurden, Spaziergänge und Bier und Wodka, weil Bier und Wodka seine größten Hilfsstützen waren, um der Logik der Realität auf die Sprünge zu helfen. Er dachte an den Apfelbaum im Hof, an den sein Bruder Antonia gedrückt hatte, und an Sergejs Körper, der seinen an sich drückte, an den Fluss, wo man ein Feuer machen könnte, an die Stelle unter der Krasnoluschskij-Brücke, an die er und seine Freunde sich früher, noch zu Schulzeiten, immer gesetzt hatten, um heimlich zu rauchen, er dachte an viele Orte, von denen er eine Liste erstellte. Er dachte an Sergejs Lippen und Sergejs Hände, weiter reichte seine Vorstellungskraft nicht.

In seinem Kopf näherten sie sich langsam an. Sie teilten sich ein Bier und eine Zigarette, die Flasche ging von Hand zu Hand, und jede Übergabe dauerte ein paar Sekunden länger als nötig, während sie weiter über Politik sprachen, sie sprachen immerzu nur über Politik, es langweilte ihn inzwischen sehr. Einmal wurde die Flasche weitergereicht, aber die Hände blieben aneinander hängen, und er streichelte mit seinem Daumen immer wieder über Sergejs glatte, etwas schweißnasse Hand, auch er war offensichtlich aufgeregt. Das Gesprächsthema ging dann von der Politik zu den Händen über, dafür hatte er sich mehrere mögliche Wege ausgedacht.

Vielleicht würde er sich trauen zu sagen: «Deine Hand fühlt sich schön an!»

Vielleicht würde Sergej sich trauen zu sagen: «Frierst

du?», denn sie saßen draußen, weil sie das, was sich in seinem Kopf abspielte, nicht drinnen tun konnten, wo andere waren. Und dann würde Sergej sich vielleicht trauen hinzuzufügen: «Rutsch zu mir, dann ist es wärmer!»

Vielleicht würde einer von ihnen sagen: «Was machen wir denn da?», das war der beste Weg, weil er ihnen die Tür öffnete, darüber zu sprechen und eine Entscheidung zu treffen, zum Beispiel so:

«Was machen wir da?»

«Ich bin mir nicht sicher.»

«Sollten wir das tun?»

«Ich weiß es nicht. Was ich weiß, ist, dass ich es mag. Ich halte deine Hand gern in meiner.»

«Geht mir genauso. Aber wir dürfen nicht. Es darf nicht sein.»

Und sie halten sich weiter an den Händen, wobei eine die andere drückt.

«Willst du meine Hand loslassen?»

«Nein.»

«Was willst du dann?»

«So sitzen bleiben. Lange. Deine Hand in meiner halten. Dich spüren. Und du?»

«Dich küssen.»

«Dann mach doch!»

Wer was sagte und wer sich zu wem beugte und wer die Lippen öffnete und wer sich an wen drückte, war egal.

Der Vorhang fällt.

Das war die Welt in seinem Kopf, und hervortauchen mochte er in jenen Tagen nicht.

Manchmal zwang er sich, an den realen Moment vor

drei Tagen zu denken, der ihm das Theaterstück in seinem Kopf ermöglichte. Da hatten sie unter der Brücke gesessen, getrunken, obwohl Nachmittag war, geraucht und einmal nicht über Politik gesprochen, sondern über gemeinsame Bekannte und über Mädchen und dann über das Wasser, und Sergej hatte erzählt, dass er, wann immer er Wasser sah – die Moskwa oder den Ladogasee, an dem er seine Verwandtschaft jeden Sommer besuchte –, davon träumte, das Wasser würde ihn weit wegtragen, auf einem Boot oder einem Schiff oder sogar schwimmend, irgendwohin, wo er ein anderer sein könnte, als er heute war.

«Wie anders?», hatte Grischa ihn gefragt.

«Ein völlig anderer Mensch. Der anders lebt, anders aussieht, anders wirkt, anders liebt.» Sergej hatte wie immer in die Ferne geblickt, in der nur er etwas anderes als die Fabrikschornsteine sah, die schwarzen, hässlichen Rauch ausstießen, als den verdreckten Fluss, in dem Müll schwamm, wo Fische hätten schwimmen sollen, als er das sagte, und vielleicht hatte Grischa sich deshalb getraut, von seinem Traum, oder war es vielleicht ein Tagtraum gewesen, zu erzählen.

«Ich habe von dir geträumt», hatte er angefangen, und Sergej hatte gelacht und, ohne ihn anzuschauen, entgegnet: «War ich in deinem Traum nackt?»

Er war, nachdem dieser Satz gefallen war und zwischen ihnen in der Luft hing wie ein Schmetterling, der sich für eine Flugrichtung noch nicht entschieden hat und deshalb nur flattert, so aufgeregt, aber auch so beschämt gewesen, dass er sich, stellte er im Nachhinein enttäuscht fest, nicht alles gemerkt hatte, nicht genug jedenfalls, um es wieder und wieder durchleben zu können, analysieren zu können, und manchmal wusste er nicht mehr, was nun tatsächlich gesagt worden war und was nur in seinem Kopf. Es passierte ihm in jenen Tagen häufig, dass sich die Welten vermischten, dass er nicht mehr wusste, was wirklich geschehen war und was in seinem Kopf. Es störte ihn nicht.

Irgendwann hatte Sergej, als sie da so unter der Brücke saßen, gesagt, dass er ein schönes Lächeln habe, aber vielleicht hatte er das auch nicht gesagt.

Später oder auch davor hatte Sergej gesagt, dass ihm seine Kameradschaft inzwischen so wichtig geworden sei, dass er diese Kameradschaft nicht verlieren wolle. Er hatte hinzugefügt, oder eben nicht hinzugefügt, also nur in Grischas Kopf, dass er die Kameradschaft nicht durch andere Dinge gefährden wolle. Die anderen Dinge hatte er nicht weiter ausgeführt und wie immer dabei in die Ferne geblickt.

Er hatte, als er Sergej von seinem Traum erzählte, oder war es ein Tagtraum gewesen, Andeutungen gemacht, so deutlich sie ihm eben über die Lippen kamen. Sergej war nicht aufgestanden und gegangen, er hatte sich nicht von ihm weggesetzt, er hatte ihn nicht ausgelacht. Daran erinnerte er sich, das war real. Sergej hatte ihn angelächelt, und dann hatte Sergej wieder in die Ferne geschaut.

Diese Erinnerungen waren fruchtbarer Boden für die Theaterstücke in seinem Kopf gewesen. «Wo schwebst du nur?», fragte seine Mutter, und selbst seine Schwester erkundigte sich, was mit ihm sei, und seine Kameraden, Sascha, Kostja und Kolja und Hasenkopf und Rudin, alle wunderten sich, wo er mit seinen Gedanken war, und Gerüchte machten die Runde, er hecke wieder etwas aus, etwas Großes diesmal, etwas Geniales bestimmt, er zuckte mit den Schultern.

Jenen Tagen, als die Welt in seinem Kopf die tatsächliche überwältigte, sollte die Ernüchterung folgen und dann der Schmerz. Dem Schmerz sollte er zu entfliehen versuchen, indem er sich in weitere Träume flüchtete, in denen Sergej sich seine Angst eingestand – Sergejs Angst war die Prämisse dieser seiner Träume –, sich ihr stellte, sie überwand. Aber in die Träume drängte sich nun die Realität, die er auch mit dem Kissen, unter dem er seinen Kopf vergrub, nicht ausschließen konnte, und so sollte er beginnen, die Realität mit Logik und Plänen, die er in Ziele und Unterziele und konkrete Einzelschritte unterteilte, zu bekämpfen. Oberziel: Sergej für sich gewinnen.

Aber weiter als Unterziel 2, sich interessant machen für Sergej, kam er schon nicht mehr.

Es hätte noch viel Zeit gebraucht, bis die Unterziele erreicht würden, und zum Grübeln sollte er keine Lust mehr haben, weil die Realität ihn zu diesem Zeitpunkt schon eingeholt haben würde, die Realität, gegen die weder Ablenkung noch Trinken noch das Kissen auf dem Kopf half.

Die Realität: Er hatte Sergej nach einigen Tagen, in denen er viel von ihm geträumt, ihn aber nicht gesehen hatte, vor dessen Institut abgefangen. Er lungerte am Eingang herum, und damit das nicht wie Herumlungern wirkte, las er, ohne wirklich zu lesen, und manchmal steckte er das Buch weg und rauchte eine. Sechs Zigaretten kostete ihn das Warten, sechs Zigaretten und drei Listen, die er auf den Inneneinband seines Buchs kritzelte, möglichst so, dass außer ihm keiner die

Listen würde entziffern können. Er machte Stichworte, zu Hause würde er die Listen abschreiben. Er zählte die Wolken, die heute zahlreich waren, aber das Zählen lenkte nicht so gut ab wie sonst, beruhigte ihn nicht. Er hatte Sergej aus den Augenwinkeln erhascht, sah Sergej, bevor Sergej ihn sehen konnte. Er saß auf einem Mauervorsprung, ließ seine Beine herunterbaumeln, seine Beine waren irgendwie zu kurz, fand er, obwohl ihn seine Größe ansonsten nicht störte, weil er über solch oberflächliche Dinge selten nachdachte, auch die jetzt schon ausfallenden Haare störten ihn nicht, und blickte, sobald er Sergej bemerkte, wieder ins Buch. Blätterte einmal um. Schaute nicht auf. Wiederholte: dreiundvierzig. Dreiundvierzig Wolken hatte er gezählt. Als Sergej endlich vor ihm stehen blieb, fast einen Meter entfernt, und «Hallo» sagte, schrak Grischa fast zusammen, so angestrengt und konzentriert hatte er ins Buch geguckt, ohne zu lesen, so engagiert hatte er diese eine Seite umgeblättert.

«Oh, hallo!» Als hätte er nicht gewartet, als läse er immer hier, auf diesem Mauervorsprung, während er seine Beine herunterbaumeln ließ. Er klappte das Buch zu, legte es neben sich. Sergej holte sein Zigarettenpäckchen aus der Tasche, das wie neu aussah, obwohl es halb leer war, wie er bemerkte, die Zigarettenpäckchen schienen in Sergejs Taschen nie zu zerknittern. Wie machte er das?

Sergej bot ihm keine an. «Was machst du hier?»

«Wollte sehen, ob du vielleicht Lust hast, an den Fluss zu fahren? Hast du wichtige Vorlesungen heute?» Er ärgerte sich über die letzte Frage, die er nur gestellt hatte, weil die Antwort nicht wie aus der Pistole geschossen kam, und jetzt ärgerte er sich, während Sergej sich die Zigarette anzündete und das Streichholz auf den Boden schmiss, über den Ausweg, den er Sergej geboten hatte. Sergej nahm diesen dankbar an.

«Ja, bald sind ja Prüfungen, und ich war in letzter Zeit oft nicht in der Uni. Ich gehe heute hin. Den ganzen Tag. Wird auch Zeit.»

«Ja, ich habe auch Prüfungen …», hatte er geantwortet und nach ein paar Sekunden hinzugefügt, weil Sergej nicht reagierte, sondern nur paffte: «Hab nur keine Lust hinzugehen heute. Den letzten Sonnenschein, den muss man nutzen.» Es war, als würde neben ihm jemand anderes sitzen, ein anderer Er, und dieser andere Er beobachtete ihn genau und hörte genau zu und lauschte der eigenen Stimme, die plötzlich fremd klang, oder war es der Tonfall? Betteln, fiel ihm ein, und dann seine Schwester, die sprach auch manchmal so, wenn sie was von ihm wollte.

«Nee, ich gehe schon hin. Wird, wie gesagt, langsam Zeit. Muss auch gleich wieder los.»

«Dann geh, mein Fleißiger, geh lernen, lernen, lernen, wie Opa Lenin es uns geheißen hat!», hatte er gesagt und gegrinst, um dem «mein» jegliche Bedeutung zu nehmen, aber Sergej hatte nicht ein bisschen gegrinst.

«Ja, ich gehe!» Sergej hatte seine Zigarette, die er nur zur Hälfte geraucht hatte, am Mauervorsprung ausgedrückt, das nicht zerknitterte Zigarettenpäckchen hervorgeholt und den Rest hineingesteckt.

«Sehen wir uns denn bald mal wieder?», bettelte er.

«Mal sehen. Ich muss viel lernen. Bald sind Prüfungen. Ich habe viel nachzuholen.»

«Ja, verstehe ich. Geht mir ja genauso», wiederholte

Grischa, weil ihm nichts Besseres einfiel, er wusste, er würde die Prüfungen nicht machen, das hatte nichts mit Sergej zu tun, und dass ausgerechnet er verzweifelt versuchte, sich etwas Besseres einfallen zu lassen, für Sergej, der gerne ins Nirgendwo starrte und komische Kratzer an den Armen hatte und nicht halb so viele gute Ideen hatte wie seine Freunde, begann ihn zu ärgern.

«Aber ist gut, dass du vorbeigekommen bist», sagte Sergej. «Überhaupt gut, dass wir Kameraden geworden sind. Einfach gute Kameraden.»

In der Realität, da war er nach diesen Worten, nachdem Sergej zum Abschied die Hand gehoben hatte und er sich nicht die Mühe gemacht hatte, darauf zu reagieren, vom Mauervorsprung hinabgesprungen und dann ganz lange geradeaus gelaufen, er achtete darauf, nicht abzubiegen, an nichts zu denken, er achtete nur auf seine Schritte, die ihn vorwärts führten, auf ihren Rhythmus, eins, zwei, drei, vier, fast wie ein Soldat, und er achtete darauf, über den Gleichschritt der Soldaten nachzudenken, und ob es nicht zu anstrengend sei, die Füße in den schweren schwarzen Stiefeln beim Marschieren immer so hochzureißen, das geht doch sicher auf die Schenkel, er versuchte es ein-, zweimal, und die Menschen, die ihn passierten, schauten ihn verwundert an oder eilten an ihm vorbei, ohne ihn wahrzunehmen, das wollte er auch, an den Menschen vorbeieilen und nichts wahrnehmen, vor allem nicht die Realität.

Je weiter er lief, desto einfacher wurde das Laufen, ein Schritt, und dann der nächste, ein Bein, dann das andere, und wieder von vorne, eins, zwei, drei, vier, er zählte nicht mehr, er lief nur noch, so lange, bis der Hunger in seinem Bauch zu grummeln begann, der Hunger, den er plötzlich wieder spürte, worüber er kurz staunte und sich dann freute, er schaute sich um, versuchte, sich zu orientieren, und bog endlich nach links ab, wo er die nächste Metrostation fand, sie betrat, die lange Rolltreppe hinunterlief und nach Hause fuhr, um etwas zu essen. Es gab Borschtsch, eines seiner Lieblingsgerichte. Der Tag zog sich hin, er war müde vom Laufen und hungrig, er sprach mit seiner Mutter, seiner Schwester, sogar kurz mit seinem Vater, er wollte nicht mehr träumen, weder tags noch nachts, er war ernüchtert. Er fühlte sich wie verkatert, nur ohne den Kopfschmerz. Er fühlte sich lustlos. Und müde, so müde. Er versuchte, früh schlafen zu gehen, aber dann lag er im Bett und starrte die Decke an, ohne zu denken. Der Schmerz kam erst später, dafür umso heftiger, er versuchte, ihm noch einmal mit Träumen zu entfliehen, aber nach einer Stunde oder zwei fand er sich auf dem Mauervorsprung wieder, wo Sergej nicht mit ihm an den Fluss gehen wollte und viel zu viel Abstand hielt und plötzlich von Prüfungen sprach, von denen er ihn noch nie hatte sprechen hören, und von Kameradschaft, als sei er ein Pionier.

Er zwang sich, an Sergejs pionierhafte Rede über Kameradschaft zu denken, weil sie ihn ärgerte, er wollte sich lieber über Sergej ärgern, als von ihm zu träumen, von Sergejs Händen und seinem ernsten Lächeln mit der Andeutung, von Sergej, der in seinem Zimmer auf dem Bett seines Bruders saß und schwadronierte, der ihm eine Zigarette reichte, ihn von seinem Käsebrot abbeißen ließ, im Gras lag und in den Himmel schaute, überhaupt von Sergej, der immer seine eigene Ferne hatte, in die er schaute. Pf. Wer brauchte schon einen Pionier? Er lebte, und er wollte das Leben ändern.

Es dauerte zwei Tage, bis er sich aufgerafft hatte, gegen Mittag aus dem Bett sprang, sich anzog und auf den Weg machte, um die Truppe zusammenzutrommeln, es wurde jetzt wirklich an der Zeit, etwas zu tun, und unterwegs, da kam ihm eine Idee, weshalb er seinen Plan änderte und in die andere Richtung lief, weil es schon einen Plan gab, der in seinem Kopf entstanden war, jetzt, auf diesem Weg, oder vielleicht schon früher. Es war ein guter, ein mutiger Plan, ein Plan, der ihn selbst ein wenig ängstigte.

Er drehte um und machte sich auf den Weg zu Sascha, weil es nur einen gab, der in diesen Plan einwilligen würde, das wusste er, sein treuer Sascha, das musste reichen, sie brauchten nur noch einen Ausländer dazu. Vielleicht hatte Sascha eine Idee.

Es musste nun wirklich was passieren, für Sergej und Träumereien hatte er keine Zeit.

ELFTES KAPITEL

Das Telefon klingelte um zwei Uhr vierundfünfzig in der Nacht, und mein Gehirn tat mir erst einmal den Gefallen und baute das Klingeln in meinen Traum ein, das Läuten von Kirchenglocken, und als ich endlich aufschreckte und die Augen öffnete, war es schon zu spät, der Anrufbeantworter sprang an. Mein erster Gedanke war Anna, was absurd war, weil Anna neben mir im Bett lag und sich die ganze Nacht wie ein Uhrzeiger im Schlaf gedreht hatte. Ich blickte zu ihr, atmete durch, suchte im Dunkeln nach dem Wecker auf dem Nachttisch, drückte die Leuchttaste, 2.54 Uhr, dachte: Großmutter, sprang aus dem Bett, bitte nicht Großmutter, und war beim Telefon, als der Anrufbeantworter Flox' Ansage gerade zu Ende abgespult hatte, «... so bald wie möglich zurück», und nun die Stimme meiner Mutter aufnahm.

«Sofia?», fragte sie den Anrufbeantworter, als sei sie erstaunt oder enttäuscht, weil ich um drei Uhr morgens nicht wartend vor dem Telefon sitze, und fügte unsicher hinzu: «Florian?», was mich dann auch ähnlich verwundert «Flox?» denken ließ, hatte er das Telefon nicht gehört? Also drehte ich mich zur geschlossenen Tür des Arbeitszimmers, in das er sich seufzend verzogen hatte, sobald er Annas tapsende Schritte gehört hatte, weil bei aller Familienromantik keine zwei Erwachsenen und ein sich drehendes Kind in unser Bett passten, und fragte mich, ob Flox wohl so fest schlief oder Ohrenstöpsel benutzte, anstatt einfach nur nach dem Hörer zu greifen und meine Mutter zu fragen, was denn mit meiner Großmutter sei.

Meine Mutter hielt sich trotz der Uhrzeit mit Informationen bedeckt. «Ruft ihr bitte zurück, wenn ihr das gehört habt?», fragte sie und rief dann noch einmal nach mir, als befänden wir uns im selben Raum, ich hörte sie jedoch schlecht: «Sofia?»

Ich nahm nun endlich ab. «Mama? Was ist passiert?»

«Sofia?»

«Ja, ich bin's. Was ist denn passiert?»

«Oh, Gott sei Dank. Ich dachte, ich erreiche dich nicht.»

«Mama, was ist denn los?», hakte ich nach, etwas lauter nun, obwohl ich mir nicht sicher war, ob ich es wissen wollte, weil ich es schon zu wissen meinte.

«Etwas Schreckliches ist passiert», begann meine Mutter, und ich wunderte mich, dass sie sich Zeit für eine Einleitung nahm, und fragte mich, ob sie das einstudiert hatte, ob Frank vielleicht gesagt hatte, sie solle es mir schonend beibringen. Meine Mutter sprach, und ich brauchte eine Weile, bis ich verstand. «Was? Wann? Wie? Warum?», fragte ich, weil mein Zustand längere Fragestellungen nicht zuließ, jede lauter als die vorangegangene, bis mit einem Schwung die Arbeitszimmertür aufgerissen wurde und Flox in Boxershorts und einem alten Skunk-Anansie-T-Shirt und mit zerzauster Mähne vor mir stand, den das Telefonklingeln offensichtlich nicht geweckt hatte, meine Fragen hingegen schon.

Meine – Großmutter – war – weggelaufen.

Einfach so. Wo sie doch kaum laufen konnte.

Weggelaufen. Nicht mehr da. Niemand wusste, wo. Die Polizei war informiert. Der Direktor des Altenheims vor Ort. Meine Mutter vor Ort. Frank. Ein Arzt.

Ein Arzt, wozu, fragte ich mich. Ein Arzt, für wen, sie war doch gar nicht da. Aber laut fragte ich das nicht, stattdessen erklärte ich Flox flüsternd, was meine Mutter mir eben mitgeteilt hatte, und reichte ihm den Telefonhörer, den er nicht nahm, weil er mir jetzt dieselben Fragen stellte, nur in einer anderen Reihenfolge: «Wie? Wann? Wohin?»

Und dann: «Was ist passiert?»

Ich hielt ihm den Telefonhörer hin, aber er starrte mich nur an und sah den Hörer wahrscheinlich nicht einmal, aus dem die Stimme meiner Mutter fragte, ob Flox das sei, ob er da sei, ob ich noch da sei, und sich dann abzuwenden schien, weil ich plötzlich neben ihrer Stimme noch eine männliche hörte, beide undeutlich als dumpfes Stimmengewirr, und ich wiederholte einfach nur für Flox, weil ich nicht wusste, was ich sonst sagen sollte: «Meine Großmutter ist weggelaufen. Aus dem Heim. Die Polizei ist da. Und der Direktor auch.»

Und Flox fragte: «Warum? Was kann der Direktor denn tun?»

An den Rest erinnere ich mich nur vage, was vielleicht am Schock lag, vielleicht aber auch nur an der Uhrzeit oder an der Hektik. Irgendwie muss ich mich angezogen haben, muss ins Schlafzimmer gegangen sein und im Dunkeln leise Klamotten herausgeholt haben, damit Anna nicht aufwacht, oder hatte Flox das für mich getan? Noch davor muss ich das Gespräch mit meiner Mutter erst wiederaufgenommen und dann beendet haben, ihr gesagt haben, dass ich mich gleich auf den Weg ins Heim mache, und sie wird zugestimmt oder protestiert haben, und ich muss sie überzeugt haben, wenn der Direktor des Heims um zwei Uhr vierundfünfzig anwesend war, dann musste ich auch anwesend sein. Sehr wahrscheinlich war es Flox gewesen, der mir ein Taxi gerufen hatte, weil er es nicht für richtig hielt, mich in diesem Zustand und um diese Uhrzeit fahren zu lassen, und erst als ich im Taxi saß, fasste ich wieder einen klaren Gedanken.

Der da war: Meine – Großmutter – war – weggelaufen. Keiner wusste, wie sie entwischt war. Man, also das diensthabende Pflegepersonal, ahnte, dass es irgendwann nach dem Schlafenlegen gewesen sein musste (meine Mutter hatte tatsächlich vom «Schlafenlegen» gesprochen, und dass mir diese Kleinigkeiten auch jetzt noch auffielen, mitten in der Nacht, dass sie mir auch jetzt noch einen Stich versetzen konnten, wo doch etwas viel Größeres im Leben meiner Großmutter passierte). Aufgefallen war es auch nur, weil die Tür zu ihrem Zimmer offen gestanden hatte, die Tür, an dem ein Foto von ihr hing, auf dem sie schon leicht verwirrt lächelt und einen Blumenstrauß in den Händen hält, ohne genau zu wissen, warum (Geburtstag, der achtundachtzigste), ein Foto, auf dem sie im besten Fall, so hoffte die Heimleitung oder der Heimarzt oder der Heimpsychologe, sich und damit ihr Zimmer erkennen konnte (sie landete trotzdem meist im Zimmer von Frau Neitz, die oft Besuch bekam, weil ihr Zimmer das erste im Flur war). Das Foto nahm sie noch nicht einmal zur Kenntnis, wenn ich mit dem Finger darauf zeigte und fragte, wie ich auch Anna beim Anschauen von Bilderbüchern nach Hunden und Kühen fragte: «Na, wer ist das?», und bevor die Stille zu laut wurde, selbst antwortete: «Schau mal, das bist ja du! Und so einen schönen Blumenstrauß hältst du in der Hand!» Keiner wusste, warum oder wohin sie weggelaufen war. Die Polizei wusste nicht, wo sie mit dem Suchen anfangen sollte. Ich versuchte, sie mir vorzustellen, meine Großmutter, die im Nachthemd und Hausschuhen (hatte sie welche angezogen, konnte sie das noch, Hausschuhe selbst anziehen?) die Straße entlanglief, mit ihren unsicheren Schritten, den Blick immer nach vorn gerichtet, auch wenn sie häufig nichts vor sich sah, weshalb sie gegen Türen und Ecken stieß, und draußen nun gegen was – Autos, Laternen, Litfaßsäulen? Das Heimgelände hatte sie verlassen, das Zauntor stand sperrangelweit offen, die Automatik war offensichtlich defekt, und als der Defekt entdeckt wurde, von der Polizei, also zu spät, hatte um zwei Uhr vierundfünfzig mein Telefon geklingelt, weil meine Mutter fand, dass es nun doch an der Zeit war, mich zu informieren. Ich stellte mir Frank vor, wie er meine Mutter zu beruhigen versuchte, mit seiner tiefen, sanften Stimme auf sie einredete, irgendwo werde sie schon sein, vielleicht im Westflügel, den suche die Polizei noch ab, man würde sie gleich finden, und nein, lass Sofia und Florian noch schlafen, sie können nichts tun. Es ist derzeit nicht leicht für sie, lass sie noch. Ich kramte in meiner Umhängetasche, ein Schnuller, Taschentücher, zwei Müsliriegel, der neue John Irving, irgendwo musste es sein, und holte mein Notizbuch heraus.

Für die Liste «Filmreife Szenen aus meinem Leben»:
- Großmutter irrt in Nachthemd und Hausschuhen irgendwo herum
- Frank beruhigt Mama im Heim, während die Polizei (mit Spürhunden?) um sie herumwuselt

Für die Liste «Wann man sich spätestens Sorgen machen muss»:
- wenn das Telefon nachts um 2.54 Uhr klingelt

Eins, zwei, drei, vier. Die Kombination des Altenheims war so einfach, dass sogar Anna sie schon kannte. Eins, zwei, drei, vier. Sowohl von innen als auch von außen dieselbe, ein weißes Zahlenschloss wie bei einem Hotelsafe, aber schicker, mit Digitalanzeige und einer Schlüsseltaste, die rot und grün leuchten konnte. Meine Großmutter ist ein Back- und ein Zahlengenie gewesen (gewesen, obwohl sie noch lebt), Backen und Zahlen waren ihre Leidenschaft, und meine gesamte Schulzeit über bedauerte sie, dass ich ihre Zuneigung zu den Zahlen nicht geerbt hatte (eher backte ich noch mit ihr). Langweilte ich mich als Kind bei langen Autofahrten, bat sie mich, aus den Ziffern einer Telefonnummer eine Hundert zu errechnen, indem ich zum Beispiel die erste Ziffer mit der zweiten multiplizierte und die nächsten zwei addierte, um dann die dritte abzuziehen und so weiter. Meine Großmutter behauptete, wenn man lange genug am Ball bleibe, ließ sich aus fast allen Telefonnummern eine Hundert errechnen. Ich war schon mit der Aufgabe überfordert und von der Vorstellung, endlose Rechnungen auszuführen, noch mehr gelangweilt als von der Autofahrt. Was für mich meine Listen sind, waren für Großmutter die Zahlen, und jedes Mal, wenn ich die Eins-zwei-drei-vier-Schlüsselkombination eingab, erst unten am Tor, dann hinterm Aufzug, dann an der richtigen Wohnungseinheit, fühlte ich mich im Namen meiner Großmutter persönlich angegriffen. Dass man sich nicht einmal die Mühe machte, sich eine kompliziertere Zahlenkombinationen auszudenken, um sie und die anderen Alten vom Weglaufen abzuhalten (Großmutter hatte es geschafft, und auch wenn ich mir schwer vorstellen konnte, wie, so gefiel mir die Vorstellung, dass sie die Zahlenkombination erraten oder sich gemerkt hatte). Eins, zwei, drei, vier, ich musste es laut wiederholt haben, weil der Taxifahrer plötzlich zu mir blickte, gleichzeitig die Lautstärke herunterdrehte und «Wie bitte?» fragte. Ich machte mir nicht die Mühe zu antworten, schüttelte nur den Kopf.

Dafür, dass meine Großmutter weggelaufen war wie ein Welpe, den man von der Leine gelassen hatte, war es ziemlich ruhig im Heim. Nachts war ich noch nie an diesem Ort gewesen und erschrak ein wenig, weil das Gelände – das Tor stand immer noch sperrangelweit offen, wahrscheinlich würde morgen ein Mechaniker kommen – verlassen wirkte. Im Krankenhaus war auch nachts immer etwas los gewesen, jemand eilte über die Gänge, jemand kam, jemand ging, und wenn ich nicht schlafen konnte, dann lief ich durch verschiedene Stockwerke und hielt nach all diesen Menschen Ausschau, nicht, um mit ihnen zu sprechen, sondern um jemanden zu sehen. Oder um Anna und Flox nicht zu sehen, die friedlich schliefen, Anna bei Flox im Arm, auf dem Schaukelstuhl, den die nette, sehr große, sehr füllige polnische Kinderkrankenschwester uns von irgendwoher angeschleppt hatte, einhändig. Sie schliefen friedlich, Vater und Tochter, wenn da das Schnaufen nicht gewesen wäre, nicht das Schnaufen, nicht die Schläuche, nicht das piepende Gerät, nicht dieser Ort, dessen Geruch kein Shampoo und kein Duschgel abwaschen konnte, auch nach Tagen nicht. Das Heim aber war des Nachts wie verlassen. Durch die verglasten Fenster im Gang konnte ich auf meinem Weg in vier Wohnungseinheiten blicken, in denen ich überall Licht, aber keine Menschen sah und aus denen ich nichts hörte, noch nicht einmal Ralf und sein Geschrei. Ich beeilte mich, zur Wohnungstür der «Schwalben» zu kommen – meine Großmutter, eine Schwalbe, auch Frau Neitz und Herr Peitle und Ralf Schwalben – und Eins-zwei-drei-vier-Schlüssel zu drücken, weil die Schwalbenwohnung, so wusste ich, nicht verlassen sein würde, weil dort die Menschen wären, die auf meine Großmutter warteten.

Meine Mutter hatte Augenringe und leicht zitternde Hände, mit denen sie mich an sich zog, aber Frank war es, der aussah, als sollte er sich setzen und ein Glas Wasser bekommen: Grünlich und blass zugleich, eingefallene Wangen, die Haare ungewohnt ungekämmt, und – an dem Licht konnte es nicht liegen, da es hell und nicht zu grell war – er sah aus, als wäre er um Jahre gealtert, im wahrsten Sinne des Wortes (noch so eine Redewendung für meine Liste, dachte ich mir und hatte das dringende Bedürfnis, das sofort zu notieren, traute mich aber wegen meiner Mutter nicht, mein Notizbuch aus der Tasche zu holen, weshalb ich es in mein Handy tippte – Handys fand meine Mutter besser als Listen: Für die Liste «Redewendungen, die auch wörtlich genommen einen Sinn ergeben»: um Jahre altern).

Eine Polizistin, die einzige im Raum – von Spürhunden, die ich mir vorgestellt hatte, war ebenso wenig eine Spur wie von den wuselnden Polizisten aus der filmreifen Szene in meinem Kopf –, stellte ihre Kaffeetasse ab, gab mir die Hand und stellte sich vor, wobei ich ihren Namen sofort wieder vergaß. Der Direktor des Heims sprach in einer Ecke auf die drei anwesenden Pflegerinnen ein, Jutta, die Asiatin und eine, die ich nicht kannte, die wohl nur Nachtschichten machte. Er sprach engagiert, aber so gedämpft, dass ich ihn reden sah, aber nicht hörte, er drehte sich nicht einmal um, als ich hereingekommen war, obwohl das Tür-ins-Schloss-Fallen die Stille zerstörte, und auch später stellte er sich mir nicht vor. Er nickte in Richtung meiner Mutter, bevor er den Raum verließ und die Tür wieder laut ins Schloss knallte. Der Arzt war wohl schon gegangen, weil die Person, die er hätte behandeln oder zumindest stillstellen sollen, nicht da war, und auch niemand ahnte, wo sie war, weshalb er ruhig noch ein paar Stunden schlafen konnte.

Ich brachte Frank dazu, sich zu setzen, und holte ihm ein Wasserglas, obwohl er sagte, das sei nicht nötig. Aber als das Glas vor ihm stand, da trank er es in einem Zug aus, als hätte er seinen Durst verdrängt und erkenne nun plötzlich, was ihn die ganze Zeit gequält hat. Gequält sah er aus. Meine Mutter wirkte nervös, überfordert und einfach müde, und weil sie nichts mit sich anzufangen wusste, begab sie sich zur Küchenzeile und half der netten asiatischen Pflegerin dabei, die Spülmaschine auszuräumen, und da ich ebenso wenig wusste, was nun zu tun war, setzte ich mich zu Frank an den Holztisch. Darauf waren Malspuren, Wasserfarben und Wachsmalkreide, als stünde er in einem Kindergarten und nicht in einem Altenheim.

«Was glaubst du, wo sie ist?», fragte ich Frank, der einen Moment zu brauchen schien, bevor er erfasste, wovon ich sprach.

«Ich weiß es nicht. Ich glaube nicht, dass sie ein Ziel hat. Wahrscheinlich ist sie einfach losgelaufen. Sie kennt ja die Gegend hier auch nicht, das heißt, selbst wenn sie irgendwohin wollte, wüsste sie nicht, wie sie hinkommt.» Und er fügte, als wäre die Information neu und interessant für mich, hinzu: «Die Polizei sucht sie.»

«Ich weiß.»

Frank nickte und schwieg, und seine Finger spielten mit dem leeren Glas, und als ich fragte, ob er noch mehr Wasser wolle, da schüttelte er den Kopf und ließ seine Hände fallen.

«Ich weiß, dass sie sich hier nicht auskennt und nicht gezielt irgendwohin geht. Ich dachte ja nur, dass sie vielleicht, als sie losgelaufen ist, irgendwohin wollte. Nach Hause vielleicht. Oder zu uns», begann ich erneut.

Ich hatte «zu uns» gesagt und mein Elternhaus gemeint, nicht «zu euch». Was auch Frank auffiel, der den Kopf hob und mit dem rechten Mundwinkel die Andeutung eines Lächelns wagte. «Schon möglich.»

Er machte eine Pause, die ich als Zeichen nahm, dass er gar nicht reden wollte, ich überlegte kurz, ob ich meiner Mutter vielleicht dabei helfen sollte, der Pflegerin zu helfen, die inzwischen über die schon längst saubere Spülablage wischte.

«Vielleicht wollte sie aber auch zu dem Haus, in dem sie aufgewachsen ist, oder in das Haus, in dem sie ihre Kinder großgezogen hat», fuhr Frank fort. «Oder zur Arbeit. Oder zum Einkaufen. Oder in einen Luftschutzbunker. Oder zu ihrer Mutter. Wir wissen nicht, in welcher Zeit sie sich gerade in ihrem Kopf befand.»

«Vielleicht dachte sie, sie müsse einen Kuchen backen.»

«Vielleicht auch das.»

Später setzte sich meine Mutter zu uns, zwischen uns, um genau zu sein, und legte ihre rechte Hand auf Franks und die linke auf meine, die ich nicht schnell genug weggezogen hatte. Sie hatte Tränen in den Augen, als sie sprach. «Wir bekommen das hin. Als Familie. Wir sind eine Familie. Und Florian. Und unsere kleine Anna natürlich.» Ich widerstand dem Drang, aufzuspringen und selbst noch einmal über die Spülablage zu wischen, alles, nur nicht das, und vielleicht ging es Frank ähnlich, weil er nur «Ja» murmelte, seine Hand wegzog und aufstand und sich auf den Weg Richtung Toilette machte. Verräter, dachte ich, und dann dachte ich noch, dass er doch ihr Mann war, dass er sie doch nicht so erbärmlich finden dürfte wie ich, ich dachte tatsächlich erbärmlich und schämte mich sogleich und fragte sie deshalb, wie es ihr denn ginge.

«Wie soll es mir schon gehen? Wir können nur eins tun, wir können nur beten. Beten und warten. Was bleibt uns anderes übrig?»

Meine Mutter war überzeugte Atheistin, im Land der Lenin-Stalin-Götter aufgewachsen, und auch Frank war kein Kirchgänger, weshalb ich mir nicht sicher war, ob sie in den letzten Stunden der Angst zu einem Glauben gefunden hatte oder das Beten nur als Redewendung benutzte, so wie sie nach über dreißig Jahren in Deutschland so manche Wendung übernommen hatte, aber nicht immer an der richtigen Stelle einsetzte und ab und zu auch auf komische Weise veränderte (weshalb ich seit meiner Jugend die «Liste der ver[schlimm]besserten Redewendungen meiner Mutter» führte).

Frank kam erstaunlich lange nicht wieder, ich blickte um die Ecke in den Flur und sah ihn nicht und fragte meine Mutter, ob sie nicht nach ihm sehen wollte, sie sprang auf, als hätte sie ihn vergessen, und beeilte sich, zu ihm zu kommen, froh, etwas zu tun zu haben, oder vielleicht voller Sorge, weil sie ihren Mann vergessen hatte. Es war inzwischen fast fünf Uhr morgens. Ich nahm alles wie durch einen Nebel wahr und war zu müde, um mich müde zu fühlen. Ich checkte mein Handy, aber Flox hatte sich nicht gemeldet, er schlief bestimmt. Ich war mir kurz unsicher, ob ich mir mehr Anteilnahme von ihm wünschte, also mir zum Beispiel wünschte, dass er ruhelos neben dem Telefon saß, durch die Wohnung tigerte, mir liebevolle, aufmunternde Nachrichten schickte, aber auch darüber nachzudenken, war ich zu müde, er hatte zum Abschied gesagt, ich solle ihn anrufen, sobald ich etwas wisse, das Telefon und das Handy lege er neben das Bett.

Meine Mutter kam zurück, ohne Frank.

«Er kommt gleich. Er wäscht sich das Gesicht mit kaltem Wasser», erklärte sie, und ich wollte fragen, wie lange denn, wie lange wäscht er sich das Gesicht, und fragte stattdessen, wie es ihm ginge.

«Wie soll es ihm gehen? Er macht sich Sorgen. Was denkst du denn? Wie soll es ihm jetzt gehen?»

«Ja, er schien sehr besorgt zu sein. Ganz fertig. So kenne ich ihn gar nicht. Weil er sich doch nicht so leicht aus der Ruhe bringen lässt. Gelinde gesagt.»

«Natürlich macht er sich Sorgen. Es ist seine Schwiegermutter», erklärte mir meine Mutter, als wüsste sie alles und ich nichts.

«Ja, aber ...» Mir fehlten die Worte, um den Gedanken so zu formulieren, dass ich meine Mutter nicht verletzte. Ich staunte wie immer, wenn mir die Worte fehlten, Worte sind doch mein Metier, was nach zu wenig klingt, weil Worte doch alles sein müssten für jemanden, der schreibt, wenn nicht Worte, was dann?

Ich setzte noch einmal an: «Frank schien nie ... Ich meine, Frank und Großmutter haben sich immer gut verstanden, aber sie ... Sie waren nie die besten Freunde. Ja, sie ist seine Schwiegermutter, aber ... also ein besonderes Verhältnis zwischen den beiden ...»

Da sie mich entsetzt anschaute, was immerhin ein klein wenig besser war als verletzt, ließ ich es sein.

«Frank hat deine Großmutter errettet. Du weißt nicht, wie er sie errettet hat. Er wird immer auf sie achtgeben.»

Ich war müde und nahm das «Errettet» hin, ich hatte es schon unzählige Male gehört, ich war so müde, dass mir das «Du weißt nicht» erst auffiel, als ich Frank den Flur entlangkommen sah. Seine Haare klebten nass an der Stirn, er sah so müde aus, wie ich mich fühlte, er ging langsamer als sonst, unsicherer. Immer hatte ich gedacht, dass Franks lange, schlaksige Beine wirkten, als liefen sie ihm davon, als seien sie schneller als der Rest des Körpers, als der bedächtige Frank selbst. Heute schienen die Beine sich ihm anzupassen, was mich beklemmte. Hinter mir ging die Tür zur Wohnungseinheit auf, ich zuckte zusammen und drehte mich um. Drei Polizisten betraten den Raum, einer von ihnen führte tatsächlich einen Hund bei sich. Ein Deutscher Schäferhund, der sofort Sitz machte, als der Polizist stehen blieb, und der nicht so aussah, als wolle er gestreichelt werden.

«Frau Meiner? Dr. Meiner?», fragte ein Polizist, aber Frank und meine Mutter waren schon aufgestanden und gingen auf sie zu. Meine Mutter hielt sich mit beiden Händen an Franks Arm fest, der diesen hängen ließ, und auch wenn er meine Mutter um zwei Köpfe überragte, hatte ich zum ersten Mal in meinem Leben das Gefühl, als könne er ihr keinen Halt geben, weil er selbst etwas zum Festhalten brauchte. Vielleicht hielt meine Mutter aber auch ihn fest, dachte ich und blieb mit den Gedanken an ihnen hängen und starrte ihre Hände und seinen Arm an, anstatt mich den Polizisten vorzustellen.

Der Polizist, der sprach, die anderen schwiegen nur,

auch die Beamtin, die im Sessel eingeschlafen war und nun schweigend neben ihnen stand, sprach auffällig langsam, zog jedes Wort in die Länge. Tat er das, weil er nun mal so sprach, so wie Frank immer leise sprach und Flox immer mit einem Hauch Ironie und Katha grundsätzlich zu schnell, oder sprach er so, weil er es gelernt hatte, in einem Seminar zu Sensibilität gegenüber Angehörigen von Opfern, Vergewaltigungsopfern, Unfallopfern, Gewaltopfern, Todesopfern: langsam, aber auch geradlinig, damit sie alles kapieren? Damit sie der Wahrheit ins Gesicht blicken müssen, was sie nicht wollen? Auch ich wollte nicht, wahrscheinlich blieb mein Blick auch deshalb an Franks Arm hängen und an den Händen, die diesen Arm umfassten, den Händen meiner Mutter, zwei Hände, zehn Finger, an denen insgesamt drei Ringe steckten, ein Ehering, ein schlichter, breiter Goldreifen, einer aus Weißgold mit einem kleinen Diamanten, den sie ebenfalls immer trug, ein Geschenk Franks zu ihrem fünfzigsten Geburtstag, und ein bronzener mit einem hellgrünen Stein. Im Kopf trug ich diese Szene in meine Liste filmreifer Szenen aus meinem Leben ein.

Der Polizist sagte, bisher habe die Suche nichts ergeben. Frau Belkina sei nicht gesichtet worden, auch befragte Zeugen im Umkreis von drei Kilometern – wie weit kann so eine Alte schon kommen mit ihrem Gehstock, hörte ich im Kopf den Langsamredenden zu dem Hundeführer sagen und dachte: Hatte sie ihren Gehstock überhaupt dabei? – hätten nichts zu berichten gewusst. Die Suche gehe selbstverständlich weiter.

Er sagte, wir müssten hoffen und warten, vor allem aber müssten wir nach Hause gehen und uns ausruhen, sie hätten ja alle unsere Nummern. Und dann gab er meiner Mutter die Hand, die Franks Arm für den Händedruck losließ und ihn noch einmal bat, sie schnellstmöglich zu informieren, sobald man etwas wüsste, obwohl er ihr ebendies gerade versprochen hatte, und er gab Frank die Hand, der sich die Mühe machte, seine eigene auszustrecken. Mir gab der Polizist nicht die Hand, ich stand ja auch nur daneben und sagte nichts, mir nickte aber die Polizistin zu, bevor sie hinter den anderen den Raum verließ.

Wir waren allein, zu dritt, als die Tür mit einem lauten Knall ins Schloss fiel, der mich zusammenzucken ließ, obwohl ich diesmal vorbereitet gewesen war.

«Wir können nichts tun, außer warten», sagte Frank.

«Ja, wir müssen warten. Und beten», echote meine Mutter.

Ich wollte gerne etwas zerschlagen oder zumindest die Tür noch einmal zuknallen, weil ich schon seit geraumer Zeit das Gefühl hatte, etwas anderes tun zu wollen und zu müssen, als zu warten und zu beten.

Draußen wurde es hell, ich wollte nach Hause und mich ins Bett legen, nur noch ins Bett, nicht einmal mehr an meinen Listen arbeiten, ich wollte das ganze Bett für mich alleine, meine Beine und Arme unter der Bettdecke ausstrecken und einfach die Augen schließen und das kühle Laken und die Dunkelheit spüren. Es war inzwischen kurz nach sechs, meine Großmutter war weggelaufen, es waren noch drei Tage bis zur OP.

ZWÖLFTES KAPITEL

Aufschreiben in der Liste «Szenen für ein Buch»: ein Sohn, der seinem sterbenden Vater von seinem neugeborenen Sohn erzählt (drei Generationen).

Der Tod lebte bei ihnen, seit mehreren Wochen nun schon. Der Tod war dunkel, wie sollte er auch sonst sein, und stank bestialisch. Seine Mutter hatte die Fenster in ihrem Zimmer mit Decken abgehängt, es war finster, morgens wie nachmittags wie abends wie nachts, sein Vater hatte gesagt, er ertrage kein Licht mehr. Er hatte tatsächlich das Wort «ertragen» verwendet, sein Vater, der sein Leben lang Zementsäcke geschleppt und gemeißelt und gespachtelt und Wände gestrichen und Pläne erfüllt und das getan hat, was andere ihm sagten. «Ertragen», Grischa wunderte sich, dass sein Vater das Wort überhaupt kannte. Damit sie dann, wenn sie Fieber maß oder ihm Medikamente einzuflößen oder ihn zu überreden versuchte, ein wenig zu essen oder einen Schluck («und jetzt noch einen zweiten») zu trinken und später sich dieses wenigen Getrunkenen und Gegessenen zu entledigen, wenn sie ihn wusch, steckte seine Mutter manchmal die Stehlampe, die neben der Anrichte stand, in die Steckdose. Über der Stehlampe hing eine Decke, sie gab schummriges, trauriges, abgestandenes Licht. Er betrat ungern und selten das dunkle Zimmer. Sein Vater war, schon Wochen bevor er kein

Licht mehr ertragen konnte, bevor er in dieses Zimmer eingezogen und sich zum letzten Mal in sein Bett gelegt hatte, weil er nicht mehr vorhatte, es jemals zu verlassen, zu einer abgemagerten Kontur seines Ichs verkommen.

Seit sein Vater sich zum Sterben hingelegt hatte, lebte der Tod bei ihnen. Seit er am ersten sonnigen Tag in jenem hartnäckigen Winter aus dem Krankenhaus zurückgekehrt war, die Mutter und der Bruder hatten ihn abgeholt, seine Schwester hatte Gott weiß wo Fleisch aufgetrieben und eine kräftigende Kohlsuppe gekocht, und Nikolaj Petrowitsch hatte «mit seinen eigenen Händen» (worauf er den Rest des Abends mehrmals aufmerksam machte) die Wohnung geputzt, und die Frau von Nikolaj Petrowitsch hatte einen Apfelkuchen gebacken (und seine Mutter keinen). Auch Toscha, die wegen des Säuglings nicht kommen durfte, hatte Kuchen geschickt, und er war zu spät, später nämlich als sein Vater nach Hause gekommen. (Er hatte Sergej getroffen, aber das sagte er natürlich nicht, er sagte, der Metzger habe ihn nicht gehen lassen, zu viel Arbeit, und Nikolaj Petrowitschs Frau hatte gefragt, was für einen Sinn es hätte, dass er beim Metzger arbeitete, wenn er kein Fleisch mitbrachte, das fragte sie jeden Tag. Und immerhin, seinem Vater zuliebe, und erst recht seiner Mutter zuliebe, die zentimetertiefe Augenringe hatte und schon seit drei Wochen, seit sein Vater ins Krankenhaus gekommen war, nichts mehr gebacken hatte, verkniff Grischa sich eine für Nikolaj Petrowitschs Frau angemessene Antwort.)

Der Tod stank also bestialisch, und während das schummrige Licht zumindest im Zimmer seiner Eltern blieb, klebte der Geruch des Todes überall, er strömte aus den Gardinen hervor, breitete sich in seinem Zimmer aus, das erleichternd leer wirkte, seit Andrej da nicht mehr wohnte (dafür war seine Schwester aus dem Zimmer ihrer Eltern aus- und bei ihm einquartiert worden, aber das war immer noch besser als sein Bruder), auch in den beiden Zimmern ihrer Kommunalka-Mitbewohner hing der Geruch. In der Küche schaffte es weder der Geruch der eingelegten Salzgurken noch der des Apfelkuchens noch der des Borschtschs, ja nicht einmal der des täglichen Knoblauchbutterbrots, das Nikolaj Petrowitsch zu sich nahm, um Viren «von vornherein den Garaus zu machen», den Geruch des Todes zu übertünchen, im Bad nicht der von Seife, auf der Toilette nicht der von Exkrementen, obwohl es da unerträglich stank, weil das Badezimmer kein Fenster hatte (vor allem, nachdem die Frau von Nikolaj Petrowitsch es aufgesucht hatte). Der Geruch klebte an Grischa, auch wenn er unterwegs war, er klebte an seinem Wintermantel, seiner Pelzmütze, seinen Schuhen, wahrscheinlich auch an seiner Haut, bestimmt war der Geruch in seine Haut eingezogen, aber das konnte er nicht überprüfen, weil er sich außerhalb von zu Hause, wo alles stank, nicht auszog. Erst hatte er gedacht, er sei der Einzige, der das rieche, seine Nase habe Halluzinationen, er hatte einmal gelesen, dass Hungernde im Krieg Gerichte riechen konnten, von diesen Gerüchen gar mitten in der Nacht wach wurden. Er versuchte es umgekehrt, den Geruch wegzudenken. Bis nach einer Woche – der Vater lag im Bett, und seine Mutter hatte es bereits aufgegeben, ihn anzuflehen, aufzustehen und in die Küche zum Essen oder ins Bad zum Waschen zu gehen – Anastasia ihn eines Nachts auf den Geruch ansprach. Er dachte, sie schlafe schon, er lag bäuchlings auf seinem Bett und hatte die Bibliothekspläne vor sich ausgebreitet, die er mit Hilfe einer Taschenlampe studierte.

«Hör mal?»

«Ja?»

«Riechst du das auch?»

«Was?» Er faltete die Pläne zusammen, weil er Sascha versprochen hatte, seine Schwester aus dieser Sache herauszuhalten, und im Gegenzug hatte Sascha ihm versprochen, über den großen Plan tatsächlich nachzudenken, ohne ihn würde das alles nichts werden.

«Diesen komischen penetranten Geruch. Seit Papa zurück ist. Ich habe das Gefühl, er ist überall.»

Grischa nickte und ging davon aus, dass sie sein Nicken im Schein der Taschenlampe sehen konnte. Er wusste nicht, was er antworten könnte, weil er wusste, dass sie ihren Vater liebte. Es war gut, dass jemand ihn liebte.

«Hörst du?»

«Ja?»

«Ich glaube, das ist der Geruch des Todes.»

Er drehte sich nicht zu Anastasia um, stopfte nur die säuberlich gefalteten Pläne in seine Ledertasche und schob sie unters Bett.

«Wahrscheinlich. Schlaf jetzt. Ich mach auch gleich das Licht aus.»

«Sag mal?»

«Ja?»

«Stört dich der Geruch nicht? Macht er dir gar nichts aus? Mir macht er Angst.»

«Schlaf jetzt, Anastasia. Gute Nacht.»

Sie hatte ihm leidgetan, als er hörte, wie sie sich herumwälzte, lange noch. Als er morgens aufwachte, kam es ihm vor, als habe er sie nachts, irgendwann, im Halbschlaf, weinen gehört, gedämpft, als würde sie ins Kissen weinen, um ihn nicht zu wecken. Grischa war sich nicht ganz sicher, ob er sich das nicht nur einbildete, ob er das nicht geträumt hatte, aber trotzdem kaufte er an jenem Tag auf dem Heimweg Blumen, die ersten Mimosen in diesem Jahr, und überreichte sie ihr mit der Behauptung, Sascha habe ihm den Strauß für sie mitgegeben. Er musste jetzt nur noch daran denken, Sascha darüber zu informieren, damit der nicht zu stammeln begann, wenn sie sich bei ihm bedankte. Er seufzte, gerade solche Dinge vergaß er oft, und Sascha war wirklich ein hoffnungsvoller Fall, was Mädchen (und Menschen im Allgemeinen) anging.

Zum ersten Mal in seinem Leben hatte Grischa sich selbst Seife gekauft, auf der Packung stand «Lavendelseife», er hatte den Geruch damit abzuwaschen versucht, und als es nicht funktionierte, warf er die Seife in den Müll, damit seine Mutter nicht fragte, woher die kam und warum er sie gekauft hatte. Seine Mutter fragte wenig in den letzten Wochen, was ihn hätte erleichtern müssen, das hatte er sich gewünscht seit ... Seit er sich erinnern konnte, und nun, da sie endlich nicht mehr fragte, tat ihm das sogar ein wenig weh. Seine Mutter schien ebenfalls zu einer Kontur zu verkommen.

Er war auch in der Banja gewesen, er hatte sich darauf gefreut, dass Schweiß seinen Körper herunterrinnt, er wollte Rutenschläge auf seinem Rücken und Biergeruch, der sich mit Schweißgeruch vermischt, aber der

Geruch des Todes hatte ihn bis in die Banja verfolgt, weshalb er sie nach zwei Stunden schon verlassen hatte. Als er herausspaziert war in die Kälte, es lag noch Schnee, und in Sekundenschnelle stieg Dampf um ihn herum auf, da hatte er beschlossen, ihn zu akzeptieren. Vielleicht war der Geruch eine Art Strafe, vielleicht sollte er dafür bestraft werden, dass er sich nicht um seinen Vater kümmerte.

Er würde sich jetzt um seine Mutter kümmern, beschloss Grischa und zog den Reißverschluss seiner Jacke bis ganz nach oben, damit der eisige Wind ihm nicht in den Nacken wehte, und machte sich auf den Weg zur Bushaltestelle. Es war sechzehn Uhr, und er wusste, sein Bruder würde bis um sechs arbeiten und dann erst einmal zu ihnen nach Hause fahren, um seinem Vater den täglichen Besuch im abgedunkelten Zimmer abzustatten. Fast eine halbe Stunde blieb er jeden Tag neben dieser Kontur sitzen, die einst sein Vater gewesen war. Er hatte seinen Vater, wenn auch sonst für wenig, immer für seine Stärke bewundert. Eine der wenigen schönen Erinnerungen an seinen Vater waren die Samstage, an denen dieser ihn zur Baustelle mitgenommen hatte, in aller Herrgottsfrühe, wo er ihm stundenlang dabei zusehen konnte, wie er schwere Ziegelsteine und Holzbretter und Betonklötze schleppte, als wären es Kieselsteinchen und Stöckchen, als würde sein Vater nur Baustelle spielen, so wie er selbst, wenn sie wieder zu Hause waren, im Hof. Was machten sein Bruder und die abgemagerte Kontur, die einmal sein Vater gewesen war, in dem abgedunkelten Zimmer? Dass sie miteinander redeten, konnte er sich nicht vorstellen. Worüber auch? Erzählte Andrej ihm von seiner Arbeit? Erzählte er von Timoschka, dem Kleinen? Er nahm den Gedanken in eine seiner Listen auf, «Szenen für ein Buch»: ein Sohn, der seinem sterbenden Vater von seinem neugeborenen Sohn erzählt (drei Generationen). Es war schwer vorzustellen, dass Andrej tatsächlich von seinem Sohn zu erzählen vermochte, auch wenn er von Timoschka sehr angetan zu sein schien, und dass das schwache, bewegungslose Etwas, das einmal sein starker Vater gewesen sein soll, noch zuzuhören vermochte, bezweifelte er erst recht, auch wenn der Gedanke an ein solches Gespräch ihm gefiel.

Er musste insgesamt viermal umsteigen, aus dem Bus in die Metro, dann die Linie wechseln und schließlich mit zwei verschiedenen Trolleybussen fahren, weshalb es schon nach fünf war, als er dort ausstieg, wo er hoffte richtig zu sein. Die Hochhäuser sahen sich alle so ähnlich, auch die Straßenzüge, er war bislang erst zweimal da gewesen. Er blickte sich um und fragte sicherheitshalber eine Frau im Pelzmantel nach dem Weg, die zielstrebig mit ihren Einkaufstaschen die Bushaltestelle verließ. Zum Glück war er richtig ausgestiegen.

Toscha machte die Tür auf, und wer mehr erschrak, sie oder er, ließ sich nicht sagen. Toscha hatte noch weiter zugenommen, die Backen aufgedunsen wie die des Hamsters, den Anastasia als Kind gehabt hatte, ihre Hüften aufgeblasen wie Luftballons, ihre Brüste groß und schlaff. Er erschrak über diesen Anblick. Wo war das ansehnliche (wenn auch nie besonders hübsche), immer nett lächelnde Mädchen hin, das sein Bruder vor zwei Jahren zum ersten Mal mit nach Hause gebracht hatte? Toschas Schreck ging über Oberflächlichkeiten hinaus, sie fürchtete, was alle anderen in der Familie derzeit fürchteten. Es dauerte ein paar Sekunden, bis Grischa klar wurde, warum Toscha erblasste, als sie ihn sah, warum sie Timoschka, den sie auf dem Arm hielt, noch enger an sich drückte, warum sie sich mit der freien Hand am Türpfosten festhielt, warum sie ihn fragend anstarrte, ohne ihn hereinzubitten. Er hatte sich selbst noch nicht in der Rolle des Botschafters gesehen – würden sie, wenn es so weit wäre, wenn sein Vater denn endlich gestorben wäre, tatsächlich ihn schicken, um der Familie die Nachricht zu übermitteln? Würde er Metro, Bus, Trambahn, Trolleybus fahren und längere Strecken laufen, vielleicht einen ganzen Tag lang, um Toscha, seine Tanten, seine Onkel, Kollegen und Freunde zu informieren? Er schüttelte den Kopf, sowohl als Antwort auf Toschas unausgesprochene Frage als auch bei der Vorstellung. Natürlich würde er es tun, seiner Mutter, nicht seinem Vater zuliebe, der nicht mehr sein würde, aber sie würde ihn sicher nicht schicken – oder doch?

«Aber was machst du dann hier?», fragte Toscha misstrauisch.

«Ich wollte mit dir reden.»

«Worüber?» Und bevor er antworten konnte, fügte sie hinzu: «Sag's mir einfach, wenn du es sagen musst.»

Er schüttelte noch einmal den Kopf. «Ehrlich nicht. Ich wollte mit dir reden. Er ist am Leben.»

Er sprach es tatsächlich aus, und Toschas Augen vergrößerten sich, als sei es ihr unangenehm, war es ihm ja auch, ein wenig, dabei sagte er nur die Wahrheit. Er wollte nicht jemand sein, der Angst vor der Wahrheit hatte.

«Ich wollte mit dir über meine Mutter reden», erklärte er.

«Über Mama?» Toscha nannte seine Mutter Mama, sie hatte bei der Hochzeit damit angefangen, und jedes Mal zuckte er zusammen, weil er es nicht verstand. Toschas eigene Mutter lebte noch, weit weg zwar, in Jakutsk, achttausend Kilometer weit weg, aber sie lebte. Grischa hatte seine Mutter beobachtet, wenn Toscha sie «Mama» nannte – es störte sie nicht. Sie schien sich auch nicht übermäßig zu freuen, sie nahm es hin, so wie sie auch hinnahm, dass er, sein Bruder und seine Schwester sie Mama nannten. Er konnte sich nicht vorstellen, eine andere Frau so zu nennen. Er hatte das aufgeschrieben auf die Liste gesellschaftlicher Regeln, die er nicht verstand. Die Liste wurde beinahe täglich länger.

«Komm rein!» Toscha lief voraus Richtung Küche, Timoschka, den Kleinen, im Arm. Immerhin ließ sie ihn herein. Grischa schloss die Tür hinter sich, zog die Schuhe aus, obwohl sie ihm keine Hausschuhe angeboten hatte, hängte seine Jacke auf, folgte ihr.

Timoschka war gewachsen, er hatte Haare bekommen und starrte ihn unverhohlen an. Er streckte dem Kleinen die Zunge heraus und verzog die Lippen zu einer absurden Grimasse, hob die Hände und schob sie hinter seinem Hinterkopf hervor, als seien ihm Hasenohren gewachsen, und knabberte mit den oberen Schneidezähnen an seiner Unterlippe wie an einer Karotte. Timoschka starrte ihn an, als wäre er das Sonderbarste, was er je gesehen hatte, vielleicht auch das Wunderbarste, und die Chancen standen ganz gut, dass dem so war. Timoschka sah nicht viel von der Welt, meist sah er nur seine Eltern, meist sogar nur seine Mutter. Toscha passte auf, dass Timoschka nicht viele Menschen zu sehen bekam, der Viren wegen. Regelmäßig sah er vielleicht noch Toschas Tante, bei der die Kleinfamilie lebte, das war es auch schon. Die wenigen Male, die er Timoschka begegnet ist, war der Kleine so eng in Decken und Tücher eingewickelt, dass man kaum sein Gesicht erahnte, und er wunderte sich, weil er meinte, dass auch ein kleiner Mensch seine Arme und Beine bewegen möchte, er wunderte sich und sagte das laut, wie immer, er würde es wohl nie lernen. Die anderen – seine Mutter, seine Schwester, Toscha, sein Bruder sogar, auch Toschas Tante und Toschas Mutter – hatten laut gelacht. Toschas Mutter hatte die ersten drei Monate bei Toscha und seinem Bruder gelebt und sich mit um Timoschka gekümmert. Zwei Frauen für ein kleines Kind, hatte er sich gewundert und auch das gesagt, schon vor der Geburt, noch bevor Toschas Mutter für drei Monate angereist war, und seine Mutter hatte geseufzt, als verstünde er nichts, und sie hatte recht, von Kindern verstand er wirklich nicht viel (aber sie mochten ihn, und er mochte sie). Das hatte auch seine Schwester gesagt, dass er nichts von Kindern verstehe, als er gefragt hatte, ob der Kleine nicht vielleicht zu eng in diese Decken eingewickelt sei. Daran musste er jetzt denken, dass er von Kindern nicht viel verstand – auch wenn er fand, dass Timoschka so aussah, als hätte er nichts dagegen, zu ihm auf den Arm zu kommen, in die Luft geworfen, vielleicht gekitzelt zu werden und den Hasen näher kennenzulernen. Er mochte den Kleinen, diese großen blauen Augen, er mochte alle Kinder. Er fragte nicht, weil er die Antwort im Voraus kannte. Er kam gerade aus einem Trolleybus und hatte sicher Viren mitgebracht, außerdem hielt Toscha nicht viel von ihm. Er hätte Timoschka wirklich gern auf den Arm genommen.

«Mama», legte er also gleich los, «Mama geht es nicht gut. Überhaupt nicht gut. Sie ist kraftlos, müde, sie hält das alles nicht mehr aus. Und ich dachte, vielleicht sollten wir sie mit ein paar positiven Gefühlen versorgen, damit sie auch mal etwas Schönes erlebt, sieht, dass es auch Schönes im Leben gibt.» Grischa machte eine Pause, gab ihr die Chance, einen Vorschlag zu machen, sie schwieg, das Misstrauen wich ihr nicht aus dem Gesicht, seit sie die Tür geöffnet und ihn erblickt hatte. Ihm ging es beim Blick in den Spiegel in letzter Zeit oft ähnlich, er nahm es ihr also nicht übel.

«Ich dachte», und er nickte zum Säugling hin, «an ihn.» Und er lächelte Timoschka an und verzog das Gesicht noch einmal, große Augen, kleiner Mund, Grimassenschneiden, sagte Sascha immer, sei sein eigentliches Talent (Talent, erwiderte er jedes Mal, sei übertrieben, jahrelange Übung stecke in jeder dieser Grimassen). Timoschka verzog die Lippen, ganz sicher sollte es ein Lächeln werden. Toscha drehte ihn so, dass er an ihrer Schulter lag und seinen Onkel nicht mehr sehen konnte.

Dann also anders.

«Warum magst du mich nicht?», fragte er, weil er wusste, dass Überraschungen jemandem wie Toscha sofort den Wind aus den Segeln nahmen.

Es tat ihm manchmal leid, dass er sich so vielen so schnell überlegen fühlte, aber wenn er es denn war?

«Was? Das ist nicht so.» Sie schindete Zeit.

«Das ist nicht so?» Toscha war einfach, so einfach. Er schaute ihr direkt in die Augen und schätzte: fünf, höchstens fünf Sekunden, bis sie den Blick abwenden würde.

«Das ist nicht so.» Drei, vier, sie stand auf, ach, er war einfach zu gut. Sie drehte sich zum Herd. «Willst du einen Tee?»

Er zwinkerte Timoschka zu, der alles verstand, bevor er aufsprang und sich vor den Herd stellte, sodass Toscha gezwungen war, ihn wieder anzusehen.

«Ich will keinen Tee. Auch keinen Kaffee. Ich will nur wissen, warum du mich nicht magst.»

«Ich mag dich nicht nicht.»

«Du magst mich nicht nicht?»

«Nein.»

«Was dann?»

Diesmal hielt sie seinem Blick stand. «Ich habe Angst vor dir.»

«Du hast Angst vor mir? Warum?»

«Du bist so ... Du bist so unberechenbar. Ganz anders als Andrej. Du bist ... Ich weiß nicht, was du bist. Dir ist alles egal. Du denkst deine eigenen Gedanken. Andrej sagt, und Mama sagt das übrigens auch, dass du dich mit gefährlichen Leuten herumtreibst. Du bist so ... wie niemand sonst. Das gefällt mir nicht.»

«Wäre es dir lieber, ich wäre wie alle anderen?»

«Was ist schlecht daran? Was ist schlecht daran, wie alle zu sein? Andrej sagt, immer wenn du verschwindest, immer wenn du nachts nicht heimkommst, sitzt Mama die ganze Nacht in der Küche und wartet auf dich. Sie weint. Die ganze Nacht weint sie. Wusstest du, dass sie mehr wegen dir weint als wegen deines Vaters? Wusstest du das? Sascha sagt ...»

Er wich zurück.

«Sascha? Du hast mit Sascha gesprochen?»

«Wir haben alle mit Sascha gesprochen. Weil Sascha da ist. Alle sind da. Nur du bist es nicht. Wo treibst du dich herum? Dein Vater ist krank, schwer krank. Wo bist du? Sascha ist bei deinem Vater. Wir alle sind bei deinem Vater.»

Er hätte widersprechen können, weil das nicht stimmte, sie war auch nicht da, um Timoschka nicht dem schwerkranken Großvater auszusetzen. Er schwieg. Es hätte keinen Sinn, ihr die Wahrheit zu sagen, sie würde es Andrej erzählen, und Andrej würde es seiner Mutter erzählen oder eben nicht, um sie zu schonen, verstehen würde es niemand, wie auch. Grischa schwieg, sie sollte glauben, er denke nach. Vier, fünf, sechs, beige Kacheln in der Küche, das sah nicht schlecht aus, wo hatten sie die her? «Ich habe zu tun. Darf ich nichts zu tun haben?»

«Aber was hast du zu tun? Du studierst, aber dann studierst du doch nicht. Dann studierst du was anderes, dann arbeitest du im Theater, aber nicht als Schauspieler, dann bist du beim Metzger, und du fotografierst, und jetzt willst du im Sommer in einer Imkerei arbeiten. Wer bist du? Weißt du das denn selbst?»

Die letzte war eine gute Frage. Er zuckte mit den Schultern. «Ich bin nicht Andrej.»

«Nein.»

«Ich bin eben so.»

«Ja, du bist so.»

«Was hat Sascha gesagt?»

«Nichts. Er hat nur gesagt, dass er auf dich aufpasst.

Er hat gesagt, dass du Ideen hast. Und dass er auf dich aufpasst.»

«Das hat er gesagt?» Grischa lachte auf. Er mochte Sascha. Er liebte Sascha (nicht wie er Sergej liebte, aber er liebte ihn). Aber: Sascha brachte kein Wort heraus, wenn mehr als drei Menschen zugegen waren, noch kein einziges Mal hatte Sascha vor der Versammlung gesprochen, obwohl er gute Ideen hatte, kluge Ideen, und er selbst musste sehr aufpassen, dass er die Sascha nicht klaute, nur weil er gern und gut vor Publikum sprach und Sascha eben nicht. Zwischen Sascha und seiner Schwester wäre nichts, wenn er nicht gewesen wäre. Er stellte sich vor, er müsste in Saschas Namen einen Heiratsantrag machen, vor seiner Schwester auf die Knie fallen. Wenn er nicht gewesen wäre, hätten sie niemals alle Biologiebücher in der Bibliothek bewältigen können, weil Sascha all diejenigen, die er um Hilfe bitten wollte, nicht angesprochen hatte, noch nicht einmal Hasenkopf und Kostja, die er wirklich gut kannte. Aber mit Toscha und allen anderen hatte Sascha also gesprochen, mit denen schon! Er lachte. Bitter. Und böse.

«Sascha passt auf mich auf. Na dann dürftet ihr ja alle beruhigt sein.»

«Beruhigt?» Toscha kreischte plötzlich, schrill und laut, und Grischa fuhr zusammen, er war sich so sicher gewesen, das Tempo dieser Unterhaltung vorgeben zu können, es war doch nur Toscha. Aber jetzt kreischte sie und wurde mit jedem Wort hysterischer und kam ihm körperlich so nahe, dass er einen Schritt zurückweichen musste und die Drehregler vom Herd im Rücken spürte. «Beruhigt?», kreischte Toscha. «Was sollte daran beruhigend sein? Weißt du, wann das Gespräch stattgefunden hat? Weißt du, wann das war? Sag mir, weißt du, wann das war?», und er wusste es natürlich nicht, weil ihn allein schon die Vorstellung überforderte, dass es überhaupt stattgefunden haben soll. Wo war er gewesen? Unterwegs natürlich. Hatten sie es geplant, hatte ihn jemand unauffällig gefragt – seine Schwester zum Beispiel, weil das nicht weiter auffallen würde, sie nervte ihn ständig –, ob er an dem Abend zu Hause sein würde? Natürlich wäre die Antwort nein gewesen, sie hatten deshalb vielleicht auch gar nicht gefragt. Hatten sie Sascha eingeladen, hatte seine Mutter Sascha eingeladen, oder hatte sie Anastasia gebeten, es zu tun? War Toscha dabei gewesen, hatte Toscha, die jetzt vor ihm stand und so laut und hysterisch kreischte, das Laute hätte er ihr gar nicht zugetraut (das Hysterische schon), etwa tatsächlich daran teilgenommen, obwohl das bedeuten würde, dass sie den Säugling anderen Menschen, also Viren ausgesetzt haben musste? War ihr dieses Gespräch, bei dem Sascha gesprochen hatte, so wichtig gewesen? Oder hatte Andrej ihr nur davon berichtet? Hatten sie gegessen, oder war es ein Familienrat gewesen, bei dem alle mit ernsten Mienen im Zimmer saßen? Hatte sein Bruder noch Stühle aus der Küche geholt (was bedeuten würde, dass das Gespräch stattgefunden hatte, bevor der Tod bei ihnen eingezogen war und das Zimmer abgedunkelt werden musste)? Er versuchte, es sich vorzustellen, es fiel ihm schwer, was eine Sensation war, weil es ihm an Phantasie nie mangelte, er liebte es gar nicht, überfordert zu sein. Er sagte nichts, weil er sich darauf konzentrierte, die Einzelheiten dieses Gesprächs, wie er es sich vorstellte, vor sein inneres Auge zu zwingen, sicher hatten sie Sascha auf einen Stuhl gesetzt, ihn alle angeblickt und so lange ihre Fragen gestellt, bis es ihm nicht mehr möglich gewesen war, seine Hausschuhe zu studieren, und er ihnen leise und langsam geantwortet hatte, so leise, dass alle innehalten mussten, um ihn zu verstehen.

Sein Schweigen fasste Toscha als Beschämung auf, den Ärger in seinen Augen übersah sie, weshalb sie den Rückzug antrat und nun ruhig und fast schon theatralisch bedeutungsvoll sagte: «Es war der Abend, an dem dein Vater ins Krankenhaus kam. Der Abend war es.»

Er brauchte einen Augenblick, bis er sich von den blauen Hausschuhen in seiner Vorstellung riss, die Sascha in dieser Vorstellung verzweifelt und verbissen anstarrte, und den Sinn ihrer Worte verstand.

«Willst du sagen, ich bin schuld daran, dass er ins Krankenhaus gekommen ist? Dass er krank ist? Er hat Krebs. Lungenkrebs. Ich kann viel, aber ich kann keinen Krebs verursachen.»

«Ja, du kannst viel.»

«Ich kann keinen Krebs verursachen.»

«Nein. Aber deine Eltern, deine Familie krank machen kannst du. Andrej ist immer krank vor Sorge um dich. Vor Sorge um deine Mutter, die krank ist vor Sorge um dich. Um deinen Vater, der krank ist. Und du – dir ist alles egal. Du musst immer weg. Irgendwohin, und keiner weiß, wohin. Wer bist du?»

Sie starrten sich an. Er hatte keine Lust zu antworten, und sie schien alles gesagt zu haben, was sie wahrscheinlich schon eine ganze Weile hatte sagen wollen, und Timoschka, der Kleine, grinste ihn an, so gut er es als Säugling konnte, und er musste sich selbst daran erinnern, warum er eigentlich hier war. Ach ja.

«Ich wollte dich fragen, ob Mama vielleicht mal auf Timoschka aufpassen könnte oder mit ihm spielen oder ihn spazieren fahren. Ich habe mir gedacht, dass es ihr guttun würde, weil sie so müde ist und etwas Positives braucht. Ich habe mir gedacht, Timoschka ist das Beste, was man ihr schenken könnte», sagte er ganz ruhig, als hätte sie ihn nicht eben noch laut und hysterisch beschuldigt.

Toscha schwieg, also fügte er hinzu (und bekam es leider nicht hin, so überzeugt zu klingen, wie er wollte): «Sie ist seine Großmutter. Eine Großmutter sollte mit ihrem Enkel spielen können.»

«Ja, du hast recht. Aber jetzt … Später. Ich will nicht, dass Timoschka mit der Krankheit in Kontakt kommt. Mama übrigens auch nicht», erklärte Toscha.

«Aber», und endlich klang seine Stimme wieder so, wie er sie haben wollte, «Krebs ist nicht ansteckend. Mama ist nicht ansteckend. Sie könnte auch herkommen, wenn du willst. Du musst nicht mit ihm dahin», und er verkniff sich die Frage, warum es in Ordnung war, Timoschka dorthin zu bringen, um über ihn, ihn und das, was er war, und wo er war, und warum er dort war, zu sprechen, mit Sascha darüber zu sprechen, aber nicht, damit seine Großmutter mit ihm zusammen sein konnte, bis ihm einfiel, dass das Gespräch ja an dem Abend stattgefunden hatte, an dem sein Vater ins Krankenhaus gekommen war. Sie hatten noch nicht gewusst, dass man bald – wann, in ein, zwei Stunden? Mitten in diesem Gespräch? Ihm fiel auf, er hatte nie gefragt, wer hatte den Krankenwagen gerufen, in welchem Moment? Ein Krankenwagen musste gerufen werden, der seinen Vater auf einer Trage mitnehmen würde, und bald darauf würde sein Vater zurückkehren, nicht mit der Metro, sondern mit einem Taxi und der Hilfe seines Bruders, an den er sich lehnen musste und der ihn die Treppe hinaufschleppte, weil der Aufzug mal wieder streikte (das hatten ihm seine Schwester sowie die Frau von Nikolaj Petrowitsch unaufgefordert berichtet). Nicht weil er im Krankenhaus wieder geheilt worden und nun gesund wäre, sondern weil die Ärzte ihn einmal aufgeschnitten und wieder zugenäht hatten, «inoperabel», ein neues Wort in seinem aktiven Wortschatz, sein Vater hatte seinen vorletzten Wunsch geäußert, er wollte zu Hause sterben (der letzte war: das Licht nicht hereinzulassen).

«Krebs ist nicht ansteckend!», wiederholte er noch einmal, und lieber hätte er wiederholt, dass er Krebs nicht verursachen konnte, auch wenn er Sorgen und Angst und Kopfschütteln und vielleicht sogar Tränen verursachte.

«Ein Säugling sollte mit Krankheiten und Tod nicht in Begegnung treten», sagte Toscha ungelenk, als käme sie vom Land. Kam sie ja auch, aus Jakutsk, und er wunderte sich, dass er sich noch an den Ort erinnern konnte.

«Mama denkt das auch», schickte sie nach, wohl um dem Nachdruck zu verleihen, und so blickte sie jetzt auch, als hätte sie das Gespräch gewonnen.

«Also darf sie ihren Enkel nicht sehen, bis wann? Bis Vater gestorben ist? Und danach?», fragte er leicht zynisch. Es hatte keinen Sinn, und eigentlich, fiel ihm jetzt auf, hatte er das im Vorfeld schon gewusst, aber ihm war auch nichts anderes eingefallen, womit er hätte helfen können. Im abgedunkelten Zimmer sitzen, den Nachttopf auswischen, füttern, schweigen, da sein, das war alles nichts für ihn.

«Mama versteht das alles. Sie denkt auch so.»

«Alles klar. Dann also, wenn er tot ist. Nach dem Begräbnis!», sagte er, nicht, weil er hoffte, damit etwas erreichen zu können, sondern weil das letzte Wort rechtmäßig ihm gehörte, schon immer. Er zwinkerte ihr zu, um seine Worte zu unterstreichen oder um sie damit zu verwirren, und wollte Richtung Tür gehen.

«Mal sehen!», sagte Toscha.

«Mal sehen was?»

«Mal sehen, was dann sein wird.»

«Was meinst du?» Er drehte sich noch einmal um.

Sie wartete, bevor sie antwortete. Worauf hatte sie gewartet, würde er sich später fragen. Hatte sie Angst gehabt? Warum hatte sie es ihm erzählt?

«Wir werden weggehen. Andrej und ich werden weggehen und Timoschka mitnehmen.» Letzteres fügte sie hinzu, als hätte die Überlegung im Raum gestanden, ohne den Kleinen zu gehen, und wäre dann verworfen worden.

«Ihr werdet weggehen? Wohin?» Grischa holte tief Luft, um ruhig zu werden, so wie er es von Tanja gelernt hatte, die ihn Yoga lehrte, er hatte in letzter Zeit auch zu Hause verstärkt Yogaübungen gemacht, und seine Mutter machte sich wieder Sorgen, weil sie Yoga für Quacksalberei (im besten Fall für Zirkusakrobatik) hielt. Er konnte nun wirklich nichts dafür, dass sie sich um alles Sorgen machte, was er tat. Er hatte ernsthaft versucht, ihr zu erklären, was Tanja ihm erklärt hatte, Atmung, Philosophie, Vereinigung, Seele, Spiritualität, aber sie hatte gleich abgewunken, und da half auch die konzentrierte Atmung nicht, er hatte die Tür zugeknallt und war gegangen und erst am übernächsten

Abend wiedergekommen. Am übernächsten Abend hatte er seiner Mutter Blumen mitgebracht, Tulpen, obwohl noch Winter war, und sie hatte nicht gefragt.

«Wir werden zu meiner Mutter ziehen. Nach Jakutsk. Bald. Wenn ...», sie überlegte, wie sie es formulieren sollte, und er verstand es wieder nicht, verstand nicht, warum alle sich solche Mühe gaben, es nicht zu sagen, als würde man den Tod hinauszögern können, indem man ihn nicht erwähnte. «Wenn Mama Andrej nicht mehr so sehr braucht, werden wir gehen», sagte Toscha. Eine neue Formulierung, er hatte in den letzten Wochen viele gehört, aber diese noch nicht. Kreativ.

«Dann geht ihr weg? Für immer?» Er versuchte, es sich vorzustellen. Sein Vater nicht mehr da, Andrej nicht mehr da. Seine Mutter, seine Schwester und er, und wenn Sascha oder er in Saschas Namen Anastasia gefragt hatte, nur noch seine Mutter und er. Er würde nicht heiraten, er würde bleiben, bleiben müssen. Würden sie die beiden Zimmer behalten können? Die Frau von Nikolaj Petrowitsch erwähnte immer häufiger ihre Nichte und deren Mann, die gerne nach Moskau, in die große Stadt ziehen wollten, sie brauchten noch eine Bleibe.

Er wollte gehen, weil er nichts sagen wollte, auch nichts hören wollte.

«Ja. Wir müssen von hier weggehen.»

«Ihr müsst? Warum müsst ihr?»

«Wegen dir», und Toscha sah ihm in die Augen, als sie das sagte.

«Wegen mir?»

«Andrej sagt, wir müssen ihn», und sie nickte zu Timoschka, «von dir fernhalten. Er soll nicht neben dir aufwachsen. Du tust ihm nicht gut, niemandem tust du gut.»

Er sagte nichts, er wartete ab.

«Die Kinder lieben dich. Alle Kinder lieben dich», sagte sie, und wie um das zu beweisen, streckte Timoschka ihm seine pummeligen Ärmchen entgegen, grinste ihn an. Sie drehte ihn wieder um, sodass er über ihre Schulter in die Küche blicken musste, sodass er seinen Onkel nicht liebgewinnen konnte.

«Aber ihr bringt ihn nicht von mir fort. Ihr bringt ihn von seiner Großmutter fort. Mama braucht ihn. Gerade jetzt braucht sie ihn. Siehst du das denn nicht?»

Und als hätte Toscha darauf gewartet, als hätte sie sich die Antwort zurechtgelegt, kam es wie aus der Pistole geschossen: «Ja. Leider. Das wollen wir nicht. Aber das müssen wir. Wegen dir. Du nimmst ihr ihren Enkelsohn weg, nicht wir.»

Sprach da Andrej oder dessen Frau mit ihm? Er wusste es nicht und wollte es nicht wissen, obwohl Toscha ihm diese Frage beantwortete, ohne dass er sie stellte. «Andrej sagt, wir müssen Timoschka vor dir schützen. Andrej sagt das, dein eigener Bruder, und er liebt dich wirklich sehr.»

Er war schon im Treppenflur und hatte die ersten zwei Stufen auf einmal genommen, weil er nicht auf den Aufzug warten wollte, als er hörte, wie die Tür, die er trotz allem nicht zugeknallt hatte, wieder aufgesperrt wurde.

«Grischa?»

Er blieb stehen, drehte sich aber nicht um.

«Ich will das nicht. Ich tu das für den Kleinen. Mir tut

Mama leid. Aber du liebst Timoschka doch auch. Willst du nicht, was gut für Timoschka ist?»

Klar liebte er seinen Neffen, den er kaum kannte und nicht kennenlernen würde. Achttausend Kilometer. Zwei Nachtzüge, dann noch mit dem Lastwagen. Was blieb seiner Mutter, wenn sein Vater starb und Timoschka weg war und auch sein Bruder? Er konnte nicht alle ersetzen, er schaffte es noch nicht einmal, ein guter Sohn für sie zu sein. Grischa lief schnell die Treppe hinunter, und die letzten vier Stufen übersprang er, so wie früher als Kind. «Du brichst dir noch die Nase», hörte er seine Mutter sagen, sie hatte recht behalten. Einmal hatte er sich dabei die Nase gebrochen.

DREIZEHNTES KAPITEL

Ich wachte auf und wusste kurz nichts. Ich streckte mich unter der Decke, horchte, hörte nichts und wollte das gerne festhalten, das Nichtswissen und das Nichthören, aber da kam alles wieder zurück, und ich setzte mich ruckartig auf. Es war schon nach elf, Flox hatte Anna sicher zur Kita gebracht, ich zwang mich aus dem Bett und suchte mein Handy, keine Nachrichten, meine Großmutter war offensichtlich weiterhin, ja, wo sie weiterhin war, wusste ich nicht. Draußen war es diesig und trüb, der Asphalt schimmerte dunkelgrau, es hatte geregnet, und meine Großmutter in diesem Regen, mit oder ohne Gehhilfe auf dem Weg wohin? Ich hatte nicht zu fragen gewagt, ob ihre Gehhilfe noch im Zimmer stand, in ihrem leeren Zimmer, aus dem sie verschwunden war, willentlich weggelaufen, obwohl ihr schon lange niemand mehr einen Willen zugetraut hatte. Ich hatte ebenfalls nicht zu fragen gewagt, ob sie ihr Nachthemd getragen hatte über der Windel, ich stellte sie mir im Nachthemd vor, sie war ja schon bettfertig gemacht worden. Ich stellte mir meine Großmutter in ihrem schlichten weißen, abgetragenen, spitzenbesetzten Nachthemd (hatte sie das noch aus der Sowjetunion mitgebracht?) ohne Gehhilfe im Regen vor und hielt diese Vorstellung nicht aus, also drückte ich zwei Tasten auf dem Telefon und klemmte es zwischen Schulter und Ohr, weil ich die Hände zur Kaffeezubereitung brauchte.

Sie nahm beim ersten Klingeln ab, und ich erschrak über ihre Stimme, die so schnell in mein Ohr gedrungen war, dass ich Kaffeepulver verschüttete und einen Fluch ausstieß, woraufhin sie berechtigterweise fragte: «Was sagtest du gerade?», und dann, besorgter: «Sofia, ist alles in Ordnung?»

«Ja. Hatte nur nicht gedacht, dass du zu Hause bist.»

«Warum rufst du dann hier an?», wollte sie wissen, logischerweise, und ich hatte keine Antwort und Kaffeepulver auf dem Tisch anstatt in der Maschine, meine alzheimerkranke Großmutter war aus dem Altenheim weggelaufen, mein Kind hatte nur ein halbes Herz, ich schrieb nicht mehr und war auch sonst irgendwie nicht mehr ich. Ich fand keinen Schwamm, um das Kaffeepulver wegzuwischen, und wusste mit alldem nicht besser umzugehen, als meine Mutter anzuranzen: «Viel wichtiger ist doch die Frage, warum du zu Hause bist. Was machst du da? Warum machst du denn nichts?», und ich betonte das «machst» und das «du» und das «nichts».

Sie war nicht beleidigt, fragte mich nur, als hoffte sie tatsächlich, ich hätte eine hilfreiche Idee: «Was könnte ich denn machen? Die Polizei meldet sich, wenn sie was weiß. Frank und ich sind noch zwei Stunden die Straßen um das Heim abgelaufen. Frank ist auch vor einer Stunde in die Maistraße gefahren, um zu sehen, ob sie vielleicht doch nach Hause gefunden hat.»

«Sie wird nicht nach Hause gefunden haben. Das ist absurd. Sie wusste nicht, wo ihr Zimmer ist, wie soll sie da die zwei richtigen Straßenbahnen nehmen?»

«Ja. Ich weiß nur nicht, was ich sonst tun kann.»

«Was du tun kannst, ist mit der Heimleitung reden! Wie kann es sein, dass sie sie entwischen lassen? Wie kann es sein, dass ihnen erst um Mitternacht auffällt, dass jemand von den», fast hätte ich «Insassen» gesagt, ich biss mir wortwörtlich auf die Zunge und fühlte mit dem Finger nach, ob sie nicht blutete, «von den Bewohnern einfach verschwindet? Ich meine, sie ist eine alte Frau, die kaum laufen kann!» Und dass ich sie so beschrieb und wie meine Mutter «sie» gesagt hatte, obwohl sie über ihre Mutter sprach und ich über meine Großmutter, half mir, mich auf die Kaffeezubereitung zu konzentrieren, drei Löffel Kaffee, ein großes Glas Wasser, ich mochte Filterkaffee aus Überzeugung, nicht aus Faulheit, Ein-Schalter, wo war denn jetzt bitte dieser Schwamm?

«Ich weiß nicht, wie das passieren konnte. Aber ich glaube, dass es», sie machte eine Pause und suchte nach einem Wort, «ein Unfall war. Ich glaube, dass die alles richtig gemacht haben. Der Direktor hat sich gestern Nacht ja auch schon sehr entschuldigt. Das ist doch ein Altenheim in Deutschland.»

Ich registrierte es sofort und schnappte mir einen Kugelschreiber vom Tisch und sah erst da, dass Flox mir eine kurze Nachricht hinterlassen hatte, Anna gehe es gut, er bringe sie in die Kita, ich solle mich melden, wenn ich wach sei und/oder sobald ich etwas gehört habe, ich schrieb direkt darunter «Altenheim in Deutschland», das Altenheim unterstrich ich zweimal. Das würde auf meine Liste kommen.

Zwei Listen führte ich zu diesem Themenkomplex, seit Jahren schon. Die eine hieß tatsächlich nur «In Deutschland». Wenn meine Mutter ihre Sätze so beendete, in Deutschland, der Supermarkt, die freie Presse, der Minister, das Krankenhaus, das Bildungssystem, die Universitätsausbildung, die Herzspezialisten, nun kam das

Altenheim dazu, dann hatte es etwas so Kategorisches und Endgültiges an sich, dass zu widersprechen noch nicht einmal ich mich traute. Meine Mutter, die sich in Deutschland Anna nennen ließ, obwohl ihr Name Anastasia war und selbst bei der Abkürzung ihres Namens immer noch ein «n» zum deutschen Anna fehlte, war vor über dreißig Jahren aus der Sowjetunion «errettet worden», wie sie selbst sagte, sie nannte sich selbst in dem Zusammenhang auch gerne eine Dekabristin. Ich hatte es mir als Kind von Frank erklären lassen und es seitdem schon unzählige Male wiederum selbst erklären müssen, Freunden, die ich mitgebracht hatte, auch neuen Freunden meiner Eltern, wenn meine Mutter sich mal wieder selbst so bezeichnete und davon ausging, dass die Geschichte des zaristischen bzw. revolutionären Russlands Allgemeinwissen war: Dekabristen, das waren Offiziere der russischen Armee, die 1825 als Erste den Eid auf den neuen Zaren Nikolaus I. verweigerten und damit gegen das autokratische (auch diesen Begriff hatte mir Frank damals erklärt) Zarenregime protestierten. Auch sie, meine Mutter also, hatte sich tollkühn gegen das sowjetische Vaterland erhoben, als sie Frank, den deutschen Kommunisten, heiratete und sich zusammen mit mir und Großmutter nach Deutschland erretten ließ. Ich hatte damals, als ich das zum ersten Mal hörte, «Ich bin eine wahre Dekabristin», und Frank es mir erklärte, voller Bewunderung gefragt: «Hast du dann auch mit einem Gewehr vor dem Palast gestanden und gesagt, dass du jetzt in ein anderes Land gehst?», weil Frank natürlich sofort ein Buch aus seinem Arbeitszimmer geholt und mir Bilder vom Dekabristenaufstand gezeigt hatte, auf denen sich Dekabristen, zu Fuß und zu Ross, vor dem

Winterpalast versammelt hatten und ihre Fäuste und ihre Gewehre erhoben. Ich war aufgeregt, meine Mutter mit Gewehr, und wo war ich, etwa als Baby dabei? Und Großmutter, was machte sie? Aber den genauen Zusammenhang zwischen den Dekabristen von 1825 und ihr wollte oder konnte mir die selbsternannte Dekabristin nicht erklären. Von meiner Mutter wusste ich nur, dass die Sowjetunion ein Ort war, dem man also «errettet» werden musste, ein Verb übrigens, das sie auch nach dreißig Jahren nicht richtig aussprechen konnte, mit den zwei r, die sie nicht zu rollen versuchte. Sie war «errettet worden», spätestens das zweite rollte sie, und nun lebte sie in Deutschland, und Einrichtungen «in Deutschland» begingen per se keine Fehler, worauf zu widersprechen ich mich nicht traute, obwohl ich ihr sonst gerne widersprach, und die besagten Einrichtungen sammelte ich seit Jahren auf meiner Liste.

Die zweite Liste hatte ich «Das sowjetische Erbe meiner Mutter» getauft, und ich achtete darauf, keine falsch verwendeten Ausdrücke und Metaphern darauf zu schreiben, weil diese auf eine eigene Liste gehörten. Lange hatte ich dafür gebraucht, ihre Sammelleidenschaft für Panini-Bildchen in nur einem Satz zu formulieren, weil es mir einfach nicht gelang, die sowjetische Mangelwirtschaft, das Alles-hinter-sich-Lassen und das Alles-Hinterlassen, den Wunsch, die Kindheit noch einmal anders erleben zu können, die Sammelleidenschaft, das Unvermögen zu erkennen, was angemessen ist, in nur einen Satz zu pressen und plausibel zu erklären, warum eine erwachsene, hochgebildete Frau, die alle Werke Tolstojs gelesen hatte (und nicht nur Tolstojs), mit einer Leidenschaft Fußballbildchen sammelte, mit der sie sonst nur Tolstoj zitierte, ohne dass sie in diesem Satz als Verrückte zutage trat. Ich ärgerte mich über meine Unfähigkeit und nahm mir den Satz immer wieder zur Hand, Worte waren doch mein Metier. Nie schmiss meine Mutter Lebensmittel weg, ich mutmaßte, sie wisse nichts von der Existenz des Ablaufdatums, beim Bügeln nahm sie Wasser in den Mund und spuckte es auf das zu bügelnde Kleidungsstück, auch lange nachdem Frank ihr ein Dampfbügeleisen geschenkt hatte, den «Playboy» hielt sie für ein Pornoheft (und konnte nicht verstehen, warum ich Flox nicht verbot, Reportagen dafür zu schreiben, und das Wort «Porno» auszusprechen fiel ihr schwer und hatte sie, meines Wissens nach, nur zweimal geschafft), und als ich ein Kind war, hatte sie Dinge, die ich haben wollte, sofort gekauft und «Aber das ist für deinen Geburtstag» dazu gesagt. Und weil sie nicht verstand (zu verstehen, dass sie es tatsächlich nicht verstand, dazu hatte ich Jahre gebraucht), dass ich das Spielzeug jetzt und zum Geburtstag eine Überraschung haben wollte, hatte mich Frank an jedem Geburtstag überrascht, und sie verstand immer noch nicht. «Frank, sie hat doch schon was bekommen von mir. Vor zwei Monaten schon. Du verwöhnst sie!» Medikamente bewahrte sie in der Kühlschranktür auf, und alle Essiggurken- und Marmeladengläser hob sie auf, und da sie von Tupperware lange Zeit nicht viel hielt, transportierte sie auch Kartoffelsalat für Feste in den Gläsern, meist liefen sie aus, weil sie nicht mehr richtig schlossen. Für Suppen nahm sie mittlerweile Tupperware. Die wenigen Worte, die sie auf Englisch wusste, hatte sie ebenfalls aus der Sowjetunion mitgebracht: «shoes», «apple» und «disc». Riga und Tallinn waren für sie noch immer «dort», und mit «dort» meinte sie auch zwanzig Jahre nach dem Zusammenbruch der Sowjetunion genau diese. Die Liste war viereinhalb engbeschriebene Seiten lang, und im Nachhinein staunte ich darüber, dass vier Seiten erst dazugekommen waren, nachdem ich von zu Hause ausgezogen war, um zu studieren. Der erste Punkt, für den ich die Liste aufgesetzt hatte, war das Spucken beim Bügeln gewesen. Bis mich eine Freundin, offensichtlich angeekelt, gefragt hatte: «Warum spuckt deine Mutter denn?», hatte ich angenommen, so bügele man eben. Nichts stellte ich als Kind in Frage, und deshalb hatte ich der Liste im Laufe der Jahre in meiner Schülerschrift nur sieben weitere Punkte hinzugefügt, ich nahm meine Mutter hin, wie sie war, und stieß ich auf Widrigkeiten, war Frank sogleich zur Stelle, der sie mir – möglichst ohne meine Mutter im Raum – erklärte, und jedes Mal fügte er hinzu, das sei ihr sowjetisches Erbe, und dieses sowjetische Erbe nahm ich noch ein paar Jahre hin, bis ich auszog. Bei Lauchzwiebeln verwendet man die grünen Stängel gar nicht, die schmeißt man weg, lernte ich unter anderem nach ein paar Tagen in meiner WG, während Mutter nichts wegschmiss, weil sie aus einem Land kam, in dem sie alles zurückgelassen hatte, außer der Überzeugung, Lebensmittel nicht wegschmeißen zu dürfen, weshalb sie den Schimmel vom Käse schnitt und auch Lauchzwiebeln komplett verwendete. Meine Liste füllte sich zügig und war auch meine Lieblingsliste in meinem ersten Jahr in Hamburg, und wenn ich sie damals besuchte, versuchte ich, meine Erkenntnisse über Deutschland netterweise an sie weiterzureichen, aber sie war an meinen Erkenntnissen nicht interessiert und hörte mir nicht zu, während sie die grünen Stängel in kleine Ringe schnitt.

«Sie ist weggelaufen. Sie wird von der Polizei gesucht.

Aber der Direktor hat sich entschuldigt, wie nett! Das Tor stand offen! Sperrangelweit offen!»

«Das Tor war kaputt.»

«Ja, aber es ist ihr Job», und wen ich mit «ihr» meinte, hätte ich nicht sagen können, wiederholte es dennoch, «ihr Job, verdammte Scheiße noch mal, das zu tun!»

«Sofia!» (Und ach ja, das hatte ich vergessen, auch wenn es, schon bevor ich ausgezogen war, auf meiner Liste stand, Schimpfwörter und Flüche hasste sie, weil sie aus der Arbeiterschicht in die Intelligenzija aufgestiegen war und Tolstoj zitieren konnte und die Intelligenzija angeblich nicht fluchte, sondern eben große Dichter wie Tolstoj zitierte – so meine Mutter, und an Franks Blick sah ich, dass er sich dessen nicht so sicher war. Einmal hatte sich Frank nach einem «Scheiße!» und nach dem «nicht in diesem Haus» in sein Arbeitszimmer begeben und seine Bücher gewälzt, vielleicht die zur Alltagsgeschichte der Sowjetunion oder eines zu Idiomen in der Sowjetunion, und versucht herauszufinden, ob die Intelligenzija tatsächlich nicht fluchte. Er hatte nichts herausfinden können.)

Ich dachte an Frank, der Bücher wälzte, um so etwas herauszufinden, aus Interesse, nicht weil er musste (seine Zeit war das imperialistische Russland), an Frank, der gestern von meiner Mutter festgehalten werden musste oder zumindest sie nicht festhalten konnte, an sein fahles, plötzlich gealtertes Gesicht, und fragte, auch um den Streit zu beenden: «Wo ist denn Frank?»

«Hier. Neben mir. In der Küche. Er sitzt am Esstisch.»

«Gib ihn mir mal», sagte ich spontan und goss Milch in meinen Kaffee, ein bisschen zu viel, sie schwappte über. Was war heute mit mir los?

«Ich soll ihn dir geben?», fragte sie und wunderte sich,

zusammen mit mir, zusammen wahrscheinlich auch mit Frank, den ich vor mir sah, wie er am Küchentisch saß und ebenfalls Kaffee trank und nun aufschaute, Frank und ich telefonierten so gut wie nie.

«Ja», antwortete ich, weil heute nicht nie war, sondern ein sonderbarer Tag, an dem ich um elf aufgestanden war, weil ich um sechs ins Bett gegangen war, weil um zwei Uhr vierundfünfzig mein Telefon geklingelt hatte und mir die Nachricht überbracht worden war, dass meine alzheimerkranke Großmutter aus ihrem Altenheim entlaufen war (wie ein Hund) und nun durch die Straßen irrte (wie ein streunender Hund). Ich verabredete mich mit Frank, da wir beide nicht wussten, was wir mit diesem sonderbaren Tag anfangen sollten, zu einem Tee in der Wohnung meiner alzheimerkranken, durch die Straßen irrenden, vielleicht auch tot herumliegenden Großmutter.

VIERZEHNTES KAPITEL

Unterwegs kaufte ich zwei belegte Brötchen und zwei Croissants. Gerade hatte ich gedankenlos bei der Bäckereiverkäuferin Kuchen bestellt, als mir schlagartig einfiel, wohin ich auf dem Weg war: «Ach nein, warten Sie! Ich nehme doch was anderes!»

Sie blickte mich entrüstet an. «Keinen Kuchen also?»

«Nein, keinen Kuchen. Ich nehme zwei von den belegten Brötchen. Und vielleicht noch Croissants. Ja, zwei Croissants, eins mit Schokolade, eins ohne.»

Sie schüttelte den Kopf, dabei hatte sie den Kuchen zwar schon auf den Kuchenheber, aber noch nicht auf einen Pappteller gelegt. Ich lächelte, entschuldigte mich, es half nichts.

«Fünf achtundsechzig macht das», sagte sie, und freundlich klang das nicht. Ich zahlte, ließ mir trotz ihrer Unfreundlichkeit eine Papiertüte geben, lächelte noch einmal dankbar und schüttelte beim Herausgeben über mich selbst den Kopf.

Großmutter hatte Kuchen vom Bäcker gehasst, aus tiefstem Herzen gehasst, ohne ihn jemals probiert zu haben. Großmutter hatte Kuchen gebacken, jeden Tag, auch an Tagen, an denen ihn niemand aß. An jenen Tagen aß sie wie an allen anderen selbst ein Stück, immer aß sie höchstens ein Stück Kuchen pro Tag, sie achtete auf ihr Gewicht (meine Großmutter!) und fror den Rest ein. Wenn meine Eltern und ich in Urlaub fuhren, meistens ohne sie, fror sie auch in unserem Gefrierfach Kuchen ein, und wenn wir zurückkamen, standen auf dem Tisch mindestens zwei neue, und das Gefrierfach war mit Kuchen gefüllt, den meine Mutter auftaute und den sie und Frank mit zur Arbeit nahmen, und alle in Franks Lehrstuhl wussten von meiner Großmutter, seiner Schwiegermutter aus Russland (sie sagten Russland, obwohl sie zu Osteuropa forschten und meine Großmutter aus der Sowjetunion stammte), die in Deutschland jeden Tag einen Kuchen backte. Sie probierte neue Rezepte aus, und sie erfand Rezepte und freute sich, genau wie ich (als ich noch klein war), wenn ich eine komplizierte Aufgabe für sie hatte: Ich will einen Kuchen mit Schokoladenboden und Marzipanboden, mit Blaubeeren und Himbeeren, und es soll ein bisschen wie Käsekuchen schmecken. An manchen Rezepten arbeitete sie wochenlang, probierte jeden Tag etwas Neues, änderte die Mehlmenge, tat Zitronenschale hinein, ließ die Gelatine weg, nahm dunkles Kakaopulver statt helles. Die vollendeten Rezepte schrieb sie nicht auf, weil die Rezepte in ihrem Kopf waren, was sich erst als Fehler herausstellte, als sie zu vergessen begann und statt Zucker Salz, statt Backpulver Vanillezucker und statt Quark Joghurt nahm. Noch später fing sie an, Leute zu beschuldigen, meist Frank oder die Nachbarin aus der Wohnung nebenan, an deren Namen sie sich nicht mehr erinnern konnte, manchmal auch meine Mutter, mich am seltensten, aber später sogar mich, wir hätten in ihren Kuchenteig Joghurt getan, das Backpulver versteckt, Salz in die Zuckerdose geschüttet. Meine Mutter und ich backten nicht oder nur selten, weil meine Großmutter ja immer gebacken hat. Als meine Großmutter die Rezepte zu vergessen begann, begann meine Mutter damit, sich erst nach einer Pflegerin, die meine Mutter täglich besuchen sollte, zusätzlich zu ihren eigenen Besuchen, und später nach einem Heim für meine Großmutter umzusehen. Ich protestierte am längsten (eigentlich auch als Einzige, wobei Frank mir später sagte, dass meine Mutter auch lange mit sich gerungen und gezweifelt und sich Vorwürfe gemacht habe, aber ich wusste nie, ob Frank nicht auch Dinge sagte, damit meine Mutter und ich uns nicht stritten), ich klagte und wollte nichts davon hören und keine Prospekte sehen, und meine Mutter ließ mich in Ruhe damit, während sie sich ein Heim ansah, eine Betreuungseinrichtung, eine Seniorenresidenz (was schlimmer klang als Altenheim, weil es die Sache verschleierte), bis sie eines Tages dann doch ausrastete:

«Hör auf! Hör auf mit deiner Moral. Und deiner Überheblichkeit. Du bist nicht da. Du bist in Transsilvanien und in Tansania. Und von überall her bringst du ihr etwas mit, und sie hat keine Ahnung, was das ist und was sie damit machen soll. Jedenfalls bist du nicht da, um nachts zu ihr zu fahren, wenn sie weinend anruft und sich nicht beruhigen kann, weil sie ihre Mutter nicht findet. Und du bist auch nicht da, um den Herd zu putzen, auf dem sie Milch kochen wollte, ohne diese in den Topf zu schütten. Du bist auch nicht da, um den Herd auszumachen. Du bist in Indonesien und kaufst das nächste sinnlose Geschenk. Und solange ich ihren Herd und übrigens mittlerweile auch ihren Hintern putze, ja, das wusstest du noch nicht, das habe ich dir erspart, und du durch Indonesien reist, will ich überhaupt nichts von dir zum Thema Heim hören.»

Also hatte ich nichts mehr gesagt. Ich war tatsächlich gerade in Kolumbien gewesen, als meine Großmutter umgezogen wurde. Sie hatten ihr ihren braunen Lieblingssessel in ihr neues, kleines Zimmer im Heim gestellt und ihre geliebte orange-schwarz karierte Häkeldecke über das Bett gelegt, die sie auch zu Hause schon immer, schon seit ich denken konnte, jeden Morgen nach dem Aufstehen über ihr Bett gelegt hatte. Sie hatte dabei darauf geachtet, dass man die Bettdecke nicht mehr unter dieser orange-schwarz karierten Häkeldecke sah, dass alle vier Ecken genau auf den vier Ecken ihres Bettes lagen, und immer noch einmal darübergestrichen und mich als Kind weder darauf hüpfen noch darauf sitzen lassen, immer mit dem Verweis «Zum Sitzen gibt es Stühle und Sessel». Und wenn ich eine Sache von meiner Großmutter erben wollte, dann war es diese Decke. Außerdem noch ihre Lieblingskuchenform, die alte, ehemals rote, die Farbe hatte schon vor Jahren angefangen, von der Keramik abzublättern, von den neuen Kuchenformen aus Silikon oder mit Glasboden, die ihr alle jedes Jahr zum Geburtstag schenkten, hielt sie nicht viel: «Das braucht mein Kuchen nicht.» Frank hatte Bilder an die Wände ihres neuen kleinen Zimmers im Heim gehängt, auf den meisten war ich zu sehen (in Indonesien, Tansania usw.), ein Foto von der silbernen Hochzeit meiner Eltern war auch dabei. Ein Foto ihrer eigentlichen Hochzeit besaßen sie nicht, weil bei der Errettung aus der Sowjetunion keiner daran gedacht hatte, Bilder mitzunehmen (eigentümlich, denn die Decke, die ich zu erben gedachte, hatte meine Großmutter eingepackt und mit nach Deutschland gebracht). In den Einbauschrank hatte meine Mutter die Kleidung meiner Großmutter einsortiert, und ich staunte, als ich sah, dass ich die meisten Sachen nicht kannte, meine Großmutter schrumpfte und schrumpfte, und meine Mutter musste also losgegangen sein, um ihr neue Blusen und Röcke zu kaufen und auch Hosen, obwohl meine Großmutter nie Hosen getragen hatte. Die meisten Sachen waren beige, was mich überraschte, meine Großmutter hatte Blumendrucke gemocht, auch knallige Farben wie Gelb und Rot. Ich biss mir auf die Zunge und sagte nichts zu ihrer Farbwahl, denn als sie losgegangen war, um Kleidung für meine geschrumpfte Großmutter zu kaufen, hatte ich irgendwo in Kolumbien in einem Café gesessen, hatte guten Kaffee getrunken und vor mich hin getippt. Meine Großmutter konnte meine Bücher nicht mehr lesen.

Die Wohnung meiner Großmutter, ihre kleine Anderthalb-Zimmer-Wohnung mit der großen Küche, gaben Frank und meine Mutter trotzdem nicht auf, drei Jahre ließen sie die Wohnung so, als könnte meine Großmutter jederzeit wiederkommen, als sei sie nur im Urlaub, und nur deshalb waren der Kühlschrank leer und die Heizung abgestellt, auch wenn sie, solange sie noch zu Hause lebte, außer ein-, zweimal mit uns, nie in Urlaub gefahren war. Einmal im Monat putzte und lüftete meine Mutter die Wohnung, was mir Frank nebenbei erzählte, und auch ihn fragte ich nicht, warum sie denn diese Wohnung behielten, warum sie sie nicht zumindest untervermieteten, warum sie sie nicht ausräumten. Ich fragte nicht, weil ich es nicht wissen wollte und weil ich auf der anderen Seite wusste, dass auch Frank fand, das hatte er mir einmal gesagt, obwohl er selten so etwas zu mir sagte, dass ich mich zu wenig um meine Großmutter kümmerte. Ich hatte ihn angeblafft, er wisse doch, was los sei (und ich meinte Anna und das Krankenhausleben, das wir anfangs mit ihr führten), aber er hatte nur den Kopf geschüttelt, als überraschte ihn mein Ausbruch nicht. Er hatte «Trotzdem» gesagt, in seiner ruhigen, leisen Art, und das Zimmer verlassen, obwohl ich gerne diejenige gewesen wäre, die als Erste das Zimmer verlässt, des Türzuschlagens wegen.

Ich war nun auf dem Weg dorthin, in diese Wohnung, in der meine Großmutter seit über drei Jahren nicht mehr lebte, die ich vor ein paar Wochen angefangen hatte auszuräumen, weil meine Mutter beschlossen hatte, dass es an der Zeit sei, und in der ich vor ein paar Tagen eine alte Holzschatulle mit Listen gefunden hatte, die mir keiner erklären konnte oder wollte. Frank saß jetzt dort und wartete auf mich, obwohl wir uns sonst nie verabredeten, weil wir beide wohl hofften, meine weggelaufene Großmutter könnte in diese Wohnung zurückkehren, die drei Jahre lang auf sie gewartet hatte, regelmäßig geputzt und gelüftet. Ich hatte Brötchen und Croissants in einer Papiertüte vom Bäcker dabei, weil ich mich nicht traute, Kuchen mitzubringen in ihre Wohnung, in der sie selbst Tag für Tag Kuchen gebacken hatte.

(Ein Punkt für meine Liste «Wenn wir in einem Hollywoodfilm wären», den ich mir in der U-Bahn notierte:

«Frank und ich essen Kuchen vom Bäcker in Großmutters Wohnung. Es klingelt, sie steht vor der Tür und sagt, als sei nichts gewesen, als hätte sie ihren Verstand unterwegs wiedergefunden, als sie die Tüte auf ihrem Küchentisch sieht: ‹Wie könnt ihr nur? Ich backe euch doch euren Kuchen. Was wollt ihr haben? Sofotschka, du etwas mit Schokolade?›»)

Frank saß schon am Küchentisch und hatte eine Kanne Tee gemacht, Tee und Zucker waren die einzigen Lebensmittel, die ich noch in ihren Küchenschränken vorgefunden hatte, wahrscheinlich, weil meine Mutter sich nach dem Putzen gerne noch einen Tee kochte. Frank sah frischer aus als gestern, sein Gesicht nicht mehr so fahl, und sogleich hoffte ich, mein gestriger Eindruck sei den Ereignissen, der Nacht und dem Licht geschuldet gewesen. Ich hatte die Wohnung mit dem Schlüssel aufgeschlossen, den mir meine Mutter überreicht hatte, nachdem sie für sich entschieden hatte, dass die Aufgabe, diese auszumisten, mir zufalle, und war augenscheinlich ausgesprochen leise hereingekommen, denn Frank reagierte nicht auf das Zufallen der Tür, nicht auf meine Schritte und auch nicht, als ich plötzlich vor ihm stand. Er saß mit gebeugtem Oberkörper da und starrte auf den Tisch, und erst als ich mich ihm näherte, erkannte ich, dass es nicht der Tisch war, an dem sein Blick so fest hing, sondern ein Foto.

«Hallo!», sagte ich und stellte die Bäckertüte auf den Tisch neben die Teekanne, und aus einer spontanen Regung heraus beugte ich mich zu ihm herunter und gab ihm einen Kuss auf die Wange, als hätte er Geburtstag. Frank blickte auf, überrascht und, so glaubte ich zu sehen, erfreut, in Gedanken aber immer noch bei dem Foto. Er hielt es hoch und mir vor die Nase, ich hatte meinen Anorak und meine Schuhe noch an und wollte beides gerade ausziehen und sah deshalb nicht richtig hin.

«Da!», rief er triumphierend und mit einem unpassenden Enthusiasmus, er war ja schließlich Frank. «Ich habe gerade ein Bild von Grischa gefunden!»

FÜNFZEHNTES KAPITEL

Was ich Mama wünsche

- *einen anderen Sohn (an meiner Stelle)*
- *mehr Geld*
- *eine Einzelwohnung*
- *dass sie Tante Mascha häufiger sieht*
- *dass Papa mehr redet*
- *einen Sohn, der sich besser in der Schule benimmt*
- *dass ihre Arbeitsstelle näher dran ist*
- *dass sie ans Schwarze Meer fahren kann*
- *dass ihr Sohn die Katze nicht in die Raumfahrt schicken will*
- *dass sie ein Theaterabonnement bekommt*
- *einen Farbfernseher*
- *dass ihr Sohn nicht die Lehrerin einsperrt*
- *dass sie noch vor Ende des Winters in der Warteschlange mit dem Wintermantel drankommt*
- *dass ihr Sohn nicht den Mantel von Nikolaj Petrowitsch benutzt, um die alte Frau aus dem 3. Hauseingang zu erschrecken, die immer aus dem Fenster guckt*
- *dass ihr Sohn sich nicht die Nase bricht*
- *dass ihr Sohn an Stalins Todestag keine Grimassen schneidet*
- *dass sie mehr Zeit zum Ausruhen hat*
- *dass ein Roboter erfunden wird, der Geschirr abspült*
- *dass ein Roboter erfunden wird, der Wäsche wäscht*

- *dass ihr Sohn sich nicht die Hand bricht*
- *dass man beim Arzt nicht so lange warten muss*
- *dass sie nicht so oft weint*
- *einen anderen Mann*
- *einen neuen Hut*
- *einen Sohn, der nicht aus ihrem Hut ein UFO bastelt*
- *eine musikalischere Tochter*
- *nette Lehrer für ihre Kinder, die nicht sofort zu ihr rennen, wenn ihre Kinder (besonders ihr Sohn) etwas angestellt haben*
- *eine eigene Datscha*
- *dass Onkel Boris nicht immer betrunken vorbeikommt*
- *dass ihre Füße nicht mehr wehtun*
- *dass es jeden Tag in unserem Supermarkt Brot und Fleisch gibt, damit sie nicht in verschiedenen Schlangen stehen muss*
- *neue rote Stiefel*
- *dass sie Zeit hat, das Buch zu lesen, das ich ihr geschenkt habe*
- *mehr Zeit zum Lesen*
- *dass ihr Sohn gerne mit anderen Freunden zusammen wäre*
- *EINEN SOHN, DER IHR NICHT ANTUN WÜRDE, WAS ICH IHR ANTUN WERDE*

Er wusste nicht, wohin mit seinem Zorn. Im buchstäblichen Sinne. Sein Körper fühlte sich an wie ein Topf, in dem jemand, wohl er selbst, Wasser kochte, auf höchster Gasflamme, die unter dem Topfboden tobte und an den Seiten hervorkroch, bis das Wasser brodelte und aufwallte. Es hatte schon vor einer ganzen Weile erst Bläschen und dann größere Blasen gebildet, es näherte sich allmählich gefährlich dem Topfrand, und jetzt, genau jetzt begann es überzulaufen, obwohl er sich bemüht hatte, den Deckel draufzuhalten. Der Deckel hatte erst ein wenig gezittert, aber später, spätestens seitdem er von der Imkerei zurückgekehrt war, um seine Nichte kennenzulernen, hatte das Wasser (oder eben der Zorn) den Deckel mit überraschender Kraft wegspringen lassen und sprudelte nun heraus und spritzte in alle Richtungen, und die Spritzer, und das wiederum überraschte ihn, die die Gasflamme trafen, löschten diese nicht, sondern schienen das Feuer noch stärker zu entfachen, der Zorn sprudelte aus ihm heraus und überallhin, und dass er ihn nicht im Griff hatte, ihn nicht zähmen konnte, steigerte abermals den Zorn. Fuck the Zorn («fak se» was auch immer, hatte er bei Tanja gelernt, es war Englisch, und es gefiel ihm, das Englische, aber auch der Klang, hart und knapp und eben zornig), fuck the Zorn, er spuckte auf den Asphalt, fuck the sein Leben, fuck the, fuck the, fuck the. Er hatte große Lust, Englisch zu lernen, aber wo? In Amerika am liebsten, aber sollte er hinschwimmen, oder wie?

Er hatte die Bienen gemocht. Er hatte Sergej geliebt. Er hatte nicht zurückkommen wollen. Er hatte, als er gezwungen war, sich auf den Rückweg zu machen, gehofft, das Summen der Bienen in seinem Kopf mitnehmen zu können, weil er sich, als er noch unter ihnen war, nicht hatte vorstellen können, dass es einen Ort gab, an dem man das Summen nicht hörte, an dem das Summen nicht alles begleitete, nicht alles kommentierte, den Ton und die Frequenz vorgab, und es hatte kaum zwei Tage gedauert, da hatte er das Summen angenommen, als sei es ein Teil von ihm, so wie ihn auch die große Haarsträhne (die Haarsträhne wie die von Elvis Presley, ein wahrlich schöner Mann) in seinem Gesicht nicht störte, auch wenn seine Mutter regelmäßig sagte: «Das sieht ja nicht nur nicht aus, du siehst ja auch gar nichts, sogar Olga fragte mich schon, ob du noch was siehst, ach, alle fragen mich das!» Sein Vater hatte ihn gebeten, kurz bevor er starb, die Strähne abzuschneiden, und es tat ihm von ganzem Herzen leid, ihm diesen einen Wunsch nicht erfüllen zu können (es war natürlich nicht bei dem einen geblieben), er mochte die Strähne, so wie er Elvis mochte, von dem er schon zwei Platten besaß (eine hatte ihm Sergej geschenkt!), und sie abzuschneiden hätte Olga und all den anderen, die seine Mutter nach der Haarsträhne im Gesicht fragten, zu viel Genugtuung bereitet. So zornig war er inzwischen, dass ihm Olgas Meinung und die der anderen etwas bedeutete! Olga, die er auf der Straße kaum wiedererkannt hätte, eine alte Freundin seiner Mutter, die sie jetzt wieder häufiger traf, um mit ihr zu weinen, auch Olga hatte ihren Mann verloren, sie sagten beide «verloren», als wäre ihnen das versehentlich auf der Straße passiert, als hätten sie ihre Männer in der Metro sitzen lassen oder in einem vollen Trolleybus aus den Augen verloren und nie wiedergefunden.

Er ärgerte sich über seinen Zorn. Er spuckte noch einmal auf den Asphalt, als könnte er den Zorn mit ausspucken und dort liegen lassen, damit jemand auf ihn treten könnte wie auf eine Kakerlake, stattdessen blieb eine mittelalte Frau stehen, schüttelte den Kopf. «Junger Mann, wie können Sie nur? Wir sind hier in Moskau, nicht auf dem Dorf!» Dass die Menschen sich in diesem Gedränge, in dieser ewigen Eile noch wahrnahmen, überraschte ihn jedes Mal wieder, er freute sich, weshalb er der Frau sein charmantestes Lächeln schenkte. «Recht haben Sie! Auf dem Dorf sind wir hier wirklich nicht. Ich entschuldige mich vielmals, sehr geehrte Moskauerin!» Er verbeugte sich tief, fast reichte sein Kopf an den Boden, und als er wieder aufblickte, war die Frau bereits Richtung Metroeingang geeilt.

Die Bienen waren auch immer in Eile, immer am Tun gewesen, und vor allem die Kuckucksbienen und die Solitärbienen, so meinte er entdeckt zu haben, schienen dabei einen Plan im Kopf zu haben und die anderen Bienen noch nicht einmal wahrzunehmen. Er hatte sie tagelang interessiert beobachtet, es war wie das Meditieren gewesen, das Tanja ihm neuerdings beizubringen versuchte, das nicht half (lag es an Tanja, lag es an ihm, lag es am Meditieren?). Die Kuckucksbienen waren Schmarotzer, die nicht selbst Nester bauten, sondern ihre Eier in die Brutzellen anderer Bienenarten legten, aber selbst beim Schmarotzen, wo es ja darum ging, die anderen auszutricksen, den Moment abzupassen, in dem die Solitärbiene unterwegs war und ihr Nest nicht bewachte, schienen sie die anderen nicht zu beachten, als gingen sie davon aus, dass die anderen über dieses Schmarotzertum hinwegsehen würden. Denn – und sie konnten nun wirklich nichts dafür, die Glücklichen kannten ja keine Moral – sie waren einzig und allein auf der Welt, um zu schmarotzen, anderen Bienen ihre Eier unterzujubeln. Er mochte die Solitärbienen am liebsten, anfangs zumindest. Er hatte es Sergej zu erklären versucht, er wäre gerne selbst eine gewesen, er wünschte, er und Sergej könnten Solitärbienen sein. Aber Sergej hatte kein Interesse an Bienen gezeigt, erst recht kein philosophisches, noch nicht einmal an Honig, das Summen störte ihn, das «Bzzzzzzzzzz» und das «Schhhhhhhh», und seine Angst vor Bienen und ihren Stacheln, die er schon in Moskau angekündigt hatte, hatte er auch nach zwei Wochen nicht ablegen können. Grischa hatte geduldig gewartet und möglichst wenig über Bienen gesprochen und viel über Politik, auch nachts hatte er über Politik gesprochen, Sergej zuliebe, obwohl er keine Lust mehr hatte, über Politik zu sprechen, erst recht nicht nachts, aber trotzdem irgendwie gewusst, dass Sergej abreisen würde, und sich deshalb auch nicht sehr gewundert, als er es endlich aussprach, die Zigarette im Mundwinkel, wie immer in die Ferne starrend: «Ich werde abreisen.» Und weil er es gewusst hatte, in all den Nächten, in denen er sich Mühe gegeben hatte, über Politik zu sprechen anstatt über den Sinn des Lebens aus Sicht von Solitärbienen (im Gegensatz zum Beispiel zu den Gemeinen Pelzbienen, die sich ja manchmal zusammentaten, um im Schwarm Menschen anzugreifen, was Sergej – wenn man denn Politik auf Bienen übertragen wollte – doch gefallen dürfte) oder einfach in den klaren Himmel zu starren und dem immerwährenden Summen zu lauschen, das gut zu den Sternen passte, oder Sergej zu streicheln, und weil er auch enttäuscht war, dass Sergej die Bienen nicht mochte und nicht verstehen wollte, widersprach er nicht (versuchte es noch nicht einmal) und war nicht beleidigt und fragte nur, wann, und Sergej, überrascht über diese lethargische Reaktion, reiste noch einen Tag früher als geplant ab.

Er blieb, natürlich blieb er, es hatte noch nie einen Ort gegeben, an dem er länger hätte bleiben wollen, einen Ort wie diesen, bei den Bienen, und die wenigen anwesenden Menschen in ihren Schutzanzügen, mit Imkerhauben und Schleiern, gingen im Summen unter. An den ersten zwei Tagen nach Sergejs Abreise setzte er sich, wenn die Imker ihn nicht mehr brauchten, ins Gras und beobachtete die Bienen, versuchte, sie zu zeichnen, aber die fortwährende Bewegung ließ sich weder mit Kohle noch mit Bleistift, noch mit verschwimmenden Aquarellfarben festhalten, und auch das mochte er an den Bienen, dass sie sich nicht festhalten ließen (weder auf dem Papier noch sonst irgendwie). Es hatte gedauert, bis er den Zorn in sich spüren konnte, zwei, drei Tage, vielleicht auch länger. Er liebte Sergej, und er hasste Sergej, und der Hass machte ihn zornig, und der Zorn schien sich in seinen Körper hineinzufressen, in immer mehr Blutbahnen, Nervenenden, Körperteile. Er war so lange wie möglich bei den Bienen geblieben, weil er geahnt hatte, dass der Zorn sich in Moskau vervielfachen, sich seiner bemächtigen würde (und diese Ahnung war Realität geworden, aber er hatte nun einmal zurückkehren müssen).

Er mochte seine Nichte, sie war der einzige Mensch, den er derzeit in Moskau mochte. Sie war zwei Monate alt und hatte seine Existenz, soweit er wusste, noch nicht zur Kenntnis genommen. Aber sogar auf sie war er zornig.

Er war so voller Zorn, dass er nicht wusste, wohin damit, er hatte übers Boxen nachgedacht, aber das probeweise Einschlagen auf Kissen, Decken und auch mit den Fäusten auf Betonmauern (um die linke Hand – er war Linkshänder – trug er nun einen Verband) hatte keine Besserung gebracht, der Zorn blieb weder in den

Kissen noch an der Mauer hängen. Weil Yoga nicht half – mit Tanja traf er sich nicht mehr, er wollte es ihr nicht sagen, keineswegs weil er sich nicht traute, sondern weil er eine erneute Auseinandersetzung vermeiden wollte, er schien von einer in die nächste zu stolpern –, hatte er angefangen zu laufen. Er lief zum Fluss und am Fluss entlang bis zur Borodinskij-Brücke, und wenn er lange genug, eine Dreiviertelstunde oder Stunde gelaufen war, begann er langsam, nur noch die Turnschuhe auf dem Asphalt und seinen Atem zu hören (und je kälter es wurde, desto mehr seinen Atem auch zu sehen, und er ahnte, der Winter war nicht weit). Wenn er nur noch Turnschuhe auf dem Asphalt und seinen schnellen, aber regelmäßigen Atem hörte, konnte er endlich aufhören, sich über Passanten und Autos und Bäume und Menschen, die den Fluss verschmutzten, und Hunde, die überall hinmachten, und Laster, die auf dem Bürgersteig parkten, zu ärgern, und der Zorn ließ ihn für kurze Zeit los, er lief nur noch, und sein Kopf war frei von jeglichen Gedanken (so wie Tanja es ihm mit Yoga versprochen hatte). Er genoss die Leere, sie gab ihm Auftrieb, er lief weiter, bis seine Beine nicht mehr konnten und er sich irgendwo einfach fallen ließ. So schlaff war dann sein Körper, dass er es bestimmt zehn Minuten lang schaffte, die hilfsbereiten Passanten, die ihn besorgt fragten: «Ist alles in Ordnung, junger Mann?», genauso zu ignorieren wie die schimpfenden: «Was liegt da einer?»

Er freute sich auf den Winter, wenn er in die ins Eis geschlagenen Löcher der Moskva springen würde, «Walross» nannte man die Leute, die das machten, und häufiger noch «Verrückte». Die Kälte, so erinnerte er sich, und wenn er sich erinnerte, schüttelte es ihn, als wäre er in diesem Moment wieder im eiskalten Wasser, war im Grunde ein angenehmes Gefühl (und hätte er das laut ausgesprochen, hätten sie alle das wohl als Beweis für seinen Wahnsinn angesehen, wie seine Mutter und seine Schwester seinen Gemütszustand neuerdings bezeichneten). Die Kälte jedenfalls schloss alles andere aus, und wo er war und wer er war und warum, war vollkommen egal. Ein angenehmes Gefühl.

Seine Mutter weinte viel, jeden Abend eigentlich, in ihrem Zimmer, im Dunkeln, und manchmal auch, während sie die Eier zum Frühstück briet, und auch immer häufiger unter der Dusche, da schluchzte sie gar, weil sie davon ausging, dass niemand sie hörte, aber er hörte das Weinen, hörte das Schluchzen. Sie weinte, weil

sein Vater gestorben war, vor einem halben Jahr schon, in den frühen Morgenstunden eines Märztages, als der Schnee schon zu schmelzen begonnen hatte und zu grauem, mitleiderregendem Matsch verkommen war. An Lungenkrebs, der seinen Körper aufgefressen hatte, der erst das Fett herausgesogen hatte und dann – so schien es – die Knochen schrumpfen ließ, bis nur noch die Umrisse seines Vaters im abgedunkelten Zimmer gelegen hatten, um auf den Tod zu warten, der in den frühen Morgenstunden eines Märztages seine Arbeit erledigt hatte, er war nicht zu Hause gewesen, natürlich nicht. Und seine Mutter weinte nun auch, weil

sein Bruder weggezogen war, sobald sein Vater unter der Erde gelegen hatte, nach Jakutsk, achttausend Kilometer weit weg, zur Mutter seiner Frau, aber wegen Letzterer weinte seine Mutter bestimmt nicht, hoffte er, sondern weil ihr erstes Enkelkind, der kleine Timoschka, nun achttausend Kilometer weit weg lebte und sie ihn höchstens einmal im Jahr sehen würde, weil man mit zwei Nachtzügen und dann noch mit dem Lastwagen dahin fahren musste, weshalb es viel wahrscheinlicher war, dass sie ihn nur alle zwei Jahre (wenn nicht noch seltener) sehen würde, und sie weinte auch,

weil ihre Tochter, die doch glücklich hätte sein müssen, sie war frisch verheiratet und hatte einen netten Ehemann und eine noch nettere Tochter bekommen, nicht glücklich war, weil sie von ihrem Ehemann, der zufälligerweise (also im Grunde gar nicht zufälligerweise) sein bester Freund war und ihr Dinge erzählte (welche Dinge, das durfte er nicht fragen, hatte Sascha gesagt, und da Sascha selten etwas sagte, selten etwas so sagte, fragte er nicht), und sie sich aufgrund dieser Dinge, die sie wusste oder zu wissen meinte, immer mehr Sorgen um ihn, ihren Bruder, machen musste, und vielleicht weinte seine Mutter auch, weil seine Schwester ihr diese Dinge, die sie wusste oder auch nur ahnte, erzählte, auf jeden Fall aber weinte seine Mutter, weil

sie ihn zum Sohn hatte. Letzteres tat sie schon, seit er denken konnte.

Er hingegen weinte nie, er wurde nur immer zorniger, auf sie alle, seine Familie, seine Freunde, Sergej, sogar auf Sascha, sogar auf seine kleine Nichte; auf sie war er zornig, weil er, als er zurückgekehrt war, um sie kennenzulernen, und es seinem Kopf erlaubt hatte, das beruhigende Summen der Bienen, der Solitärbienen, der Kuckucksbienen, der Gemeinen Pelzbienen, alle Hoffnungen in dieses kleine, wundervolle Geschöpf gesetzt hatte. Sie möge so viel Freude bringen, dass seine Mutter nicht mehr weinte, dass seine Schwester sich keine Sorgen mehr um ihn machte, und vielleicht sogar Andrej und dessen Frau wieder nach Moskau zogen, damit Cousin und Cousine zusammen aufwachsen könnten (dass sie seinen Vater wieder zum Leben erwecken würde, hatte er nicht von ihr erwartet). Aber alles war wie vorher, vor dem Summen in seinem Kopf, vor dem klaren Himmel, vor den Bienen, die ihr Leben lebten, als gäbe es die anderen nicht, vor Sergejs Körper an seinem, vor Sergejs ausdrucksloser Miene am Bahnhof, die auch jeden Gedanken an ein Lächeln verbot. Seine Mutter weinte, und seine Machtlosigkeit machte ihn zornig.

Auf Sergej war er zornig, weil Sergej nichts verstanden hatte und weil er abgereist war. Nein, deswegen eigentlich nicht, er hätte nicht bleiben können, wenn er nichts verstand.

Auf seinen Vater war er zornig, weil er nicht mehr war (und er meinte nicht den Schatten, der im Dunkeln auf den Tod wartete, sondern den stärksten Mann der Welt, der nicht mehr war, der nie viel gesprochen hatte, aber gerne seinen Gürtel aus der Hose herausgeholt hatte, wenn er meinte, erziehen zu müssen, aber eben sein Vater war und außerdem seine Mutter zu beruhigen wusste – wie, das hatte Grischa bis zum Schluss nicht verstanden).

Auf seine Schwester, weil sie ihn nicht in Ruhe ließ mit ihren Bitten und Tränen und Fragen, vor allem der einen, ob er denn nicht heiraten wolle, ob er Tanja zum Beispiel nicht heiraten wolle, oder eine der anderen Frauen, die ihm nachzulaufen schienen, «Gott weiß, wieso», ob er nicht auch so etwas haben wolle, und sie hatte zu dem eingewickelten Paket genickt, das seine Nichte war (doch, aber das sagte er natürlich nicht laut).

Auf Tanja, weil sie Tanja war und er sie nicht heiraten wollte und kein Kind mit ihr haben wollte, es wäre so einfach gewesen (obwohl er die einfachen Dinge sonst nicht mochte). Und weil ihr bescheuertes Yoga nicht half.

Auf seine Mutter, weil sie mit dem Weinen nicht aufhören konnte. Er freute sich schon, wenn er sie mal ohne gerötete Augen oder trocknende oder frische oder strömende Tränen auf den Wangen sah.

Auf Sascha, weil Sascha seiner Schwester Dinge erzählte und weil Sascha nun in jedem ihrer seltenen – und auch auf das Seltene war er zornig – Gespräche unter vier Augen Worte wie «gefährlich» und «wahnsinnig» und «absurd» verwendete, und auch weil Sascha so selten zu den Treffen kam.

Auf alle, die zu den Treffen kamen, war er zornig, weil sie nicht Sascha waren (und nicht Sergej), weil die meisten von ihnen viel redeten, aber kaum jemand etwas zu riskieren bereit war und er nicht einen erkannte, mit dem er seinen Plan durchziehen könnte.

Er würde seinen Plan allein durchziehen. Er plante jetzt seit drei Jahren, aber immer nur im Kopf. Er hatte mit Sascha gesprochen, mittlerweile an die tausend Male, und später mit Sergej, und auch mit Hasenkopf und Kostja, weil er meinte, sie zu brauchen. Sascha hatte ihm widersprochen, immer und immer wieder, und vor kurzem auch seine Stimme erhoben und ihn gefragt, ob er seine Nichte nicht liebte.

«So tief bist du inzwischen gesunken, dass du sie ins Spiel bringen musst? Eigene Argumente hast du nicht?», hatte Grischa kopfschüttelnd gesagt und so abwertend, wie er es in Saschas Fall vermochte. Sie hatten einander in die Augen gesehen wie bei einem Duell, und Grischa hatte gewusst, er würde als Sieger hervorgehen. Sascha hatte genickt und weggeschaut, und er hatte gelacht, und sein Lachen hatte selbst in seinen eigenen Ohren überheblich geklungen. Er hatte, als er sein eigenes Lachen hörte, weggeschaut, was Sascha nicht auffiel, weil er schon längst seine Schuhe inspizierte. Er dachte schon lange, dass niemand jeden Fleck, jeden Kratzer im Leder, jeden einzelnen Faden im Gewebe seiner Schuhe so gut kennen dürfte wie Sascha.

«Alle für einen, einer für alle!», zitierte er aus «Die drei Musketiere», weil ihre jahrelange Freundschaft mit der Liebe zu Alexandre Dumas begonnen hatte. Sie hatten einander ihre Lieblingsstellen vorgelesen, in seinem Zimmer, auf seinem Bett, seine Schwester hatte zugehört, sogar sein Bruder, obwohl der selbstverständlich so tat, als hätte er Wichtigeres zu tun, und seine Mutter hatte gelacht (aber wohlwollend gelacht): «Könnt ihr nicht was anderes vorlesen? Gedichte? Lermontow? Puschkin? Oder zumindest Tschechow?»

«Ja», sagte Sascha und erhob sich. Sie saßen sich in Saschas Zimmer gegenüber, seine Schwester ging gerade mit seiner Nichte spazieren, in dem Zimmer saßen sie, in dem Sascha schon immer gelebt hatte, erst mit seiner Mutter, als diese gestorben war, alleine, und nun mit seiner Frau und seiner Tochter, und er dachte, vielleicht würde es Sascha nicht stören, in diesem Zimmer auch zu sterben – er selbst, er wollte meist nur weg, egal, wo er war.

«Ja», wiederholte Sascha. «Bei denen ist es alle für einen, und bei uns ist es alle für Grischa.»

SECHZEHNTES KAPITEL

Ideen, welche Ausländer in Frage kommen

- *Giovanni, mit dem Tanja Yoga macht*
- *Jakub (aus Sergejs Fakultät)*
- *Imre*
- *Cho Myung oder Lim Konguk*
- *der Schwarze, den ich fotografiert habe*
- *der Ungar (?)*
- *der Deutsche, den Sascha kennengelernt hat*

Seit dem Tag, an dem sein Vater begraben worden war, hatte er weder gezeichnet noch fotografiert. Er hätte gerne, an jenem Tag hätte er gerne fotografiert. Gesichter. Er wollte sie nicht durch falsche Striche verzerren, fürchtete auch ein bisschen, beim Zeichnen vielleicht wieder in die Karikatur abzudriften, hier ein Strich zu viel, da eine falsche Linie, er wollte sie nicht ins Lächerliche ziehen, wollte keine übergroßen Tränen zeichnen, keine rotzigen Nasen, keine knallroten Augen, er wollte die Gesichter festhalten, wie sie an jenem Tag waren. Tränen, bemerkte er, konnte er als solche nicht erkennen, vielleicht weil es zu grau, das Licht zu schummrig war, auch wenn jene, deren Gesichter er festhalten wollte, weinten (manche gar schluchzten, seine Schwester zum Beispiel, auch seine Tante. Er konnte sich nicht erinnern, wann er Tante

Aljona das letzte Mal gesehen hatte, auch nicht, dass sie in den Wochen, in denen sein Vater auf den Tod gewartet hatte, vorbeigekommen war). Auch aus den Nasen tropfte nichts, kein Rotz, noch nicht einmal bei seiner Schwester, die schluchzte, wie sie auch als Kind geschluchzt hatte (und schon damals hatte er diese Weltuntergänge nicht verstanden): ausdauernd, schallend, nach Luft schnappend. «Atmet sie noch?», hatte er seine Mutter als Kind einmal gefragt, aber keine Antwort bekommen, nur ein «Shhh» (der Laut seiner Kindheit), «du könntest sie auch mal trösten». Die Augen (seiner Schwester, seiner Tante Aljona, all der anderen, die er kannte oder auch nicht kannte oder hätte kennen müssen) waren möglicherweise ein wenig rot, aber nur wenn man genau hinsah, nach der Röte in den Augen suchte. Wenn sie gerade im Hellen standen, kein Schatten auf sie fiel, nur wenn die Wolken der Sonne einen kurzen Auftritt erlaubten. Es fröstelte ihn, dabei war der März dieses Jahr sehr warm.

Er weinte nicht. Er musste an das andere Begräbnis in seinem Leben denken, das der Lungenkrebs verursacht hatte, an das von Boris Pasternak, einer seiner schönsten Tage, dachte er noch heute. Von diesem Tag würde er das sicher nicht sagen können. Sein Vater war aber auch nicht Boris Pasternak, und seine Familie, seine Freunde, seine Kollegen natürlich nicht Pasternaks Gefolgschaft.

Er bedauerte, seinen Fotoapparat nicht mitgebracht zu haben. Er hatte ihn nicht mitgebracht, weil er seiner Familie in der Trauer über den Todesfall nicht noch die über seine Gefühllosigkeit zumuten wollte. Notgedrungen versuchte er, sich die Gesichter einzuprägen:

Das schwarze Gesicht seiner Mutter. Erst hatte er geglaubt, es sei das Licht und das Schwarz ihres Mantels und ihres Kleides, das sich in ihrem Gesicht spiegelte, dachte aber nicht weiter darüber nach, sondern vielmehr an seinen Fotoapparat, den er an jenem Tag so schmerzlich vermisste (schmerzlicher als seinen Vater, aber diesen Gedanken ließ er nicht lange verweilen), mit dem er das Schwarz festhalten wollte. Erst später, als sich der Sarg schon im Grab befand, blitzte der Gedanke auf, das Gesicht seiner Mutter sei vor Trauer schwarz, und der Gedanke erschreckte ihn und erdrückte ihn, als müsste er das Schwarz wiedergutmachen, als sei er an dem Schwarz irgendwie schuld. Er machte ein paar Schritte zur Seite, weil ihn niemand zu brauchen schien, sein Bruder hielt seine Mutter fest und Sascha seine Schwester und sein Onkel Tante Aljona, nur er, er hielt weder jemanden fest, noch wollte oder musste er festgehalten werden, also machte er ein paar Schritte zur Seite, um sich die Trauergemeinschaft kurz anzusehen, um nicht mehr zum Sarg herabstarren und darüber nachdenken zu müssen, wie lange es wohl dauerte, bis Würmer das Holz zerfressen und sich zu seinem Vater durchgefressen haben, Wochen, Monate, Jahre, nein, so lange sicher nicht. Sie trugen alle Schwarz, fiel ihm nun auf, und er schüttelte über sich selbst den Kopf, was denn bitte sonst, und blickte noch einmal zu seiner Mutter, sie war jedoch die Einzige, deren Gesicht fast schwarz wirkte (war es das Licht?). Er hätte jetzt gerne auf den Auslöser gedrückt.

Saschas Gesicht. Besorgt, wenn er zu seiner Schwester oder zu seiner Mutter blickte. Ausdruckslos, wenn er zum Sarg hinuntersah. Oder war da ein Funke Wut?

Seine Finger in den Taschen der zu großen Anzugjacke zuckten, wollten diesen Funken im Gesicht festhalten. Sascha war wütend, stellte er fest (emotionslos stellte er das fest, er hatte schon den ganzen Tag keine Gefühle). Er selbst war nicht wütend, er wüsste auch nicht, auf wen er wütend hätte sein sollen. Auf Gott? Lächerlich. Seine Großmutter hatte an Gott geglaubt, sie hatte in der Kirche Kerzen angezündet, sich jedes Mal bekreuzigt, wenn er etwas angestellt hatte. Bei ihrer Beerdigung, der ersten Beerdigung in seinem Leben, hatte er erwartet (damals war er ein Kind), Gott anzutreffen, aber Gott war nicht erschienen.

Einmal hatte er seiner Großmutter zum Geburtstag ein Bild von Gott gemalt, so wie er sich ihren Gott vorstellte, der brennende Kerzen in pompösen, aber «Sei mal leise»-Kirchen zu mögen schien, er hatte sich Mühe gegeben und mit Aquarell gemalt, weil seine Großmutter seine bunten Bilder lieber mochte als die schwarzweißen Zeichnungen, aber als sie das Bild erblickte, als alle das Bild erblickten, in die Ecke hatte er in Druckbuchstaben «Dein Gott – zum 80. Jubiläum» geschrieben, war seine Großmutter nicht die Einzige gewesen, die sich bekreuzigt hatte. Nein, er war nicht wütend auf Gott, den es nicht gab und den man trotzdem nicht zeichnen durfte, wie er als Kind hatte lernen müssen. Und auf das Schicksal? Auf das Leben? Dazu hätte er schon lange Grund gehabt. An seinen eigenen Vater konnte sich Sascha nicht erinnern, er war wohl an seinen Kriegsverletzungen gestorben, da war Sascha ein halbes Jahr alt. Nun hatte man ihm den anderen Vater, den seines besten Freundes und seiner zukünftigen Ehefrau genommen, ein wenig hatte er diesen Vater in den letzten Jahren auch seinen nennen dürfen.

Das Gesicht seines Bruders wollte er ebenfalls gerne fotografieren, weil man es nicht sah. Sein Bruder hielt sich die Hände vors Gesicht, vielleicht weinte er dahinter. Er hatte seinen Bruder noch nie weinen sehen, noch nicht einmal Bilder aus der Kindheit, als jener vom Fahrrad geflogen war oder sich aus sonstigen Gründen ein Knie aufgeschlagen hatte (oder war das immer nur ihm, nie seinem Bruder passiert?), hatte er im Gedächtnis, dabei war sein Bruder nur vier Jahre älter als er. Auch heute weinte sein Bruder nicht, oder nur hinter den Händen (schade eigentlich, er hätte seinen Bruder gerne Gefühle zeigen sehen). Ihm gefiel das Bild der langen Finger, die die weinenden oder nicht weinenden Augen verdeckten, die Nase, er mochte die Falten auf der Stirn. Die Hände fuhren das Gesicht auf und ab, auch mal mit den Fingerspitzen in die Haare, und er stellte sich vor, wie er den Zeigefinger geduldig auf dem Auslöser ließ, um im richtigen Moment ein gestochen scharfes Bild zu bekommen. Als sein Bruder seine Mutter umarmte und dafür auch seine Hände benutzte, sah er keine Tränen im Gesicht, Augenringe sah er, Müdigkeit, aber nichts, was ein Foto wert gewesen wäre. Wie typisch für Andrej, dass die Hände das Interessanteste an diesem Gesicht waren.

Erde, Erde, Erde auf den Sarg, noch mehr Erde, noch mehr Tränen in den Gesichtern, Hände auf seinen Schultern, Gesichter, die er nicht kannte, die Hand seiner Schwester in seiner, die seiner Mutter auf seinem Gesicht, er gab sich Mühe, die richtigen Antworten zu geben, Leichenschmaus, dann war es vorbei.

Als es vorbei war, holte er seine Zeichensachen aus dem Schrank. Er hatte zu viel gegessen und getrunken und sich beim Trinken gefragt, was einen Leichenschmaus – bis auf die Kleiderwahl – von einer Hochzeit unterschied, und nach dem sechsten oder siebten Wodkaglas hatte er das auch laut in die Runde gefragt und wieder nichts als schockierte und entrüstete und auch traurige Blicke geerntet. Das hatte er noch nie verstanden, warum die Menschen Angst vor Fragen hatten. Er wollte schließlich nichts ändern, nur eine Antwort bekommen, vielleicht auch nur die Frage stellen. Als er die Blicke gesehen hatte, war er froh gewesen, dass seine Mutter nicht im Zimmer war. Toscha war da, sie war nicht auf dem Friedhof gewesen, wegen Timoschka, aber jetzt passte ihre Mutter, die vor drei Tagen angereist war, auf Timoschka auf, und Toscha aß ihren dritten Leichenschmausteller, schüttelte den Kopf und seufzte und verließ demonstrativ das Zimmer.

Abends, als alle gegangen waren, half Grischa noch alibihalber beim Abwasch in der Küche mit und wischte den Tisch ab und putzte den Herd und half, die Leichenschmausreste im Kühlschrank zu verstauen, bis alle ins Bett gegangen waren, dann konnte er sich endlich an den Küchentisch setzen. Er versuchte, die Gesichter zu zeichnen, die er nicht mit seinem Fotoapparat hatte festhalten können. Er summte dazu, weil er sich nicht traute, den Kassettenrekorder anzustellen, um niemanden zu wecken, «The Doors» hätte er gerne gehört, Hasenkopf hatte ihm eine Kassette besorgt, und er hatte sich nach den ersten Tönen verliebt. Die Gesichter wurden nicht, wie sie sollten, das hatte er ja geahnt. Immer dasselbe: Was sich fotografieren ließ,

ließ sich nicht zeichnen, auch nicht malen, weil Farben selten eine Hilfe waren, meistens lenkten sie eher von den Tatsachen ab, und was sich zeichnen ließ, ließ sich auf einem Foto nur schwer festhalten.

Da er sechs, sieben oder noch mehr Gläser Wodka getrunken hatte und das trotz des vielen Essens spürte, schmiss er seinen Zeichenblock mit den Skizzen – Gesichter ohne Körper um ein Erdloch versammelt, in dem ein Sarg steckte, im Sarg schon riesige Würmer am Werk – später einfach auf den Schrankboden, unvorsichtig, er hatte seine Schwester nicht wecken, kein Licht einschalten, er hatte eigentlich nur schlafen wollen. Ein paar Tage später, als die Leichenschmausreste nicht mehr den Kühlschrank füllten, wollte seine Mutter seine schmutzigen Hemden waschen, die er gewohnheitsgemäß ebenfalls auf den Schrankboden warf, um sich nicht vorwerfen zu lassen, er hinterlasse nichts als Chaos, und entdeckte seinen Zeichenblock.

Seitdem hatte Grischa nicht mehr gezeichnet und auch nicht mehr fotografiert, es war fast ein Jahr her, und nun zog er eine Schublade nach der anderen aus seinem Schreibtisch auf der Suche nach einem Film und fand keinen, es musste doch irgendwo einer sein. Er konnte jederzeit zu Kostja gehen und dessen Dunkelkammer durchwühlen, aber er hatte keine Zeit. In einer halben Stunde musste er schon an der Dostojewskaja-Metrostation sein, um Asad zu treffen. Irgendwo musste doch, er schaute unters Bett, wo er Kartons aufbewahrte, die als Schubladen für alles dienten, was nicht in den Schrank oder die Schreibtischschubladen oder auf den Schreibtisch passte, da auch nicht, wo denn sonst, er überlegte, seine Mutter zu fragen, aber für Antworten auf ihre Fragen hatte er keine Zeit, obwohl er ausnahmsweise nichts vorhatte, was er verheimlichen musste. Er fand die Filme schließlich in seinem grünen Rucksack, natürlich, bei den Bienen hatte er ursprünglich fotografieren wollen, auch seine Kohlekreiden waren da drin, zudem «Der Graf von Monte Christo», eine zerfledderte Ausgabe, auf deren Inneneinband er mit Strichen notierte, wie oft er das Buch gelesen hatte, dreiundzwanzigmal bislang, und zwei Paar alte Socken, er umfasste sie angewidert mit Zeigefinger und Daumen und trug sie in die Küche in den Müll.

«Was ist das?», fragte seine Mutter.

«Alte Socken. Habe ich aus der Imkerei mitgebracht und erst jetzt im Rucksack entdeckt.»

«Ich hatte dir doch gesagt, du sollst mir alle deine schmutzigen Sachen geben.»

«Die habe ich vergessen. Entschuldige.» Er gab seiner Mutter einen Kuss auf die Wange und stibitzte eine Scheibe Brot.

«Woher willst du denn neue Socken nehmen? Oder das Geld dafür?»

«Ich habe ein halbes Jahr ohne diese Socken gelebt, dann werde ich noch ein paar Jahre ohne sie leben können. Ich habe genug Socken. Haben wir Wurst?»

«Nein, wir haben keine Wurst. Aber Abendessen ist in zehn Minuten fertig. Kannst den Tisch schon mal decken. Aber wasch dir vorher noch die Hände.»

«Ich kann nicht. Ich muss los. Ich werde nicht zu Abend essen.»

Sie seufzte. Verweinte Augen, er gab sich alle Mühe, das nicht zu bemerken.

«...willst du denn jetzt schon wieder hin?»

Er überlegte schnell und entschied sich für die Wahrheit, weil er sich das «ich muss halt los» für all die anderen Abende aufsparen wollte. Es war nicht so, dass er kein guter Sohn sein wollte.

«Erinnerst du dich an den schwarzen Kerl, den ich fotografiert habe? Vor einem Jahr fürs Theater?»

«Ja.»

«Ihn treffe ich. An der Dostojewskaja-Station.» Er gab, wenn er denn schon einmal konnte, soviele Details wie möglich an. Sie mochte Schwarze nicht, weil sie angeblich dreckig waren, aber seine Fotografien hatten ihr gefallen. Sogar ihr.

«Aber wozu?»

Halbwahrheiten. «Er wollte die Fotos haben. Ich habe ihm damals nur eins gegeben, aber er will seiner Familie noch mehr schicken. Seine Familie ist in Somalia.»

«Somalia. Afrika», stellte sie fest. «Hast du denn noch welche?»

«Ja.» Irgendwo in Kostjas Dunkelkammer mussten noch welche sein, meinte er. «Ich wollte vielleicht noch mehr Bilder von ihm machen. Das waren gute Fotos damals. Dir haben sie auch gefallen. Ich will wieder anfangen zu fotografieren.» Er wusste, dass sie sich freuen würde, sie hielt nicht viel davon, dass er nun Tieren in Zeichentrickfilmen seine Stimme lieh, sie fand Fotografieren seriöser, und als er gefragt hatte, warum, war ihre Antwort das übliche, schon automatisierte Kopfschütteln gewesen. Sein ehrliches Interesse verstand sie als Provokation, dabei war sie ihm noch freundlicher gesinnt als die meisten.

schwieriger gewesen und hatte eines Schutzanzugs und einer Hut-Schleier-Kombination bedurft und dennoch nur selten funktioniert.

Der Plan war so genial wie simpel, das hatte selbst der immer noch skeptische, ängstliche Sascha anerkennend zugegeben, Sascha, den sie den Logiker nannten. Sascha, der Angst hatte um sich und seine Familie und neuerdings auch um seine Tochter, und dann auch noch um die Familien aller anderen Teilnehmer, ach, er hatte sogar um den Ausländer (und bestimmt auch dessen Familie) Angst, alles in allem entpuppte sich Sascha nun, da er eine Familie hatte, als Feigling, und im Nachhinein dachte er, der Tapferste ist Sascha nie gewesen, er hatte das immer auf die Schüchternheit zurückgeführt und sah nun klarer und war ob dieser Klarheit sogar auf seine Nichte zornig. Der Feigling hatte dennoch anerkennend zugegeben, der Plan sei genial. «Absolut, durch und durch genial. Und einfach.» Die meisten genialen Pläne bestachen durch Einfachheit, das wusste er von den Musketieren, auch vom Grafen von Monte Christo.

Und es lief gut, es lief wirklich gut. Der Schwarze schien ihn zu mögen. Der Schwarze beschwerte sich mit seinem wirklich lustigen Akzent, wie unkommunistisch die Moskauer waren. Jeder für sich, niemand vereinigte sich. Niemand teilte, zumindest teilte niemand freiwillig. Wer Privateigentum ergattert hatte, hing mit seinem Leben daran. Die Arbeiter, die er kennengelernt hatte, zu denen er hatte gehören wollen, empfanden sich nicht als die tragende und angesehene Schicht und wunderten sich über ihn und seinen Wunsch. Der Schwarze erzählte, er habe viel über den Kommunismus gelesen, insbesondere bevor er nach Moskau gekommen sei.

Er überlegte kurz, ob er einwerfen sollte, was offensichtlich einzuwerfen war, und entschloss sich dafür, schaden könne es nicht. «Wir haben hier keinen Kommunismus.»

«Ich weiß. Aber dieser Sozialismus, den ihr hier habt ... ‹Jeder nach seinen Fähigkeiten, jedem nach seinen Bedürfnissen!›, hat Marx doch gesagt. Aber so ist es nicht. Es sind nicht alle gleich. Wie manche Menschen hier leben müssen, wie sie behandelt werden ... Jeder nach seinen Bedürfnissen, das sollte auch für die Schwachen, für die Armen, für ...», er machte eine Pause, suchte nach einem Wort, sein Russisch war beeindruckend, «für die schwierigen Menschen genauso gelten. Alle gleich, so ist es hier doch nicht.»

Er seufzte, wie um diese Feststellung zu unterstreichen, als sei er der Erste, der sie machte, als würde es noch eine Weile dauern, bis der Rest der Menschheit das eben Gesagte als Weisheit erfassen konnte: «So ist es nicht.»

Jetzt wurde es einfach. Wenn der andere Zitate mochte, dann eben mit Zitaten, kein Problem. Er würde aus der Tiefe angreifen. Wenn er Karl Marx haben wollte, sollte er Karl Marx bekommen. Grischa beschloss, ebenfalls zu seufzen, bevor er begann. «Aber das Problem geht doch viel, viel tiefer. Für Karl Marx waren auch nicht alle gleich. Er hatte gar nicht die Vorstellung, dass alle gleich sind. Er sprach vom Lumpenproletariat. Er nannte es ‹Auswurf, Abfall, Abhub aller Klassen›.»

Während er das sagte, ahnte er, es könnte auch schiefgehen, was wusste er schon, wie genau man in Somalia Karl Marx gelesen hatte? Nicht dass er sich einer Diskussion nicht gewachsen fühlte (er hatte diesen Stumpfsinn gelesen und sich Gedanken dazu gemacht; er hatte auch eine Zeitlang eine Liste mit Fehlern der marxistisch-leninistischen Theorie geführt), aber eine solche Diskussion wäre nicht nur langweilig, sondern würde auch erst einmal in die falsche Richtung führen. Er hatte Hunger, das hier durfte nicht allzu lange dauern.

Zum Glück hatte man in Somalia bzw. hatte Asad aus Somalia Karl Marx nicht besonders ausführlich studiert; er blickte ihn einmal schräg von der Seite an, vielleicht erstaunt, vielleicht auch nicht, und schwieg. So liefen sie weiter, schweigend. Er wartete, noch eine Querstraße, dann würde er fragen: «In Somalia, habt ihr da Demokratie?» Vielleicht würde er aber auch mit der Frage nach der Presse beginnen und langsam, unauffällig zur freien, gar zur internationalen Presse übergehen. Von sich selbst dachte er, er führte Gespräche, wie Männer Frauen beim Tanzen zu führen hatten: gekonnt in eine bestimmte Richtung, ohne zu aufdringlich zu werden. Er könnte auch persönlich beginnen, irgendjemand hatte ihm erzählt, dass jemand anders erzählt hätte, wie er von jemandem gehört hätte, dass Asad aus einem der großen, reichen Clans stammte (er stellte sich unter einem Clan wahlweise einen somalischen Stalin mit vielen Brüdern und Onkeln vor oder einen König, von dem er den Thron kindlicherweise nicht wegzudenken vermochte), weshalb er auch auf ihn gekommen war, jemand aus einem Clan musste Beziehungen haben. Überallhin, auch zur freien, auch zur internationalen Presse. Er könnte es auch auf die interessierte, sensible, freundschaftliche Art probieren: «Erzähl mir etwas über deine Familie, vermisst du sie?» Sie näherten sich immer noch schweigend der nächsten Querstraße.

Er spürte sein Herz plötzlich klopfen, aber nicht, weil er aufgeregt war (Aufregung war ihm fremd, war ihm fremd gewesen, bis er Sergej traf). Es klopfte, wie es immer klopfte, wenn es etwas zu tun gab, wenn das Reden ins Tun überging, wenn endlich etwas in diesem Land passieren sollte. Und etwas würde passieren, jetzt, demnächst, endlich. Etwas Großes, sein Leben, endlich ein Sinn.

«Fotografierst du immer noch?», fragte der andere plötzlich, nickte in Richtung des Fotoapparats, der um seinen Hals baumelte, sie hatten gerade die Querstraße erreicht.

Dann eben so. Die Entscheidung war ihm abgenommen worden, was ihm recht war. «Ja.»

«Immer noch Porträts? Du wolltest mir das Porträt geben, das du von mir gemacht hast.»

«Ja. Ich weiß. Ich habe es nicht geschafft, es heute aus der Dunkelkammer zu holen, entschuldige bitte.» Pause. «Ich plane gerade ein großes Projekt. Mit Fotografie. Mein Kopf ist ... Ich bin nicht ganz da. Entschuldige bitte.» Er mimte den Verwirrten, den Künstler.

«Was für ein Projekt? Landschaftsaufnahmen?»

Im letzten Moment verkniff er sich ein Lachen. Landschaften hatte er als Kind gerne gemalt, damals, als er noch Wasserfarben aus der Schule verwendete. Seine Großmutter hatte seine Landschaftsbilder sehr geschätzt und sie sogar an die Wand gehängt.

«Nein. Ich will das fotografieren, was du angesprochen hast. Die Ungleichheit. Den Nicht-Kommunismus. Das, was fehlt: Gleichheit. Freiheit. Freies Denken. Humanismus. Das Unrecht will ich fotografieren.» Er verlangsamte oder beschleunigte seinen Schritt nicht, während er das sagte, was zu sagen er seit langem geplant hatte, und achtete darauf, in die Ferne zu starren, wie Sergej immer (er hatte ihn so oft dabei beobachtet, da musste er es selbst nun auch beherrschen).

Interesse war eindeutig da. Der andere bemühte sich, genau mit ihm Schritt zu halten, nicht zu schnell und nicht zu langsam zu gehen, und blickte ihn von der Seite an.

«Und wie?»

«Wie ...» Pause, Blick in die Ferne, Stirn in Falten. «Es geht nicht um das Wie, es geht um das Warum.» Ein schöner Satz, dachte Grischa.

«Und warum?»

So gut lief es. Er hatte Hunger und wäre nicht unglücklich, bald zum angenehmen Teil des Abends, zum Essen, übergehen zu können.

«Weil es Zeit wird, dass das Unrecht, die Ungleichheit festgehalten wird. Weil man zeigen muss, wie Marx' Ideen mit Füßen getreten werden. Wie sie ins Gegenteil verkehrt werden. Ja, das ist gut, das ist richtig! Das muss festgehalten werden, fotografisch!», beantwortete der Schwarze seine Frage selbst, und vor lauter Enthusiasmus legte er ihm einen Arm um die Schulter. Er fühlte sich nicht anders an, der schwarze Arm um seine Schulter.

«Ja!», rief er aus und musste sich nicht mühen, den Enthusiasmus ehrlich klingen zu lassen. «Ja! Das Unrecht zeigen will ich. Die Fehler im System! Der ganzen

Welt will ich es zeigen! Dass man es endlich auf Papier sieht!»

«Der ganzen Welt?» Sie blieben nun beide stehen, schauten sich an. Passanten blickten sich nach ihnen um, nicht, weil sie so plötzlich stehen geblieben waren, sondern weil einer von ihnen schwarz war. Es schien Asad nicht zu stören, wahrscheinlich hatte er sich bereits daran gewöhnt.

«Ja, der ganzen Welt.»

«Aber wie?»

Und jetzt: «Ja, wie?» Keine Pause diesmal. «Ich dachte, vielleicht mit deiner Hilfe!»

SIEBZEHNTES KAPITEL

Dinge, die Anastasia sammelt

- *Briefmarken*
- *Federn*
- *Briefmarken mit Tieren*
- *Muscheln, interessant geformte Steine*
- *Blätter für ihr Herbarium*
- *Etiketten von Streichholzschachteln*
- *Abzeichen*
- *ausländische Münzen*
- *Drei- und Fünf-Kopeken-Münzen aus den Dreißigern und Vierzigern*
- *Postkarten (insbes. zu Themen: Neujahr, Weltfrauentag, Ehre der sowjetischen Armee)*
- *Flaschendeckel*
- *Bonbonpapiere*
- *Kalender, insbes. mit Stereobildern aus Zeichentrickfilmen oder Märchen*
- *Aufkleber zum Abziehen*
- *aus Zeitschriften ausgeschnittene Bilder westlicher Mode*
- *Zeitungsartikel, in denen Lev Tolstoj zitiert wird*
- *Bleistifte von Koh-I-Noor*
- *verschiedene Ausgaben von «Krieg und Frieden»*
- *alle Werke von Tolstoj*

Sascha sagte, der Deutsche sei offen und nett und systemkritisch und passe auch ansonsten gut zu ihnen, und er gab sich alle Mühe, Sascha zu glauben. Er hatte natürlich nichts gegen Deutsche, nichts an sich. Erst recht nicht gegen Deutschland, insbesondere nicht gegen die BRD. BRD oder die sowjetische Heimat – die Wahl würde ihm nicht schwerfallen. Er wollte diesen Deutschen (er kam aus der BRD, aus dem echten Deutschland also, was zum Zweck genau passte) auch gerne kennenlernen. Er wusste nur nicht, irgendwo tief in sich drinnen, ob ein Deutscher der Richtige war, wenn es um das wichtigste Werk seines Lebens ging. Wenn es darum ging, das Leben (und nicht nur das seine) zu verändern. Andererseits, wenn der Deutsche die Bilder in der BRD an die Öffentlichkeit bringen könnte, wenn sie von dort vielleicht auch den Rest der Welt erreichten … Vielleicht würde er, wenn er dann nicht schon lange in einem Gefängnis, Arbeitslager oder, schlimmer noch, in einer Psychiatrie saß, Deutschland noch zu Gesicht bekommen.

Wenn sie als Kinder Krieg gespielt hatten, hatte er nie bei den Weißen mitgespielt. Keiner wollte weiß sein, alle wollten der Roten Armee angehören, aber er hatte es tatsächlich so gedeichselt und sich immer herausgeredet oder gelogen («Ich war doch vorgestern Deutscher!», «Aber klar war ich das!») oder sich dem Spiel entzogen und nie ein Deutscher sein müssen (er konnte mit dieser Tatsache nicht angeben, damit die anderen ihn nicht doch zum Schicksal eines Weißen verdonnerten). «Hände hoch» und «Guten Tag» konnte er sagen, und stammte «Butterbrot» nicht auch aus dem Deutschen? Viel mehr fiel ihm nicht ein.

Seine Schwester war auch ganz begeistert von dem Deutschen, sie hatte ihn selbst angeschleppt, ihn bei einem Vortrag über Tolstoj und irgendwas kennengelernt. Das «Irgendwas» hatte er vergessen, er hörte schon lange nicht mehr zu, wenn seine Schwester von Tolstoj schwärmte, als wäre sie in ihn verliebt, und nicht in Sascha. Er hatte schon in der Schule nicht zugehört, als die Literaturlehrer über Tolstoj schwadroniert hatten. Der Deutsche hatte ihr eine deutsche Ausgabe (westdeutsche!) von «Krieg und Frieden» geschenkt, und nun stand das Buch in der Vitrine, und sie hatte es ihm schon zweimal gezeigt, als er Sascha und seine kleine Nichte besuchen kam. Seine Schwester sammelte immer noch, weniger zwar als früher, aber doch immer noch, nämlich momentan verschiedene Ausgaben von «Krieg und Frieden», wie er weiterhin seine Listen sammelte, aber das sagte er natürlich nicht laut, erst recht nicht zu ihr. Seine Schwester reizte ihn in letzter Zeit zunehmend, aber dass sie den Deutschen mochte, auch über die gemeinsame Liebe zu Tolstoj hinaus, freute ihn, er legte trotz allem Wert auf ihre Menschenkenntnis.

Seine Schwester wollte den Deutschen auch der Mutter vorstellen, was er für eine ganz schlechte Idee gehalten hatte. Der Krieg und seine Mutter, sein Vater lebte nicht mehr, aber er war an der Front gewesen, so ungefähr hatte er das seiner Schwester gegenüber formuliert, aber sie hatte abgewunken, Mama habe sich sehr gefreut, als sie sagte, dass Sascha und sie gerne ihren neuen deutschen Freund mitbringen würden, und sich sofort Gedanken darüber gemacht, was für einen Kuchen sie backen würde. Äpfel gab es derzeit überall, aber ein einfacher Apfelkuchen für einen Deutschen –

vielleicht lieber etwas mit Creme ... Weiter hatte er nicht zugehört.

Es war wirklich schade und ärgerlich, dass Asad nicht zu gebrauchen gewesen war. Clan hin oder her, Journalisten kannte er keine, weder in Somalia noch sonst irgendwo, erst recht keinen amerikanischen Journalisten hier in Moskau. Und jetzt hatte er ihn am Hals. Den Schwarzen, der überall aufzutauchen schien, wo er war, nun auch seine ganze Gruppe kannte und unbedingt mitmachen wollte, obwohl er nichts tun konnte, und immer nur fragte, aber wann, wann, wann.

Asad also und kein anderer Ausländer außer dem Deutschen in Sicht, noch so viel zu tun, wo zum Beispiel sollte er ein Auto herbekommen oder ein neues Blitzlicht? Er kannte keine Bonzen mit Auto, und alle, die er kannte, wollten aus Prinzip keine Bonzen mit Auto kennen, geschweige denn, diese um einen Gefallen bitten. Er zog den Reißverschluss seiner blauen Trainingsjacke zu, bevor er aus der Trambahn sprang, Hasenkopf hatte diese modischen Jacken besorgt. Beim Herausspringen sah er ein altes Mütterchen hinter sich, drehte sich sofort um, gab ihr die Hand, hielt sie bei der letzten, größten Stufe am Arm fest und half ihr so heraus. Er lächelte, als sie mit beiden Füßen auf dem Asphalt stand.

«So, jetzt haben wir Sie also aus der Trambahn gebracht.»

«Vielen Dank, junger Mann!», antwortete sie, sah sich kurz um, bevor sie zu ihm aufblickte, dabei war er gar nicht so groß. «Wären Sie so nett, noch meine Einkaufsnetze bis zu meinem Haus zu tragen? Ich wohne gleich um die Ecke, dort drüben hinter der Wäscherei.»

Er hatte weder Lust noch Zeit, aber sie war alt. Bestimmt hatte sie auch gegen die Deutschen gekämpft.

«Aber natürlich!» Er nahm ihr die Einkaufsnetze ab, ging neben ihr her, während sie auf ihn einredete, ihr Enkel, der war vielleicht ein paar Jahre älter, der half ihr immer, aber jetzt, vor den Prüfungen ... Er erinnere sie an den Enkel, allerdings so eine Jacke, so eine Jacke trage er nicht. Er wartete geduldig, er hatte plötzlich das Bedürfnis, sie nach dem Krieg zu fragen, nach den Deutschen. Was sie wohl davon hielt, dass er auf dem Weg war, einen Deutschen zu treffen, wollte er wissen, weil er nicht wissen konnte, was sein Vater davon gehalten hätte, wäre er noch am Leben.

Seine Mutter hatte nie vom Krieg erzählt. Nicht vom Hunger. Nicht von ihrem Vater und ihren drei Brüdern, die allesamt nicht von der Front zurückgekehrt waren. Nicht, wie sie selbst überlebt hatte. Nicht, wie sie im Krieg seinen Vater kennengelernt hatte («als er auf Heimaturlaub war», und das sollte ihnen allen für immer als Antwort reichen). Nicht, wie sie seinen Bruder im Krieg zur Welt brachte. Nicht von den Deutschen. Seine Mutter erzählte von ihrer Kindheit im Dorf, und danach, so schien es manchmal, gab es nichts, bis es seinen Bruder und vier Jahre später ihn und noch zwei Jahre später seine Schwester gab. Als Jugendlicher hatte er manchmal ihre Kriegsgeschichten erzählt. In den Geschichten, die er erzählte, war sie eine Heldin, eine sowjetische, vor allem aber eine menschliche Heldin, die einmal sogar einem Deutschen half, der ihr mit Händen und Füßen erzählte (und die Erzählung hatte er mit seinen Händen und Füßen nachgemacht), dass in Berlin sechs Kinder auf ihn warteten, die Vollwaisen zu werden drohten. In anderen Geschichten war sie eine der wenigen Frauen an der Front gewesen, hatte dem Feind sozusagen direkt ins Gesicht geblickt. In allen kam sie gerade so in der letzten Sekunde mit dem Leben davon. Ein paar der Geschichten hatte er auf Bitten seiner Zuhörer auch in Anwesenheit seiner Mutter erzählt, sie hatte geschwiegen, und ihrem Schweigen und ihrem Blick konnte er nicht entnehmen, was sie von diesen Geschichten hielt, oder auch nur von seiner Manier, Geschichten über sie zu erfinden, während er sie erzählte.

Sein Vater hatte auch keine Geschichten aus dem Krieg erzählt, aber sein Vater erzählte ohnehin nie etwas. Er hätte seinen Vater gerne erzählen gehört, in der Schule hatten die anderen sagen können, wie viele Faschisten ihr Vater oder ihr Großvater oder ihr Onkel getötet hatte, aber vielleicht erfanden sie das genau wie er. «Siebenunddreißig mein Vater, dreißig mein Großvater mütterlicherseits, von dem anderen Großvater weiß ich es nicht, er ist verschollen, aber mein Onkel, wisst ihr, mein Onkel, dem ein Bein fehlt, er hat das Bein verloren, kurz nachdem er sieben Faschisten direkt hintereinander erschossen hat! Alleine gegen sieben, und er hat überlebt», hatte er bei solchen Gesprächen immer erzählt, und widersprochen hatte ihm niemand, denn seinem Onkel Boris fehlte tatsächlich ein Bein, und dieses Bein hatte er tatsächlich im Krieg verloren. Wie, das wusste er nicht, Onkel Boris schwieg wie sein Vater, nur wenn er betrunken war, redete er, und wenn er betrunken war, warf ihn seine Mutter hinaus, und da er immer häufiger trank, kam er immer seltener zu Besuch.

In der Schule hatte er viele Geschichten über den Krieg

gehört und vieles darüber gelernt. Gelernt hatte er, dass die Deutschen Schweine waren, grausame Schweine. (Aber die sowjetische Armee hatte die Schweine selbstverständlich besiegt, im Großen Vaterländischen Krieg!) Seine Großmutter hatte hingegen schon des Öfteren fallenlassen, dass nicht alle Deutschen Schweine waren, und keiner hatte ihr widersprochen. Er selbst hatte das «Glasperlenspiel» verschlungen, nicht nur beim ersten Lesen. Sergej hatte Heine zitiert. Was fiel ihm noch ein? Ach ja, Hasenkopf hatte ihm eine Mütze geschenkt, die ihm jemand aus der DDR mitgebracht hatte und ihm zu klein war, Hasenkopf mit seiner Riesenbirne, und das deutsche Fabrikat hielt wirklich warm.

Der Deutsche würde schon was taugen, er musste Sascha einfach vertrauen, dass der Deutsche genug Beziehungen und Verbindungen hatte.

Er hatte lange überlegt, wo er fotografieren wollte. Wo die Aktion stattfinden sollte. Er hatte alleine überlegt, weil alle, die davon wussten, ständig mit Vorschlägen um die Ecke kamen. Für wen hielten sie sich? Es war seine Aktion, das Einzige, was in seinem Leben derzeit Sinn ergab. Er hörte sie an und nickte und ging im Kopf, während er so tat, als hörte er zu, und fleißig nickte, selbst mögliche Orte durch, und wusste eigentlich, dass er den perfekten, den einzig richtigen Ort schon längst gefunden hatte.

Er erinnerte sich an den Tag, als er das gelbe Gebäude zum ersten Mal sah. Sie hatten sich mal wieder getroffen, mal wieder diskutiert, mal wieder geschimpft, jemand hatte eine Rede gehalten, jemand anderes hatte ein paar Gedichte gelesen, jemand hatte neue Pamphlete verteilt, ein anderer ein neues Samisdat-Buch weitergereicht, irgendjemand hatte selbstverständlich gesagt, es müsse was passieren (und es passierte selbstverständlich nichts) – es war wie immer und deshalb ein wenig langweilig, er hatte schon angefangen, wenn möglich, Wodka mit zu den Treffen zu bringen, selbst wenn sie mitten am Tag stattfanden. Dennoch war er zu dem Treffen gegangen anstatt zur Arbeit, und ein paar Wochen später hatte er seine Arbeit als Kantinenkoch verloren (es machte nichts, das Café gegenüber der Kantine hatte Kellner gesucht). Sergej war bei dem Treffen gewesen, das erste Mal seit Wochen wieder. Sie sprachen schon lange nicht mehr miteinander, seit ein paar Monaten schon nicht, seit Sergej ihn damals, als er ihn an der Universität abgefangen hatte, zum Teufel geschickt hatte, er müsse für die Prüfungen lernen, und mit an den Fluss könne er deshalb nicht, auch nicht in den nächsten Wochen, sie nickten sich seitdem nur zu, und er vergewisserte sich jedes Mal, dass Sergej als Erster nickte. (Einmal hatten sie diskutiert, nicht zu zweit, sondern in der Gruppe, und sie beide waren derselben Meinung gewesen und hatten für diese gekämpft, beide Hitzköpfe, auch Sergej in politischen Diskussionen ein Hitzkopf, und das hatte sich gut angefühlt.) Sergej war also wieder da, er hatte Ringe unter den Augen und jeweils einen dicken Verband um jeden Ellenbogen, so dick, dass er das karierte, ungebügelte Hemd hatte umkrempeln müssen. Sergej hatte ihm zur Begrüßung zugenickt, und er hatte zurückgenickt und viel mit Alissa gesprochen, die ihm in jener Zeit zu nahe kam, immer fasste sie ihn am Ärmel an, bat ihn demonstrativ schaudernd um seine Jacke, obwohl es nicht kalt war. Aber nach einer Rauchpause, die Sergej wie immer alleine in die Ferne starrend verbrachte, war er nicht wieder mit hereingekommen, hatte sich noch eine angesteckt und abgewunken, als alle hineingingen und nach ihm riefen. Er hatte gewartet, fünf, zehn, zwanzig Minuten, Sergej war nicht nachgekommen, konnte aber auch nicht gegangen sein, weil seine braune Jacke noch über der Stuhllehne hing. Er ging zur Toilette, hatte vor, auf dem Rückweg einen unauffälligen Blick nach draußen zu werfen, und fand Sergej auf der Toilette vor, wo dieser auf dem Boden kauerte und heulte. Er weinte nicht, er heulte. Er heulte die Wand an, als hätte sie ihm etwas zu sagen, oder, dachte er, während er immer noch in der Tür stand und nicht wusste, was er tun sollte, als flehe er die Wand um einen Gefallen an. Er hatte Sergej nur angestarrt, während Sergej die Wand anstarrte und heulte und ihn gar nicht wahrnahm, und erst nach ein paar Minuten gefragt, was denn los sei, und Sergej hatte, als hätte er nur auf ihn (oder auf jemand anderen, mit dem er hätte reden können) gewartet, angefangen zu erzählen und sich seiner Tränen nicht geschämt, wie Grischa freudig feststellte, während er zuhörte. Sergejs Großmutter würde in ein paar Tagen in ein Heim kommen, und er hatte damals nicht viel über Heime gewusst, aber dennoch sicher sagen können, sie würde nicht wiederkommen, sie würde dort verrotten, und er wunderte sich, während Sergej heulte und erzählte, dass ihm dieses Wort als Erstes in den Sinn kam: verrotten. Er hörte zu, vieles wusste er schon, Sergejs Großmutter hatte ihn aufgezogen, weil seine Eltern den Krieg nicht überlebt hatten, seine Mutter war zwei Wochen vor Kriegsende gestorben, ihre letzte Brotration hatte sie in Wasser aufgeweicht und dem Säugling eingeflößt, weil ihre Brust keine Milch mehr gab, sie hatte den Sohn gerettet und ihn ihrer Mutter überlassen, und ihre Mutter war ihm Mutter, Vater und Großmutter gewesen, und er wusste, auch ohne dass Sergej es sagen musste, niemanden liebte Sergej, wie er seine Großmutter liebte. Aber die Großmutter vergaß alles, auch den Herd auszuschalten, sich einen Mantel anzuziehen, wenn sie einkaufen ging, den Weg nach Hause, wenn sie eingekauft hatte, sich die Hose herunterzuziehen, wenn sie auf der Toilette war. Die Nachbarn beschwerten sich schon seit einer Weile, erzählte Sergej, und er hatte das Studium «unterbrochen», wie er sich ausdrückte, um sich um sie zu kümmern, aber arbeiten musste er dennoch, sie brauchten Essen und seine Großmutter Medikamente, er hatte nur noch nachts gearbeitet, aber seine Großmutter hatte angefangen, in den Nächten, wenn Sergej nicht auf sie aufpasste, in die Zimmer der Nachbarn zu irren und sie zu beschimpfen. Auch wenn sie ihn noch erkannte und ihm immer einen Scheitel kämmen wollte, wie sie das früher getan hatte. Sergej musste sie in ein Heim geben, er musste, es ging nicht anders, er hatte der Verwandtschaft am Ladogasee geschrieben, die sie auch nicht haben wollte, obwohl sie im Krieg – und nun heulte er so sehr, dass er nicht mehr weitersprechen konnte, er blickte fragend, klagend, bittend hoch zu Grischa, und sollte er? Nein, er hatte besänftigend gesprochen, Mitleid und Verständnis gezeigt, aber Sergej nicht angefasst, ihm noch nicht einmal die Hand auf die Schulter gelegt. Später, als Sergej sich beruhigt hatte, aber immer noch mit roter Nase auf dem Boden saß, hatte er gefragt: «Willst du es sehen?» Und er hatte ohne Erklärungen, obwohl er die fragenden Blicke, insbesondere den Alissas spürte, ihre Jacken geholt, und sie hatten sich auf den Weg gemacht zum gelben Haus.

Es war umzäunt, der Zaun so hoch, dass man nicht hinüberblicken konnte. Sergej schaute sich um, vorsichtig, abwartend, und als er niemanden sah, die Straße war klein und unbelebt, rüttelte Sergej an einem der Zaunpfähle, bis der sich beiseiteschieben ließ. Grischa hatte nichts gefragt. Er hatte sich hinter Sergej durch den Zaun gezwängt und sich dabei zwei Splitter geholt, die er erst spätabends zu Hause herausholen würde, und zum ersten Mal die Schreie gehört. Dima hatte ihnen eine Hintertür aufgemacht, an die Sergej gepocht hatte. Sergej und Dima hatten kein Wort miteinander gewechselt, sich nur gegenseitig auf die Schulter geklopft, ihm hatte Dima die Hand entgegengestreckt, «Dima», «Grischa», das war der ganze Dialog. Sie waren Dima in eine Art Umkleideraum gefolgt, der ihn an seine Schulzeit erinnerte. Dima hatte jedem von ihnen einen Kittel in die Hand gedrückt und wortlos den Umkleideraum verlassen. Er hatte auch sonst nichts gefragt, beide trugen sie ihre Kittel über den Hemden, als sie den Umkleideraum verließen, seiner war ihm etwas zu groß. Niemand nahm sie zur Kenntnis, sie begegneten anderen in Kitteln, meist älteren Frauen, Pflegerinnen wohl. Er war Sergej gefolgt, der ihn durch die Gänge führte, Türen zu einzelnen Krankenzimmern öffnete und ihn dabei herumführte und dozierte, als wären sie in einem Museum. Als sähen sie Bilder, nicht Menschen, oder vielmehr Schatten von Menschen.

«Hier sind die Kriegsverletzungen.» Er zählte nicht, hatte aber das Gefühl, weniger Beine, Arme, Augen zu sehen als Menschen, er sah Blut, Blut auf den Verbänden, Blut auf den Decken und Kissen, auch Blut im Gesicht des Mannes, der am nächsten zur Tür lag und weiter aus dem Fenster starrte, als stünden sie nicht dicht vor ihm, er sah außerdem einen offenen Knochen, mindestens ein Glasauge, Stümpfe, und er würgte, nicht nur, weil er nun auch den Mann am Fenster erblickte, dem einfach das halbe Gesicht fehlte, tatsächlich fehlte, die rechte Hälfte war es, die ihm fehlte, und unter der linken Gesichtshälfte, die ihm geblieben war, trug der Mann seine Armeeuniform mit all seinen Orden, wie sie Kriegshelden sonst am Tag des Sieges trugen, sondern er würgte auch, weil er den Geruch nicht mehr aushielt, der ihn im Flur schon gestört hatte und nun übermannte. Exkremente, Blut, altes, neues, vertrocknetes, Medikamente, Erbrochenes, Schweiß und wieder der Geruch des Todes. Sergej warf ihm einen Blick zu.

«Runterschlucken. Wenn du die Toilette sehen würdest, ginge es dir noch schlechter. Kriegsverletzungen, wie gesagt. Nikolaj Sergejewitsch, Schlacht bei Charkow, siebenundzwanzig Orden, Tapferkeitsmedaille, das Gesicht wurde ihm von einer Granate weggeblasen. Jurij Grigorjewitsch, war Feldarzt, rettete über hundert Menschen das Leben. Bekam selbst Cholera, Blutvergiftung, beide Beine abgenommen, seitdem hier. Hat aufgrund einer chronischen Lungenentzündung keine Stimme mehr. Und hier», Sergej nickte nun zu dem Mann, der der Tür am nächsten lag und scheinbar teilnahmslos aus dem Fenster starrte, «hier liegt Anatolij Iwanowitsch.»

«Anatolij Iwanowitsch», unterbrach ihn die Stimme vom Bett, die den Kopf nun doch zu ihnen drehte, und er sah in ein Glasauge und daneben in eine leere Augenhöhle und würgte und schluckte, bis er sich endlich sicher sein konnte, nicht auf der Stelle erbrechen zu müssen, «dem Tode geweiht, aber leider nicht tot.»

Sergej hatte einen Apfel aus seiner Tasche geholt und ihn wortlos Anatolij Iwanowitsch in die Hand gelegt, dann war er hinausgegangen. Der Mann mit dem halben Gesicht hob zum Abschied die Hand. Über den Flur eilten zwei Krankenschwestern, und eine verwirrte alte Frau im Nachthemd, die von den Krankenschwestern ignoriert wurde, irrte umher.

Im nächsten Zimmer stank es etwas weniger bestialisch, dafür war der Anblick schlimmer. Im nächsten Zimmer waren Kinder. Manche sabberten, ihm fiel «Spast» ein, und dass er nicht genau wusste, was der Begriff bedeutete, in der Schule hatten sie einander manchmal so beschimpft. Jude, Spast, Idiot, alles das Gleiche. Zwei Jungs, beide ohne Beine, sie spielten Schach. Ein Mädchen saß in der Ecke auf dem Boden und schlug mit dem Kopf rhythmisch gegen die Wand. Einer keuchte so laut, dass Grischa es bereits im Flur vernommen hatte, und sein erster Gedanke war, man müsse ihm helfen, nicht dass er jetzt stirbt. «Kinder», sagte Sergej und beließ es dabei.

Sergej zog ihn am Ärmel, weiter geht's. Während er sich im Flur erholte, bevor – und diesen Moment fürchtete er – Sergej die Tür zum nächsten Zimmer aufreißen würde, dachte er kurz, er würde sich an den Geruch gewöhnen, vielleicht sogar an den Anblick, aber es schien ja mit jedem Zimmer nur fürchterlicher zu werden. Viele Alte, vielen fehlten Gliedmaße, Taubstumme, manche offensichtlich behindert, andere anscheinend verrückt, dazwischen immer wieder Normale. Männer und Frauen gemischt, manchmal auch ein Kind oder ein Jugendlicher in einem Zimmer voller alter Menschen. Sergej und er wurden meist nicht beachtet. In einem der Zimmer – acht Betten, sechs Frauen, ein Mann, zwei Frauen wimmerten, der Mann lutschte an seinem Daumen wie ein Säugling, eine Frau redete konzentriert in die eigene Faust, die sie sich vor den Mund hielt, eine andere schrie – war ein Bett frei.

«Hier kommt meine Oma hin. Zu den Alten. Den Alten und den Verrückten. Hier wird Oma nun leben.» Sergej zeigte auf das leere Bett und dann in die Ecke, und es dauerte ein wenig, bis er verstand, was die Frau, die zusammengekauert im Bett saß, tat: Sie biss sich ins Knie. Immer wieder. Jetzt sah er auch das Blut, das an ihrem Bein entlang und dann auf die Decke tropfte.

Und zum ersten Mal fragte er, seit sie das gelbe Haus betreten hatten, und es kam ihm vor, als müsste er seine Stimme suchen: «Und die Angehörigen? Die zu denen gehören?»

Sergej lachte auf, ein fast hysterisches Lachen, zu hoch jedenfalls für seine normale Stimmlage, und schüttelte den Kopf. «Keine Angehörigen, kein Besuch. Wenn du Pakete vorbeibringst, landen sie beim Personal.» Das letzte Wort spuckte er regelrecht aus.

«Und Dima?»

«Dima ist der Bekannte eines Bekannten eines Bekannten. Dima wird mich reinlassen. Ich geb ihm ein Drittel meines Gehalts ab. Ich werde Oma besuchen kommen. Jeden Tag. Das habe ich mir geschworen.»

Bevor sie gingen, bestand Sergej noch darauf, ihm ein weiteres Zimmer zu zeigen. Er wollte nichts mehr sehen, er wollte das gelbe Haus vergessen oder abbrennen, aber was sollte er tun. Sie mussten die Treppe hinunter, durch drei weitere dunkle Gänge, der Geruch veränderte sich, morsches Holz kam hinzu, weniger Pisse. Mit jedem Gang auch weniger Geschrei. Sergej blieb vor einer Tür stehen.

«Ich will dir noch ein paar Leute vorstellen.»

Er sehnte sich nach frischer Luft oder besser noch danach, ins Wasser zu springen. Eiswasser am besten.

Hinter der Tür dieselben acht Stahlbetten, acht Männer, zum Großteil jünger als die Insassen oben. Einer vielleicht nur ein paar Jahre älter als Sergej und er, dieser lächelte sofort freundlich, sah von seinem Buch auf. Er las ein Buch. Oben las niemand. Zwei spielten Schach, drei spielten Karten, einer schrieb. Alle murmelten sie «Guten Tag», verständlich und deutlich und offenbar erfreut, Besuch zu empfangen. Sergej holte Äpfel aus der Tasche, verteilte sie, sie bedankten sich höflich. Einer mit Schnauzbart, einer der beiden Schachspieler, kam ihm bekannt vor, die große Nase, die lockigen, grauen Haare, der breite Mund. Aber woher sollte er ihn denn kennen? Er wollte gern fragen, was macht ihr denn hier, wusste, das ging nicht, und eine bessere Formulierung fiel ihm nicht ein. Es kam selten vor, dass ihm nichts einfiel.

Gnädigerweise stellte Sergej ihm die netten Herren vor.

«Daniil Baumberg, schrieb regierungskritische Gedichte, trug sie bei einem Laienkunstabend im Betrieb vor.»

«Schreibt, nicht schrieb», verbesserte ihn der Mann und zeigte auf das Notizbuch in seiner Hand.

«Rudolf Kostarin, Übersetzer, half, die Allgemeine

Erklärung der Menschenrechte zu übersetzen und unter die Leute zu bringen. Dmitri Jurjew, Neurologe, zeigte einen Kollegen an, der Operationen abbrach und Patienten sterben ließ, um Fußball zu schauen.»

«Der Fußballfan war Parteimitglied, wie sich herausstellte», der ehemalige Neurologe verzog den Mund und streckte ihm die Hand entgegen, «freut mich sehr. Man lernt hier nicht häufig jemanden kennen.» Die anderen taten es ihm nach, stellten sich nun selbst vor. Der Mann mit dem Schnauzbart war Wissenschaftler, und nun fiel ihm ein, woher er sein Gesicht kannte: Er hatte bei Hasenkopf zwei Bücher zum Hektographieren abgegeben, zwei Werke von Exilautoren, die er von einer Konferenz im Ausland nach Moskau geschmuggelt hatte. Er konnte sich an die Namen der Autoren und der Werke nicht erinnern, aber an Hasenkopfs Ehrfurcht, als der Wissenschaftler an der Tür stand. Sie wurden einander damals nicht vorgestellt, der Wissenschaftler war sofort wieder verschwunden.

Grischa fiel nichts ein, was er sagen könnte, es war nicht nötig, sie redeten selbst, fragten nach dem Wetter, nach den Nachrichten, dann mussten Sergej und er auch schon los, bevor die Krankenschwester mit den Spritzen kam. «Wir werden gleich stillgestellt», erklärte Daniil Baumberg.

An jenem Abend, an dem sie das gelbe Haus zum ersten Mal zusammen aufgesucht hatten, bevor sie anfingen, Sergejs Großmutter und die anderen dort täglich zu besuchen, bevor er anfing, seiner Mutter und auch der Frau von Nikolaj Petrowitsch Obst, Kuchen und andere Köstlichkeiten für diese Besuche zu klauen, hatte Sergej ihn zum Abschied umarmt (von sich aus), ihn dabei sehr lange festgehalten (von sich aus) und war ihm mit der Hand durch die Haare gefahren (von sich aus). Aber das war eine andere Geschichte.

Sergejs Großmutter lebte nun nicht mehr im gelben Haus. Sie lebte nicht mehr, sie war an einem Maitag gestorben, an welchem, da waren sie sich nicht sicher gewesen; bis die Nachricht die Hinterbliebenen erreichten, dauerte es oft ein paar Tage. Dima hatte im April aufgehört, im gelben Haus zu arbeiten, sie kamen nicht mehr hinein, und Sergej hatte angefangen zu trinken und aufgehört, ihn «mein Grischa» zu nennen. Ein Begräbnis hatte es nicht gegeben, sie hatten zwei Weinflaschen und den Rest einer Wodkaflasche geleert und geschwiegen, Sergej hatte nicht geweint, und danach waren sie zur Imkerei gefahren, weil sie damals noch beide dachten, das sei gut so. Das gelbe Haus stand immer noch da, und drinnen, so war er sich sicher, hatte sich nicht viel getan, es waren vielleicht welche gestorben, andere hinzugekommen, aber er war sich sicher, in den dunklen langen Gängen, in den Zimmern mit den jeweils acht Stahlbetten hatte sich nicht viel getan. Er wusste, der Pfahl des Zaunes, durch den Sergej und er monatelang jeden Abend hineingeklettert waren, stand noch lose, Sascha und er würden also aufs Grundstück kommen und dann ins Haus einbrechen müssen, und Hasenkopf und Kostja würden mit dem Auto draußen warten, für den Fall einer Flucht. Hasenkopf wollte ihm noch ein besseres Blitzlicht besorgen, es war sehr dunkel darin. Der Deutsche würde die Bilder nach Deutschland bringen, in den guten Teil Deutschlands, in die BRD. Er oder sein Professor kannte jemanden von der Presse, so genau hatte Sascha das nicht verstanden (das Russisch des Deutschen war wohl nicht so gut wie das von Asad, auch wenn er laut seiner Schwester Tolstoj las). Tanja hatte auch schon eine Wohnungsausstellung organisiert, bei der er die Bilder würde zeigen können. Eine Wohnungsausstellung war nicht eben ungefährlich, wurden sie entdeckt, kamen die Bewohner und Besucher gern mal ins Gefängnis, Bilder gehörten in Museen, und welche Bilder das waren, entschieden Museumsdirektoren, und über Museumsdirektoren entschied das Ministerium für Kultur, überhaupt wusste das Ministerium für Kultur sehr gut über Kunst Bescheid. Erst recht aber diese Bilder – wenn das Ministerium abstrakte Malerei schon für gefährlich hielt, was sollte es denn von diesen deutlichen und hoffentlich scharfen Bildern halten? Tanja hatte von einem Leonid gesprochen, der eine Zweizimmerwohnung hatte (was ein wenig verdächtig war: Wie war jemand, der bereit war, eine provokante und gefährliche Wohnungsausstellung zu zeigen, an eine Zweizimmerwohnung gekommen?), und er hatte natürlich gefragt, warum Leonid, der ihn nicht kannte, den er nicht kannte, diese Bilder, die er aus seinem Kopf, seiner Vorstellung kannte und Leonid gar nicht, in dieser Wohnung ausstellen wollte? Er schätzte Tanja nicht als dumm ein, aber was, wenn sie sich doch reinlegen ließ? Sie hatte Leonid erklärt, was die Bilder darstellen sollten, er fand es einen wichtigen Anfang für die Sache.

Für die Sache!

Und das war, was Sascha nicht verstand, dass es um die Sache ging, nicht um ihn selbst. (Das hatte Sascha ihm alles vorgeworfen: dass er nur nach einem Lebensinhalt suche, dass er zu viel riskiere, und zwar nicht nur für sich selbst, dass er im Mittelpunkt stehen, mit seinen Bildern berühmt werden wolle.) Es ging aber um die Sache! Die Sache war sein Leben, andere Lebensinhalte hatte er nicht, aber dass sich beides, die Sache und sein Leben, vermischten, dafür konnte er nichts. Sascha hatte ihn auch gefragt, als er erfahren hatte, wie er auf das gelbe Haus gekommen war (und bevor er es erfahren hatte, hatte er die Idee sehr gemocht!), ob das Ganze nicht zu sehr mit Sergej zu tun habe. Er war zusammengezuckt (aber nur innerlich, nicht nach außen sichtbar). Was wusste Sascha, was ahnte er?

Das Ganze hatte rein gar nichts mit Sergej zu tun.

ACHTZEHNTES KAPITEL

Es war traurig, dass ich jetzt, da meine Großmutter nicht hier war, so lange im Altenheim saß, dass ich mich nun nicht mehr beeilte, von hier wegzukommen. Nachdem ich Frank in der Wohnung meiner Großmutter getroffen hatte, die wir beide so nannten, obwohl ich die Sachen meiner Großmutter zur Altkleidersammlung und zum Wertstoffhof gefahren hatte und er sich um den Verkauf der Möbel kümmerte und die Wohnung schon lange nicht mehr wie die ihre aussah – und dass sie dort mal gelebt, dass sie sie auch nur betreten hatte, konnte ich mir nicht vor Augen führen –, da hatte ich nicht gewusst, wohin oder warum und wann oder wie. Frank wollte bleiben und «ein wenig räumen», wie er sagte, und was er «räumen wollte», da alles nun eigentlich weg war, und ob er Hilfe brauche, fragte ich nicht. Ich musste mich, als ich aus dem Haus trat, konzentrieren, blickte um mich und ordnete ein: den Bäcker an der Ecke, den Schlachthofgeruch, die breite, vierspurige Straße, um mich daran zu erinnern, wo die U-Bahn-Station war. Ich stieg in die Bahn, ohne eine Fahrkarte zu kaufen, und dachte an nichts und nur ein bisschen an einen Onkel Grischa, der mein Onkel war, obwohl ich nichts von ihm gewusst hatte, und dann noch an einen anderen Onkel, den auch Frank nicht gekannt hatte, der vielleicht irgendwo am Ende der russischen Welt lebte.

What the fuck?

Es dauerte, bis ich mir einen Sitzplatz suchte und an den Listen zu arbeiten begann.

Für Liste «Filmreife Szenen aus meinem Leben»
- Frank erzählt mir in der leeren Wohnung meiner Oma, die aus dem Heim entlaufen ist, von meinen Onkeln

Für Liste «Franks Eigenschaften»
- verschwiegen, kann Geheimnisse jahrzehntelang für sich behalten
- heimlicher Held

Für Liste «Eigenschaften, die auf das Altern meiner Eltern hinweisen»
- Frank erzählt Geschichten, die ich nur schwer glauben kann
- Frank wiederholt sich beim Erzählen
- Frank weint (sowohl in meiner Gegenwart als auch überhaupt)

Ich begann zwei neue Listen, «Was ich über Onkel Grischa weiß» und «Onkel Grischa als Romanheld».
Ich arbeitete bis zur Endhaltestelle an meinen Listen, behielt meine neuen sieben Punkte für die «Liste der Dinge, die ich über meinen Vater weiß» aber noch im Kopf. Ich würde sie zu Hause, am Schreibtisch, in Schönschrift wie zuletzt als Grundschülerin, direkt in die richtige Liste eintragen, sie waren mir fürs Notizbuch zu schade. Ich wiederholte sie im Kopf immer wieder, um keinen zu vergessen, und wusste, während ich sie immer wieder aufsagte und dazu sogar meine Lippen bewegte, ich würde keinen vergessen können. Danke, Frank! Ich

hätte ihn umarmen sollen. An der Endhaltestelle steckte ich eilig mein Notizbuch in die Tasche, stieg aus und direkt in die U-Bahn in die entgegengesetzte Richtung wieder ein.

Ich wusste nicht, wohin. Zu Hause war Anna, und Anna war umringt und umsorgt von ihren liebevollen Großeltern und bestimmt von neuen Spielsachen, die diese ihr mitgebracht hatten. (Flox' Mutter hatte uns gefragt, ob Anna noch gerne mit Lego spiele oder viel in ihrer Spielküche koche, und Flox hatte geantwortet, dass Annas Zimmer wie ein Spielzeugladen aussah, sie brauche nichts, aber ich hatte seine Mutter noch einmal angerufen und ihr für die Frage gedankt und ein paar Geschenkideen hinterlassen. Sie war Annas Großmutter und wollte ihr Spielsachen schenken, und für diese Selbstverständlichkeit war ich ihr dankbar – trotz bevorstehender OP investierte sie in Geschenke.) Ich wollte Anna nicht sehen, und warum dem so war, darüber dachte ich lieber nicht nach. Ich wollte eigentlich nur meine Großmutter sehen, ihr Fragen stellen, ich hatte so viele, ich schrieb auch die auf, «Fragen an meine Großmutter», und am Marienplatz stieg ich aus, um dorthin zu fahren, wo ich meiner Großmutter keine Fragen stellen konnte.

Im Heim war alles wie immer, das Tor bereits repariert, und meine Anwesenheit nahmen die Pfleger sowie die Alten mit einer Gleichgültigkeit hin, mit der sie auch die Abwesenheit meiner Großmutter ignorierten.

Frau Neitz wollte wissen, wie spät es war (halb fünf).

Herr Peitle, wann es essen geben würde (in anderthalb Stunden).

Frau Neitz wollte wissen, wie das Wetter draußen war (es regnete noch, windig war es auch, und meine Großmutter war irgendwo da draußen bei diesem Wetter im Nachthemd unterwegs).

Herr Müller-Deutz sagte etwas, was ich aufgrund seines Sabberns nicht richtig verstand. Hatte ich ihn jemals den Mund aufmachen sehen? Ich nickte.

Die polnische Pflegerin begrüßte mich mit Namen. Ich grüßte zurück und schämte mich, weil mir der ihre nicht einfiel.

Frau Neitz fragte, ob ich wüsste, warum es keine Krokodile gibt. («Was meinen Sie? Es gibt welche, nur nicht in unseren Breitengraden.» – «Nee, können Sie mir sagen, warum es keine gibt?») Tiere schienen sie zu beschäftigen. Ich fragte sie, warum, weil dieses Gespräch das Einzige war, das in diesem Moment meine Anwesenheit rechtfertigte, vor mir selbst rechtfertigte, weil alle anderen hier nicht an Rechtfertigungen interessiert waren, und kurz vergaß ich die Umstände und dachte philosophisch, auf der Metaebene, wie angenehm, wie leicht ein Leben sein musste, das keiner Rechtfertigungen, keiner Erklärungen, keiner logischen Zusammenhänge bedurfte. Frau Neitz starrte mich an, als sei ich die Verrückte hier. Dann sagte sie plötzlich: «Ich bin grad wirr im Kopf, passiert mir manchmal. Passiert uns allen manchmal. Ihnen nicht?» Über den schlafenden Mann sagte sie: «Das macht er schon ganz richtig, das ist das einzig Sinnvolle, was man hier tun kann», und dichtete dazu: «Hier spinnt jeder auf seine eigene Weise, der eine laut, der andre leise», und lachte. Zum Abendessen setzte ich mich zu ihnen an den Tisch. Sie nickten anerkennend, als hätte ich ein Kunststück vorgeführt, Herr Peitle klatschte und grunzte sogar.

Frank hatte geredet und erzählt und keine Pause gemacht und mich auch nicht angeschaut, und weil er so gealtert aussah seit gestern, und weil wir noch nie so zusammengesessen hatten, und weil wir in der Wohnung meiner verschwundenen, alzheimerkranken Großmutter zusammengesessen hatten, und weil mir die gesamte Welt aufgrund der Ereignisse oder vielleicht nur aufgrund meines aktuellen Schlafmangels surreal erschien wie eine Szene in meinem eigenen Buch, war ich immer wieder nicht sicher gewesen, ob das, was er da erzählte, nicht mir, sondern sich selbst oder der Fotografie in seinen Händen, ob es nicht erfunden oder den ersten Vorzeichen von Alzheimer geschuldet oder von mir geträumt oder eingebildet war. Meiner Mutter hatte ich früher, wenn ich meine Eltern in meiner Studienzeit besuchte, vorgeworfen, sie behandle mich, als sei ich ein Fernseher für sie. Sie setzte mir Essen vor und sich selbst und Frank auf die andere Seite des Tisches, wünschte mir noch einen guten Appetit, bevor es dann unweigerlich kam: «Na dann, erzähl!» (Von deinem Leben, deiner Reise, deinen Freunden, deinem Studium, deinen Plänen, deinem Alltag, deinem Freund und so weiter.) Keine Fragen, nur dieser Befehl, und die leuchtenden Augen dazu, wie die eines Kindes, das gleich seine Lieblingszeichentrickserie zu sehen bekommt. Neben ihr Frank, lächelnd, wartend, froh, dass jemand anderes für ihn den Fernseher anknipste. Ich bat sie um Fragen, um einen Dialog, erklärte ihr das «Di», aus dem Griechischen, ein Zwiegespräch, und wenn es schlecht lief für sie, dann sagte ich nur, dass ich kein Fernseher sei, und löffelte auch meine Suppe nicht auf oder tat es schweigend oder verließ auch mal wütend den Raum, dabei hatte ich mich in Indonesien oder den USA oder einfach nur Hamburg sehr auf sie gefreut. Heute war Frank der Fernseher gewesen, er hatte sein Programm abgespult und erzählt, und dass er noch wusste, dass ich da war, merkte ich erst am Schluss, als er mich doch ansprach:

«Ist alles ein bisschen viel für dich, Sofia, nicht wahr?»

Meine Mutter hatte mich Sofia genannt nach der Frau von Lev Tolstoj, Sofja Andrejewna Tolstaja, mein Vater, erzählte sie, hatte mich Anna nennen wollen. Einmal hatte Frank zu mir gesagt, wäre ich seine leibliche Tochter gewesen, hätte er keinen besseren Namen für mich finden können als den einer so bedeutenden, leider unterschätzten Frau. (Und daraus wurde ein Vortrag über das Leben von Sofja Andrejewna Tolstaja, für den ich zu jung war, weshalb ich mir nur merkte, dass sie sechzehn Kinder zur Welt gebracht hatte.)

Ich antwortete Frank nicht, weil es mir tatsächlich zu viel war, aber auch zu wenig, weil ich den Begriff «Dissident» nur schwer einordnen konnte, weil ich immer überzeugt gewesen war, meine Mutter habe nur ein Kind haben wollen, weil sie selbst ein Einzelkind war (so sehr hatte ich sie und Frank um ein Geschwisterchen angefleht), weil keiner mir gesagt hatte, dass Frank meinen Vater gekannt hatte, weil ich nur ganz wenig von all dem, was ich da hörte, verstand. Frank streichelte mir unsicher über die Wange, wir wussten beide nicht weiter und starrten beide das Foto an. Es war schwarzweiß und hatte ausgefranste Ränder, ich dachte sofort an Flox, der zerfledderte Bilder liebte und sammelte, er kaufte auf Flohmärkten alte Alben von Leuten, die er gar nicht kannte, und bewahrte sie in einem Umzugskarton auf, den er abends manchmal durchstöberte, wenn ich an meinen Listen schrieb (und in diesen Momenten liebte ich ihn besonders, weil er dann ein wenig so war wie ich). Der

Mann auf dem Foto trug eine Schirmmütze über dunklen Locken und lachte, sein Mantel war etwas zu lang, er stand im Schnee, und sein Lachen und die Locken, die sich unter der Mütze hervordrängten, als weigerten sie sich, von etwas so Banalem wie einer Kopfbedeckung gebändigt zu werden, und die Arme, die er provozierend vor der Brust verschränkt hielt, erinnerten mich irgendwie an: mich.

Als hätte Frank meine Gedanken gelesen (und hätte der Ausdruck nicht bereits auf meiner Liste der «Redewendungen, die auch wörtlich genommen einen Sinn ergeben» gestanden, hätte ich ihn jetzt notieren müssen), sagte er: «Er lächelt wie du», und diese Feststellung schien ihn sehr zu freuen.

Erinnerungen kamen mir, die erst jetzt einen Sinn ergaben. Meine Großmutter, die dagegen war, dass ich demonstrieren ging, aus Gründen, die sie mir nie erklären wollte. Meine Mutter, die neben Tolstoj-Memorabilia Zeitungsartikel über russische Zwangsarbeitslager sammelte, mit einer Begründung, die einfacher nicht hätte sein können: «Interessiert mich einfach.» Frank, der mir die Frage, warum er seine Dissertation nicht wie geplant in der Sowjetunion abgeschlossen hatte, nie richtig beantwortete. Die Abneigung meiner Großmutter gegen die Fotografie. Der Hass meiner Mutter auf ihre frühere Heimat. Frank, der sie «errettet» hatte. Ich holte meinen Notizblock heraus, begann eine neue Liste, Frank betrachtete das Foto, meine Listen hatten ihn im Gegensatz zu meiner Mutter noch nie gestört.

Im Heim saß natürlich auch Lieschen/Lottchen mit am Tisch, heute nannte sie sich Frau Wägle und fragte mich, ob ich ihre beste Freundin sein wolle, sie fragte genau so: «Willst du meine beste Freundin sein?», woraufhin Frau Neitz, die neben mir saß, mein Handgelenk umfasste, mit mehr Kraft, als ich ihr zugetraut hätte. «Lassen Sie das Vöglein in Ruhe, sie ist für mich da, nicht wahr?», sagte sie in Richtung Lieschen/Lottchen und dann, als sei sie völlig klar im Kopf: «Das Vöglein wartet auf das Omalein, nicht wahr?»

«Essen Sie mit?», fragte die polnische Pflegerin, und ich nickte, obwohl mir bei der Vorstellung, an diesem Plastiktisch zwischen den lätzchentragenden Alten dieses Mikrowellenfutter zu mir zu nehmen, der Hunger verging. Die Polin wartete meine Antwort nicht ab und stellte einen Teller vor mich hin. Es sollte, so vermutete ich, ein Gemüseauflauf sein, der in etwas schwamm, was als Bratensoße gemeint sein könnte. Mir fielen die Croissants ein, die Frank und ich nicht angerührt hatten, ich holte sie heraus und fragte die Polin, ob ich sie hier essen dürfe.

«Aber natürlich, natürlich», antwortete Frau Neitz, als sei sie die Chefin hier, und hielt sich die Hand an den Mund, als würde sie ein Geheimnis verraten, während sie laut und deutlich sagte: «Passen Sie nur auf, dass Ihnen Herr Müller-Deutz nicht in die Suppe spuckt, das tut er gern. Das tue ich manchmal aber auch», und sie kicherte und zwinkerte mir verschwörerisch zu. Meine neue beste Freundin Lieschen/Lottchen Wägle war offensichtlich beleidigt und drehte sich demonstrativ weg. Die Möbel im Speisesaal waren zusammengewürfelt: Gelsenkirchener Barock neben einer fleckenübersäten, abgeratzten bayerischen Esszimmerbank, dahinter Billy-Regale, in denen Kunstwerke der Bewohner standen; Dinge, die etwas hätten werden sollen – Tiere, Gegenstände, Personen – und nur Formen geblieben waren, aus diversen Materialien hergestellt: Knete, Salzteig, Pappmaché, Ton. Von meiner Großmutter war nichts dabei, sie hielt schon lange nichts mehr in der Hand.

Von allen Aktivierungsmaßnahmen, wie sie genannt wurden, hatte sie die Musikstunde noch am meisten gemocht, und ich hatte sie gerne dorthin begleitet. Die Aktiviererin, wie ich sie Flox gegenüber nannte, war eine kurvenreiche spanische Schönheit mit Pippi-Langstrumpf-Zöpfen, die nicht zu mögen selbst mir schwerfiel. Sie verteilte Rasseln, Tamburine und Trommeln, auch Liederbücher, in denen die Buchstaben groß gedruckt waren, in die außer mir und Herrn Peitle niemand blickte, und lesen, da war ich mir sicher, konnte Herr Peitle nicht mehr. Herr Müller-Deutz kaute immer am Liederbuch herum, weshalb bei allen Büchern die Ecken fehlten, was seine Frau, die ihn jeden Tag besuchte, nachdem sie eingekauft und ihre Einkaufstüten ausgepackt hatte, bedauerte. Über das Liederbuch-Essverhalten ihres Mannes gingen wir alle, auch die Aktiviererin, geflissentlich hinweg. Meine Großmutter liebte die Trommeln, mit ihren großen, runzligen Händen schlug sie im Rhythmus von «Abend wird es wieder» oder «Das Wandern ist des Müllers Lust» dagegen und lächelte und kicherte manchmal sogar. Später machte sie ihre eigene Musik, sie summte und sang, obwohl sie kaum noch deutlich sprechen konnte, alte sowjetische Lieder, sie sang und summte und trommelte den Marsch. «Katjuscha» war dabei, es war das einzige Lied, das ich erkannte, und als ich meine Mutter nach diesen Liedern fragte, erklärte sie, es handele sich um russische Kriegslieder oder Chansons. Die Aktiviererin bat mich, eine CD mit russischen Liedern für meine Großmutter mitzubringen, und ich begann sofort nachzurechnen, hatten Herr Peitle oder Herr Müller-Deutz vielleicht noch gegen die Russen gekämpft, könnten sie in Kriegsgefangenschaft gewesen sein? Ich fragte Frank, wohl wissend, dass meine Mutter keine russische Musik besaß, und bis er eine CD aufgetrieben und sie mir gegeben hatte, bis ich sie an die hübsche Spanierin weitergereicht hatte (die mir dann nebenbei erzählte, in den anderen Wohnungseinheiten im Heim fassten ihr alte, gebrechliche, senile Männer an den Hintern), hörte meine Großmutter schon nicht mehr hin. Nicht mehr hin, wenn die Pfleger ihr Anweisungen gaben, wenn ich mit ihr sprach, wenn ein Gerät, das sie nicht kannte, ihre Musik von glänzenden Scheiben, die sie nicht kannte, abspielte. Es ging damals schnell bergab: Erst freute sie sich, wenn ich kam, und hatte Angst, wenn ich ging, und meine Mutter lehrte mich zu lügen: Ich sagte ihr, ich sei gleich wieder da, ich hole nur ein Eis (Eis liebte sie neuerdings wie ein Kind, sie nahm das Wieder-zum-Kind-Werden sehr ernst). Dann freute sie sich, wenn ich kam, obwohl sie keine Ahnung mehr hatte, wer ich war, bald darauf aber schickte und schubste sie mich weg, wenn ich kam, und irgendwann schenkte sie nur noch Anna ein Lächeln. Als wir alle dachten, es sei alles vorbei, sie wisse nun gar nichts mehr und könne gar nichts mehr und sehe und höre gar nichts mehr, da stand sie auf und ging, und jetzt wurde sie von der Polizei samt Spürhunden überall gesucht.

Am meisten hatte meine Großmutter die Trommeln gemocht, und als ich die Kiste mit den Musikinstrumenten auf einem der Billy-Regale stehen sah, stand ich auf, holte sie herunter und trommelte ein bisschen vor mich hin und summte «Katjuscha» dazu. (In meinem Roman, den ich nicht schrieb, dachte ich mir, hätte ich jetzt geschrieben, der Protagonistin gehe es besser, sie fühle sich der verlorenen (oder hätte ich «verschwundenen» geschrieben?) Großmutter näher, auf mich selbst traf das nicht zu, ich fühlte mich genau wie zuvor. Verwirrt und traurig und aufgeregt und angreifbar und distanziert und seltsam ruhig und sehr, sehr erschöpft.)

Ich fütterte den türkischen Mann, um etwas zu tun zu haben, nicht fehl am Platz zu sein. Sein Sabbern, sein Nicht-schlucken-Können, den leeren Blick konnte ich besser übergehen als bei meiner Großmutter, und diesen Sachverhalt schrieb ich zwischendrin auf, für welche Liste, würde ich zu Hause noch überlegen müssen. Plötzlich blickte er mich erstaunt an, ich hoffte kurz, es sei, weil er erkannte, dass ich ihn sonst nicht fütterte, und dieser Gedanke freute mich, obwohl ich nicht einmal wusste, wie er hieß. Aus der Nähe sah ich nun, dass seine Armbanduhr, auf die er so regelmäßig, so konzentriert blickte, eine kaputte Mickey-Mouse-Uhr war. Vielleicht von seinem Enkel.

Nach dem Abendessen wurden sie schlafen gebracht, so früh bekam ich nicht mal Anna ins Bett. Frau Neitz wirkte traurig, und als ich sie fragte, ob alles in Ordnung sei, sagte sie: «Nächte sind schlimm. Fragen Sie Ihre Großmutter!» Ich hätte meine Großmutter gerne so einiges gefragt. Ich räumte die Spülmaschine ein.

Frank hatte gesagt, mein Vater und Onkel Grischa seien Dissidenten gewesen, ich dachte sofort an China und Ai Weiwei und hörte zum ersten Mal seit langer Zeit gebannt bei einem seiner Vorträge zu. Die meisten seiner Vorträge langweilten mich, zu wissenschaftlich und zu detailreich, einmal hatte ich nach der Herkunft von Katharina II. gefragt und mir eine Stunde lang etwas über die Kaiserliche Freie Ökonomische Gesellschaft anhören müssen, die sie gegründet hatte. Viele wiederholten sich, seine Themen waren die Geschichte der Sozialdemokratischen Arbeiterpartei Russlands, die Februarrevolution und Lev Tolstoj. Letzteres war weniger Thema als Lebensinhalt. Die Dissidenten hatte er bisher nie erwähnt. Die Dissidentenbewegung in der Sowjetunion, hörte ich heute, und ich hatte fast mitschreiben wollen wie an der Uni, hatte bereits Ende der Fünfziger begonnen, Autoren, Künstler, Studenten, Wissenschaftler, «Antisowjetschiki», zahlenmäßig keine große, aber eine deshalb nicht weniger wichtige Bewegung, die sich aus der Intelligenzija rekrutierte. Sie druckten und vervielfältigten verbotene Bücher, Gedichte, politische Pamphlete und beriefen sich auf Menschenrechte und die Demokratie. Dazu gehörte der laut Frank berühmte Atomphysiker Andrej Sacharow, es gab aber auch viele kleine Gruppierungen, die im Untergrund kämpften. Mein Onkel Grischa (mein Onkel! Bis heute hatte ich nicht von ihm gehört) war der Kopf einer solchen Gruppe gewesen, mein Vater (mein Vater!) war sein bester Freund und auch seine rechte Hand.

«Dein Vater hörte auf Grischa. Alle hörten auf Grischa», hatte Frank gesagt.

Grischa. Grischenka. «Nur kein Grischenka soll es werden, um Gottes willen kein Grischenka», hatte Großmutter gesagt, nicht nur einmal, um nach einem verlorenen Blick in die Ferne hinzuzufügen: «Wenn du Glück hast, dann wird es ein Grischenka!»

Ich ließ das Geschirr mitten im Einräumen stehen, immerhin arbeitete ich hier nicht, und setzte mich an den Tisch. Für die Liste «Was ich über Onkel Grischa weiß». Ich schrieb gerade:

- er wurde von jemandem verraten und, während er fotografierte, verhaftet, mein Vater, der ihm half, ebenfalls
- beide wurden zur Strafe nach Perm-36 geschickt (Arbeitslager, aus dem man selten wieder zurückkam), Frank war bei der Verhandlung dabei
- die Polizei (Milizija) begann, auch die Familie zu verfolgen, deshalb half Frank meiner Mutter und meiner Großmutter, das Land zu verlassen
- Tod:

als mitten im Satz das Handy klingelte. Ich hörte es nicht sofort und nahm gerade rechtzeitig ab.

Meine Großmutter war gefunden worden. Meine Großmutter lebte.

«Sie lebt», rief ich aus und war ob meiner eigenen Lautstärke überrascht. Ich klang lauter, als ich mich tatsächlich freute.

«Noch», sagte meine Mutter und brach dann ganz plötzlich zusammen, ich hörte sie erst laut schluchzen und dann beinahe winseln, auf «Mama», und «Sag doch» und «Mama, hörst du mich?» und «Was ist denn?» reagierte sie nicht.

Frank war plötzlich dran, Frank sagte Uniklinikum, Intensivstation, aber bald vielleicht geriatrische Abteilung.

Eine Krankenschwester, die sich in den Wochen nach Annas Geburt, nach der ersten OP um uns kümmerte, hatte einmal gesagt: «Früher war ich in der Geriatrischen, da werden die Alten zum Sterben hingebracht. Aber hier bei den schwerkranken Kinderchen ist es auch nicht einfach.»

Frank sagte Spürhunde, Perlacher Forst, bewusstlos, ausgekühlt, Finger abgefroren, Lungenentzündung, Leistenbruch, Beinbruch an zwei Stellen, Gehirnerschütterung, er sagte: «Ob sich zu operieren lohnt, wissen sie nicht.»

Noch eine OP. Ich packte mein Notizbuch ein und machte mich auf den Weg.

Irgendwann zwischen der Intensiv- und der geriatrischen Station drückte mir Frank wortlos ein sorgfältig zusammengefaltetes Blatt in die Hand, das er aus einem Briefumschlag hervorgeholt hatte. Der Name meines Vaters stand in kyrillischen Buchstaben und vielen Versionen auf der einen Seite, auf der anderen Seite nur ein riesengroß gezeichnetes Wort: «ENTSCHULDIGUNG». Um es zu lesen, musste man das Blatt im Querformat halten.

Ein kleiner Zettel, der nichts weiter beinhaltete als verschieden notierte Versionen des Namens Sascha. Einige waren nur hingekritzelt worden, andere schön gezeichnet. Bei einem bestand jeder Buchstabe aus klitzekleinen, sorgfältig gemalten Blumen, ein anderer war von einer Zeichnung eines Männerschuhs umrahmt, ein dritter spiegelverkehrt geschrieben. Manchmal waren die Buchstaben gewollt ohne Kanten, ein anderes Mal 3-D-Buchstaben. Als hätte jemand viel Zeit zum Kritzeln und Malen gehabt.

NEUNZEHNTES KAPITEL

ENTSCHULDIGUNG

So hatte er sich das Ende nicht vorgestellt. Nicht das Ende an sich und auch nicht das seine. Und weil die Dinge selten so waren, wie er sie sich nicht vorgestellt hatte, war er erst einmal in eine Art Schock gefallen. Die Milizionäre nannten ihn eine besonders harte Nuss, das hatte er noch mitbekommen, aber stolz war er nicht gewesen, weil ihn diese Tatsache – dieses Lob, wenn man bedachte, wer da sprach – ebenso wenig berührte wie ihre nervenden Fragen. Er ließ die Fragen nicht unbeantwortet, weil er eine harte Nuss war, sondern weil er schlichtweg nicht zuhörte. Einen halben Tag lang beschäftigte ihn die Locke über dem rechten Ohr seines Gegenübers in der Mitte. Die Haare waren bereits ergraut und so kurz geschnitten, dass man das ehemals Gelockte darin nur erahnen konnte, aber über seinem rechten Ohr hing eine Locke, dunkler als das restliche Haar. Warum? Diese Frage beschäftigte ihn ungemein und eben bis zum Mittagessen (während sie zum Mittagessen gingen, wurde ihm ein Teller mit matschigem Kartoffelbrei hingestellt, den er nicht anrührte). Er dachte weiter über die Locke nach. Er würde besonders weiche Kohle benötigen, um sie zu zeichnen.

Am Nachmittag desselben Tages dachte er über Primzahlen nach. Die Existenz von Primzahlen verwirrte ihn plötzlich. Waren sie die besseren Zahlen, weil sie sich nur durch eins und sich selbst teilen ließen, oder waren sie die langweiligen armen Verwandten jener Zahlen, die zu mehr zu gebrauchen waren? Hatten all die Mathematiker seit Pythagoras etwas übersehen, wenn sie Primzahlen so definierten? Er erstellte Mathematikaufgaben im Kopf.

Es dauerte Tage, bis sie ihn in Ruhe ließen, und noch ein paar Tage, bis er es zuließ, dass Bilder ihn aufsuchten. Es begann nachts, im Schlaf. Er wachte schweißgebadet auf, saß plötzlich aufrecht im Bett (was bedeutete, dass er mit dem Kopf gegen das Bett über ihm gestoßen war, es standen zwei Stockbetten in der Zelle, aber er war allein, wohl zu gefährlich für Zellengenossen) und hörte noch immer die Sirenen heulen. Nach jener Nacht, in der er nicht mehr schlief, um keine Sirene hören zu müssen, sondern sich darauf konzentrierte, im Dunkeln Kakerlaken zu zählen, hatte er irgendwann auch den Anfang in seinen Kopf gelassen: Im Auto hatten sie gelacht, es war ein aufgeregtes, nervöses Lachen über einen blöden Witz von Kostja gewesen, dem sie zu einem anderen Zeitpunkt keinerlei Aufmerksamkeit geschenkt hätten, den Kostja zu einem anderen Zeitpunkt vielleicht auch gar nicht erzählt hätte, er hatte hinten neben Sascha gesessen und ihm spontan einen Arm um die Schulter gelegt, und Sascha hatte gegrinst. An diesem Lachen hatte er sich ein paar Tage festgehalten, bis er ein weiteres Bild zuließ, das Bild, das er geknipst hatte, das einzige, das er geknipst hatte. Sein Herz hatte aufgehört zu klopfen, sobald er die Kamera aus seinem grünen Rucksack geholt hatte. (Wo war seine Kamera eigentlich jetzt? Er dachte lieber nicht darüber nach.) Er kannte das schon, sein Herz würde aufhören zu klopfen, wenn er die Kamera in den Händen hielt oder seinen Zeichenblock. Es klopfte natürlich schon, er war ja nicht tot, aber er hörte und spürte es nicht mehr. Es existierte nur noch das, was vor seiner Linse war, und was vor seiner Linse war, ging ihn nichts an. Auch nicht die Frau auf dem ersten und einzigen Bild. (Und ob es so gut geworden war, wie es vor der Linse aussah, würde er niemals erfahren. Wo war seine Kamera nun? Würde sie als nummeriertes Beweisstück im Archiv verschwinden oder würde sie sich einer der Milizionäre unter den Nagel reißen? Das neue Blitzlicht, das Hasenkopf ihm besorgt hatte, wohl auf jeden Fall, es bewies ja nichts.)

Die Frau auf dem ersten und einzigen Bild, das er aufnehmen konnte, bevor er die Sirenen hörte, bevor er, ja, was tat er eigentlich dann, was tat er in den Minuten von den Sirenen bis zu dem Schrei «Stehen bleiben, nicht bewegen», bis zu der Faust in seinem Nacken müssen doch Minuten vergangen sein, was hatte er getan, Sascha geholfen? Die Frau, die er fotografiert hatte, war dabei gewesen, sich die Eingeweide aus dem Leib zu kotzen, sie würgte, und das Gewürgte floss, da sie aufrecht saß und sich über ihren Schoß beugte, direkt auf ihren Beinstumpf. Sie hatten das Würgen bereits vom Flur aus gehört, auch wenn es sich mit anderen Geräuschen mischte, und sobald er das Zimmer betreten und die Kotze auf dem Beinstumpf gesehen hatte, hatte er die Kamera gezückt, und sein Herz hatte aufgehört zu klopfen (oder war die Reihenfolge genau umgekehrt gewesen?). Genau einmal hatte er auf den Auslöser drücken können, bevor Sascha ins Bild trat und die Frau an den Schultern fasste, um ihr zu helfen, und er sich darüber beschwerte, man veränderte nicht die Welt, indem man helfende Hände auf Bildern zeigte, dann hatte er die Sirenen gehört.

Es hatte noch weitere Tage gedauert (oder waren inzwischen Wochen vergangen?), bis er mehr als nur diese Bilder sah, sein Arm um Saschas Schulter im Auto, das gelbe Haus, dann Sascha auf dem Boden, eine Milizuniform über ihm, draußen Hasenkopf in Handschellen, sechs blaue Milizwagen, das höhnische Gesicht des Kerls, der ihn in den Wagen schubste, so, dass er mit dem Kopf gegen den Rahmen stieß. Er drehte sich immer wieder um, auch als der Wagen schon anfuhr, aber Sascha sah er nicht noch einmal.

Noch länger dauerte es, bis Grischa sich fragte, warum und wer. Dass es jemand gewesen sein musste, dessen war er sich sicher, woher sonst hätten sie es erfahren sollen? Pünktlich waren sie da gewesen, fast auf die Minute. Ein Bild von Kostja fehlte ihm, er sah Kostja vor sich, der das Auto fuhr und den schlechten Witz erzählte, an den er sich nicht mehr genau erinnern konnte, obwohl sie alle darüber gelacht hatten, nervös und aufgeregt, aber ein Bild von Kostja nach der Autofahrt, nach der Verhaftung hatte er nicht im Kopf. Vielleicht hatte er ihn nicht gesehen, weil ... Kostja hätte niemals ...!

Er war allein in seiner Zelle, und als ihm das, nach Tagen erst, auffiel, begann er darauf zu hoffen, ein Mitbewohner möge ihm zugeteilt werden, jemand, mit dem er reden, mit dem er Stadt, Land, Fluss spielen könnte oder das Spiel, bei dem der eine einen Städtenamen nannte und der andere eine Stadt nennen musste, deren Name mit dem Endbuchstaben der ersten begann. Astrachan – Novosibirsk – Kursk – Kasan – Niznij Nowgorod – Donezk, er war gut vorbereitet, er spielte es nun gegen sich selbst. Etwas anderes als die Gedanken. Kostja doch nicht, nicht Kostja! Wo waren sie, Kostja und Hasenkopf? Wo war Sascha? Wo, bitte, war Sascha?

An die Nichtbeteiligten zu denken, an seine Mutter, seine Schwester, seine Nichte, erlaubte er sich nicht.

Die Verhöre hatten aufgehört, sie hatten aufgegeben, weil er so eine harte Nuss war, er schmunzelte im Nachhinein darüber, er hatte doch nur nicht zugehört.

Er wusste, sie würden ein Exempel statuieren müssen, so war die Zeit, oder vielleicht war die Zeit schon immer so gewesen, ins gelbe Haus würde er nicht kommen, eher nach Sibirien oder direkt in die Psychiatrie. Ihm wäre harte Arbeit lieber als eine psychiatrische Anstalt. Kälte machte ihm nichts aus, vor zwei Jahren hatte er eine Forschungsgruppe nach Sibirien begleitet und die Kälte geliebt. Beide Urteile wären Todesurteile, aber er schuftete sich lieber zu Tode, als nur aus dem Grund ein Psychiatriefall zu werden, weil er in der Psychiatrie saß. Er staunte, wie wenig ihn dennoch der Gedanke ängstigte.

Aber Sascha. Um Sascha machte er sich Sorgen, der käme in einer solchen Welt nicht zurecht. Und seine Schwester, seine Nichte, seine Mutter. Sie brauchten Sascha. Ihn brauchte höchstens Sergej, und selbst da war er sich alles andere als sicher. Sergej hatte ihn eine Weile einen Clown genannt, was ihn kränkte, so hatten ihn auch mehrere seiner Klassenlehrer genannt, und Clowns, so hatten sie damals erklärt, seien an der richtigen Stelle (und nur da!) eine nette Beigabe und sonst jederzeit ersetzbar. Er war ein Clown, und Sascha war Vater, Ehemann, Schwiegersohn.

In der Nacht vor der Verhandlung schlief Grischa nicht. Er war ganz ruhig, nicht nervös, er starrte die verschimmelte Matratze über sich an, den Schimmel sah er im Dunkeln nicht, aber er roch ihn, er schloss die Augen, stellte sich Wolken vor, die er zählen konnte, und als er die vierhundert erreicht hatte, machte er sie wieder auf.

Jemand brachte ihm am nächsten Morgen einen Anzug. Die Hose war zu lang, das Jackett zu kurz. Beides roch unangenehm feucht, aber besser als die Kleidung, die er jetzt schon so lange trug (wie viele Tage und Wochen es waren, konnte er nicht mehr sagen, war ihm auch egal). Sie legten ihm Handschellen an, als sie ihn hinausführten, und für einen Moment fand er es amüsant und aufregend, als sei er ein Kind, das mit echten Handschellen spielen durfte.

Der Gerichtssaal war noch fast leer. Er kannte diese Säle, er hatte eine Zeitlang in der juristischen Bibliothek eines Gerichts gearbeitet. Auf dem Tisch vor ihm lagen ein Notizheft und ein Kugelschreiber, und Grischa hätte den hässlichen, glatzköpfigen Milizionär, der ihn abgeholt und hergebracht hatte, dafür umarmen und küssen wollen, hätte er nicht Handschellen getragen. Er hatte in den letzten Tagen eine Methode entwickelt, um seine Listen weiterzuführen: Er lernte sie auswendig. Er wiederholte sie laut, immer wieder, eine Liste pro Stunde (er schätzte die Stunden, eine Uhr hatte er nicht). Es half gegen die Bilder, gegen die Fragen, um nicht verrückt zu werden. Aber zeichnen hatte er im Kopf nicht können. Seine Finger zitterten vor Aufregung, gleich würden sie einen Stift erfassen. Schon in diesem Augenblick fühlte er sich nicht mehr so elendig allein.

Der hässliche Glatzkopf schubste Grischa auf den Stuhl, machte sich aber keine Mühe, die Handschellen aufzuschließen, und ging Richtung Tür, an der zwei Wachen standen.

«Entschuldigen Sie, aber die Handschellen?»

«Hast du nicht verdient, dass man dir die Handschellen abnimmt!» Er drehte sich noch nicht einmal um.

Er wartete darauf, dass Sascha, Hasenkopf und Kostja, ja, auch Kostja, hereingebracht wurden, es dauerte neununddreißig Minuten (im Saal hing eine Uhr, endlich eine Uhr!), bis die Tür wieder aufging. Er hatte auf die Wachen eingeredet, sie nach dem Wetter draußen gefragt, ihnen Witze erzählt und von seiner Großmutter, sie nach ihrem Familienstand gefragt, dann zwei Gedichte von Pasternak rezitiert. Sie ignorierten ihn, befanden ihn noch nicht einmal eines «Halt das Maul» für würdig.

Richter betraten den Saal, Männer in schwarzen Anzügen, einer trug Nadelstreifen, Besucher. Er meinte, den Mann zu erkennen, der ihn vom gelben Haus zum Wagen geschleift hatte. Seine Familie war nicht da, Erleichterung, weil seine Mutter ihn so, in Handschellen, nicht sehen durfte. Ihre Enkel brauchten sie noch. Sascha, Hasenkopf und Kostja waren allerdings auch nicht da. Jemand brachte ihm einen Zettel, den er unterschreiben musste, jemand anderes sagte, es sei das Protokoll seines Verhörs, er sollte es einfach unterschreiben, zum Lesen war keine Zeit. Sie machten die

Handschellen auf und nach dem Unterschreiben nicht wieder zu. Also nahm er den Stift in die linke Hand, die ein wenig zitterte, aber bereits auf dem Weg zum Papier ruhiger wurde. Er begann einfach, er zeichnete die Uhr ab, zehn Uhr dreizehn. Er zeichnete den Tisch des Richters ab, dann dessen Schuhe. Den Kronleuchter, das Vorhangmuster, den alten goldenen Türgriff. Erst dann wandte er sich den Menschen zu. Er nahm sich ein frisches Blatt aus dem Notizblock und fing einfach im Publikum rechts vorne an, bei dem großen Mann mit dem langen Bart im karierten Jackett, Presse wahrscheinlich, auch er kritzelte etwas, vielleicht sogar von der Prawda? Er machte weiter, der Saal war voll, und erst als er in der letzten Reihe angekommen war, entdeckte er, wer da auch saß: der Deutsche. Frank war da. Seine Familie war nicht da, zum Glück. Seine Freunde waren nicht da, für sie war es hier zu gefährlich. In seiner Nähe assoziiert zu werden. Sergej war nicht da, aber auf den hatte er gar nicht zu hoffen gewagt. Frank war da, er hatte sich getraut. Er riss sich im letzten Augenblick zusammen und presste die Lippen aufeinander, um nicht zu lächeln. Es sollte niemand bemerken, dass er Frank kannte, ihn wollte er nicht auch noch in Schwierigkeiten bringen. Aber er freute sich, freute sich zum ersten Mal seit Wochen wieder.

Erst als alle im Saal aufstanden, fiel ihm auf, dass er nur gezeichnet, nicht zugehört hatte. Schade eigentlich. Er war so verwirrt, so ungenau in der letzten Zeit. Und auch oft so müde. Die echte Uhr, war ihm aufgefallen, ging viel langsamer als seine innere. Wie viele Wochen hatte er in dieser Zelle verbracht? Wann waren sie im gelben Haus gewesen? Er konnte sich an die ersten Verhöre kaum erinnern, nur an Details, an die schwarze Locke des einen Mannes, an den Kugelschreiber des anderen auf dem Tisch. Und an seine Kopfschmerzen, sein Kopf hatte so geschmerzt, er hatte viel geschlafen, einen Tag, mehrere Wochen? Es war ihm egal gewesen, was war eigentlich los mit ihm? Er hatte das Gefühl, jetzt etwas machen zu müssen, irgendwas, die Verhandlung hätte seine Bühne sein können, sein müssen, aber er war zu müde, und ihm fiel auch nichts ein. Irgendetwas stimmte nicht mit ihm.

Sascha. Wo war Sascha?

Er kritzelte jetzt nur noch vor sich hin. Blumen. Buchstaben, die aus Blumen bestanden. Keine Zeichnungen mehr.

Das Urteil verlas eine Frau, eine der wenigen im Saal.

Er hatte den Namen Perm-36 schon gehört. Nur den Namen, sonst nichts. Er wusste, man kehrt von dort nicht zurück, deshalb hatte er auch nicht mehr darüber gehört. Natürlich, sie mussten ein Exempel statuieren.

Perm-36.

Es ging jetzt plötzlich alles ganz schnell; was sie sagten, seine Gedanken, ihm war schwindelig vom Stehen, er sah Frank, der groß und schlaksig war, hinter den anderen, konnte aber in seinem Gesicht keine Regung erkennen, und er hatte Fragen, so viele, und wusste, dafür war hier kein Platz. Aber für seine Fragen war noch nie Platz gewesen. War es das Land, war es die Zeit, war es die Familie gewesen, hatte er die falschen Fragen gestellt?

«Was ist mit den anderen?», rief er dennoch und achtete darauf, sie nicht seine Freunde zu nennen. «Sie hatten nichts damit zu tun. Alexander Grigorjewitsch

Ljubimow hat nichts damit zu tun. Ich habe ihn dahin geschleppt, es ist meine Idee gewesen», was sie ja auch war. Sascha hatte Bedenken geäußert, vielfältiger Art, mehrfach. Sascha hatte nachdrücklich gesagt, und hatte er das nicht selbst gewusst, dass es gefährlich werden würde, anders gefährlich als sonst.

«Ruhe im Saal.»

Er wollte etwas tun, musste etwas tun, irgendetwas. Er setzte sich hin, schrieb «Entschuldigung» in Riesenlettern, hätte das Blatt am liebsten hochgehalten für Frank, er müsste es auch von dort hinten lesen können, vielleicht könnte er noch weitere Zettel schreiben, Nachrichten an seine Familie, sie Frank irgendwie übergeben, er musste etwas tun, wo war Sascha, was würde seine Mutter, wie würde seine Nichte, irgendetwas, da kam der Glatzkopf mit den Handschellen auf ihn zu. Er hielt den Kugelschreiber noch in der Hand, den wollte er eigentlich rechtzeitig einstecken, für später, für die Zelle, für Perm-36, es war zu spät. Es machte «Klack», als der Glatzkopf den Kugelschreiber zurück auf den Tisch fallen ließ. Zeichnen würde ihm beim Überleben helfen, und überleben würde er, das war klar.

Der Glatzkopf führte ihn an allen vorbei zur Tür hinaus, sie guckten alle, starrten, er sah Neugierde und Abscheu und Mitleid und Fragen und Trauer in den Augen der Menschen, die gekommen waren, um ihn anzustarren, aber einen Blick auf den Deutschen, auf Frank, konnte er nicht mehr erhaschen.

«Deine Freunde wirst du nicht wiedersehen», flüsterte ihm eine der beiden Wachen gehässig zu.

ZWANZIGSTES KAPITEL

Ich tat, was ich nicht tun durfte, und hoffte, Flox erwischte mich nicht, er war noch wach und las. Ich saß im Wohnzimmer auf der Couch mit dem Laptop und trieb mich im Internet herum. Wie immer las ich die Geschichten mit dem schlimmen Schluss. Nacheinander gab ich «Tod-und»-Kombinationen ein: Tod + Norwood 3, Tod + Fontan-OP, Tod + HLHS, Tod + halbes Herz und so weiter. Ich las und weinte, las von Neugeborenen, die bei oder direkt nach der Geburt sterben, las von Babys, die eine der drei notwendigen Operationen nicht überleben, von Kindern, die nach Hause entlassen werden, sich ganz normal entwickeln und dann eines Tages, eines Nachts sterben, Happy-End-Geschichten las ich nicht. Bilder von Kindern, die trotz des schweren Herzfehlers turnen, reiten, schwimmen und lachen, sah ich mir wissentlich nicht an.

Flox sagte, mein Verhalten sei «kranker als krank». Dass ich abende- und nächtelang traurige Geschichten las, mache ihm Sorgen, mehr als Anna und der ganze Rest. Er nötigte mich, mit dem Psychologen im Krankenhaus darüber zu sprechen, was ich tat, weil die Verzweiflung größer als der Unwille war und ich an manchen Tagen nach der zweiten OP, die Anna nur knapp überlebt hatte, nicht wusste, was tun. Ich wachte auf, zu Hause oder im Krankenhaus auf einem Stuhl, und einen Moment lang war alles wie früher, ich öffnete die Augen, streckte mich, dann fiel es mir ein, und ich wusste einfach nicht weiter. Was jetzt? Wie steht man auf, welchen Fuß zuerst, und was dann, wenn ich aufrecht stehe? Sie sagten Depression dazu, es war, als hätte mein Gehirn keine Befehle an den Körper zu geben.

«Sie dürfen!», rief der Psychologe laut wie im Theater. Er war kaum älter als ich und gab sich so offensichtlich Mühe, mich direkt anzublicken und vertrauensvoll zu lächeln, dass sogar ich den Professor in seinem Kopf sprechen konnte: «Augenkontakt aufrechterhalten! Klare Botschaften vermitteln!»

«Sie als Mutter dürfen sich gehenlassen. Sie müssen nicht funktionieren. Sie dürfen einfach im Bett bleiben und trauern. Momentan müssen Sie gar nichts. Vor allem aber dürfen Sie weinen! Weinen Sie, wenn Ihnen danach ist.» Er tat mir leid.

Ich weinte nie, nie um mein eigenes Kind. Stattdessen weinte ich um Mia, Thomas, Janis und Luca, deren Geschichten ich nur aus dem Internet kannte. Das erzählte ich dem Psychologen, Flox zuliebe, der mit mir neuerdings sprach, auf mich einredete, als sei ich nicht älter als Anna. Es ärgerte mich, deshalb wollte ich es einmal jemand anderem erzählt und einmal von ärztlicher Seite gehört haben, dass ich nicht kranker als krank sei. Dass mich dieser Satz überhaupt beschäftigte. Anna wurde im künstlichen Tiefschlaf gehalten, damit ihr Herz sich nicht überanstrengen musste, sie wurde beatmet, die Ärzte sagten, sie wüssten nichts: Wir wissen nichts, eine Prognose geben wir nicht ab. Da müssen wir ehrlich sein. Wir müssen hoffen. Glauben Sie an Gott? Letzteres fragten sie häufig.

Einmal sagte ich: «Geht Sie nichts an», und staunte über mich, ich trat den Herren und Damen in den weißen Kitteln sonst immer mit Ehrfurcht gegenüber, sie bedienten Herz-Lungen-Maschinen, setzten und entfernten Shunts, hielten Herzen im buchstäblichen Sinne in ihrer Hand. In meiner Vorstellung retteten sie Leben am laufenden Band, eins nach dem anderen, weshalb ich nicht viele Fragen stellte, um sie nicht zu stören. (Ich ähnelte in dieser Hochachtung meiner Mutter und trug es in meine Liste ein: «Wo ich meiner Mutter immer ähnlicher werde». Obwohl ich mir wie jeder Mensch etwas anderes geschworen hatte, verlängerte sich die Liste stetig, seit Annas Geburt noch schneller.) Flox dagegen stellte viele technische Fragen, bereits während der Schwangerschaft, er redete schon ein paar Tage nach der Diagnose mit den Ärzten in einer Fremdsprache – Aorta ascendens hier, Foramen ovale da, eine Glenn später sei doch ... Ich hörte hin, verstand nicht viel und wollte nicht mehr verstehen, ich hatte nur eine Frage: «Wird sie leben? Wie lang?» Prognosen können wir keine abgeben. Glauben Sie an Gott?

Nach Annas zweiter OP war es, dass ich zu einem der Ärzte sagte, das ginge ihn nichts an, Flox und der Oberarzt starrten mich an, der eine überrascht, der andere entsetzt, und dann musste Flox laut lachen und legte seinen Arm um mich, als sei er stolz; der Arzt blickte noch entsetzter. Eine Stunde später kam Mathilda, unsere Lieblingsschwester, auf uns zugerannt, Anna ginge es besser, wir könnten sie jetzt sehen. Ich brauchte noch einen Augenblick, bevor ich Flox und Mathilda hinterherrannte, ich musste, obwohl das eine mit dem anderen nichts zu tun hatte, noch etwas aufschreiben. Mathilda kannte das, sie stellte mich anderen wartenden Eltern in der Abteilung vor als «die Mama, die immer etwas schreibt».

Während der ersten OP hatte Flox getan, was man so

tut: Er war Flure auf und ab gelaufen, hatte in der Nähe des OP-Saals gelauert, ich hatte ihn Haare raufen sehen, er hatte alle, meine Familie und seine Familie, mit Kaffee, Getränken und Sandwiches versorgt, selbst nichts gegessen, in Zeitschriften geblättert, ohne sie zu lesen, immer wieder die Uhren angestarrt, die an der Wand, die an seinem Handgelenk und die auf dem Handy. Er hatte geschwitzt, und seine Mutter hatte aus ihrer Tasche ein T-Shirt geholt (wie seltsam, ich hatte für Anna immer auch Ersatzklamotten dabei), er hatte es angezogen, und auch dieses hatte bald Schweißflecken unter den Achseln und am Rücken.

Ich schwitzte nicht, ich hatte es leichter. Ich hatte Listen geschrieben. Dreiundsechzig überarbeitete und elf neue Listen waren nicht schlecht für eine fünfstündige Operation.

Während der zweiten OP war Flox ruhiger gewesen oder hatte sich zumindest so verhalten wollen. Anna hatte bereits eine Stunde vorher einen Saft bekommen, den ich gerne flaschenweise getrunken hätte: Sie lachte über alles und jeden, vor allem über seine Nase. Sie schoben sie auf ihrem Bett heraus, eine Schwester hinten, eine vorne, Flox neben Anna, die nun doch ein wenig Angst bekam und die Arme nach ihm ausstreckte (und zum Glück auch mit Papa an ihrer Seite zufrieden war). Flox begleitete sie bis zum OP-Saal, ich musste an einen Flughafen denken, es war, als hätten wir kein Flugticket und müssten hinter dem Sicherheitscheck zurückbleiben; den Vergleich musste ich natürlich notieren. Flox kam zurück, Tränen in den Augen, setzte sich neben mich, wollte mich in den Arm nehmen, aber da war ich mit den Listen schon zu beschäftigt.

Flox fuhr nach Hause und backte, es war kurz vor Weihnachten, drei Sorten Plätzchen: Zimtsterne, Vanillekipferl, Kokosmakronen. Als er zurückkam, eine halbe Stunde bevor die Operation vorbei sein sollte (beide hatten wir uns, ohne darüber zu sprechen, darauf eingestellt, dass sie länger dauerte), hatte er mit Plätzchen gefüllte Geschenktütchen für die Ärzte und Schwestern dabei und ich immerhin einige neue und viele überarbeitete Listen gemeistert.

Waren Flox und ich schon immer so unterschiedlich gewesen, oder hatten wir einen Anlass wie diesen gebraucht, um den Gegensatz zu entdecken? Er erstaunte uns beide, immer wieder, mir machte er Angst. Flox fragte nie: «Warum?» Oder: «Warum ich, womit habe ich das verdient?» Flox hasste nicht, nicht das Leben, nicht Gott, nicht die Ärzte, nicht die anderen, gesunden Kinder, auch nicht das Schicksal, nicht sich und nicht mich. Ich hasste eine Weile querbeet und wahllos alles, manchmal hasste ich auch Anna, weil sie so zur Welt kommen musste, aber Letzteres gestand ich höchstens mir selbst ein.

Anna hatte die dritte OP übermorgen vor sich, und ich fand, ich hatte mir das Googeln nach Geschichten mit traurigem Ende verdient. Sie beruhigten mich, wie Flox Studien, Prozentzahlen und das Lächeln der Ärzte bei den Kontrollen beruhigten. Ich hatte den langen Abend zur Hälfte auf der Intensivstation und zur Hälfte in der geriatrischen Abteilung verbracht. Ich hatte meine Großmutter gesehen, hatte die Begegnung hinausgeschoben, solange es ging, holte Kaffee, telefonierte, ging häufiger zur Toilette als sonst, sprach mit der Polizei und jedem anderen, der gerade da war, wartete auf den Arzt, die

Schwester, das Abendessen, obwohl meine Großmutter nichts aß.

Ihr linkes Auge öffnete sie kein einziges Mal. Das rechte war so geschwollen, das Augenlid so dunkel, dass ich mir nicht vorstellen konnte, dass es je wieder aufgehen könnte. Das Gesicht war zerkratzt, der Kopf mit einem Verband umwickelt, ich sah auch den Nasenbruch nicht, den meine Mutter oder der Arzt erwähnt hatte, ich sah nur bläuliche Lippen, denen eine Krankenschwester oder auch meine Mutter abwechselnd Wasser einzuflößen versuchte, es dauerte Stunden, bis Großmutter zu saugen begann. Das schien sie alle zu freuen, mich als Einzige nicht. Meine Großmutter erbrach das Wasser zehn Minuten später wieder, aber ihre Augen, ihr linkes Auge, das als einziges an ihrem Körper noch so wirkte wie früher, öffnete sie dabei nicht.

Meine Mutter, erzählte mir Frank, hatte schon, bevor ich kam, die Anweisung gegeben, sie nicht mit Hilfe einer Magensonde zu ernähren, und wäre meine Mutter nicht meine Mutter, hätte ich sie dafür umarmt.

Auf der Intensivstation durfte erst keiner von uns zu Großmutter, später nur ihre Tochter, ich zum Glück nicht. Meine Mutter zögerte, wie ich später zögern würde, wollte sie nicht? Zu ihrer Mutter? So schnell es ging? Sie kramte in ihrer Tasche, ging auf die Toilette, fragte mich nach Wasser und Frank nach einem Bonbon, er legte ihr eine Hand auf die Schulter, zärtlich, sodass ich mich schuldig fühlte, diese Geste zu sehen.

Ich fragte mich (neuerdings, seit ein paar Stunden), ob Frank meine Mutter liebte, ob sie ihn liebte und wer aus Pflichtgefühl bei wem blieb, das Opfer beim Retter oder umgekehrt, ob sie Schuld, Dankbarkeit, Verantwortungsgefühl, Mitleid mit Liebe verwechselten, ich schob den Gedanken beiseite, natürlich liebten sie sich. Die Hand auf ihrer Schulter ignorierte sie.

«Jedes Mal habe ich Angst, wenn ich sie besuche. Wie wird sie sein, wo wird sie sein? Aber heute ...», sagte sie, und wenn der Satz an jemanden gerichtet war, dann an mich, nicht an Frank. Viele Fragen waren zu plötzlich in meinem Kopf, wie sprach sie mit Frank, wie oft, sprachen sie miteinander? Ich wollte nicht nach Antworten suchen, und um die Fragen loszuwerden, schüttelte ich entschieden den Kopf.

«Das ist so. Das darf ich auch einmal sagen», sie klang verletzt. Dann marschierte sie hinein, als hätte sie keine Zweifel. Frank legte seinen Arm um mich. Frank und ich hatten an diesem Tag mehr Körperkontakt als im ganzen letzten Jahr.

Jetzt zählte ich schon den Körperkontakt.

Sie verlegten meine Großmutter von der Intensiv- auf die geriatrische Station. Wir hielten das für ein gutes Zeichen, ich schrieb sogar Flox, meiner Großmutter ginge es besser, sie werde verlegt, er schickte geschätzte zwanzig Smileys zurück, dann sagte uns der Arzt, den ich direkt danach auf die Liste der «Ärzte, die sich für Götter halten» setzte, ohne Umschweife und stocknüchtern, er gehe nicht davon aus, dass man für meine Großmutter noch etwas tun könne. Eine OP lohne sich nicht, teilte er mit, jeder Mechaniker hätte den Komplettschaden eines Autos mit mehr Gefühl verkündet. Sollte sich ihr Zustand nicht plötzlich bessern, wovon er nicht ausging, wovon niemand ausging, betonte er. Was danach kam, hatte ich zu oft gehört, ich wollte es nicht noch einmal hören, weshalb ich ein paar Schritte zur Seite machte, meinen

Notizblock herausholte und den Arzt auf die Liste setzte. «Sie können beten.» In meinem Krankenhauslistenordner zu Hause hatte ich eine Liste mit Sätzen, die man von Ärzten nie hören möchte.

Später freute sich meine Mutter aufrichtig, woher sie nur die Energie dazu nahm, dass Großmutter allein im Zimmer war. «In der Sowjetunion mussten wir immer mit fremden Menschen in einer Kommunalka leben.» Meine Großmutter wusste ziemlich sicher überhaupt nicht, wo sie sich befand. Die Polizei hatte berichtet, ein Spaziergänger habe sie im Perlacher Forst gefunden, im Gebüsch, und ich versuchte, mir nicht vorzustellen, wie die Hunde um sie herum bellten und die Polizisten die Hunde lobten, «Fein, gut gemacht», und einer von ihnen sich herunterbeugte, um ihren Puls zu nehmen, wie sie Großmutter auf eine Liege hoben und sie zudeckten, noch vor der richtigen Untersuchung, denn beinahe erfroren war sie auf jeden Fall. Nicht mal das Hundegebell hatte sie geweckt.

Sobald die Besuchszeit vorbei war, schmissen sie uns raus, worüber ich nicht unfroh war. Ich fuhr nach Hause, Flox' Eltern waren bereits im Hotel, Anna schlief, aber Flox war aufgeblieben und wartete in der Küche auf mich, was mich freute, Flox trug ein altes Pink-Floyd-T-Shirt und eine schwarze Jeans, seine Haare sahen aus, als hätte er unruhig geschlafen, wie sie es auch taten, wenn er vom Friseur kam. Ich umarmte ihn, wann hatte ich ihn zum letzten Mal umarmt? War es, weil die letzten Tage so angefüllt waren von Dingen, die sonst nur in Filmen, in meinen Büchern oder in meinem Kopf passierten, war es, weil wir uns tatsächlich kaum gesehen hatten, ich wusste es nicht. Wir hatten nach der zweiten OP eine Kur mit Anna gemacht, zwei Wochen Flox, zwei Wochen ich. In den zwei Wochen, in denen ich allein zu Hause sein würde, hatte ich schreiben wollen, und Flox hatte sich für mich gefreut, er hatte mir Kekse und Bier gekauft und anspornende, witzige Post-its in der Wohnung verteilt, die ich auf ein Blatt Papier klebte, um sie in einer Listenkiste zu verstauen. Ich hatte den Roman aufgreifen wollen, an dem ich schon lange nicht mehr arbeitete, aber beim Durchlesen des Geschriebenen sagte es mir nichts mehr, und mit keinem der Protagonisten hätte ich gerne mein Bier geteilt. Vier Tage lang tat ich nichts, gar nichts. Ich lag im Bett, zu faul sogar zum Musikhören, döste, telefonierte mit Flox und Anna, bestellte mir abwechselnd asiatisches Essen und Pizza und schaute abends ein bisschen fern (weil ich tagsüber nicht fernsah, redete ich mir ein, in meinem Kopf arbeitete der Roman sich von selbst aus). Flox kommentierte, dieses Nichtstun hätte ich mir nach der schlimmen Zeit auch verdient, ich müsse meine Gedanken erst wieder sammeln, nur keinen Druck. Am fünften Tag setzte ich mich an den Schreibtisch, um einen neuen Roman zu beginnen, tippte mehrere erste Sätze, löschte sie, bis ich den Computer wieder ausschaltete, in meinen Listen kramte, «Gute erste Sätze für einen Roman» fand. Die eine Liste führte zur nächsten, und schon bald musste ich zur Kur fahren, um Flox abzulösen. Alle anderen herzkranken Kinder wurden von ihren Müttern begleitet, die mich aber in diesen Mütterkreis nicht aufnahmen und mieden, und auch wenn ich diese besorgten Mütter gar nicht mochte, ärgerte ich mich und fühlte mich in die Schule, sechste oder siebte Klasse, versetzt. Später fand ich heraus, dass es an Flox lag: Die anderen Mütter waren alle getrennt oder unglücklich oder geschieden. Dann, eines Abends, eine hatte zu viel getrunken und fing an zu reden, die anderen stimmten ein, tranken und redeten, klärten sie mich gesammelt darüber auf, dass eine Beziehung «so was» – «so was» stand für die Kur, für Diagnosen, Krankenhausaufenthalte, Operationen, vor allem aber für eine ununterbrochene, sich aller Gedanken bemächtigende Angst – nicht überlebt. Ich trank nicht viel an jenem Abend und las an den darauffolgenden meistens in meinem Zimmer. Als Anna und ich zurück waren, riss ich mich zusammen, achtete sorgfältig darauf, mit Flox über andere Dinge zu sprechen als Annas Sauerstoffsättigung, ihre Fortschritte, ihren Gemüts- und Gesundheitszustand. Ich begann eine neue Liste, «Themen, über die Flox und ich sprechen könnten», und hatte Angst, weil ich diese Liste wirklich zu brauchen schien. Es wurde besser, und erst als es besser wurde, fiel mir auf, wie schlecht es gewesen war. Wir ließen Anna für ein Wochenende bei meinen Eltern, fuhren zu einem Festival, wir hörten Musik, tranken, alberten herum, ich schickte meinen Eltern nur eine SMS, und einmal schliefen wir miteinander. Auf der Autofahrt zurück, Flox sang, und weil er sich Songtexte nicht merken konnte, erfand er wie früher eigene dazu, die mich zum Lachen brachten, nahm ich mir fest vor, so soll es weitergehen, mit Musik. Anna ging es weder schlechter noch besser, sie wollte bei Oma und Opa bleiben, ich war guter Dinge. Am nächsten Tag schnappte sich Anna in der Kita ein Laufrad und wollte fahren, und ich konnte nichts anderes denken als: Schafft sie das, packt sie das, ist das zu viel, ihr Herz, nicht noch den Hügel herunter, und dazwischen die Entrüstung in ihrem Gesicht, warum darf ich schon wieder nicht? Flox sagte: «Aber natürlich darf sie, lass sie doch!», und schon schrien wir uns an, und schon zog sich Flox wieder mit einem Buch zurück, und schon saß ich wieder am Computer und suchte nach Geschichten von Kindern, deren halbe Herzen zu viel sportliche Betätigung nicht mitgemacht hatten (es gab zugegebenermaßen nicht viele).

Anna lernte Laufrad fahren und raste Hügel herunter, streckte dabei ihre Füße aus und schrie manchmal «Jaaaaa!» wie alle anderen auch. Manchmal half Flox ihr hoch, schob sie ein wenig, unauffällig, «Ganz schnell nach oben!», schob auch ihre Freunde an, Anna merkte nichts. Wann hatte ich ihn zum letzten Mal umarmt?

Je mehr Todesgeschichten ich las, desto ruhiger wurde ich. Ich musste mich nicht mehr wehren und nichts entscheiden. Es kommt, wie es kommt, und diesen Moment wollte ich festhalten, den einzigen ohne Sorgen. Sogar schreiben wollte ich dann. Morgen würde ich mit Anna in den Zoo gehen, das hatte sie sich gewünscht für den Tag vor der OP. Mit Mama, Papa, Oma, Opa, Berlin-Oma, Berlin-Opa und Bär in den Zoo. Aber meine Mutter würde nun doch nicht mitkommen, und vielleicht auch Frank nicht, weil sie bei meiner Großmutter bleiben würden, und vielleicht würde, während wir Anna die Tiger und Leoparden zeigten und Anna ihrem Bären die Braun- und Eisbären zeigte, mein Telefon klingeln, und man würde mir sagen, dass meine Großmutter nicht mehr war. Großmutter hatte zum Eisbär immer «Weißbär» gesagt, es hieß im Russischen so, aber meine Großmutter bestand zudem darauf, dass es logisch sei – der Bär ist weiß, nicht aus Eis.

Am darauffolgenden Tag würde Anna operiert werden, und mit ganz viel Glück auch Großmutter, und die

Gedanken an diese lebensbedrohlichen Operationen berührten mich überraschenderweise nicht so sehr, wie sie sollten, was unfassbar angenehm war.

Ich holte meinen Krankenhausordner hervor, suchte die Liste der Sätze, die man von einem Arzt nicht hören möchte:

– Es lohnt sich nicht mehr zu operieren.

Ich dachte an Onkel Grischa, ich hätte ihn gerne um mich gehabt. Er würde mir jetzt vielleicht eine Geschichte erzählen, und wir könnten, wenn er mir gegenüber in dem braunen Ohrensessel säße, nicht älter als auf dem Bild, denn einen onkelhaften Onkel wollte ich nicht, er wäre jetzt über sechzig und wahrscheinlich ein Glatzkopf, zusammen lachen. Ich hatte große Lust zu lachen, aber ich war alleine, und etwas Lustiges fiel mir nicht ein. Ich begann eine neue Liste: «Wie ich mir Onkel Grischa vorstelle», die mir großen Spaß bereitete und noch an diesem Abend drei Seiten füllte. Ich schrieb in vollständigen Sätzen, was listenuntypisch war.

Später fiel mir ein, dass es ja Grischas Mutter war, die im Wald gefunden wurde, die ihr rechtes Auge nicht mehr aufbekommen würde («Es ist kaputt», hatte eine Schwester gesagt, als meinte sie ein Glas) und das linke wohl auch nicht. Auch dieser Gedanke berührte mich nicht, weshalb ich endlich den an meinen Vater zuließ, und mit diesem Gedanken und mit dem offenen Laptop neben mir, der irgendwann in der Nacht nach Strom geklingelt haben müsste, was ich nicht hörte, aber Flox, der aufstand und mich zudeckte, mit dem Ordner mit den Krankenhauslisten auf dem Schoß schlief ich ein.

Ich träumte von Onkel Grischa, der Frank erstaunlich ähnlich sah, was mich auch im Traum wunderte. Er wollte von mir wissen, warum ich so traurig war, worauf ich immerzu erwiderte: «Verstehst du es etwa nicht?», bis ich es selbst nicht mehr verstand. Grischa lachte viel, ein schallendes, vogelfreies Lachen, das ich beneidete. Am nächsten Morgen nahm ich den Traum in meine «Liste der bedeutsamen Träume» auf. Sie blieb auch nach Jahren erstaunlich kurz.

Flox hatte mich gefragt, als wir abends in der Küche saßen und ich für ihn die Bruchstücke der neuen Familienchronik zu einer Geschichte zu verbinden versuchte, die Lücken zudichtend, ob man nicht herausfinden könne, was aus Grischa, meinem Vater und auch meinem anderen Onkel geworden war, über den Frank nichts wusste, außer, dass er irgendwo im tiefsten Russland, und den Namen der Stadt hatte ich schon vergessen, irgendein «Kutsk» oder «Kursk», lebte. Frank hatte erzählt, er habe zahlreiche Anfragen an das ehemalige Arbeitslager geschickt, Perm-und-eine-Zahl hieß es, die ich sofort wieder vergessen hatte, und schlussendlich eine Sterbeurkunde meines Vaters erhalten. Von Onkel Grischa gäbe es nichts. Frank sagte, das könne einiges heißen, und als ich für Flox diesen Satz wiederholt hatte, klang er hoffnungsvoller als bei Frank.

Morgens weckte mich Anna, die auf die Couch kletterte und sich auf meinen Bauch setzte. «Heute keine OP, heute Zoo!»

EINUNDZWANZIGSTES KAPITEL

Es war merkwürdig, fast wie in einem Dogmafilm, meine Mutter nachts hier zu treffen. Erst wussten wir beide nicht, was wir sagen sollten, vielleicht wollten wir auch gar nichts sagen. Ich blieb stehen, sie stand nicht auf, um mich zu begrüßen, eine oder zwei Minuten erstarrten wir so, vielleicht sogar fünf.

«Kannst du nicht schlafen?», fragte sie. War sie zu müde, um dabei besorgt zu klingen oder wirklich besorgt zu sein, oder zügelte sie ihre Besorgtheit, weil sie wusste, dass ich diese nur schwer ertrug? Ich war ihr dankbar dafür.

«Ja. Und du?»

«Ich wollte bei ihr bleiben. Aber sie lassen mich nicht. Und jetzt sitze ich hier. Die letzten Stunden.» Und sie klopfte auf den Holzstuhl neben sich. «Besuchszeit. Wozu haben die sich das ausgedacht, die Besuchszeit? Es kann doch plötzlich zu spät zum Besuchen sein.»

Ich setzte mich neben sie, der Stuhl war überraschend kalt, ich schauderte kurz. «Das ist, damit die Patienten sich ausruhen können.»

«Ja, ich weiß», und dann schwiegen wir, ein neues, recht absurdes Erlebnis mit meiner Mutter. Das Schweigen, das neongelbe Licht und die Uhrzeit unterstrichen die Absurdität. Ich stellte fest, dass es nun schon das zweite Mal in dieser Woche war, dass meine Mutter und ich uns nachts trafen, an unschönen Orten beide Male.

Ich hatte nicht schlafen können. Flox hatte Anna ins Bett gebracht und war wie meistens mit ihr eingeschlafen, ich hatte aufgeräumt, die letzten Sachen gepackt, dann doch noch mal alles aus der Tasche geholt, auf der Couch ausgebreitet und kontrolliert und wieder zurückgestopft, weniger ordentlich als vorher. Packlisten schrieb ich prinzipiell nie, Packlisten waren für jedermann. Ich notierte «Bär» und «Feuerwehrflasche» auf ein Post-it und drückte es auf die Tasche, beides dürften wir in der Früh nicht vergessen. Ich hatte Zähne geputzt und mich zu den beiden gelegt, Anna schlief quer im Bett, ihre Füße in den bunten Ringelsocken (sie fror immer so schnell: das halbe Herz), direkt vor Flox' Nase. Ich schob sie sachte anders hin, sodass ich sie an mich drücken, sie festhalten konnte, so festhalten, dass morgen um sechs Uhr kein Wecker klingeln, dass wir nicht ins Auto einsteigen, dass niemand sie auf einer viel zu großen Liege in Richtung OP-Saal schieben würde, dass kein Anästhesist, keine Ärzte sie anfassen würden, dass sie das Wort OP niemals hörte, zumindest nicht, bis sie alt genug für ein Medizinstudium oder Grey's Anatomy wäre. Sie war jetzt zweieinhalb und konnte «Hypoplastisches Linksherz-Syndrom» sagen, ohne Buchstaben zu verwechseln oder zu stottern, und sie gab ihrem Bären regelmäßig Thrombosespritzen. Ich wollte sie festhalten, bis alles vorbei oder anders wäre, was natürlich nicht möglich war, ich scheiterte daran seit drei Jahren. Ich wusste, ich würde nicht schlafen können, und stand wieder auf. «Anna strampelt, als würde sie sich für immer von mir losmachen», trug ich in die Liste der «Dinge, die in einem Film/Buch symbolische Bedeutung hätten» ein.

Ärzte hatte ich noch nie gemocht, schon als Kind nicht.

Ich hatte auch selbst nie meine Puppen verarztet und später deshalb kein Latein gelernt, weil ich es nur mit Medizin assoziierte. Ich ging weder regelmäßig zum Zahnarzt noch zum Gynäkologen, und Impfungen für meine Fernreisen schob ich auf den letztmöglichen Tag hinaus. Es war der 23. Oktober vor drei Jahren, das Datum klebte an mir, und seither dachte ich an jedem 23. eines jeden Monats daran: Vor zwei Monaten, vor einem halben Jahr, vor vierzehn Monaten, vor achtzehn ... Ich hatte mich unwillig zu einer dieser Standardschwangerschaftsvorsorgeuntersuchungen gequält, froh darüber, dass Flox nicht mitging, ich saß auf diesem peinlichen Stuhl und versuchte, die Peinlichkeit mit einem Gespräch zu überbrücken. Ich stellte jene Fragen über den Embryo (oder war es schon ein Fötus oder ein Kind oder war das alles dasselbe?) in meinem Bauch, von denen ich annahm, dass Schwangere sie stellten. Was macht es da drin? Kann es die Augen öffnen? Ich redete dann noch ein bisschen übers Wetter und achtete darauf, keine Pause zu machen, weil Dr. Schlimmer diesmal besonders lange mit seinem Ultraschallgerät auf meinem Bauch auf und ab fuhr und auf meine Fragen recht einsilbig reagierte. (Und selbstverständlich trug ich Dr. Schlimmer in meine Listen ein.) Dr. Schlimmer beantwortete meine Fragen plötzlich gar nicht mehr, weshalb ich auf den frühen Winter zu sprechen kam und die Notwendigkeit, mir eine Schwangerschaftsjacke zu kaufen, aber da unterbrach er mich, weil ihn meine Jackenproblematik offensichtlich nicht so bekümmerte wie das, was er auf dem Ultraschall sah, und sprach diesen einen Satz aus, der bis heute alles beschreibt: «Hier stimmt etwas überhaupt nicht.»

Der Arzt hieß tatsächlich Dr. Schlimmer. Ich trug ihn

ein, in die «Liste der Dinge, die in einem Film/Buch symbolische Bedeutung hätten», in die «Liste filmreifer Szenen aus meinem Leben», in die «Liste toller Nachnamen», und er war dann der erste Name auf meiner «Liste der Ärzte, mit denen wir über das HLHS sprechen», die ich noch im Wartezimmer des Kinderherzspezialisten begann, zu dem er mich geschickt hatte. Die Liste war inzwischen anderthalb Seiten lang, später teilte ich sie auf, und Dr. Schlimmer schaffte es auf die «Liste der angenehmen Ärzte».

«Hier stimmt etwas überhaupt nicht!» Obwohl ich gleich nachfragte: «Wieso, was denn nicht?», war ich noch nicht besorgt, sondern fühlte nur den Druck, es sein zu müssen, als Mutter und so. Wann die Besorgnis und wann die Angst, wann das Gefühl, gefangen zu sein (in der Diagnose, in diesem Leben mit dieser Angst), kam, weiß ich nicht mehr. War es, als Dr. Schlimmer mir die Sache mit dem halben Herzen erklärte und ich das erste Mal «Mitralklappenstenose» hörte und das Wort sofort im Kopf buchstabierte, war es am Abend desselben Tages, als Flox und ich «HLHS» und «Baby» googelten und lasen und uns bald stritten und daraufhin an beiden Computern weitermachten, jeder für sich, weil ich die Geschichten toter Kinder las und Flox lieber den Unterschied zwischen HLHS Typ I und Typ II verstehen wollte und die Koronararterie auf einer Herzabbildung suchte? War es, als der nächste oder der übernächste Kinderarzt oder Herzchirurg von Entscheidungen sprach, konkret der, ob man «so ein Kind» nicht manchmal lieber gehen lassen sollte, und ich nachhakte: Wie oft ist manchmal? War es, als mich jemand, den ich nicht näher kannte, fragte: «Glauben Sie an Gott?» (das erste von vielen Malen)?

War es, als ich Frank weinen sah, zum ersten Mal überhaupt, weil er sich natürlich sofort in der medizinischen Bibliothek vergraben hatte und danach zu uns kam und mich schweigend, aber weinend umarmte? War es, als Anna endlich auf der Welt war und nicht schrie und alle kurz still waren, die Kinderärzte, Herzchirurgen, Gynäkologen und Hebammen, Flox und ich, und wir alle nur dem Nichtschreien lauschten, das einer durchbrach mit: «Wollen Sie, dass wir sie beatmen?» Spätestens war es, als Anna ein paar Sekunden später aufschrie, als wollte sie die Antwort selber geben, «Ich mach ja», und Flox erleichtert auflachte. Als Anna schrie und Flox auflachte, klatschten alle im Zimmer, die Entspannung spürte man förmlich. Alle atmeten auf, der Herzchirurg lächelte so, dass ich es ich trotz Mundschutz erkannte, die Hebamme streichelte mir über den Kopf durch die schweißnassen Haare, aber ich spürte Angst und sonst nichts. Nur die Angst, das Schreien könnte jeden Moment aufhören, sie würden wieder fragen: «Wollen Sie, dass wir sie beatmen?», und von mir eine Antwort auf eine solche Frage erwarten.

Später lernte ich, Fragen dieser Art sofort und nachdrücklich zu beantworten, weil ich sah, dass es ohne Anna nicht mehr gehen würde. «Gehen lassen» ließ ich weder als Möglichkeit noch als Ausdruck zu, und wenn es mal schlechter aussah und jemand nahm den Ausdruck wieder in den Mund, schrie ich, wie Anna damals nach ihrer Geburt geschrien hatte. Flox lernte, mich schreien zu lassen; wir fanden heraus, dass Pommes die einzige genießbare Speise in der Klinikkantine waren und wo der nächste Obststand beim Klinikum war; wir lernten, uns an kleinen Schritten zu freuen, dass Kinder besser kämpfen als wir, zumindest als ich. Wir eigneten uns medizinisches Vokabular an (ach, hätte ich nur in der Schule Latein genommen!) und übten für eventuelle, nie eingetretene Notfälle, wie man in der Fahrschule übt, was im Falle eines Unfalls zu tun ist. Flox lernte später, während die Prognosen besser wurden und niemand mehr von «gehen lassen» sprach, während Anna sich entwickelte wie andere Kinder, krabbeln, laufen, sprechen, trotzen, ihre seit der OP rosafarbene Hautfarbe, wie bei jedem anderen Kind in der Kita, als gegeben hinzunehmen, während ich ihren Körper bei jedem Wickeln nach einem Baustich absuchte, jeden ihrer Huster als Bedrohung wahrnahm. Mit der Zeit lernte ich auch, diese Ängste für mich zu behalten und Anna nicht zu beobachten, wenn Flox in der Nähe war, weil ich wollte, dass er es genoss, und sie es genoss, dass sie sich beide keine Sorgen machten und den Husten als Erkältung nahmen und beim Klettern auf dem Spielplatz die Dezibelstärke ihres Schnaufens nicht einzuschätzen versuchten.

Es würde die dritte und im besten Fall letzte OP werden. Die Chancen, nach drei Norwood-OPs mit diesem Herzfehler noch eine Weile (wie lang war eine Weile? Das wussten die Studien nicht) und einigermaßen uneingeschränkt zu leben, standen gut. Flox und unsere Eltern, die Ärzte und Freunde und auch sonst alle wiederholten diese Einschätzung wie ein Mantra, sie hielten sich daran fest. Einmal die Stunde hörte ich diesen Satz, Flox oder die anderen sagten ihn laut und deutlich, als wollten sie die andere Stimme im Kopf übertönen. Die andere Stimme sagte in meinem Kopf in einer Dauerschleife und sorgte dafür, dass für positive Prognosen kein Platz mehr blieb: Ein Herzchirurg würde mein Kind aufschneiden, die untere Hohlvene des Herzens mit der Lungenschlagader verbinden, aber ein kleines Loch in dem entstehenden Tunnel lassen, damit die Lunge des Kindes nicht zusammenbrach, wenn das Kind später schrie, und ob es seinem Herzen, dem ja die linke Hälfte fehlte, da nicht doch zu viel würde, wusste niemand.

Ich konnte nicht schlafen, und nachdem ich lustlos und unkonzentriert an Listen gearbeitet hatte, hatte ich mich ins Auto gesetzt, war in die Klinik gefahren und wollte nach meiner Großmutter schauen, das würde sie nicht merken, aber mich ablenken, doch an Besuchszeiten hatte ich nicht gedacht, weil bei meinen sonstigen Klinikbesuchen in der Kinderherzabteilung keine Besuchszeiten galten, höchstens sagte die Schwester oder der Arzt: «Sie dürfen zu Ihrem Kind, aber nur für fünf Minuten.» Erst in einem der seltsam leeren und ungewohnt stillen langen Flure fielen mir die Besuchszeiten wieder ein, aber ich dachte, vielleicht könnte ich unauffällig ... oder eine nette Schwester würde ... Nur kurz ein Blick, immerhin hatten wir meine Großmutter für tot gehalten, und immerhin dachten die Ärzte, sie sei morgen oder spätestens übermorgen dann tot. Genau so würde ich es sagen, dachte ich, sollte ich einer netten Schwester begegnen. Dann fiel mir auf, dass «tot» in der geriatrischen Abteilung wahrscheinlich mehr Erlösung war als eine drohende Gefahr.

Im Gang gegenüber dem Zimmer, in dem meine Großmutter vor sich hin fieberte, waren vier Klappstühle in die Wand montiert, auf einem saß meine Mutter, die mich überrascht, aber nicht besorgt betrachtete und nichts sagte, so wie auch ich nichts sagte und nur stehen blieb, bis sie dann doch schwach und etwas distanziert lächelte, als sei sie nicht meine Mutter. Vielleicht war sie gerade mehr Tochter denn Mutter.

Sie fragte: «Konntest du nicht schlafen?»

Wir saßen nebeneinander und starrten beide zur selben Tür. Wir schwiegen eine ganze Weile. Ich sah irgendwann auf die Uhr, schon kurz nach eins, wir hatten länger geschwiegen als jemals zuvor. Sie stellte einmal ihre Handtasche auf den Schoß, kramte darin und hielt mir eine Packung Hustenbonbons hin. Ich nahm eins, weil mir «Zucker» und «wach bleiben» durch den Kopf ging, obwohl ich gleichzeitig auf der Packung «zuckerfrei» las. Es war ein sehr schönes Schweigen, Krankenschwestern kamen keine vorbei.

Letzteres fiel mir erst nach einer Stunde auf. Niemand war an uns vorbeigegangen, niemand hatte uns gesehen, und außer kurzem Husten und Stöhnen aus den Zimmern hatten wir nichts gehört.

«Warum gehen wir eigentlich nicht einfach rein? Es ist doch keiner da!», sagte ich.

«Vorhin war jemand da. Als die Besuchszeit vorbei war, haben sie gesagt, ich soll gehen. Ich hatte gebeten, dass ich bleiben darf. Bei meiner Mutter bleiben, aber sie haben mich aus dem Zimmer geschmissen. Sie haben nicht erlaubt, dass ich bei meiner Mutter bleibe, ich hätte auf dem Stuhl geschlafen. Es ist vielleicht das letzte Mal ... Und das in Deutschland!» Ich dachte an meine Liste, sie schüttelte den Kopf, und ihre Brille verrutschte. Sie rückte sie nicht zurecht. Eine Bitternis war in ihrer Stimme, die ich so noch nie gehört hatte, sie passte nicht zu ihr und störte mich.

«Aber die Schwestern machen ja nicht die Regeln. Die haben doch ihre Anweisungen.»

«Ja, aber Regeln. Man kann doch eine Ausnahme machen. Das ist meine Mutter, und wie lange sie noch leben wird ... Man muss sich doch von den Menschen verabschieden, die man liebt.» Sie seufzte auf, bevor sie weitersprach, und ich war mir nicht sicher, ob das die ihr eigene Dramatik war oder ob sie tatsächlich in Gedanken verloren war. «Ich habe mich nicht immer verabschiedet. Das war falsch. So was weiß man nur im Nachhinein, Sofotschka.»

So hatte mich Großmutter genannt, sonst niemand. Frank fand die russischen Wortverniedlichungen, die immer Verlängerungen waren, amüsant, auch im Deutschen sagte meine Mutter «Stiefelchen» zu Winterstiefeln, jedes Buch war ein «Büchlein», auch Werke Tolstojs. Aber ich war Sofia, und wann immer es passte, betonte meine Mutter die Würde in diesem großen Namen, dem Namen der großen Frau eines großen Mannes. Als Kind war ich stolz, einen würdevollen Namen zu tragen, obwohl ich keinen Schimmer hatte, was Würde war und wie man sie trug, und mir unter Würde etwas Unsichtbares vorstellte, das man wie eine zerbrechliche Schale vorsichtig zu halten hatte.

Es waren komische Tage, diese Tage mit nächtlichen Begegnungen, unerwarteten Funden und unverhofften Gesprächen, in denen bislang Unausgesprochenes in halben Silben genannt und trotzdem nicht alles gesagt wurde.

Ich erinnerte mich an eine Liste mit den Momenten, in denen mich meine Mutter Sofotschka genannt hatte. Ich hatte sie seit Jahren nicht mehr gebraucht und wusste nicht, wo sie war, im blauen Ordner vielleicht. Dort legte ich Listen ab, die ich zusammen mit Lebensabschnitten abschloss. Die Liste meiner Kuscheltiere, meiner besten Schulnoten, meiner schlechtesten Schulnoten, der Jungs, die ich süß fand, der Bands, zu denen ich gehören wollte, der Dinge, die ich mir kaufen, wenn Frank mein Taschengeld erhöhen würde, der Jungs, die ich gerne küssen würde, ohne mit ihnen zusammen zu sein, der guten/schlechten/witzigen/interessanten/tollen Lehrer, der Liste möglicher Studienfächer, der Dinge, die ich tun würde, wenn ich mal ausziehen würde, und so fort. Meine Mutter hatte mich fast nie mit Sofotschka angesprochen, den Namen aber fast immer verwendet, wenn sie auf Russisch über mich sprach, mit meiner Großmutter oder ihrer einzigen russischen Freundin Ludmila. Ich hatte sie mal gefragt, warum sie mich nie so nannte, sie hatte mit den Schultern gezuckt und geantwortet: «Weiß nicht. Vielleicht, weil ich nicht Russisch mit dir spreche. Und der Name Sofia ist so schön, so erhaben, du trägst ihn mit Würde. Ich mag, dass du meine Sofia bist.» Aber «ihre» Sofia wollte ich, damals schon, nicht mehr sein. Ich achtete peinlichst genau darauf, Anna niemals als die «meine» zu bezeichnen. Ich konnte mich an die Liste nicht mehr genau erinnern, aber wahrscheinlich war ich krank oder meine Mutter aus anderweitigen Gründen besorgt gewesen, wenn sie mich Sofotschka nannte.

Es waren wirklich sonderbare Tage, an denen sich alles von selbst ergab, irgendwie über mich kam, ohne mein Zutun, ich wunderte mich nur, stand daneben und beobachtete mich selbst wie die anderen, als seien wir in einem Film. Hunde hatten meine Großmutter gefunden, Frank hatte ein altes Foto entdeckt, Annas letzte OP stand an, Listen tauchten auf, und ich fragte meine Mutter – in jener Nacht, in der wir uns unverabredet in einem

Krankenhausflur getroffen hatten und nun nebeneinandersaßen – nichts. Neben ihr auf dem Stuhl stand ihre große Tasche, zu groß, weil sich darin außer ihrer Haarbürste, die sie immer mit sich trug, ihrem Portemonnaie und einer Packung Taschentücher nichts befand, wie ich gesehen hatte, als sie die Hustenbonbons herausnahm. Hatte meine Mutter früher nicht immer ein Buch dabeigehabt? Hatte ich nicht von ihr gelernt, dass man ohne Buch nicht aus dem Haus geht, niemals? Wenn ich mir eine Handtasche kaufte, auch eine kleine für Hochzeiten oder andere besondere Anlässe, achtete ich darauf, dass ein Taschenbuch hineinpassen würde. In meinem grünen Rucksack neben mir auf dem Boden befand sich ein Buch, in dem ich schon seit Tagen nicht mehr gelesen hatte. Es hatte ausnahmsweise nichts mit Anna und meiner Rolle als Mutter zu tun.

Frank hatte gemeint, ich solle meiner Mutter nichts sagen.

«Sag deiner Mutter nichts davon.»

Und ich hatte nicht widersprochen und nicht nach dem Warum gefragt. Frank wusste, was gut für meine Mutter war, schon immer, ich hatte mich immer daran gehalten und nickte auch nun gehorsam wie ein Kind. Frank äußerte selten Ansprüche und Wünsche an mich.

Hatte er es ihr gesagt?

Meine Mutter schwieg, und anstatt sie zu fragen, sagte ich aus irgendeinem Grund: «Morgen wird Anna operiert. In ein paar Stunden eigentlich schon.»

«Ich weiß.»

Ich kannte den Satz, der nun folgen würde. Seit Flox und ich seine Eltern ins Hotel verabschiedet hatten, hatte ich den Satz nicht mehr gehört.

«Es wird alles gut. Nur noch diese eine OP. Sie ist so ein starkes Mädchen, sie macht das schon. Und dann kann sie ganz normal leben!» Woher wusste jeder außer mir, was ganz normal war? Achtzig Prozent der normalen Herzleistung, sagten die Ärzte, ganz normal? Gesteigerte Lebenserwartung. Manche Kinder könnten sogar beim Schulsport mitmachen, erzählten sie mir begeistert. Ich hatte Schulsport gehasst.

Ich schaffte es, die Augen nicht zu verdrehen und nicht zu seufzen, sondern zu nicken.

«Ich weiß.»

«Wenn Großmutter geht, dann wird sie ihre Kraft an Anna weitergeben. Ich glaube daran, dass Dinge aus einem bestimmten Grund passieren. Ich glaube, dass es vielleicht so sein soll. Verstehst du?»

Ich hatte diesen Gedanken auch schon gehabt und natürlich wieder verworfen, aber meiner Mutter konnte ich das selbstverständlich nicht offenbaren, also schwieg ich immer noch.

«Wenn Großmutter geht, dann ist es wahrscheinlich gut so. Sie wird dann bei ihrem Mann sein, bei ihren Eltern. Sie hat jetzt so oft nach ihrer Mama gefragt. Jeden Tag, immer wenn ich da war. Sie flüsterte immer: ‹Mama, Mama.› Sie wird bei ihrer Mama sein. Bei Grischa wird sie sein.»

Frank hatte es ihr also erzählt.

Meine Mutter nahm das Wort «sterben» nicht in den Mund. Niemand nahm dieses Wort gern in den Mund, selbst die Ärzte und Krankenschwestern nicht. Gehen lassen, sich von uns verabschieden, freigeben, loslassen, einschlafen, einschlummern, heimgehen, entschlafen, so weit sein, ich führte eine Liste mit Synonymen, die sie alle zu brauchen schienen, um nicht die Wahrheit sagen oder hören zu müssen. Einmal hatte ich Flox angeschrien: «Wenn sie tot ist, dann ist sie tot, verstehst du, tot», und Flox war entgeistert gewesen: «Das will ich nicht hören», war gegangen und erst mitten in der Nacht wieder zurückgekommen. Er sagte nichts, als er sich neben mich legte, und am nächsten Morgen sprachen wir nicht wieder davon.

«Frank hat dir von Grischa erzählt?»

«Ja.»

«Das ist gut.»

«Erzählst du mir auch?»

«Was willst du denn wissen?» Nach all den Jahren fragte sie mich, was ich denn wissen wollte. Und mir fielen die tausend Fragen, die sich seit gestern in meinem Kopf drehten, sich verdichteten und vermengten, mich sogar von der OP ablenkten, nicht mehr ein. Ich beugte mich herunter, kramte in meinem Rucksack, holte mein Notizbuch hervor, schlug es sofort an der richtigen Stelle auf.

«Liste unbeantworteter Fragen über Grischa»

Ich versuchte seit Jahren, meiner Mutter, wenn möglich, den Anblick eines Notizblocks und ihrer Tochter, die in diesen Notizblock wie fieberhaft notierte, in unpassenden Momenten, während des Essens, beim Autofahren an einer Ampel, beim Im-Topf-Rühren oder Wickeln, zu ersparen, weil ich wusste, der Anblick tat ihr weh. Ich hielt meiner Mutter den Block wortlos hin. Sie las, schmunzelte, blätterte, schien sich an der Liste gar nicht zu stören.

«Grischka hat auch immer Listen geschrieben. Wusstest du das?»

«Ich habe es mir denken können. Ich hab die Listen doch gefunden, seine Listen, oder?»

Sie nickte, zaghaft, als habe sie mich nicht richtig gehört.

«Er hat immer etwas geschrieben oder gezeichnet. Schon als wir Kinder waren. Er war sehr gut im Zeichnen. Porträts, Karikaturen, als Kind hat er immer seine Lehrer und unsere Eltern skizziert. Später auch andere, Politiker zum Beispiel. Er hat auch sehr schön fotografiert. Und immerzu irgendwas notiert. Er hatte Talent. Viele Talente, unser Grischka.»

Es war in der Nacht, in der meine Großmutter vor sich hin fieberte und nach der sie morgens um sechs Uhr einundzwanzig verstarb, eine halbe Stunde nachdem ich mich auf den Weg nach Hause gemacht hatte, um Flox und Anna zu wecken, dass meine Mutter von Grischa zu erzählen anfing und bis in die frühen Morgenstunden nicht mehr aufhörte. In keinem Moment während dieser Stunden war ich mir sicher, ob sie diese Geschichten für mich oder für sich oder für Großmutter, die hinter der Tür lag, erzählte, weil sie mich nicht einmal anblickte, keine Reaktionen erwartete und manchmal lachte, obwohl sie noch gar nicht bei der Pointe angekommen war. Einmal weinte sie ein wenig, reagierte aber nicht, als ich sie, unangenehm berührt, darauf hinwies, sie habe doch eine Taschentuchpackung dabei. Was sie erzählte, beantwortete manche meiner Fragen, andere nicht. Die meisten Geschichten handelten von ihrer Kindheit, von einem Jungen, der anders war als alle anderen Kinder, einem Jungen, mit dem ich gern gespielt hätte, der so war, wie ich gerne gewesen wäre, von ihrem großen Bruder, den sie liebte und fürchtete zugleich. Das Ende dieser

Geschichten, das Ende dieses Jungen hatte mir Frank erzählt, so gut er konnte, sie erwähnte es nicht. Die eine Frage, die ich unbedingt stellen wollte, stellte ich nicht.

Meine Mutter hörte abrupt zu sprechen auf, sagte, sie habe Durst, nahm ihre Tasche und ging den Gang hinunter zum Getränkeautomaten. Sie fragte nicht, ob ich etwas wolle, ich wunderte mich, weil sie sonst nicht nur ein Buch, sondern auch immer eine Wasserflasche dabeihatte. Ich wartete auf die Müdigkeit, sie kam nicht.

Während sie weg war, traten zwei Stationsschwestern aus dem Krankenschwesternzimmer, wunderten sich über mich, sagten nichts, das frühmorgendliche Leben des Krankenhauses begann, die eine Schwester schob einen Wagen voller geschmacksloser Frühstücksbrötchen und kleine Marmeladenverpackungen vorbei. Als meine Mutter mit einer Wasserflasche zurückkehrte, sprachen wir nur noch kurz über die Uhrzeit, und ich machte mich auf den Weg zum Parkplatz. Ich versprach ihr, noch einen Automatenespresso zu trinken und sehr vorsichtig zu fahren, versprach es ruhig und gar nicht genervt.

Es war genau fünf Uhr fünfundvierzig, als ich das Auto anließ, die Nachrichten begannen gerade. Die politische Zukunft von irgendwem war entschieden, jemand anders war zu Gesprächen bereit, noch ein anderer kritisierte. Um sechs Uhr einundzwanzig ging meine Großmutter von uns, da war ich schon zu Hause und zog Anna an, um sieben sollten wir im Krankenhaus sein.

Warum mir noch nie jemand von Grischa erzählt hatte? Ich hatte diese eine Frage nicht gestellt und meinte die Antwort dennoch zu kennen.

ZWEIUNDZWANZIGSTES KAPITEL

Für die «Liste der Momente, die sich bedeutungsvoller anfühlen sollten, als sie es tun»:
- zu erfahren, dass die Oma gestorben ist
- das eigene Kind bis zum OP-Saal schieben
- wenn sich die wichtigsten Menschen (Eltern, Großeltern, Schwiegereltern, Schwägerin, Freunde) umarmen wie eine Football-Mannschaft vor einem Spiel in einem amerikanischen Film
- wenn das Kind vor einer lebensbedrohlichen OP «Bis später!» sagt und gut gelaunt winkt und kichert, weil es einen Beruhigungssaft bekommen hat
- wenn die Männer in der Familie (Flox, sein Vater, Frank) Tränen vergießen

Für die Liste «Ich als Feigling»:
- als ich mich nicht traute, zu Großmutter zu gehen
- als ich mich nicht traute, Flox' Mutter zu sagen, dass wir im letzten Moment gerne mit Anna alleine wären
- als ich mich nicht traute, den Arzt zu fragen, wie häufig er schon solche Operationen durchgeführt hat und wieso Dr. Schrammer nicht da ist
- als ich Flox vorschickte, um Anna bis in den OP zu begleiten
- als ich Kaffee holen ging, damit ich nicht sehen musste, wie er wiederkam

Für die Liste «Fragwürdige Erziehungsmaßnahmen»
• Anna fragt, ob wir morgen oder übermorgen wieder in den Zoo gehen, und ich sage: «Morgen sicher nicht, aber übermorgen vielleicht», obwohl klar ist, dass sie in den nächsten Tagen noch nicht mal laufen wird.

Die Liste «Als Frank weinte» konnte ich verdoppeln, indem ich nur einen Satz schrieb: «als Anna für die 3. OP in den Saal geschoben wurde».

Flox' Vater versorgte uns mit Essen, niemand aß. Erst hatte er Kaffee und Tee geholt und musste dafür mehrmals laufen, weil er das alles nicht auf einmal transportieren konnte. Daraufhin hatte er vom Bäcker Brezeln und Croissants mitgebracht und war sofort wieder verschwunden, um kalte Getränke zu besorgen, Wasser und Schorle und Cola, die auch niemand trank. Seine Frau warf, als er weg war, höflichkeitshalber ein paar Sachen in den Müll, er freute sich: «Habt ihr doch was gegessen? Wusste ich's doch!» Nun befand er sich auf dem Weg zur Apotheke, Hustenbonbons für Frank, der zweimal gehustet hatte. Flox war mit seiner Mutter in der Kapelle, war ihr dorthin gefolgt, als ich dabei war, seinem Vater beim Kaffeetragen zu helfen, obwohl der meine Hilfe nicht wollte, er brauchte selbst so viel wie möglich zu tun. Ich brauchte nur einen kurzfristigen Grund, Flox nicht aus dem OP-Saal kommen zu sehen, wo sie Anna eine Narkosemaske aufgesetzt und in dem sie die Temperatur auf genau zwanzig Grad Celsius gestellt hatten, weil ich Flox' Gesicht noch nicht vergessen hatte, mit dem er beim letzten Mal aus dem OP-Saal kam: als bräuchte er die Schwester, die ihm gefolgt war, diese fremde Krankenschwester im grünen Kittel, damit er nicht zusammensackte. Ich war ein Feigling gewesen, damals wie heute, ich hatte die Tränen zurückgehalten, hatte gelächelt, ich hatte «Der Papa geht mit dir mit» herausgepresst, als ginge es wie an manchen Abenden nur darum, sie ins Bett zu bringen. Flox' neuentdeckte Leidenschaft zum Gebet fühlte sich wie Rache für meinen Gang zum Kaffeeautomaten an. Bei einem der seltenen Male, die er meine Listen angesprochen hatte, schlug er vor, seltsame religiöse Rituale zu listen, zahlreiche Vorschläge hatte er gleich mitpräsentiert. Ihm zuliebe hatte ich sie aufgeschrieben, aber später nicht weitergemacht. Die Listen waren meine.

Mich ließen sie in Ruhe. Ich saß abseits und hatte alle im Blick, wie Kinder, auf die ich aufpassen sollte, die ich ihren Spielen überließ und nur darauf achtete, dass nichts Schlimmes passiert. Ich schrieb.

Für die Liste der seltsamen religiösen Rituale:
- dass man in einen bestimmten Raum gehen muss, um mit Gott zu sprechen, wo er doch angeblich überall ist
- dass Menschen davon ausgehen, dass Gott an einem Ort, an dem viele sterben, sich ausgerechnet in der Kapelle aufhält

Für die Liste leicht skurriler Charakterzüge in meinem Umfeld:
- Flox' Schwester klopft oft mit den Fingern den Takt eines Liedes (immer ein anderes, Ohrwurm?) auf dem Tisch, einer Stuhllehne, sogar auf der Wand, ohne es zu merken (wahrscheinlich)
- Katharina zieht ihre Armbanduhr aus und spielt damit

- Frank «verschwindet» in eine andere Welt, wenn er nervös ist
- Flox' Vater muss immer etwas zu tun haben, macht Besorgungen, wenn er nervös wird

Meine Großmutter war um sechs Uhr einundzwanzig gestorben. Meine Mutter war bei ihr gewesen, und später, nachdem Großmutter in die Leichenhalle abtransportiert worden war, die ich mir wie im «Tatort» vorstellte, war sie hierhergekommen. Sie trug dasselbe wie in der Nacht, als wir beieinandersaßen und sie mir oder sich selbst von Onkel Grischa erzählte, nach Hause hatte sie es also nicht mehr geschafft. Ich hörte, wie sie Flox' Vater erzählte, meine Großmutter sei «friedlich gegangen», sie habe einfach, ganz ruhig, aufgehört zu atmen. Mir sagte sie nichts über den Tod meiner Großmutter, mit mir sprach sie, fiel mir auf, heute so gut wie gar nicht. (Alle hatten sie Angst vor mir, Flox würde sagen, um mich, aber was konnte ich darauf halten? Er betete neuerdings.) Meine Mutter erzählte, Flox' Schwester, nicht mir, obwohl ich hinter ihr stand, sie habe Großmutters Hand gestreichelt, seit sie sie um sechs Uhr früh zu ihr gelassen hatten, bis zum letzten Moment. Sie habe mit ihr geredet, weil sie in einer Fernsehsendung gehört hatte, dass Menschen selbst im Koma die Angehörigen irgendwie hören können, und sie wisse, meine Großmutter habe sie gehört.

Ich war nicht bei ihr gewesen. Als ich zum letzten Mal bei ihr war, habe ich sie nicht anfassen wollen. Ich hatte nichts mehr zu ihr gesagt.

Meine Mutter sagte zu Flox' Schwester, sie sei froh, dass wir uns alle von Großmutter hatten verabschieden können, auch ich.

Meine Mutter, so stellte ich mir vor, hatte die runzlige, trotz Wärmedecken eiskalte Hand meiner Großmutter in der einen Hand gehalten und mit der anderen nervös, zu hektisch, wie sie auch sonst in ihren Bewegungen hektisch und dadurch immer unsicher wirkt, gestreichelt. Meine Großmutter hatte ihre Hände früher gepflegt, sich täglich nach der Mittagsruhe mit einer Nagelfeile in ihren Sessel gesetzt, meine nichtgefeilten, nichtlackierten, kurzgeschnittenen Fingernägel hatte sie «Jungenhände» genannt, es hatte wie ein Schimpfwort geklungen.

«Jungenhände hast du! Bist du ein Junge?», schrieb ich, da mir der Satz wieder einfiel, auf die Liste «Typische Großmutter-Sätze».

Typische Großmutter-Sätze
- «Einen Kopf hast du ja schon.»
- «Nu, nu.»
- «Butter schadet nicht, Butter macht glücklich.»
- «Auch dafür schon mal danke.»
- «Weißbär».
- «Bonbönchen.»
- «Kuchen ist Kuchen. Kuchen kommt nicht vom Bäcker.»
- «Lass doch die Politik die Politik sein. Du bist nicht die Politik.»
- «Zwei Stück haben noch keinem geschadet.» (Über Kuchen, jeden Tag.)
- «Zahlen haben eine Schönheit.»
- «Man gewöhnt sich an alles, auch an die Angst.»
- «Ach, Mädchen, mein Mädchen. Wenn du wüsstest …»

- «Fragen bringen dich nicht weiter. Niemanden bringen sie weiter.»
- «Bleib, wo du willst.»
- «Nimm einen Regenschirm mit.»
- «Ruf an, wenn du zu Hause bist!»
- «Wie sie tanzen, wie sie tanzen!»
- «Als du noch zu Fuß unter dem Tisch gelaufen bist.»
- «Ich muss nirgendwohin, ich habe schon zu viel gesehen.»
- «Du musst nichts erfinden.»
- «Aber sei vorsichtig.»
- «Tränen helfen auch nicht.»
- «Schmerz ist Schmerz, deshalb tut er weh.» (Wenn ich zum Beispiel als Kind hingefallen war.)

Meine Mutter hatte sich in die Kantine zurückgezogen, um Beerdigungstelefonate (ihr Wortlaut) zu erledigen. Es tat mir nicht weh. Ich versuchte, das Bild meiner Großmutter zu verbannen, mit dem ich mich seit gestern herumschlug, das ich gerne weiterschieben wollte wie ein Dia bei einer Vorführung. Ich hielte mit einer Top Five List von Bildern meiner Großmutter dagegen, auch wenn ich Top-Listen für Amateurkram hielt, Listen gehörten nicht abgeschlossen, sondern in Ewigkeit weitergeführt.

Meine Großmutter, jeden Tag, wenn ich aus der Schule zum Mittagessen zu ihr kam. Montags und mittwochs komme ich um kurz nach eins, dienstags nur für eine Stunde, weil ich nachmittags Unterricht habe. Donnerstags komme ich später, weil sich da die Schülerzeitung trifft, freitags mit einem anderen Bus, weil direkt vom Schwimmunterricht (ich muss mir die Haare gut föhnen, damit sie nicht schimpft). Großmutter trägt ihre rote Schürze mit dem aufgedrucken schwarzen Stier, die habe ich ihr aus unserem Spanienurlaub mitgebracht. Großmutter besitzt viele Schürzen, weil die Menschen, die sie kennt, obwohl es nicht viele sind, neben uns ihre Nachbarin, die türkische Frau, mit der sie manchmal spazieren geht, und Ludmila, ihr immer Kuchenformen und Schürzen zum Geburtstag schenken, weil ihnen sonst nichts einfällt. Ich gebe ihr zur Begrüßung einen Kuss auf die Wange, und jeden Freitag fährt sie mir durch die Haare, um zu überprüfen, ob sie auch trocken sind. Sie nickt anerkennend, wenn zufrieden. Wie war die Schule, was macht ihr in Mathematik, ach, das ist ja spannend, und ich: Was für Kuchen hast du heute gebacken? Sie macht ein Geheimnis daraus, erst muss ich zu Mittag essen, früher versuchte ich, es am Geruch zu erraten. Apfel? Birne? Blaubeeren? Etwas mit Schokolade? Mittags gibt es immer erst eine Suppe, dann etwas mit Fleisch, anschließend Kompott (Rhabarber, Apfel, Pflaumen oder Birne). Kuchen bekomme ich erst nach den Hausaufgaben. Dass sie jeden Tag auf mich in ihrer roten Schürze wartet, drei Gänge kocht und Kuchen backt, obwohl von gestern noch Reste im Kühlschrank sind, die sie abends alleine aufessen oder in zwei Tagen unserer Katze Natascha mitbringen wird, empfinde ich als beruhigend, nicht etwa erdrückend, auch mit sechzehn noch. An den Wochenenden kauft Großmutter ein und geht spazieren, sonst tut sie nichts, bis Montag ist.

Jedes Jahr: meine Großmutter in «Schwanensee». Das Bolshoi-Ballett mit einem Gastspiel in München, Frank besorgte die Karten, und Großmutter umrahmte den Tag auf dem Küchenkalender rot, bei uns wie bei sich, obwohl in ihrem kaum Termine standen, nur die unsrigen. «Urlaub» trug sie ein, wenn meine Eltern und ich in Urlaub fuhren. Meine Mathematikklausuren auch. Ins Ballett gingen wir alle zusammen, ich mit den Jahren unwilliger. «Bis sich Odette endlich in die Fluten stürzt, vergehen Jahre, ich habe Besseres zu tun», nörgelte ich, achtete aber darauf, dass nur Frank es hören konnte. Erst später, als ich studierte und eigens dafür anreiste, wieder gern. Meiner Großmutter zuliebe band Frank sich eine Krawatte um, meiner Großmutter zuliebe ließ ich mir von ihr eine Schleife ins Haar binden und zwängte mich in ein Kleid. Großmutter ging einmal im Jahr zum Friseur, sonst schnitt ihr meine Mutter in unserem engen Badezimmer die Haare. Beim Friseur ließ sie sich die Haare föhnen und legen und fragte uns: «Sind sie gut gelegt?» Fürs Ballett zog sie ihre gelbe Bluse an und hängte sich eine Perlenkette um, die ich einmal, versicherte sie mir, erben würde. «Wie sie tanzen, wie sie tanzen!», wiederholte Großmutter in den Pausen, kopfschüttelnd, es hätte auch Tadel sein können. Frank spendierte Prosecco, als ich noch kleiner war, ließ er mich von seinem nippen, und Großmutter seufzte: «Ach, wie sie tanzen.»

Morgens, nachdem ich bei meiner Großmutter übernachtet hatte, zuerst, weil meine Eltern zu einer Konferenz gefahren oder abends ins Theater gegangen waren, später, weil sie mir beim Mathelernen vor einer Klausur half. Ich schlief auf der ausgezogenen Couch im Wohnzimmer, in mit Bärchen bedruckter Bettwäsche, die sie für mich bereithielt, auch als ich schon Abitur machte. Wenn ich mich morgens verschlafen aufsetzte, kam sie einen Moment später herein, als hätte sie ununterbrochen durch das Schlüsselloch gespäht und gewartet, eine duftende Tasse Kakao in der Hand. Kein Pulverkakao selbstverständlich, meine Großmutter bereitete ihn aus Schokolade zu. «Frühstück ans Bett?» Ich bedankte mich nie, in den ersten Jahren, weil wir ja Prinzessin spielten, später, weil ich es vergaß. Trotz Reue setzte ich die Erinnerung auf die Liste.

Meine Großmutter, in Paris, vor dem Eiffelturm. «Das ist er, der Eiffelturm. In Paris.» Die Träne in ihrem Auge (vielleicht war es nur der kalte Wind) wischt sie mit einem ihrer karierten, dunkelblauen Stofftaschentücher schnell weg und starrt wieder hinauf. Mit dem Aufzug hinauffahren will sie nicht, nein, sie warte gerne hier auf uns. Ich muss auch nicht nach oben, ich war da schon, ich schaue lieber Großmutter zu, wie sie in den dunklen Himmel blickt, vor dem der Eiffelturm erstrahlt. Sie schüttelt noch einmal den Kopf: «In Paris!» Meine Mutter fährt alleine hoch.

Der Apfelkuchengeruch. Großmutter am Backofen, einen Mixer in der Hand, am Tisch mit ihrer großen Teetasse vor sich (sie konnten ihr groß genug nicht sein, aus den USA brachte ich ihr ihre Lieblingstasse mit, 0,75 Liter), im Wohnzimmer vor dem Fernseher, «Dallas» schauend, in ihrem braunen Sessel mit einem Buch, mit einer russischsprachigen Zeitung, die Frank für sie auftrieb, bei ihrer «Mittagsruhe» auf der Couch liegend, die Augen geschlossen, aber nicht schlafend, mit der Gießkanne auf ihrem Balkon. Konstant: der Apfelkuchengeruch. Selbst an Tagen, an denen sie Schokoladen- oder Himbeerkuchen backte.

Meine Mutter kam mit roten Augen aus der Kantine zurück. Sie setzte sich neben Frank, sprach leise zu ihm, mich streifte sie keines Blickes. Frank hörte konzentriert zu und nickte. Ich blickte auf die Uhr. Zwei Stunden erst. Die nette Schwester mit den roten Haaren hatte uns ein Update «in zwei, drei Stunden» versprochen.

Flox und seine Mutter kamen vom Beten, sie lächelte mich an, er nicht. Sie hatten wohl beim Beten auch auf die Zeit geschaut.

«Wart ihr in der Kapelle?», fragte ich und schaffte es, kaum spöttisch zu klingen.

«Ja.» Flox setzte sich neben seine Schwester. Ich musste an die einsamen Mütter in der Kur denken.

Ich starrte zu Flox, suchte seinen Blick, er sprach mit seiner Schwester. Als er mich endlich anschaute, grinste er. «Du Drama-Queen, was ist denn jetzt schon wieder?», hätte er vielleicht gesagt, wenn wir allein gewesen wären. Vielleicht wünschte ich mir das aber auch nur.

Wir konnten entweder zur Tür schauen, aus der die rothaarige Schwester hoffentlich bald und hoffentlich lächelnd erscheinen würde, oder zur Uhr an der Wand. Zehn Uhr dreiundfünfzig, meine Großmutter war seit vier Stunden und einundzwanzig Minuten tot.

Die Schwester streckte ihren Kopf mehr durch den Spalt, als dass sie herauskam.

«Ich muss gleich wieder zurück, aber so weit ist alles gut. Die Ärzte sind mit dem Verlauf sehr zufrieden. Eine wahre Kämpferin, Ihre Kleine!» Sie lächelte und verschwand wie ein Kasperle hinter einem Vorhang. Flox' Vater klatschte, was niemand aufnahm, seine Frau streichelte ihm über den Arm. Wir blieben einfach sitzen.

«Ein Drittel geschafft», sagte ich, auch da reagierte niemand.

Ich notierte «Ich muss gleich wieder zurück, aber so weit ist alles gut. Die Ärzte sind mit dem Verlauf sehr zufrieden. Eine wahre Kämpferin, Ihre Kleine!» in die Liste der Sätze, die man gerne von einem Arzt hört, auch wenn es eine Schwester war.

Ich packte die Listenbücher und Notizblöcke zusammen und ging zu Katha hinüber. Sie lächelte mich an.

«Na?» Was sollte sie sonst auch sagen? «Läuft gut bis jetzt», sie griff unbeholfen nach meiner Hand.

«Kann ich kurz deinen Computer leihen?» Sie sah mich erstaunt an, nickte, kramte hektisch in ihrer Tasche, als käme es auf Schnelligkeit an, als könne sie etwas für mich oder für Anna tun, indem sie sich beeilte.

«Was hast du vor?» Meine Mutter fragte das, was Katharina sich nicht zu fragen traute, wieso hatten sie alle so eine Angst? «Tippst du deine Listen ab?» Sie klang, wie ich manchmal klang, wenn ich Anna abzulenken versuchte, weil sie weinte, interessiert und beschwichtigend zugleich: «Sag mal, Anna, hat der Bär eigentlich die Zähne schon geputzt? Nicht, dass er es mal wieder vergisst und dann Zahnweh kriegt.»

Flox antwortete für mich. «Nein, Listen schreibt sie grundsätzlich nicht auf dem Computer. Listen müssen per Hand geführt werden, verstehst du?» Es klang so ironisch, dass alle leicht verängstigt zu mir blickten. Ich lachte, Flox zuliebe, entschlossen, es als liebevolle Neckerei aufzufassen. Früher hatten wir uns viel geneckt. Ich nahm den Computer und setzte mich wieder zurück, etwas abseits. Sie beobachteten mich wie einen Affen im Zoo oder wie wir alle Anna manchmal, und ich schwor mir, die Affen und Anna in Zukunft von diesen Blicken zu verschonen. Ich hatte die Schatulle mitgebracht und holte sie nun hinaus, faltete die Blätter, die Listen vorsichtig auf, als Kind hatte Frank mich in Archive mitgenommen und mir gezeigt, wie man alte, wertvolle Dokumente anfasst. Ich ging sie noch einmal durch. Ich blickte nicht auf, weil ich nicht wissen wollte, was meine Mutter oder Frank davon hielten.

«Magst du nichts essen, Sofia?», fragte Flox' Vater. Er hatte inzwischen gefüllte Blätterteigtaschen vom Türken geholt und war der Einzige, der aß. Konnten sie nichts essen oder trauten sie sich nicht? Ich würde im Roman auch über das Nicht-Rücksicht-Nehmen schreiben müssen.

Flox stand auf und kam zu mir und fragte so leise, dass es die anderen nicht hörten:

«Willst du schreiben?»

Ich nickte, er auch, er sah mich, beeindruckt, schien mir, an, strich mir über die Schulter und ging zu seiner Familie zurück. Ich vergaß sie, als ich zu tippen begann.

«Man gewöhnt sich an alles, auch an die Angst. Großmutter hatte das einmal gesagt, als faktischen Nebensatz fallenlassen, nicht mit der Schulter gezuckt, keine Pause gemacht, einmal, als sie vom Krieg sprach. Großmutter sprach selten vom Krieg.

Onkel Grischa sprach gerne vom Krieg, er sprach überhaupt gerne.»

«Von knisternder Intelligenz, voller Leben und originell in jedem Satz.» (Jonathan Franzen)

Der junge amerikanische Lyriker Adam Gordon verbringt ein Jahr als Stipendiat in Madrid, auf der Suche nach sich selbst und seiner Rolle als Künstler. Doch ob vor den verehrten Bildern im Prado, beim Zusammensein mit seinen beiden spanischen Geliebten oder auf der Bühne vor einem befremdlich begeisterten Publikum – immer bedrückender wird sein Verdacht, dass ihn und die Welt ein unüberwindlicher Graben trennt. Doch dann geschieht der blutige Al-Qaida-Anschlag auf den Bahnhof Puerta de Atocha, und seine spanischen Freunde wollen ein politisches Bekenntnis von ihm ...

ISBN 978-3-498-03941-7

Eine Seismographie großer Gefühle

Frida ist eine der Besten ihres Fachs. Sie kann den Klang von Horror und Kriegsgetümmel imitieren, sie weiß, dass es zwanzig Arten gibt, eine Zigarette zu rauchen, und dass jede anders klingt. Nur das Hüftknacken, das ihre eigenen Schritte begleitet, müsste einer rausschneiden, findet sie. Da hört man die Jahre vergehen. Und doch hätte alles so weiterlaufen können, das Leben mit Robert in dem Haus vor der Stadt — wäre nicht plötzlich Jonas aufgetaucht, ein junger Regisseur, mit einem apokalyptischen Film, dessen Tonspur samt Tonmann auf unerklärliche Weise abhandengekommen ist. Die Geräuschemacherin soll nach Japan, genauer: nach Kyoto reisen, um die verlorene Tonspur zu rekonstruieren.
Die Begegnung mit dem jungen Takeshi bringt Fridas Welt ins Wanken. Und als sich am 11. März 2011 ein weiteres schweres Beben ereignet, scheinen sich Ursache und Wirkung, innen und außen vollends zu verkehren.

ISBN 978-3-498-02016-3

Das für dieses Buch verwendete FSC®-zertifizierte Papier *Lux Cream* liefert Stora Enso, Finnland.